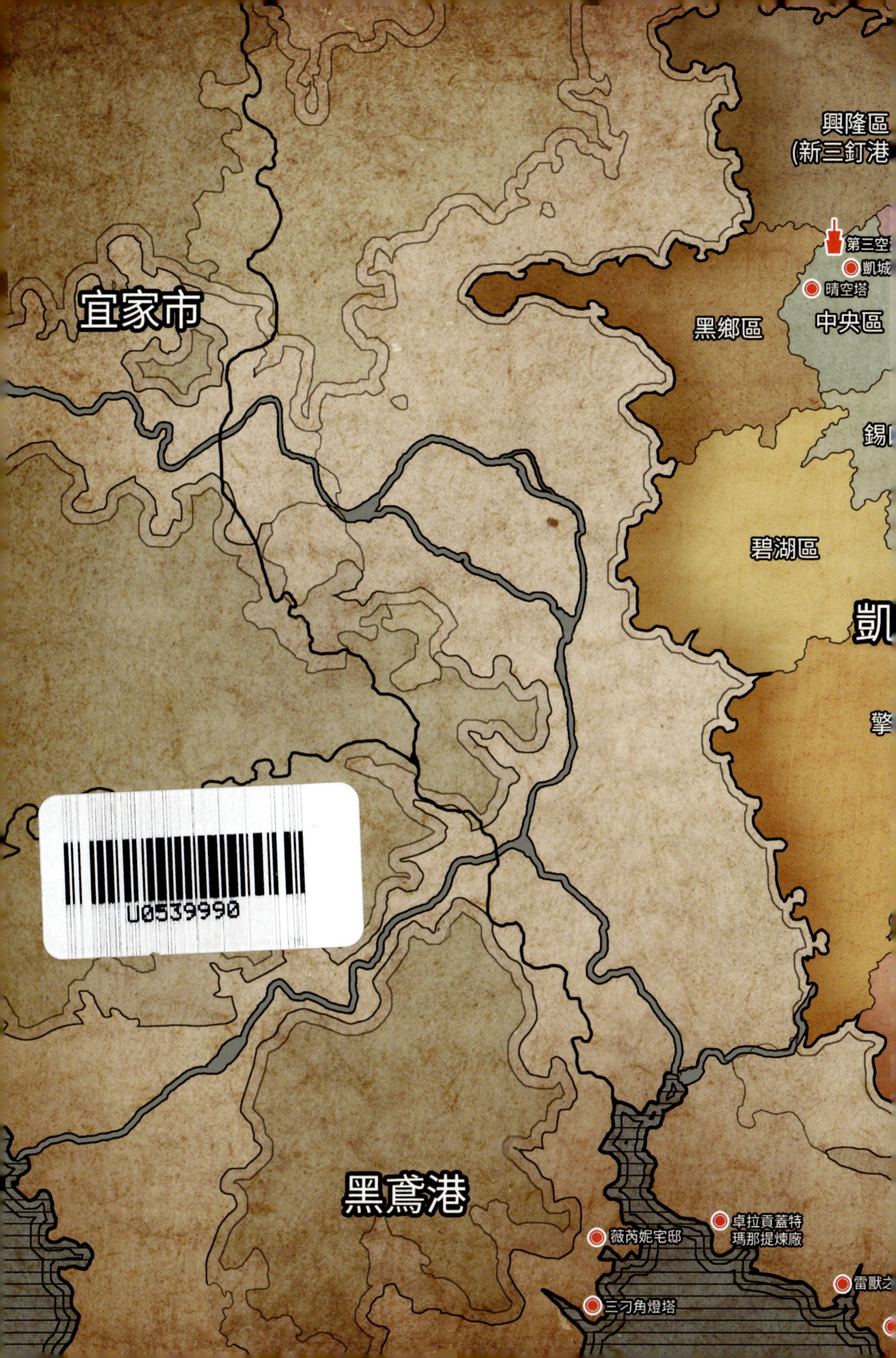
興隆區
(新三釘港
第三空
凱城
晴空塔
中央區
黑鄉區
宜家市
錫
碧湖區
凱
擎
黑鳶港
卓拉貢蓋特
瑪那提煉廠
薇芮妮宅邸
雷獸之
三刁角燈塔

U0539990

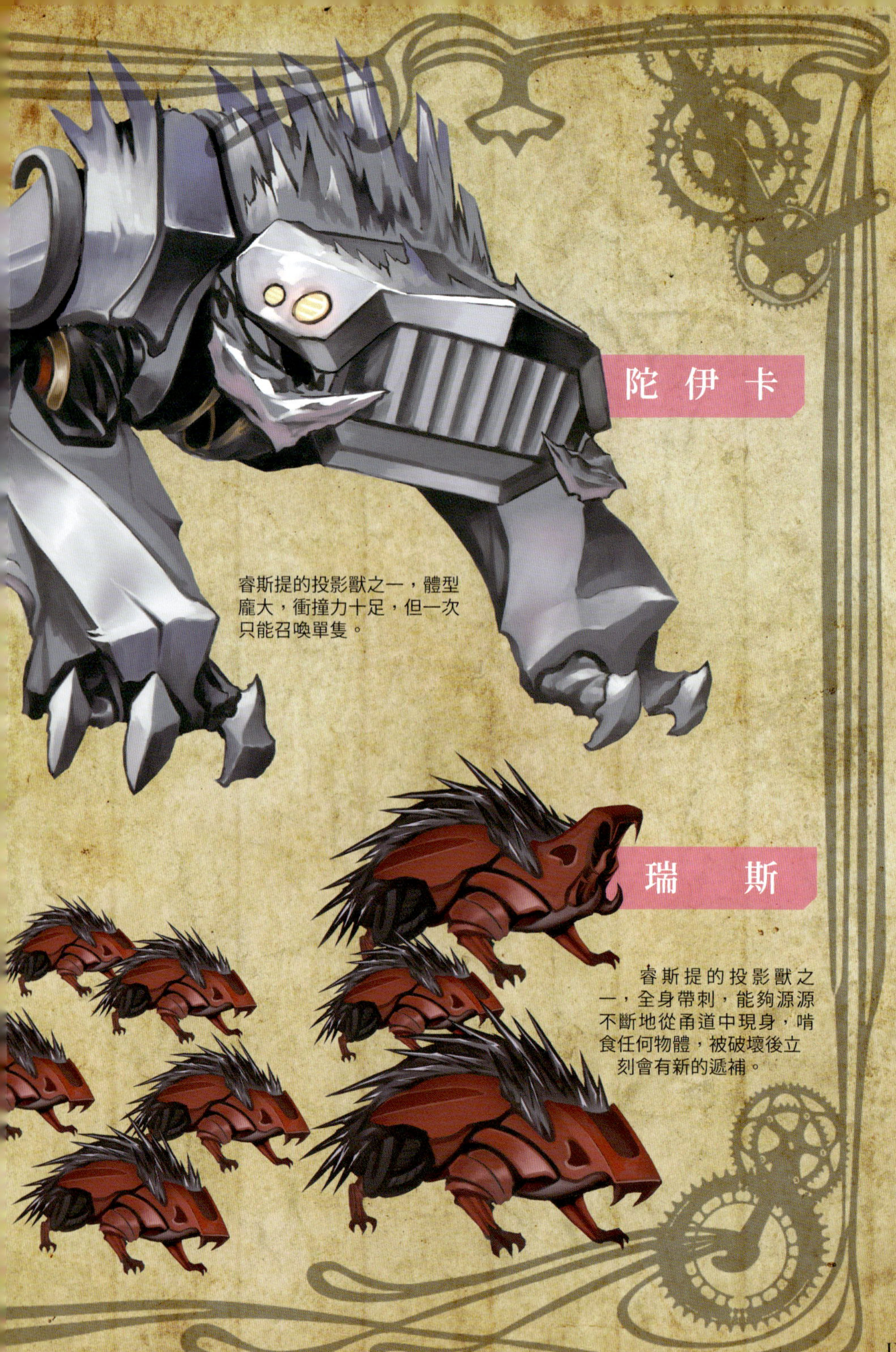
陀伊卡
睿斯提的投影獸之一，體型龐大，衝撞力十足，但一次只能召喚單隻。
瑞　斯
睿斯提的投影獸之一，全身帶刺，能夠源源不斷地從甬道中現身，啃食任何物體，被破壞後立刻會有新的遞補。

投影使／召喚士

前雄獅帝國投影使，透過疼痛可以召喚出強大且源源不絕的投影獸，所經之處必遍地荒蕪。

因故遭帝國判處死刑，死裡逃生後的他來到凱塔格蘭加，成天在塔克小酒館裡買醉度日。

睿椤提・奈爾／睿・卡本特

苜蓿

總在塔克小酒館前徘徊的小乞丐，嘴巴很甜，行為舉止非常能討人歡心，喜歡美麗的小飾品跟漂亮的洋裝，是個可愛的男孩子。

苜蓿的姊姊，昂矛與人類混血，
是一位剛滿十六歲的少女。

藝高膽大，打起架來從沒輸過，
非常寵愛弟弟苜蓿，但因為不明
原因而拋下苜蓿。

虹　　影

薩　妮

艾令獰的女兒，少數在村裡誕生的孩子。因為沒看過獸人以外的種族，所以對人類充滿好奇。夢想成為醫生，替村民治病。

美麗蠻荒的α獸人工程師，因無法認同國家長期對獸人進行表觀遺傳調控而逃亡，在大國間的爭奪區中建立獸人村莊，收容各地逃亡至此，追求平靜生活的獸人。

艾令獰

投影使／召喚士

睿椸提過去的投影使戰友，能透過性愛召喚出進到人體並產生爆炸的投影獸。總喜歡對睿開下流的玩笑，有嚴重的嗑藥問題。

拉　米　雷

埃爾洛

拉米雷的投影獸，初次出現為卵形，進到人體內後可依照投影使的意志孵化，從體內爆體竄出以及爆破。

阿律耶德

瑪那魔法使用者

從另一個世界穿越至此的歌瓦，自謙是個小商旅，在凱塔格蘭加四處接各種「生意」。

左手的爪子能夠注入瑪那魔法能量，可在短時間內增強戰鬥能力。

商會情婦之一，非常罕見的白子昂矛，
因行動不便而靠輪椅代步，善於謀略，
與高層以及各方境外勢力關係良好，被
公認是全凱塔格蘭加最危險的女性。

愛　爾　芭

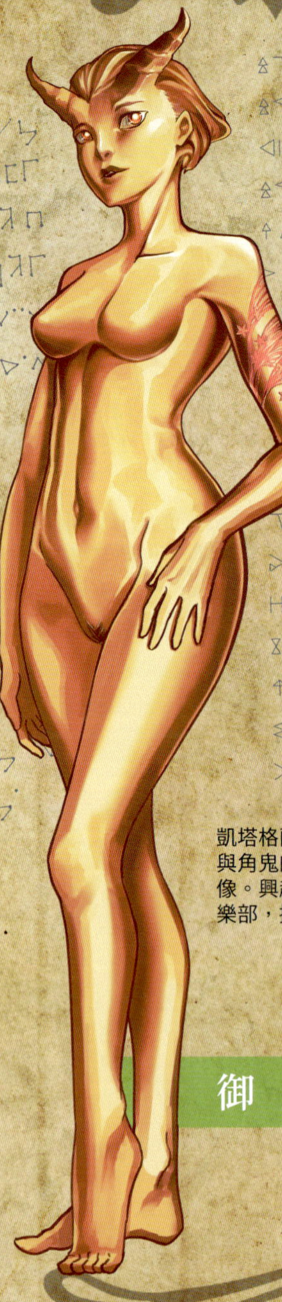

御　　伽

凱塔格蘭加商會會長的情婦之一，巨魔與角鬼的混血。全身赤裸，宛如金色雕像。興趣是料理，在第三空塔裡經營俱樂部，招待城裡權貴人士。

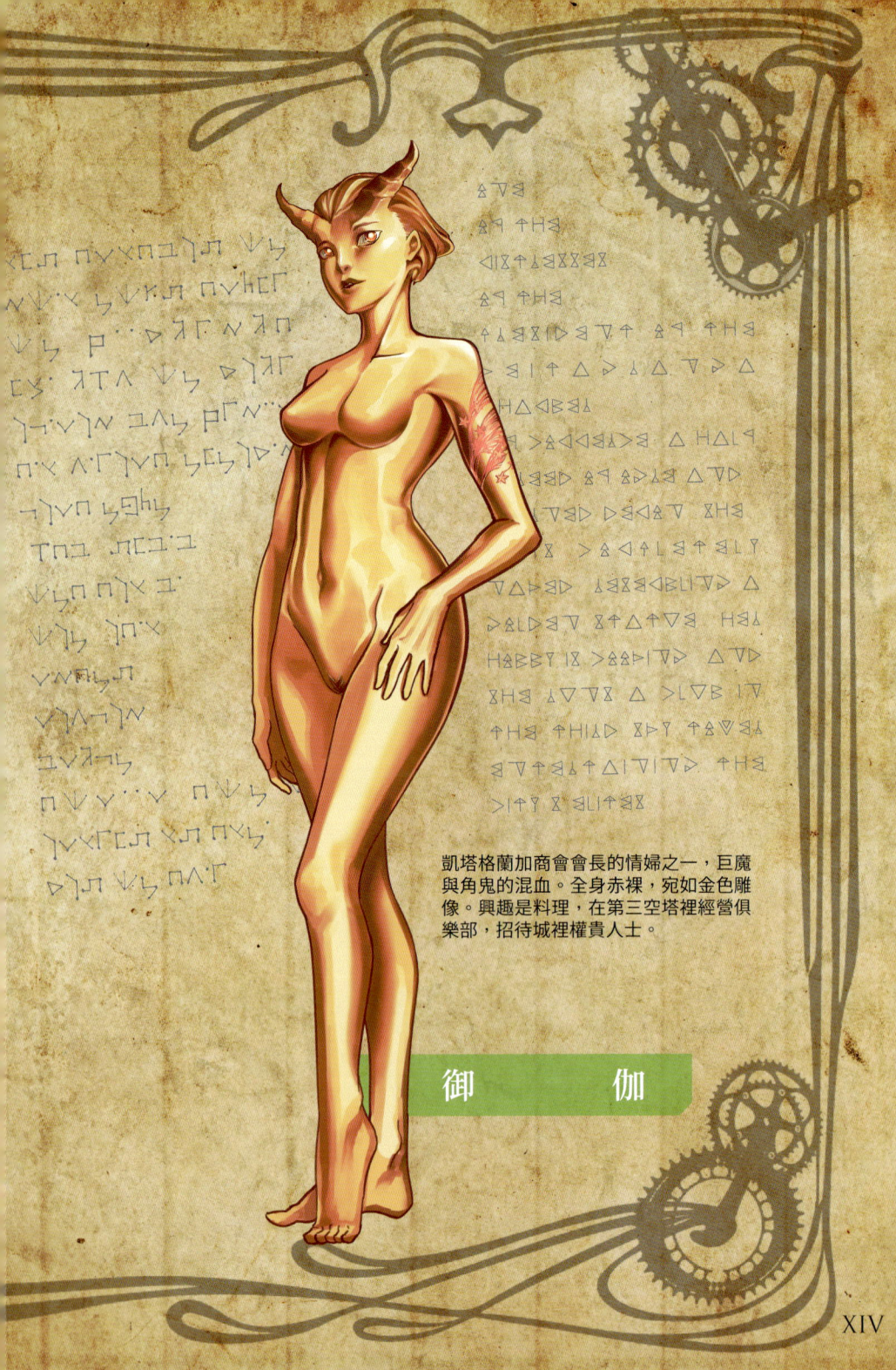

商會情婦之一，是經特殊基改方式產生的調律獸人，身上能散發出影響雄性生理與心理的費洛蒙。為使之自然，她會使用聞起來有廣藿香、雪松與佛手柑的香氣的香水。

朱鸝葉

凱塔艾蘭，一個曾遭個外敵欺壓的悲慘小國，因瑪那魔法的緣故擊敗了所有覬覦它的強權，躍升為與列強抗衡的國家。其主要城邦——凱塔格蘭加，也成為了繁榮進步的象徵。許多異鄉客慕名而來，希冀在此展開全新生活。

睿曾是雄獅帝國的投影使，過去的他暗中替帝國剷除異己，製造他國混亂。然而，他因為做出某項決定，導致自己的存在遭到帝國抹除。僥倖存活後，他隱姓埋名，來到這座充滿機會的城市，打算在此渡過餘生。

某日，一名小乞丐找上門，請他尋找失蹤的姊姊。在調查過程中他卻發現，看似單純的失蹤案竟與昔日拯救過他的帝國投影使有關，而他明白，投影使的出現意味著這座城市將陷入前所未有的混亂。

過去的羈絆，成為嶄新人生的阻礙。為此，他必須重拾過去作為投影使的身分，與這座賦予他第二次人生的城市為敵。然而，這座城市真的是他的敵人嗎？還是，這將成為他擁有第三次人生的重要契機？

眾神水族箱
凱城暗影
前篇
海穹文化創立十周年紀念刊
第二號
作者
大獵蜥
AOP®
AQUARIUMS OF PANTHEON
眾神水族箱創作同盟

本書包含下列聯合國「2030 永續發展目標」
Sustainable Development Goals, **SDGs**

1 NO POVERTY

01 消除各地一切形式的貧窮

2 ZERO HUNGER

02 消除飢餓，達成糧食安全，改善營養及促進永續農業

3 GOOD HEALTH AND WELL-BEING

03 確保健康及促進各年齡層的福祉

4 QUALITY EDUCATION

04 確保有教無類、公平以及高品質的教育，及提倡學習

5 GENDER EQUALITY

05 實現性別平等，並賦予婦女權力

6 CLEAN WATER AND SANITATION

06 確保所有人都能享有水及衛生及其永續管理

7 AFFORDABLE AND CLEAN ENERGY

07 確保所有的人都可取得負擔的起、可靠的、永續的，以及現代的能源

中文翻譯引用自 https://globalgoals.tw/

SUSTAINABLE DEVELOPMENT GOALS

From https://www.un.org/

17 PARTNERSHIPS FOR THE GOALS

16 PEACE, JUSTICE AND STRONG INSTITUTIONS

12 RESPONSIBLE CONSUMPTION AND PRODUCTION

11 SUSTAINABLE CITIES AND COMMUNITIES

10 REDUCED INEQUALITIES

9 INDUSTRY, INNOVATION AND INFRASTRUCTURE

8 DECENT WORK AND ECONOMIC GROWTH

08 促進包容且永續的經濟成長，達到全面且有生產力的就業，讓每一個人都有一份好工作

09 建立具有韌性的基礎建設，促進包容且永續的產業發展，並加速創新

10 減少國內及國家間不平等

11 促使城市與人類居住具包容、安全、韌性及永續性

12 確保永續的消費與生產模式

16 促進和平且包容的社會，以落實永續發展；提供司法管道給所有人；在所有階層建立有效的、負責的且包容的制度

17 強化永續發展執行方法及活化永續發展全球夥伴關係

推薦序　敬請見證，前有奇幻！

靜川（《萬物的終結》作者、作曲家）

許多人認為，奇幻文學的本質是一種逃避。事實上，剛好相反。傑出的奇幻故事往往能反映現世，它可能代表社會的某個面向或縮影，可能是內省的生命態度，更可能是一種人生的哲學命題。

就如同托爾金所提出的「第二世界」，奇幻作為一種創作類型，目的並不是逃避，而是透過對現實的陌生化、神話化，幫助人們從另一個角度來看待世界，尋找面對問題的方法，探索生命的出路，獲得人生的啓發，甚至具有療癒心靈的力量。像是托爾金的《魔戒》、安傑．薩普科夫斯基的《獵魔士》，或是娥蘇拉．勒瑰恩的《地海六部曲》。而大獵蜥的《凱城暗影》，也是在這樣的脈絡下所誕生的奇幻傑作。

在《凱城暗影》中，不但能看見「眾神水族箱」系列精心建構的世界觀、獨樹一幟的魔法和種族設定，更將大幅度揭露「投影」魔法的神祕面紗。大獵蜥作為台灣在地的奇幻寫作者，創作靈感自然也經常源於現實，巧妙結合在故事中的日常用語、現實街景、自然地貌、歷史事件甚至飲食文化等在地元素，都能讓讀者產生一種既陌生又熟悉的閱讀樂趣。而這也正是類型文學本土化的一種必經過程。

隨著劇情發展，我們將跟隨主角—前雄獅帝國「投影使」，睿．卡本特（aka. 睿槵提）的腳步，重返瑪那之都「凱塔格蘭加」，金盆洗手姓埋名度過餘生的菁英戰士，一時心軟接下絕對賠錢的爛委託，捲入一場攸關各國勢力平衡的大局陰謀。一個放棄過往、放棄自己的人，是否真的能在這個城市找到新生？當過往的傷痛如鬼魂般如影隨形、揮之不去的時候，又該做出什麼樣的選擇？

大獵蜥筆下的凱城，是如此美麗又複雜，在光鮮亮麗紙醉金迷的背後，卻有著不爲人知的黑暗面，令人爲之著迷。不禁讓人想起《Cyberpunk 2077》的夜城，或是《龍與地下城》的絕冬城。每個角落、每個人物、每個勢力，都是如此個性鮮明、活靈活現。如果您是本系列的粉絲，看到熟悉的人物客串登場，無論是酒館老闆章魚人塔克，或是見錢眼開的歌瓦商人（叫她蜥蜴人會生氣）阿律耶德，或是在前作《赤蟎之風》中相當活躍的翠絲一行人，相信也會跟我一樣大呼過癮。

當一連串冒險如煙花盛開、綻放又散盡，直到旅程的盡頭，我們才赫然發現這不只是一個奇幻故事，更是一場在束縛中找自由，在絕望中找希望，傷痛中找救贖的心靈之旅。而這也正是奇幻故事在「第二世界」中，一脈相承的傳統精神——反映現世與人生。

漫漫人生路，踏遍幽徑穿越幽谷，難免傷痕累累，新舊雜陳，需要被看見、接納、釋放。我相信每一個曾經愛過、恨過、努力過、悔恨過、遺憾過的人，都會在這個故事中找到共鳴，找到屬於自己的方向。

如果你喜歡奇幻，喜歡在冒險，喜歡在故事中探索意義，那麼《凱城暗影》將是不容錯過的作品；如果你從來沒有接觸過奇幻，那麼請相信我，展讀《凱城暗影》，進入「第二世界」，這將會是你的第一本啓蒙之作！★

推薦序　再黑暗的陰影，也會發現其中有光明

masayo（奇幻科幻研究者）

我喜歡讀到一半才「發現」主角是壞人的故事。

這裡括號括在「發現」而不是「壞人」，也不是括在「主角是壞人」，是有原因的，爲了解釋這個原因，接下來我會間接提到《凱城暗影》的關鍵劇情，以及這系列的前作《赤螭之風》的內容，還沒有看完本書（以及前作）又不想被劇透的讀者，可以先跳過本文，先好好遊歷一遍大獵蜥筆下壯闊又細膩的凱塔格蘭加，再回頭來看這篇推薦序是否與你同感。

回到「發現」，情況又分成兩種，一種是讀者透過主角的視角去認識故事中的世界，在與主角一同經歷了各種冒險，遭遇了各種苦難，同理了主角心中的信念和夢想之後，忽然在某一段劇情、每一行句子、或某一句簡短台詞中，「發現」主角可能傷害了別人，可能在某個決定上你無法認同，或可能已經超過了某條底線，走得太遠了。

但你沒辦法完全責怪主角，因爲你已經見證過他的成長、他的歡笑憤怒與悲痛，你知道他爲何會採取那樣的行動，你理解他爲何無法捨棄執念，如果你有看過《貓之寺的知恩姐》，你或許還會想起裡面那句名台詞：

「就算是再好的人，只要有好好地在努力，在別人的故事裡，也可能會變成壞人。」

本書的前作《赤螭之風》，就是像這樣的一個故事。然而，《凱城暗影》卻是第二種「發現」主角是壞人的故事。在這一種故事裡，主角的罪孽很早就被揭露，讀者可以一開始就以純粹他者的角度審視主角的行

爲，就算主角其實是有著什麼苦衷，什麼被大環境所逼，什麼受到命運的捉弄，讀者還是可以用一種置身度外的態度，等著看主角終將要面對的懲罰或報應。

直到每一段劇情、每一行句子、每一句或長或短的台詞所鋪墊而成的那一刻到來——主角終於「發現」，終於接受、承認了自己是壞人。

你開始沒辦法用那麼冷酷的眼光看待主角了，因爲你人生中一定也有那麼一兩個得承認自己是壞人的時刻，畢竟，只要有努力掙扎求生，任何人都可能是別人故事裡的壞人。

你知道主角不會因此逃過他應當得到的結局，但你會希望在那之前他能獲得原諒，你會希望他能獲得救贖，你會希望——

就算是再壞的人，只要有在好好努力，或許在某個孩子的心中，他會是無可取代的英雄。

就算是再黑暗的陰影，仔細尋找的話，也會發現其中有光明存在——你手上的《凱城暗影》，就是像這樣的一個故事。

目次

序章

餘燼暗燃

2 ZERO HUNGER

3 GOOD HEALTH AND WELL-BEING

4 QUALITY EDUCATION

11 SUSTAINABLE CITIES AND COMMUNITIES

16 PEACE, JUSTICE AND STRONG INSTITUTIONS

我站在丘陵地最高處，俯視腳下的風景。

山崖底下是座落於蠻荒中的美麗村莊，村子的面積不大，簡陋且低矮的木屋幾乎與四周樹林融為一體，這座村莊隱藏在森林中，位處火鳥王朝的邊境，沒有任何對外聯絡道路。我與其他的成員，班諾、拉米雷、佛克與吉古拉橫越森林而來。

我們從法爾布丹大陸的東南端上岸，一路向北走，攀過幾座山頭，耗費十多天路途才抵達森林，接著我們開始四處探索。老實說，整個搜尋過程不太順利，眼前盡是相同的樹，濃密地遮蓋住遠方的視野，底下土壤布滿青苔，僅有小型走獸的足跡，根本沒有任何智慧物種的生活痕跡，讓我一度懷疑上頭給的情報有錯誤。

就在無望地打轉多天後，班諾發現地圖上有某塊沒有任何紀錄的丘陵地，我們就像在荒漠發現清泉似地，隨著指示一股腦地往高處爬。直到晚上，終於在茫茫林海中，稍加辨識出自身的位置，並同時幸運地發現任務目標。

之後，我們又花了幾天觀察村莊，利用帝國專門用來監視遠方的玻璃透鏡，窺探村莊內部的環境，以及村民們的生活作息。

透過玻璃透鏡，我看見村裡有著面積不大的菜圃與果園，還有畜欄跟雞舍。村莊的作息十分單純，村民們會在清晨甦醒，辛勤地務農與養育牲畜，在農務結束後，他們會回到自己的住所。午夜，村裡所有的燈火都會熄滅。就這樣周而復始——除了居民全都是獸人之外。

除了成年的獸人外，村裡也有一些幼童，

當然也都是獸人，這些小獸人總聚在一起玩耍，跳格子、踢石頭，在一陣推擠後擁抱發出笑聲，這景象讓我想起自己童年的無憂玩樂時光。

在監視數小時後，我將視線從透鏡上移開，拿出隨身攜帶的菸草盒，捻出菸紙與如拇指大小的菸草量，用單手捲菸，準備稍作放鬆。此時，我聽見有人正逐步靠近我身後。

「沒用的，班諾。」我立刻轉頭說道：「你走路的聲音簡直是暴雨加上落石，都快要把底下那群獸人給沖走了。」

班諾搔著他那頭深棕色的短髮。依照資歷，他要得到我的允許才能開口。我們倆沉默片刻，氣氛有些僵硬，為解除尷尬，我朝他揮揮手，他立刻站到我身邊，替我點菸。班諾帶著男孩獨有的朝氣與羞澀，他長相斯文，帶著點書卷氣，給我的感覺，就像是小時候村裡面會躲在角落獨自看書的男孩。

「沒那麼誇張吧？之前我曾溜進伊萊將軍的宅邸內，還在屋內走了整晚，都沒被官邸守衛發現呢！」

「他家守衛只是一堆裝飾品，就算屋子整間燒起來，那群守衛也都不會發現好嗎？」我吸氣，讓菸焦充滿肺部。

「有什麼事情嗎？」

班諾先是猶疑一會兒，接著他緊張兮兮地開口說：「恭喜你……」

「就只為了這件事？」我抑止大笑的衝動，嘴角卻仍不經意地勾起，看來要裝生氣也來不及了，悉知我的反應後，班諾整個人也放鬆不少，他詢問道：「什麼時候舉辦婚禮？」

「怎麼，你想參加嗎？」

「不了。」班諾毫不猶豫地拒絕。「你知道，像我們這樣的人，不大適合在公眾場合露臉。」

「婚禮應該沒幾個人，我這邊也只有一個軍方代表。我想說，要是能再多幾個人，也許看起來會比較像是個婚禮。」

聽聞我這邊只有軍方出席，班諾表情十分驚訝，說道：「沒有其他人要出席嗎？你要迎娶的是男爵的女兒耶！就某方面來說，你也算是躍升成貴族了，這算是一件大事吧，你家人呢？」

我把他剛剛說的話照本宣科複述一遍：「『像我們這樣的人』，你覺得還會跟家人有聯繫嗎？」接著我說：「而且我相信你也聽說了，男爵會願意把女兒嫁給我，是因為他被指控叛國，想趕緊對帝國表示自己的忠誠，婚禮儀式只是要給上頭一個交代。」

班諾面露同情，該死的，實在不想讓人這樣看我。

「要來一點嗎？」我不想再跟他談婚禮的事情，因此將菸盒拿出來，藉此轉移話題。「這是來自美麗蠻荒的菸草，可以讓人放鬆神經，是上頭特別發給我的，已經通過檢驗，不會影響投影魔法。」

班諾輕輕地點頭。

「你捲過菸嗎？」我問。

「其實……我沒抽過菸。」班諾小聲表示。

「喔，捲菸很簡單，我示範一次給你看喔。」

我先是把菸紙平放手掌，然後再用另一隻手抓起菸草放上去，捲到一半時用手指夾起菸捲舔舐邊緣，迅速捲出一根菸。

班諾笨拙地捻起盒中的菸草，學我捲菸，但當他手指一碰到菸紙，上頭菸草立刻撒出來。

「我很抱歉！」他緊張地看向我，深怕我生氣。

「第一次捲本來就不容易成功啦。」我微笑擺擺手，表示不介意，然後把捲好的菸遞給他。

在我看來，班諾實在不像是帝國軍人或投影使，更不像是替帝國執行特殊任務的傢伙，看起來比較像是學生之類的。

但或許在他眼中，我也不像是個投影使。

班諾在加入小隊後，就只找我聊天，這不能怪他，因為其他人對他來說太難應付了。

拉米雷雖健談，但他總是愛對人講下流的玩笑話，且軍營裡所有人都知道他喜好狎玩同性，這讓許多不熟悉他的人會不想跟他有太多牽扯；佛克則是從外貌就讓人感到非常不舒服，他身形痀僂、面貌醜陋，尤其那對無法對焦的凸眼，讓人感到心底發毛，吉古拉則是根本無法說出正常的句子。

據說魔力強大的投影使，腦袋大多不太正常。

之前我在一本名叫《魔法鄉野奇談》的書上，讀到作者形容投影使的特徵是「面容蒼白無血色、眼球比一般人凸出、伴隨焦慮及躁鬱等諸多神經質特徵。」書的內容甚至寫到。「使用投影魔法者，腦部形狀結構與一般人有所差異。根據解剖記錄，投影使腦部頂葉的部分較發達，額葉部分則稍萎縮，小腦部分也較貧弱。這使得投影使大腦內的神經分布與一般人有所差異，可以輕易感應到諸多非原本世界的物質生命。但也因此缺乏同理心，無法控制衝動，並反覆作出具破壞力的行為。」

讀完這段後，我就立刻把書丟進爐子裡燒得一乾二淨。

一般人俗稱投影使為「召喚師」，他們會將自己的意志送入另一個時空中，找尋與之意識相符的東西，並用自己的血液與其物建立連結，就像商人相互立定契約一樣。之後在投影使需要它的時候，就用體內的力量建造一條甬道，與之立約的「東西」就能循氣味而來。當然，它不是真正過來，而是依照投影使的意志，呈現出符合這世界邏輯的樣貌。

這些投影生物不能在現世待太久，只要稍微一個不注意，隨時可能被拉回原本的時空，或是被此的力量給吸收，變成無以名狀的物體。

投影魔法一向很講求天賦，僅有少部分的人能將自己的意識流入其他時空，更只有極少數人能從中找到願意與之立約的生物，能夠操作大量且強大投影獸的人，更是寥寥可數。帝國用盡各種方式找尋有強大投影天賦的人，其中一個方法，是利用特殊的成年儀式——進營當見習兵。

每個帝國的人類男性都必須從軍，這個過程被視為某種成年儀式。

帝國男性於十五歲時得進入軍隊服役一年，而在這一年當中，軍營裡的軍人會近乎殘酷地訓練這些無知的男孩，一方面樹立國家威信，一方面是藉由嚴苛的軍營環境，挑選出少數擁有投影天賦的帝國男性。

強大的天賦伴隨的是其他無天賦者的死亡。

我永遠記得進營的第一天晚上，我就跟其他進營服役的同齡少年一樣，被一大群資深軍人圍起來，要求不斷地喊話、操練，只要稍有閃神，他們就會走過來，像是踢死狗般地拼命踹。所有人都被踹倒在地上。這些少年們會被欺負到凌晨。之後大家拖著疼痛的身軀回房，累倒在滿是蚤子的大通鋪內，幾個小時後再被叫起來，囫圇吞了些食物後繼續被欺負，直到再次爬回自己的床鋪上時，身體早已沒了知覺。

有時候，他們會挑出幾個看不順眼的人，在夜半時分，把所有人趕到空地。要大家圍著那幾個倒霉鬼謾罵，但到最後情況都會失控，會有強壯的人開始出拳痛毆，其他人會立刻跟進。那種狂怒就像是將火把丟入整罐煤油桶中，空氣裡充滿令人作嘔的氣味，所有人迫不及待想解放壓抑在體內的憤怒。

毆打的過程充斥著咆哮與喘息，所有人開始叫喊，發出尖銳的笑聲。這時，負責管理的軍人會放任少年兵一擁而上，將可憐的羔羊淹沒在拳腳堆中。

整個霸凌就像狂歡慶典，就算是位在人群最邊緣的我，也都感到體內血液不斷沸騰，我會跟著大喊，就像是熱情的參與者。只是拳腳一向不是我的專長，因此我盡可能退到外圍，替那些打人的傢伙搖旗吶喊。經過幾次之後，有年長士兵發現，我沒有如他所願地毆打被受害者，這也導致之後的我被選為某次狂歡派對上的祭品。

殊不知，他們才是真正的祭品。

就在遭到霸凌的那個晚上，我的投影天賦就此被「綻放」了出來，還造成難以挽回的災難。

「你是怎麼成為投影使的？」我吸一口菸，用像是在問晚餐想吃什麼的態度詢問。

一般來說，投影使在綻放的過程中，絕對都會產生慘烈的「意外」。

班諾回答：「我綻放時，剛好有兩個長官在旁邊。你知道的……軍人殺軍人會被判死刑。」

被我這麼一問，班諾似乎獲得更多勇氣，他在講完自己的經歷後便大膽地問我說：「你那時候是出了什麼意外呢？」

雖然我不想回想起那段記憶，但既然班諾都開口告訴我了，也不好意思不講。

「那一次，我召喚出來的投影獸——」我冷靜地說道：「把營地毀了一大半，跟我同時進去的見習兵全死了。當中好像也有資深的軍人。」

班諾發出驚呼聲，不知道是出於敬佩還是恐懼。

「那時候，我必須在絞繩跟從軍之間選一個，所以就來到這裡啦！」

接著，我們倆同時笑了出來。

這是班諾第一次進行遠行任務。近幾年，雄獅帝國跟獨角獸王國的衝突減緩，使得我們這種「特殊」的投影使無所作為，只能待在營區裡消耗糧食，某方面來說，我們算是被帝國監禁的囚犯，只不過籠子是用黃金打造、手銬腳鐐鑲滿寶石。

「不過，這裡怎麼看都不像是調律獸人的試驗場，而只是一般的獸人村。」班諾饒有興致地俯視村莊，就像出門遠行的孩童。

在搭船離開帝國港口前的晚上，我跟班諾講述了一些關於這次任務的內容：投誠於火鳥王朝的 β 調律工程師艾狑寧，於法爾布丹大陸位在美麗蠻荒與火鳥王朝的非武裝區內，建造調律獸人試驗場，並協助王朝製作新型調律獸人。因為美麗蠻荒擔心自己國家出手會引發不必要的麻煩，所以委託與之結盟的帝國負責出面「處理」。

「怎麼，難不成要掛招牌嗎？」我將菸蒂彈到地上，用腳尖捻熄剩餘火光。

「可是，試驗場的氣氛感覺應該會更嚴酷，像是會有圍欄，或者是……」班諾眼神飄移，似乎在遲疑是否該繼續說下去。

「像我們平常生活的地方？」我直接說出他心底想說的話，看著他瞬間露出驚恐的表情，我內心感到十分有趣。「擔心什麼，這裡除了你跟我，還有誰會去告狀。難得可以享受一下自由的空氣，只要能照實完成任務，我才不管你們說什麼呢！」

經我那麼一講，班諾膽子又更大些，他開口說：「這些獸人在刻意模仿人類生活。我認為，他們沒有像一般的調律獸人殘暴嗜血，也許我們毋須使用強迫手段，就能讓艾狑寧乖乖就範。」

我不禁發出冷笑，班諾立刻縮起身子，表情顯得畏懼。然後我說：「難道我們要直接在村口大喊『回家吧，艾狑寧！你的國家正在找你』。要知道，他可是從自己的國家叛逃出來的，怎麼可能乖乖地跟我們走呢？」

「他選擇逃走總是有原因的，要是能說服他的話……」

「不要揣摩對方的想法，這樣你會很難辦事情。咱們就依照指示，將上頭交代的事情給完成。」

班諾嘴上的火光逐漸黯淡下來，看來談心時間結束了。

「你去替我把那幾個傢伙給叫過來吧。」我清清喉嚨，決斷下令。「時間差不多了，咱們開始行動。」

□

我們偽裝成迷途的旅人，在黃昏時刻，滿臉疲憊地進村。一進村莊，原本懶洋洋的氛圍頓時變得躁動，幾隻裝扮得像人類農夫的獸人立刻圍過來。依照一般情況，我們應該會立刻慘遭攻擊，然而這群獸人就只是充滿好奇地看著我們，跟之前獲知的情報一樣，他們對人類毫無戒心。

「我們迷路了！」班諾說。老實說，演技實在有夠差的。

然而，班諾話一說完，獸人們就圍了上來。

「坐！」其中一位雙臂粗如樹幹的獸人扯嗓大吼。

就在我正準備伸手打開腰間上裝血罐的木匣時，一杯裝著渾白液體的陶壺出現在我眼前。

「你們一定渴了。」紮著三根大麻辮的女獸人將杯子依序遞給我們，說：「這是剛擠出來的，很好喝，還可以補充體力。」

我嗅一下，淡淡的乳香撲鼻而來，是牛奶。

「盡量喝呀，還有很多。」頭綁著布巾並套著吊帶褲的獸人朝我們眨眼，彷彿在等待誇讚。一般來說，獸人是不會養牛，不會擠牛奶，更不會將牛奶分給陌生人類。

這名對我眨眼的獸人就像是尋常的牧場主人，反倒是班諾直盯著對方瞧。

「沒喝過牛奶嗎？」對方擔憂地看著班諾，我趕緊偷踹他一腳，他趕緊回神，笑著說：「沒事，我只是走太久，有點累了。」

「你們這邊可以讓我們借宿嗎？」

面對我們的請求，獸人們面面相覷，似乎拿不定主意。

「我們這邊平常不會有外人經過。」另一名獸人努力朝我露出友善的笑容，雖然模樣看起來相當駭人。「要是想留宿的話，必須經過村長同意。」

「村長？」居然不是稱酋長還是老大，這真是一件怪事。

「村裡的所有大事都由他決定。」話說完，他隨即招呼其他獸人進行討論。我想，大概是討論要由誰帶我們去見「村長」。

就在他們專注討論的時候，我趁機將杯中的牛奶偷倒掉，班諾與拉米雷也同我的動作，趁機將牛奶倒在地上，吉古拉則是把牛奶一股腦地喝進肚。

在他們討論結束後，一名自願放下手邊農務的獸人村民拎著一籃水果，帶我們往村長家的方向走。

「你們實在很幸運，這附近只有咱們這座村莊，要是你們不小心繞過去的話，接下來就會有好多天只能啃樹皮了。」這名獸人村民邊走邊說：「當初大家可是費了一番功夫，才把這片雜草林地弄得比較像話。剛剛你們喝的牛奶呀，也是村長從外地帶來好幾頭乳牛，教咱們如何飼養的，要不然森林裡才不會有乳牛呢！」

獸人繼續跟我們解釋，這裡是由一群主張和平的獸人共同建立起來的村莊。

我問：「你們為什麼會在這裡建村？這裡不就剛好是兩個敵對國家的交界處嗎？以一般的思維來說，能離戰火越遠越好，選在非武裝區是一個非常大膽的決定。」

「村長說，最危險的地方就是最安全的地方。」獸人露出一副「你們人類有夠笨」的表情說道：「哪個原本生活好好的村莊，會讓一群獸人住進去。或是你家附近忽然人有陌生種族開始蓋房子，任何生物都會警戒起來，到時候會發生什麼事情都很難說。村長選在此地建村，可以不會侵占到誰的土地，又同時避開兩國戰火的侵襲，簡直是一舉兩得。」

「而且，因為是非武裝區的關係，地圖也不會記錄村莊位置。」班諾開口附和。我暗自翻了個白眼，因為這項「聰明」的決定，使我們在森林裡搜尋多天，吃了不少苦頭。

「你們原本又是從哪裡來的呢？」班諾繼續跟獸人村民閒話家常。

「你猜呢？」這位獸人打趣地朝班諾露出白森森的牙齒。雖然我們手邊的情報資訊早就知道他們是美麗蠻荒的獸人，但班諾還是故意表現出困惑的樣子，裝作自己猜不出來。

「哈哈，猜不出來吧！」獸人對於我們的反應似乎感到開心，說：「這邊的獸人有從美麗蠻荒來的，也有從火鳥王朝那邊來的，還有一些是從這兩國以外的地方慕名而來的。」

咦?!這跟我獲知的情報資料不大一樣。

「所以，這裡有很多不同國家的獸人？」

「反正對你們人類來說，都是獸人嘛！」對方挖苦嘲笑，粗啞的聲音蘊含著驕傲。「誰打哪來一點也不重要，重要的是，我們在這裡養牛、種菜、種果子，大家同心協力過好日子！」

就如同這位獸人所說的一樣，在這座單調的村莊裡，到處都能看到辛勤工作的獸人，這和我之前在美麗蠻荒所見到的獸人截然不同，從山崖上遠遠觀察時，還未有如此清楚的感受，微風輕撫、和諧地吹過整座村莊，村民各司其職，帶著富足的笑容與彼此招呼。就算看到我們這些突如其來闖進村裡的外人，村民們仍笑容滿面地朝我們點頭致意。

在路途中，我被身後嬉鬧聲給吸引，轉身發現，數名獸人孩童正嘰嘰喳喳地跟在我們身後。

「不好意思，這些孩子們都沒看過人類。」領路的獸人可能覺得小孩反應過於激烈，他邊解釋邊伸手驅趕，但獸人孩童卻把對方的動作視為讚許，孩子們瞬間聚集，圍住我們的去路。

「是人類耶！」、「跟書上畫的好像！」、「皮膚是白的、黃的跟褐色的耶！」、「怎麼沒有尖耳朵？」、「你白癡嗎？尖耳朵的是精靈。」、「他們怎麼過來的，用腳走路嗎？」

其中一位獸人女孩大膽靠近，她有著美麗的深褐色肌膚，其散發的一抹金屬色彩，配上水靈靈的灰藍色眼睛，看起來十分可人。獸人女孩穿著一件素雅的白洋裝，配上刺繡腰帶，烏溜的長直髮戴著編織好的鮮花冠。很明顯的，幫這名獸人女孩做打扮的，有意讓她看起來十分有教養。

不過看來那個人是失敗了，因為獸人女孩的表現十分粗魯，刺繡腰帶在她的裙襬晃呀晃，且她還一直在我們身邊溜來溜去，像是泥巴水裡的泥鰍，灰藍色的目光毫不客氣地打量著我們。就在她稍微停下動作後，便毫不害臊地朝著我們一行人大笑，兩側利齒俏皮地露出來。

「你的頭髮跟玉米的顏色一樣耶！」女

孩指著拉米雷說。拉米雷是我們這群人當中唯一的金髮男，在帝國金髮被認為是好看的髮色。然而他最討厭的，莫過於自己的那頭金髮。拉米雷曾跟我說，金髮是他人生不幸的源頭。

在女孩發出讚嘆的尖叫後，拉米雷朝女孩尷尬一笑，要是在一般狀況下，他早就用那得理不饒人的嘴，連珠帶炮地罵回去，但他很明白，萬一不小心燃起獸人們怒火，就得提早實施計畫，現在還不是時候。

女孩似乎對金髮特別有興趣，她靠近拉米雷，試圖拉扯對方。可憐的拉米雷左閃右閃，想辦法躲過獸人女孩無禮的觸摸。

「薩妮不要這樣，會嚇到人的。」獸人拉高聲調，但這名被稱為薩妮的獸人女孩完全無視對方，繼續試圖抓拉米雷腰帶上的裝飾品。

搶在拉米雷情緒崩潰前，我趕緊從口袋裡拿出木雕青蛙，試圖用個小玩具替可憐的拉米雷解圍。

女孩瞥見我手上的東西，馬上就把注意力放在我這邊，我蹲下示範玩法。「妳看，用這根棍子打它，就會發出呱呱聲喔。」這隻木雕蛙是我搭船閒來無事時，用來打發時間的手藝，沒想到這時竟派上用場。女孩立刻靠過來，我將木雕蛙遞給她，在伸手接下玩具後，她立刻對我綻開笑靨，而我也報以她親切的笑容。

「天呀，看你這副蠢樣，簡直就像是看到女兒的老爸。」拉米雷鬆了一口氣，卻完全沒有要感謝我的意思。我哼了一聲，回嗆他說：「閉嘴。你這個玉米男。」

此時，薩妮用一種天真爛漫的語氣問我：「怎麼沒看到你的牙齒，是被拔掉了嗎？」

「我有牙齒喔，在這裡。」我隨即朝女孩張開嘴巴，女孩把手指伸到我嘴裡。我用力撐著，讓女孩用手指確認我的犬齒位置，忽略拉米雷發出的恥笑聲。

獸人這時跟薩妮說：「我要帶他們去找妳父親，妳就先去其他地方玩吧！」

一聽到「父親」二字，原本蠻橫的女孩立刻縮手，並整個人乖順起來。「他們是父親的客人？」

「沒錯，父親應該有跟妳說，遇到客人要怎麼做？」

「不要欺負對方。」

我忽然覺得這女孩平時應該挺令人傷透腦筋的。

「待會見！」她蹦蹦跳跳地跟我們道別。

「她是村長的女兒呀？」

「是呀，她是少數在這村裡誕生的獸人……」話說到一半，獸人村民立刻摀住自己臉上長獠牙的部位，可能覺得自己太多嘴了。

我刻意微笑，裝作沒看見，說：「真是充滿活力的女孩。」

「就跟這座森林一樣，令人摸不著頭緒。」拉米雷則用一抹迷人的笑容，掩飾自己剛才被碰觸時的不滿情緒。他有個尖挺的鼻子，長相還算不錯。然而，我知道他出身極度卑微，有一次他在酒醉時曾吐露，他小時候曾遭到大人虐待，也因此從中展露出強大的投影天賦。

拉米雷其實比我還早進到隊裡，只是上

頭一直不讓他負責帶隊。其中一個說法是他有許多問題，但主要原因是上頭覺得他身分卑下，沒有帶隊的資格。不過令我比較困擾的是，他總喜歡三不五時地對周遭人講下流話，且還有嗑罌粟的壞毛病。

我沒辦法要他住嘴，只能不許他在執行任務時嗑藥。我的說法是，藥物會影響到情緒，進而產生各種問題。雖然他覺得我過於多慮，但在我堅持不退讓的情況下，他也只能遵守規定，不過整體而言，我們彼此相處還算融洽。

「對呀，薩妮可是村長的寶貝女兒。」

「可惜我對女孩子沒輒，要是是獸人男孩的話，我可能會陪他多玩一會兒。」拉米雷發出嘖嘖聲，說：「我還沒跟獸人小男孩一起玩過呢！」

獸人村民沒聽出拉米雷其中的褻語，這時他轉頭問我：「你是魔法師嗎？居然可以讓青蛙乖乖地不動。」

「就是用木頭雕出來的小玩意，我平常閒來無事就會做幾個來玩。」

「手藝真好，就像真的青蛙一樣。」

我們抵達村長家門口，獸人輕敲門扉並喊：「艾羚寧村長！」

過了半晌，一名戴著圓形細框眼鏡的獸人從門縫中探出頭，冷淡地掃視著我們幾個人，獸人村民解釋：「這些人類迷路了，想在村裡借住一晚。」

「我們原本以為今晚就能抵達璘姐貝都。」我刻意尷尬傻笑，讓自己看起來像是錯估行旅距離的狼狽旅人。拉米雷也很配合我的演出，他還故意抱怨幾句：「你還敢說你都把路線記好了，要不是我看見這邊有座村莊，今晚我們就得在樹底下吹冷風睡覺了。」

「這裡距離達璘妲貝都還有三四天的路程，而且還會經過一處沼澤地，要是你們有拖車的話，會更費時。」艾狑寧話說完後大門隨即敞開，要不是剛才已經看過超乎想像的農夫裝扮獸人，我可能會被眼前這名獸人的穿著給震懾到。

這名灰皮膚的獸人，其穿著可說是一絲不苟，他戴著眼鏡，披著一件寬鬆的學者袍，腰上俐落地紮著牛皮腰帶，就連開門的動作都十分文雅，是那種會讓人一眼就覺得知識淵博的知識分子，身後還有滿屋子的書。

就在艾狑寧招呼我們進屋時，帶我們過來的獸人把水果籃放在一旁桌子上，說：「就麻煩村長您招呼了。還有這是剛摘下的水果，拿給您嚐看看。」

艾狑寧說：「是刺棗呀，薩妮最喜歡吃這個。」

「每戶都能拿到好幾籃，吃到爛掉都吃不完。」

「也許可以考慮把這些刺棗用酒醃起來，這樣就能常放。」

「不愧是村長，居然想出那麼好的方法，只不過這玩意兒要怎麼醃呢？」

「太好了！」

「這幾天我來研究，然後再來教你們。」

這對話就跟農村平常的生活沒什麼兩樣嘛！

「薩妮剛剛纏著這些人類不放，我想她今晚絕對有一堆問題要來煩你了。」獸人村民說道：「這些人類就讓您招待了，我得趕快回家幫忙，免得我家的婆娘嫌我偷懶。」

待村民離開後，艾羚寧就走向我，伸出粗壯並佈滿濃密毛髮的掌心，從容地向我致意：「您好，我是艾羚寧。」

「睿・卡本特。」也許是艾羚寧的氣質讓整個氣氛變得嚴肅，我不自覺地與他握手，接著我問道：「我們想在您村莊借宿一個晚上，不知道是否方便？」

「很抱歉，恕我無法答應。」相較於熱情單純的村民，艾羚寧的反應像個不歡迎我們的官員。「你也看到了，這個地方就只有獸人，對你們人類來說可能不舒適，而對我們獸人來說，收留人類是有風險的，所以我希望你們能趕緊離開。」

「只要能稍微歇息就好，這幾天我們一直在森林裡找路，實在沒辦法好好休息。」我說道。

「我們一早就會離開。」班諾語氣顯得十分沮喪，拉米雷眉頭深鎖地望著對方，吉古拉則是老樣子面無表情，但我感覺到他身上散發出一股哀求感。

「我不想對你們有任何的臆測，可是一般人類要是遇到獸人村莊，必定會想辦法在不驚動任何東西的情況下，繞道而行。」

「我們來自於凱塔格蘭加！」我想起以前在書上讀過，位於雄獅帝國西北方，三叉戟海位置的凱塔艾蘭，是一個有各種種族在一起生活的區域，主城凱塔格蘭加更是座有多元文化與族群的城市。雖然我從未去過那裡，更不知道那裡是否真的有很多獸人。

「凱塔格蘭加啊……」聽完我的解釋，

艾狑寧態度變得柔和些。我趁勝追擊，補充說：「我不太清楚這個地方的人類對獸人有什麼偏見，我們這邊只希望可以稍微歇息一下……」

就在這時候，薩妮像旋風似地開門衝進屋裡，打斷我與艾狑寧的對話。

「人類！會變出蛙的人類。」她大喊。

看到女兒，原本冷酷的艾狑寧立刻露出溫暖笑容。「怎麼那麼早回來呢？晚餐時間還沒到呢！」

薩妮把敲斷的木雕蛙遞到我面前。

天呀，竟然壞了！看來獸人幼童的破壞力十分驚人。

「這東西壞掉就沒辦法復原了。」我無奈地表示。薩妮皺起鼻子，看起來非常不甘心的樣子，我身上沒有其他木雕玩具了，只能出言安慰：「以後我再做一個給妳，好嗎？」

「不要，我就是喜歡它。」薩妮洩氣地把玩具放進口袋裡。艾狑寧這時勉強答應道：「在這座村莊的尾端有間空屋，平常是用來堆一些木柴或是乾草什麼的。你們幾個人類，可以到那邊待一晚。」

「感謝村長願意讓我們留宿。」我趕緊向艾狑寧表達由衷的感激。「我們不會打擾太久的。」

「對，就只能夠一個晚上，明早就請你們趕緊離開。」

□

艾狑寧雖然不太喜歡我們，但他仍盡地主之儀招待我們吃飯。我們四人與這對獸人父女一同吃晚餐，整桌都是村民送過來的食物，烹調簡樸但卻給人非常豐盛的感覺。薩妮一直纏著我問問題，像是人類幾歲算大人？小孩和女性長什麼樣子？為什麼人類的牙齒都平的？人類的皮膚是什麼顏色？頭髮是什麼顏色？我邊吃邊回答，一刻都閒不下來，還差點咬到舌頭。

「薩妮，趕快吃吧，湯都涼了。」艾羚寧溫和地斥責，然後薩妮隨便吃了幾口，又繼續問：「你說你們是從凱塔艾蘭來的，那是什麼樣的地方？」

我停頓，假裝自己正在吞嚥食物。

「凱塔艾蘭的主城叫作凱塔格蘭加，那裡有超高的建築，滿天飛翔的船。在那裡，人類、獸人、矮人、精靈、巨魔與哥布林全都生活在一起。」班諾替我接下薩妮的問題。獸人女孩聽聞，雙眼綻放著興奮光采。

接下來，我只能和班諾漫天扯謊，講得咱們像是在那裡長大一樣，要不是得掩飾身分，我想一旁的拉米雷應該已經白眼翻得老高，他忍住不去吐槽我們倆，跟著吉古拉沉默進食。

飯後，艾羚寧帶著我們去今晚休憩的地方，看起來原本是用來當馬廄，但裡面沒有任何馬匹，只有木材跟乾草。

「再過去有條小溪，你們可以飲水跟盥洗。」他給了我們一些村民送他的刺棗，並補充說明：「放心，這座森林沒有什麼大型動物，非常安全。」

待村長離去後，我們全部人都鬆了口氣。

「嘿，你這個幼女殺手！」拉米雷把乾草舖平，然後逕自地在上頭打滾，在睡了多天的泥濘地後，他似乎很滿意這堆柔軟的乾燥植物。吉古拉正啃著艾狰獰給我們當宵夜的水果。我有點擔心他會不會吃太飽，晚餐時，他已經吃掉五顆馬鈴薯和好幾碗玉米湯。

「班諾……」我對他如此熟悉凱塔艾蘭這件事情感到好奇。「你怎麼對凱塔艾蘭這麼清楚？」

「小時候，我父親常跟我講一些關於凱塔艾蘭的事情。我父親他曾到凱塔艾蘭大學當過交換生，在那邊讀了幾年的書。」

「你爸應該是在唬爛你的吧！」拉米雷譏笑道。班諾怒瞪他，每次談到有關父親，這兩人就會出現摩擦。據說班諾的父親是知名的學者，班諾相當崇拜自己的父親，就算班諾成為投影使，他們彼此仍有持續通信。

一般而言，帝國投影使能跟家人保持聯繫是一件非常罕見的事情。

「最起碼蒙混過去了。」我趕緊打圓場說道。拉米雷隨即打了一個呵欠，表示同意。吉古拉則完全不管我們，就地坐下來繼續吃東西。

「別吃，這些是要留給佛克的。」班諾試圖阻止他把食物全給吃光，但吉古拉完全不理他，一味地把刺棗全塞進肚，班諾只好轉身問我：「待會兒要佛克直接過來嗎？」

「他說，他會跟投影獸持續待在村莊外圍。」

「為什麼他不一起過來呢？」班諾問。

「那傢伙長得比獸人還可怕，一進村就會被當作什麼怪物了。」拉米雷立刻說道。

雖然形容得挺刻薄的，但對於拉米雷的說法，我無可否認，除了減少不必要的麻煩以外，其最主要原因是他得擔任外圍監視的任務。而且他還向我表示，自己不想要和任務目標有多餘的相處。

「一路上你們有觀察到什麼可疑的東西嗎？」

班諾聳肩，拉米雷則應答：「一群獸人在這鳥不生蛋的森林裡，過得像是人類農夫般的生活，已經夠可疑了。」

「我們可能得趁午夜後調查村莊，看能否找到調律獸人實驗的相關證據。」拉米雷拉長臉，不情願地表示：「啥！好不容易有個可以好好休息的地方，馬上就要開始找嗎？」

我嘆了口氣，說：「要不，你來照顧吉古拉，班諾跟我負責今晚的偵查。」我知道吉古拉不適合低調搜索，而且必須有人隨時盯著他才行。

「我才不想跟這個胖子共處一室呢！感覺整個油膩膩的，我比較喜歡你留下來。」雖然拉米雷這傢伙嘴巴上那麼說，但其神情似乎非常滿意我分配給他的職責，他四肢攤開，開心地躺在乾草堆上，放任吉古拉把籃子內所有的食物給吃光。

班諾則收起原本要閱讀的書，靜待我下個指示。

直到午夜時刻，我帶著班諾潛入村莊，試圖找出任何能夠回報上層的資訊。此時，班諾似乎很緊張，他亦步亦趨地跟在我身後，就像早上的那群小獸人，我不耐地轉身，說：「你不用那麼焦慮，要是他們真的忽然攻擊，也絕對贏不了我們的。」

「萬一……上頭搞錯了呢？」班諾說出

心底的擔憂，「這裡真就是一座尋常的獸人村，沒有實驗室跟調律獸人，他們來到這座森林裡，想要遠離戰火，好好生活，就跟大多數的人一樣。」

「那就繼續照計畫進行，他們只是一群獸人罷了。」

「可是他們不是調律獸人，甚至連一般的獸人士兵都算不上。」

「你是投影使，帝國的劍刃。」

班諾沉默下來。

「為了安全起見，把你的投影獸召喚出來，牠能隨時幫我們注意可疑狀況。」

遵照我的命令，班諾拿出一瓶裝滿他自己血液的玻璃瓶，他打開瓶口封塞，將血液倒在手中。頃刻，半空甬道開啟，朦朧光芒從中傾瀉而下，宛如一道光柱，體型如鵲般大小的「攸艾維」在光柱內逐漸成形，大部分的投影使在召喚出投影獸時，四周氣體會產生細微變化，甬道開啟，接著從甬道內會照出光束，之後投影獸就會從光中浮現出來。這段期間是攻擊投影使的最好時機，但就只有短短幾秒。在投影獸完全浮現出來後，投影使就能指揮牠，使其成為強大的武力。

班諾召喚出的攸艾維沒有頭，亦沒有任何四肢，橢圓型狀加上翅膀即是牠全部軀體，不過牠的翅膀十分華美，四隻緊連身軀的大翅膀上充滿繁複的紋路，兩顆眼睛鑲嵌在充滿金屬光澤的軀體上。每次我見到攸艾維時，都覺得牠並非從異界而來的獸，反倒像是工匠精雕細琢而出的藝術品。

那隻被召喚出來的攸艾維停在班諾的手腕上，渾圓身體的下方微微裂開，牠伸出一根像是舌頭的器官，低頭暢飲掌心的血。

班諾是少數能投影出飛行獸的投影使，這點讓我有點羨慕，曾有研究投影魔法的學者主張，投影獸會呈現投影使的內心樣貌。

班諾的投影獸能夠漫天翱翔並俯視大地，我的投影獸則猥瑣、醜陋，如長期在陰溝裡扭曲的低等生物。

不過他的投影獸也是有些麻煩處。例如，牠們只能在有天空的地方才能召喚出來，且無法進到室內的空間。

待攸艾維喝完血後，這隻閃耀金屬光彩的投影獸隨即展翅高飛，並在上空持續盤旋，班諾伸手抹抹衣角，把殘血擦拭乾淨。

「這裡其實還挺不錯的。」班諾甩甩手，像是想將黏在手上的髒東西給甩開似的。「空氣清新，氣候宜人，而且生活靜謐，食物也很好吃。」

的確，這座村莊勾起我許多回憶，那是我尚未成為投影使前的回憶。

我在一個平凡無奇的家庭長大，父親是木匠、母親是裁縫師，我還有許多的兄弟姊妹，就跟一般的雄獅帝國男性一樣，我在十五歲時進軍營當兵，接受為期一年的成年儀式，預計經歷完儀式後離開軍營返家，繼續同父親在村裡刨木頭。

然而，我成為投影使，被迫永遠困在軍營裡。

班諾見我沒回應後就沉默下來，我們倆就這麼安靜地四處查看。路上空無一人，屋前還能聽見裡頭傳出打鼾聲。就如班諾所預測的一樣，我們發現任何疑似實驗場的蹤跡。

看樣子，就只能把這名叫艾羚寧的調律

獸人工程師給帶回去了。

這也是最令我頭痛的地方，艾狳寧是這座村莊的村長，代表我們不可能無聲無息地讓他跟著我們離開，而且他還有個女兒，任務指示並無提及要如何處理艾狳寧的家人。

在確認這座獸人村莊無任何可疑處後，我和班諾決定先回到屋內稍作休憩，等待凌晨時再進行下一個行動。

但就在我們靠近休憩的空馬廄時，我感到裡頭氣氛有些異常，空氣中帶著不安的躁動，慌亂與恐懼正隱含在細微的低頻聲中。我跟班諾同時豎起警戒，相互對看，隨即衝了進去。

進到馬廄內，只見吉古拉口吐白沫，整個人橫倒在地上，拉米雷則單手抓著早已哭成淚人兒的薩妮，驚魂未定地瞪著某個方向。

面對眼前的景象，班諾也跟著慌張了起來，一副不知所措的模樣，我則詢問道：「發生什麼事了？」

「放開她。」在屋內的另一角落，手持草叉的艾狳寧正僵硬地站著。很明顯地，他想讓自己看起來充滿威脅，只是明眼人一看就知道他是刻意裝出來的，這名獸人學者握叉的方式顯示他並不熟練任何的打鬥技巧。

只不過，我瞥見草叉尖端閃著一層油光，推斷那可能是某種劇毒，只要肌膚被輕輕劃過，就會小命不保。

「你們的目的到底是什麼？」艾狳寧問：「帝國為什麼會派軍人來這裡？」

「根據情報顯示，你正協助火鳥王朝調配新型的調律獸人，我們代表帝國協助美麗蠻荒過來調查。」

「你們自己也看到了，這裡就只是一群想遠離戰火的獸人們所組成的村落。」

「的確沒有任何實驗痕跡。」

「既然這樣，你們可以離開這裡了吧！」艾羚寧故意抖了一下手中的草叉。「放開薩妮，滾出這座村莊！」

「我們此行還有另一個任務。」我說道：「美麗蠻荒那邊請我們把村裡的前調律工程師帶回去。」

艾羚寧握緊草叉，語氣冷酷地回答我：「我是不會回去的。」

「他們要我跟你傳達，只你能回去繼續國服務，他們就會不濟前嫌，赦免你所有過去泛下的罪刑。」

「赦免？」艾羚寧冷笑一聲。「這輩子我最無法原諒的，就是那群泯滅良心的混蛋。他們竟然還有臉說要『赦免』我，先問看看自己到底做了些什麼再說吧！」

「聽著，」我皺眉，試圖安撫對方情緒。「我不知道你和你口中的『那群人』到底幹了什麼事情。但我們奉命帶你回去，而我勸你乖乖聽從建議，閉嘴然後跟著我們走。」

「我是不會跟你們走的。」

「我們在村外還有其他同伴，要是我們在天亮前沒與他會合的話，他就會回去通報，之後來的，就不只我們幾個人類而已了。」

艾羚寧一語不發。

「況且，」我手一揮，繼續說道：「我們不是那種只能拿刀劍的人類軍人，我們是投影使。」

我原本以為艾羚寧聽到我們的身分時，會因恐懼而渾身發抖，但他反而露出某種憐憫之情。雖然那情緒一閃而逝，可是我仍察覺到了。

「那你們應該很清楚，我回去美麗蠻荒意味著什麼。」他的聲調變得和緩。「但只要我跟你們走，你們就會放過薩妮，對吧？」

「我們受命要負責帶你回去美麗蠻荒，剩下的就不關我們的事情了。」

艾狑寧放下手裡的草叉，緩緩走向拉米雷，在我的示意之下，拉米雷放開薩妮，小薩妮一口氣衝向父親的懷裡，再次放聲大哭。

「對不起！對不起！對不起！我只是想看看人類……」

獸人學者溫柔地拍著女兒的背，輕聲地說：「沒關係的，爸爸知道妳不是故意的。不過呀……薩妮妳以後要可不要太粗心，遇到人類要小心點喔。」

薩妮頓時停止哭泣，她瞪大那雙灰藍色的美麗雙眼，臉上充滿困惑。

「爸爸呀，要跟這些人類離開村莊，到其他地方去了。」

「我也要跟你一起去！」

「不行不行，妳要留在這裡，知道嗎？」艾狑寧表情平靜，卻帶著某種決斷。「妳要幫鄰居做事情，然後啊，盡可能做自己想做的事情，知道嗎？」

獸人女孩猛力點頭，漆黑的長髮隨著她的動作飄動，艾狑寧伸手撫摸女兒的頭髮。我趁時靠近吉古拉，將手指放在他的喉間，確認他是否仍有呼吸。

「放心，他只是吃到某顆塗有麻藥得刺棗而已。」艾狑寧在跟女兒道別完後跟我說道：「嘴裡溢出來的那些，應該是他尚未吞下去的食物。」

「真可惜。」拉米雷故意露出失望的表情，班諾幫我把的吉古拉攙扶起來，吉古拉發出聲音，看來還保有意識，接著他抖抖身子，表示自己四肢可以勉強移動。

艾羚寧沉默地跟我們走到屋外。此時月色宛如熾焰，在黑暗的夜空中熊熊燃燒。我點起火把，替所有人領路，吉古拉挨著班諾蹣跚前進，拉米雷則緊隨在艾羚寧旁邊。

在走了一小段路後，我望向這名原本打算堅決抵抗，最後卻決定順應自身命運的調律工程師，現在的他，平靜到令人感到寒顫。我想起自己在點頭簽下那紙契約的時候，似乎也是這樣，感到一切宛如止水。

因為我明白，人生已經結束。

「需要回屋子拿什麼東西嗎？」

艾羚寧搖頭拒絕，回答：「所有他們要的知識和技術，我都記在腦子裡了。」

我回頭，確認那名蠻橫的獸人女孩有無偷偷跟來，還好她有將父親的話聽進去，身後的路空無一人。我們刻意繞過街路，直接來到村莊的外圍。我看見佛克站在陰暗處等著我們，佛克身形佝僂，頭髮稀疏，模樣有些駭人。我相信，初次見到佛克的人，情緒上多少都會感到恐懼，然而艾羚寧與我們走向這名外貌無比醜陋的投影使，沒有顯露任何害怕的跡象。

佛克朝我們咧嘴，雙瞳咕溜溜地轉動，完全無法對焦。

「他怎麼了？」佛克指著吉古拉詢問，他的聲音沒有容貌那樣殘破，溫和中帶著一點點的磁性。

「吃壞肚子啦！」拉米雷沒好氣地回答：「這吃貨把你的宵夜都給吃光了。」

佛克對於拉米雷的回答沒多做反應，他先是瞥了艾狑寧一眼，再把注意力落我在身上。我暗自吞了個口水，對拉米雷下令道：「該你了。」

拉米雷原本輕浮的笑容消失，他沉沉地低頭，解開腰間的木匣，裡頭的內容物跟一般投影使不同，不是整排血罐，而是已事先召喚出來的投影獸，牠們的外型是一顆顆拇指般大小，宛如蟲繭般的橢圓體。

「把這東西吞下去。」拉米雷凶巴巴地命令道，艾狑寧瞪了他一眼。

「別逼我把它從你身上其他地方塞進去，我對獸人的屁眼一點興趣都沒。」拉米雷態度惡劣地表示。「之後這小傢伙會乖乖地在你胃裡睡覺，但要是你攻擊我們或是逃跑的話，它就會直接衝破你的腹部，讓你用最痛苦的方式死去。」

獸人隨即接過拉米雷手上的投影獸，一口將牠吞下。雙方對視片刻，就像在等待另一方忽然抽搐倒地似的。

在對峙的氣氛淡去後，拉米雷雙手插腰，沒好氣地轉頭跟我說：「這樣就行了吧，我們可以先找個地方睡覺嗎？」

「你和班諾先帶著艾狑寧跟吉古拉回駐紮的營地，我跟佛克要討論一些東西，晚一點會再跟你們會合。」

在其他人消失於陰影中後，我開口詢問佛克：「你的科咯達呢？」

佛克面無表情指著林中黑暗處，好多對深紅色的光點在黑暗中忽明忽滅，透過閃爍光點，我隱約看見了數隻科咯達潛伏於黑暗中，牠們擁有流線般的身形，平滑的頭部上長了一對像耳朵的犄角，眼部與嘴巴的部分發出詭譎的光。牠們的前肢彎曲，背部前端不正常的隆起，就像是佛克的駝背。佛克輕輕地揮了一下手，科咯達們感受到主人的召喚，牠們同時輕柔地甩動如絞鍊般的尾巴，發出低沉的呼嚕聲。

佛克的科咯達能夠追逐所有溫體且移動的生物，只要被牠們鎖定，幾乎就沒有活命機會。我下令他緊盯著村莊，避免任何獸人逃脫。

此時，我不知哪根筋不對，竟開口說：

「艾拎寧表示，希望我能放過他女兒。」

「你會嗎？」

「我們是帝國的劍刃。」

「那麼，剩下的就交給孩子們吧。」

接著，佛克閉上如魚一般的凸眼，隱藏在暗影中的獵捕者瞬間散開，僅剩急促並漸漸悠遠的奔跑聲。待佛克的投影獸就定位後，我淡漠地抽出藏在腰間的匕首，然後捲起袖子，將刀尖刺進手肘內側的皮膚，迅速向下劃刀。

我深呼吸，感受傷口所帶來的劇痛，如此才能讓瑞斯擁有強大的力量。鮮血沿著前臂向下流向指尖，最後滴落在地，我舉高手，宛如搖旗般將傷口溢出來的血液灑在四周，紅色液體在土地上緩緩隆起，召喚的甬道隨之開啟，我的投影獸依循著鮮血與疼痛，慢慢地來到現世。

跟多數的投影使不同，我召喚投影獸時是不會出現任何光芒，我從甬道投射出的是黑暗，彷彿將四周的光線給吸收。在甬道開啟後，就會有一群披著鋼毛，體型僅如手掌大小，宛如小型齧齒生物般的投影獸，從那深不見光的黑影中浮現出來，我稱這些從黑暗甬道內出來的投影獸叫「瑞斯」。

瑞斯能透過我的血液，不斷地從黑暗的甬道湧入。我知道，這些從另一個時空來的醜陋生物，貪婪且殘暴，總渴望獲得更多的血，行過之處必成為荒蕪。我則利用著牠們源源不絕的數量，殺死無數生命，在戰場上建立功績。

這群瑞斯發瘋似地吸吮我的血液，感受我的痛楚，牠們的數量慢慢地增加，從個位、十位、百位、千位，直到再也數不清。

漆黑的湧浪在我腳邊聚集並翻騰。

殺戮蓄勢待發。

「去吧。」

黑潮瞬間匯聚一起，朝我們剛才離開的獸人村莊洶湧而去。

瑞斯是我在第一次「綻放」時與之締結契約的投影獸，牠們在我半昏迷的狀態下來到現世，毫無節制地啃食那些原本欺負我的同袍。我在意識恍惚之際，仍聽得見不絕於耳的慘叫，我伸手撫著自己腫脹不堪的面頰，滿天星斗映入眼簾，當時的夜色真的很美很美……

就跟今晚一樣。

□

艾玲寧回到美麗蠻荒後不久就自殺了。

我不清楚他是如何在眾多監視下結束自己的性命，只聽說當下的他死意堅決，連搶救的機會都沒有。就算是看管艾狑寧的人拔掉了他口中的利齒，除去了他掌上的利爪，不讓他碰觸到任何會傷害自己的東西，還是阻止不了他自殺。至於他尋死的理由，我想應該是從某處得知村莊被摧毀的消息，因此對這世上再無任何依戀。

我也很慶幸，自己這輩子不再有機會遇到他。雖然我不斷地告訴自己，這是雄獅帝國交付的屠村任務，我僅是那把利刃，完美地執行所有交付。然而，每當我回想起那晚的行動時，心底總有種說不出的苦悶感。

另外，班諾沒有出席我的婚禮。

回到雄獅帝國後不久，我就依約迎娶男爵女兒，她是有著一頭黑色秀髮的美麗女性，舉止優雅、溫順，充滿著貴族氣息，一顰一笑都令人神魂顛倒。她對我言聽計從，沒有一絲反抗的表現。只是那雙空洞的眼神卻像刺針般，在彼此心底某處扎出一道血痕。我將這些流出的血液蒐集起來，餵養心中的獸，渴望某天能夠把自己給撐死。

我想起，在我們押送艾狑寧抵達美麗蠻荒前的那個晚上，獸人學者坐在營火邊，凝視火焰。當時應該是由班諾負責守夜，可是經多日的長途跋涉，他早已累壞了，因此我決定讓他繼續睡。

艾狑寧自從離開村莊後，就一直保持沉默。此時他瞥向我手臂上緊纏的繃帶，忽然開口問我：「你還好嗎？」

「這沒什麼。」我壓住手臂，說：「割傷而已，已經做過處理了。」

他嘆了一口氣說：「蠻荒那邊可真是大費周章，竟然委託帝國派投影使抓我這個根本不會打架的獸人工程師。」

「原本是預期有調律獸人戰士，或者是火鳥王朝的軍人之類的。」

「那麼，我必須糾正自己剛才所說的話了。」艾羚寧縮起身子，雙手環抱膝蓋，火焰餘光在反射在他滄桑的臉上。「只派五個投影使，就認為能對付調律獸人跟軍隊，帝國也太不自量力了。」

「我們幾個人的狀況比較特殊。」不知道是深夜疲憊的緣故，還是因為心裡明白，這可能是彼此最後一次相處，我整個人意外地坦白。「我們是帝國『特別』挑選的投影使，只要搭配的好，擊垮一整群普通人類軍隊不是什麼問題。」

「我聽說，雄獅帝國會透過極其殘忍的方式，尋出有投影能力的人，並讓他們接受嚴酷的訓練，完成練後，就會安插在軍隊裡。而其中某些『特別』強大的投影使，則會另外管理，在特殊狀況時候派出來執行任務。」

「是的沒錯。」我隨著他的話繼續說下去：「在訓練的過程，我們必須不斷地讓自己進入瀕死狀態。唯有這樣，受訓者才有辦法全心投入，讓心智遊走於另一時空，找尋到強大的投影獸並與之締約。之後我們成為帝國的劍刃，依照他們的意志行動。」

「聽起來跟調律獸人戰士的訓練很相似。」艾羚寧鬱鬱地表示：「他們在母體時會被調整成當權者想要的模樣，出生後被送進特殊的訓練場所，若是在過程中被發現不合適，就會被淘汰掉。最後，他們會成為國家所希望的模樣，做國家要他們做的事情。」

我不禁乾笑幾聲，點頭同意。「照你的

描述，還真的挺像似的。」

「那你有沒有想過，要不是成為帝國投影使，自己會去做什麼呢？」

「我小時的夢想是成為一個玩具師傅，但帝國應該不需要什麼玩具師傅吧？」

「呵呵，玩具師傅，很不錯的志向。我想起，薩妮總跟我講，她長大後想當醫生。現在只要她願意，就能從我屋內留下的東西，學習基礎的醫療知識。」

聽到薩妮這個名字時，我整個人頓時陷入冷顫，腦中隨即浮現出被投影獸蠶食殆盡的村莊，還好當時艾狩寧並沒有看著我，因此沒發現我臉上的表情有異。他低著頭，繼續說：「薩妮的母親是所謂調律獸人孕母，她從小被挑選出來，負責不斷生育具有特殊能力的後代。在她懷孕期間，像我這類的調律工程師，會透過大量特殊技術來調整她們體內的嬰孩，做出符合要求的調律獸人。等孩子出生後，有一些會送去為國家所用，而其中幾個則跟她一樣，擔當起生育後代的責任。而薩妮——」

艾狩寧聲音平緩，但我從中聽到，潛藏其中那份難以割捨的愛，以及不得不割捨的痛。「根據薩妮母親的說法，薩妮是被調整成某種能供男性娛樂的調律獸人。也因此，薩妮母親決定逃離自己的國家。在幾經波折後，才來到我這裡。她跟我說，她希望自己的孩子可以逃離控制，擁有屬於自己的人生。」

接著，這名獸人調律工程師望向我，用極為悲傷的語氣說道：「仔細想想還挺諷刺的，在美麗蠻荒時，我的工作都是在控制那些生命，然而到最終，卻發現自己也被控制著。因此我唯一能做的，就是創造出一個不被控制的地方。」

我沒有應聲，讓他繼續說下去，艾羚寧的說話聲音逐漸轉小，彷彿呢喃細語，最後他輕聲問我說：「你被控制了那麼久，難道從來沒想過要逃離嗎？」

「逃，能逃去哪呢？像你那樣建立一個投影使村莊嗎？」

見艾羚寧沒有回答，我接著說：「一般來說，我們會在十五歲時被篩選出來，之後就會由帝國負責集中管理訓練，我們人生最精華的時候都會在那該死的軍隊裡。除了投影魔法外，沒有其他的技能，我們要是離開軍營的話，就根本沒地方去。況且，投影使的家人會拿到一筆大錢，但同時也會被國家列入監視，要是逃走的話，帝國會試圖跟他的家人『聯繫』。那麼你說，我們要怎麼逃走呢？」

「是呀，我不應該那麼嚴厲地要求你的，很抱歉。」艾羚寧語氣些微顫抖，他是在跟我懺悔嗎？

不，我求你別跟我講你的罪、你的恐懼、你的理想、你的希望。

就在那一晚後，所有的一切早已不復存在了。

「這也是我決定回來的原因。」艾羚寧緩緩地開口，用一種令人心碎的語氣說道：「我明白，自己的人生早已沒有任何逃脫可能。只是，我希望能夠拯救其他被控制的人們，也許是獸人，也許是其他的族群，讓他們有更多的機會做選擇。老實說，我不知道為什麼要跟你說這些，大概是覺得薩妮挺喜歡你的吧，她那天晚上，一直問我人類的事情……」

「很晚了，你該休息了，明天一大早就得起床移動了。」我打斷他繼續說下去，接著從懷裡拿出菸草盒，而裡頭的菸草還夠兩人抽的份量。

「你抽菸嗎？」我問他，「這是你們國家產的菸草，我不知道在你那邊算不算普遍。這種菸草在帝國十分珍貴，只有高級將領才有機會拿到。」

「啊，這是我唯一會懷念的東西。這種菸草在美麗蠻荒也是價值不斐的玩意。」

「那麼，來一根吧。」

我們替彼此燃菸，蒼白氣體從熾紅的火點中飄出來，上升的煙霧就像那些從異界召來的獸般，隨著呼吸不斷地扭曲變形，最後消散於無垠無涯的現世中。

第一章

漫路殘生

1 NO POVERTY
5 GENDER EQUALITY
6 CLEAN WATER AND SANITATION
7 AFFORDABLE AND CLEAN ENERGY
9 INDUSTRY, INNOVATION AND INFRASTRUCTURE
11 SUSTAINABLE CITIES AND COMMUNITIES
16 PEACE, JUSTICE AND STRONG INSTITUTIONS

死而復生，
感覺起來就像是個難笑的笑話。

在甦醒的瞬間，腦中的聲音是這麼跟我說的。

飲下毒藥的我，被當作垃圾般，遭一群哥布林匆匆丟入河中，隨著水流漂向大海。我以為自己會沉入海底，變成海蛇的食物，但最後卻像小石般地被海浪拍打上岸。

我把自己埋藏在沙堆中，祈求不會被湧起的白浪再次捲入深海。隨著時間流逝，熾陽烘烤著被磨去稜角的我，昏黃覆蓋著充滿屈辱的我，寒夜席捲困頓無助的我，直到我接受自己死而復生。

在帝國，投影使絕大部分都是在執行任務的過程中死去，要不然就是最終發了瘋，被送進專門的安養所度過餘生。喝下國家發派的毒藥後被丟進河裡，成為岸上屍體這件事，不太像是一般帝國投影使該有的人生結局。

我躺了許久，直到完全清醒後，才從粗糙的地面爬起來。

在走了幾步後，我隨即開始感到噁心想吐，苦澀的鹹水從喉部湧出，我蹲下來，不斷地嘔吐，直到一堆腫脹的紫色蠕蟲全被吐了出來，牠們在沙灘上無力地抽動，然後慢慢變透明，留下一灘被牠們吸收的毒液。雖然我知道，拉米雷的投影獸能在脫離召喚者範圍後維持很長一段時間，但我沒想到，牠竟然能撐到現在才消失，要是牠們在我體內就消失的話，我就會當場毒發身亡。

此刻的我衣服已經全爛了，整個人像是裹著一條擦完桌面跟地板後的破抹布，但皮帶仍牢牢地緊扣住我的腰，平時隨身攜帶的木匣竟也完好無暇。我打開木匣，裡面沒有任何瓶罐或是裝液體的容器，僅有一張偽造的身分證跟可以變現的碎金粒，碎金粒中有張紙片，上面潦草地寫了幾個字。儘管我認得那是拉米雷的字跡，但卻看不懂他寫什麼。

不過我知道，那傢伙願意握筆就已堪稱奇蹟了，就跟我能活下來這件事情是相同的。

頂上繁星點點，風聲在耳邊嗡嗡作響。我揉揉身上疼痛的肌肉，明白命運再次給我開了場惡劣的玩笑。

在很久很久以前，我以為自己會跟帝國大多數的人類男性一樣，成年後跟著父親工作，結婚生一堆小孩，平凡無趣地過一生。但因該死天賦的關係，我成為帝國的劍刃，被迫交出自由，做著無法甦醒的噩夢，所有的行動都取決於手持武器的人，直到這把武器被丟棄為止。

而今，我從噩夢中甦醒，卻不知醒來後能做些什麼。

□

我已經為忘記選擇到凱塔艾蘭的原因了。

然而我仍記得，初到凱塔格蘭加的瞬間，感覺就像是推開一扇早已被蠹蟲咬嚙至滿目瘡痍的門，原本在孔隙中的微光頓時敞開，我的視線被刺眼的光線給覆蓋，一股令人頭暈目眩的感受從我心中湧出。

那時候的我搭乘某艘夜班空艇來到凱塔格蘭加，這座城市就跟那些吟遊詩人所敘述的一模一樣，宛如是浮在海面上的光。瑪那燈讓該城市沐浴在光芒之中，就算深夜，它仍如白晝般光彩奪目，光線扎進我的眼角，淚水自眼眶中滿溢。在我的眼中，這座城市擁有無限可能，它以第三空港為核心，以瑪那為食糧，不斷地向外擴張，彷彿不甘僅是一座城，而是要成為整個世界。它映照出這些人的渴望，那些懷抱夢想的人，總奮不顧身地來此尋找更遼闊的世界，甚至幻想未來有朝一日能夠踏上頂端，能夠從高塔上俯瞰這座五光十色的不夜城。

「先生，這是你點的酒。」我把所剩無幾的盤纏全投注在一瓶威士忌上，空艇上的女服務生除了送來我要的威士忌外，還塞給我一塊美麗的手絹。我認為，那塊手巾應該是她的私人物品，絹布沾著清雅的茉莉花香。

下空艇時，我把那塊香氣迷人的手絹留在座位上。

當時我會作這個決定，是因為自己不想再多耗精神在人際關係上，對我而言，光是要準備適應新環境這件事情，就已經夠讓人精疲力竭了。

「喔，你一定會愛上這裡的。」當我把偽造的身分證遞給空港海關時，空港海關滿臉驕傲地對我表示：「這裡的天氣非常好，到時候你可能就不想回去了。」

這名空港海關說的沒錯。已成為睿榿提．奈爾的我，將孤身一人待在凱塔格蘭加，我打算每天把自己喝得醉醺醺的，直到某天爛醉時摔進陰溝中，靜靜地嚥下最後一口氣。

在抵達凱塔格蘭加後，我發現身上的錢很快就不夠用了。因此，我在港口區找了一份倉庫管理員的早班工作，那是一間由老造船廠所改建的空間，裡頭堆滿凱塔格蘭加進出口的貨物，大多是一些可以久放的根莖作物或瓜類，我最喜歡的是小黃瓜，因為洗乾淨後就能直接生吃，順手拿個幾根，就能讓我省下好幾天的餐費，省下的錢能在附近的塔克小酒館多點幾杯烈酒，或是跟酒館門口的哥布林多買幾條廉價香菸。

就我來看，塔克小酒館是凱塔格蘭加最划算的酒館，雖然裡頭的裝潢簡直是乏善可陳，牆面沒有任何掛飾，桌椅擺放的方式非常隨便，甚至任由顧客喜好挪移位置，酒館的桌椅看起來相當陳舊，佈滿各式傷痕，從蠹蟲咬的到被刀刃劈砍的痕跡都有。酒杯只分成大跟小兩種款式，土黃色的陶盤讓餐點看起來十分無趣，昏暗的燈光總讓人搞不清楚眼前的啤酒是哪一種類；盤中裝的食物到底是豬肉、牛肉或魚肉。

這間酒館的老闆跟侍女也都很怪，酒館老闆塔克是個穿著全身防護裝備的章魚，他可以邊調酒邊擦拭杯子，並用其它觸手把調理好的食物放在吧檯上，那副景象實在讓人感到不太舒服，還好我從不坐在吧檯前，我偏好獨坐在角落，數著牆上油漆剝落的痕跡。

酒館的專職侍女只有兩位，偶爾在假日時會多幾位來兼差的，而且都是那幾張熟面孔，毫無新鮮感可言。儘管專職侍女的姿色還算不錯，但她們的服務實在無法讓人有賓至如歸之感。其中一位叫小玥的侍女，雖然她永遠保持著一抹甜死人的笑容，但身手宛如是經過嚴苛訓練的女戰士，她能在送餐時完全迴避掉所有男客們的觸碰，把餐點送到正確的座位，而且她可以單憑一己之力，就把發酒瘋的客人拖出酒館外。

另一名叫小媞的侍女有著一頭服貼短髮及削肩薄身，要是喜歡清瘦型的就會覺得她看起來頗具魅力。只是她的眼睛搭在那張小臉上顯得有點過大，菱角般的嘴型讓她看起來像是在嘲笑他人。在與客人的互動上，她講話總會透著某種尖酸，令想跟她多攀談幾句的客人難以招架。

不過塔克老闆從不在酒裡摻水，餐點分量又給得十分足夠，光這兩點就讓我想不到換地方喝酒的理由。

下班後，我就會前往塔克小酒館，在裡頭消磨掉大部分的時間，我會把自己灌醉，再加上幾根廉價捲菸，這是我一天當中最清醒的時刻，最起碼這時候我知道自己在幹什麼。

直到酒館營業時間結束時，小玥會負責把所有醉到找不到門口的客人給拖出去，這時候店門口總會出現幾個小乞丐，他們會趁機向那些醉爛的客人們討錢，在塔克老闆的默許下，小玥會把一些賣剩的食物分給門口的小乞丐們，我則是會把身上剩下的零錢都拿出來。因此這些小孩看見我步出酒館時，就會迅速圍到我身邊，他們就像公園裡被餵食的鴿子般，在最短的時間內，把我所剩的零錢全部瓜分掉。

離開酒館後，我會回到睡覺的地方，那是位在海港區與帆舺區交界處一間名叫「浮筒之屋」的老旅社，專門提供床位給臨時需要過夜卻阮囊羞澀的水手，我所擁有的空間就是一張床，經營這間旅社的是名叫貝恩德的老矮人，他總是板著一張臉，像是慘遭哥布林欠大筆債似的。

不過他總能讓旅社各角落維持乾淨，不會像之前我住過的地方般，什麼蟲子都會出現床鋪上。最重要的是，貝恩德從不八卦任何事。老實說，像我這種長期住客通常都有些問題。例如，之前我隔壁床鋪有位住了近一年的男精靈，他看起來一副紳士樣，但就在上個月，忽然有一大群警備衝進旅社逮捕他。那時候我才知道，他其實是個通緝犯，而且是因為殺害自己的妻子遭通緝的。

這名殺妻者導致我這個住隔壁床的客人也備受牽連，當時警備們不知道為什麼連我一起調查，他們翻出我為數不多的家當，這也導致我必須跟他們說明，為何我的行李中會有針筒。

在我渾身酒氣地連番解釋後，警備隊還是將我定為海港區的列管對象，要我在固定時間去警備隊報到。這使得我的生活範圍除了倉庫、酒館跟旅社床鋪外，現在又多了一個警備隊。

今天，就是我到警備隊報到的日子。

我會用一日薪水加一包菸作代價，找其他人替我代班，我也趁機享受海港區的白日氛圍。一般來說，我會先去海港區的早市晃蕩，找些便宜餐點來填飽肚子，我喜歡哥布林賣的食物，他們總能弄些又油又香的澱粉，像是烤餅皮包炸麵糊，再淋點油跟香料，吃一份可以飽個兩餐，還有一種塞著醃菜的炸麵包，要是想嚐點肉味，他們有一種用雞碎肉炸成的丸子，上頭撒了胡椒或是茴香之類的。因為這裡是海港區，因此也有很多魚漿或甲殼類的食物，味道不錯，偶爾我會買來解饞。

吃飽後，我會找個地方抽菸，直到抽完身上所有的菸後，再去警備隊那邊報到。

剛開始，警備隊員們對我都相當警戒，深怕我像個毒蟲般忽然發瘋大吼大叫或攻擊他們，但隨著報到次數增加，他們會開始會和我閒話家常幾句，禮貌性地問我最近過得如何，然後要我簽名完成報到流程。

當然，我都非常配合，就像尋常的凱塔艾蘭好公民。

在例行的公事完畢後，我就會朝塔克小酒館的方向走，就跟平常工作下班的行程相同——去酒館裡喝個爛醉。

不過今天原本預計好的行程，竟被突如其來的麻煩給打斷了。

就在我離開警備隊，前往塔克小酒館的路上時，有名孩童靠近我，並伸手擋住我的去路。

我記得這名男孩，他是那群小乞丐中的其中一員，有著一頭栗色的捲髮與綠色的眼睛，我推估莫約七、八歲左右，他的身材瘦小，因此總是搶不贏其他的小乞丐，所以我有時會刻意先藏了幾枚錢在口袋裡，在其他人拿完解散後，裝作不小心發現多出來的錢，並遞給獨留現場的他。

現在的他正開心地望著我，嘴角上揚，朝我露出一對好看的酒窩。這是我第一次與這名小乞丐在酒館以外的地方碰面。

我習慣性地板起面孔，不耐煩地朝他揮手，說：「走開。」

「今天不能提早嗎？」儘管他保持笑靨，

然而語氣仍顯得有些失望。

「等我酒喝夠，剩下的再分你。」

小乞丐繼續靠近我，眼睛閃爍光芒，我一度想說乾脆先給他一點算了。然而這時我瞥見他另一手的動作，立刻機警地退後幾步，將右手伸進放錢囊的口袋裡。

小乞丐隨即發出懊惱聲。

「小心我跟警備通報。」我其實沒有生氣，但為了嚇嚇他，我故意扯開嗓門，出言斥責。

「今晚我有事情嘛……」面對我的情緒，男孩完全沒有任何害怕反應。他皺眉，鼓起腮幫子，開始對我撒嬌。「我想先走拿我的份。」

「沒有什麼是你的份，我要拿去喝酒。」

「反正你每天都可以喝酒……」

「這是我的錢，愛拿它來做什麼是我的自由。」這小孩簡直不可理喻！我牢牢地看著他，試圖讓自己看起來為此非常憤怒。

「要不然，我拿東西跟你換好不好？我很確定，是好東西喔！」小乞丐話說完後，隨即從身上抽出一把做工精細的匕首。

男孩在我面前笨拙地揮著匕首，我稍微瞄了幾眼，便發現這把匕首的刀刃造型十分特殊，那是煉金術士公會所生產的瑪那武器，我還注意到，匕首上印著煉金術士公會專屬的章紋。

我立刻覺得事情不太對勁，因為這種武器就連一般凱城平民都不可能擁有，更何況是個小乞丐。

「賣你，看你要出多少錢。」

「你為什會有這玩意？」

「你要不要買呢？我覺得它很適合你。」

我上下打量著他，故意深思熟慮地哼了一聲，說：「這東西是你偷來的吧？」

男孩點頭。

「那為什麼不去找專賣贓物的商人呢？這樣可以馬上拿到錢。」我補充了一句：「你該不會怕其他人把匕首拿走後不給你錢吧？」

「拜託啦，你就少喝幾天酒，然後再把我賣給你的刀子轉賣給贓物商人，絕對物超所值！」被我說中了，名男孩露出恐懼的深情，他可憐兮兮地跟我哀求道：「你知道那些商人是不會理我的。」

「你這分明是強迫我買！」我氣惱地問他：「為何急著要錢？之前給的不夠用嗎？」

「今天是我姊姊生日，我想買禮物送她。」

我沒再與他爭辯，直接問：「那你想買什麼禮物送你姊？」

也許是我的反應讓他頓時覺得還有希望，他立刻回答我的問題，「亮晶晶的東西。」

「亮晶晶的東西有很多種。」我指著瑪那刀說：「這玩意兒也是亮晶晶的。」

男孩用力搖頭，「我要買女生會喜歡的東西。」

「女生喜歡的不外乎衣服或是首飾，你姊姊平常有戴什麼飾品嗎？」

男孩比了一下自己的耳朵，我隨即表示贊成。「很好，耳環是個不錯的選擇。」

「亮晶晶，橘紅色的，剛好可以搭配她的髮色。」男孩進一步說道。

我瞧了他那頭栗色的雜亂秀髮，然後講：「橘紅色的話，可以挑石榴石或是瑪瑙之類的寶石耳環，剛玉也有，珊瑚有些也是橘紅色的，不過那是上了年紀的太太們才會比較喜歡的東西，鑽石有些也會有橘色的，但那是王公貴族才負擔得起的東西。」

我說完話，男孩隨即瞪大雙瞳，彷彿我正在講另一個國家的語言。

「你怎麼會知道那麼多石頭的事情？」

「怎麼？你不知道。」這下換我感到困惑了。「你都說要買首飾了，難道沒有任何概念嗎？」

「我是看很多打扮時髦的女生，耳朵都會掛漂亮的東西。」男孩臉上表情躊躇，笑容有些靦腆。「我喜歡漂亮的東西，我想姊姊也會喜歡。」

「女生都喜歡漂亮的東西。」我點頭，腦海浮現過去那位被我稱為「妻子」的黑髮女性，彷彿還能嗅到她身上的香氣。

「你怎麼了？」

「沒事，我只是想起我老婆而已。」

喔，該死。我幹嘛說這些。

「你結婚了？」男孩聽聞後露出不可置信的表情。

「喂，你這小鬼也太沒禮貌了吧。」

「是什麼樣的女生願意當你這酒鬼的老婆？」

我瞪他，「別看我這樣，我老婆可是男爵的女兒。」

「所以你是貴族囉？」

「不是。」

「可是只有貴族才會跟貴族結婚。如果你不是貴族，那你又是什麼？」

「泥巴。」我近乎隨便地回答他：「我

是一團泥巴。」

「我懂了，你是私生子對不對，據說貴族在外面會有私生子。」男孩自信滿滿地替我做出解釋。我沒有承認，也沒否認，因為我根本不知道怎麼回應。

「我曾幻想自己是某個精靈貴族的私生子，只可惜我沒有尖耳朵。」男孩呵呵笑地表示：「沒想到讓我遇見貴族私生子，你有尖耳朵嗎？」

「沒有。」我決定滿足男孩的幻想。「不是每個貴族都是精靈。」

這席話點燃了男孩眼底的光芒，我想這是他第一次自以為看到所謂的「貴族」，而且還是名私生子。

他開始纏著我，問我一堆問題。「所以你有很多兄弟姊妹囉？有的是貴族，有的跟你一樣是私生子，那麼你們會碰面嗎？」

「我是從雄獅帝國來的，在那裡，嫡系的不會知道自己父親在外頭有多少個小孩，私生子們也不可能知道彼此的存在。」

「所以你是從國外來的貴族私生子！」聽到我的胡謅，男孩反而更加興奮，他大口喘氣，眼底閃亮亮的，表情充滿期待。「那你為什麼要來凱塔格蘭加呢？為什麼要每天躲在酒館喝酒呢？你是在躲避什麼危險嗎？難道是你父親的妻子看你們這些私生子不順眼，派殺手除掉你，還是你被捲入政治鬥爭了？我聽說有些私生子可以繼承父親的位置，所以會被追殺。」

「聽著！」眼看謊言越扯越大，我焦躁地回答：「我的事情都與你無關。」

「我知道，因為你要隱藏自己！」男孩

滿足地笑著，現在他小腦袋瓜裡可填滿了貴族私生子的荒謬故事，看來不管再怎麼解釋都沒用了。

我冷冷地繞過男孩，繼續往酒館的方向走。

男孩持續緊跟在我身後，看來他決定死纏爛打。

「你可以我叫苜蓿。」身後的男孩說道，不過我沒有回應他。

我沿著海港區的鬧街走，這座城市無時無刻都在叫賣，不論是店面還是僅一台推車就在做生意的攤子，我穿過扯著嗓門吆喝的哥布林群，其中一位哥布林蠻橫地擋住我的去路，把醜不啦嘰的玩具空艇堵到我面前，用非常難聽的聲音朝我耳邊大吼：「買個玩具給你兒子吧！這年紀的男孩都會喜歡這些會飛的玩具喔！」

我瞪著對方說：「他不是我兒子。」

苜蓿這時故意發出非常稚嫩的笑聲，然後飛快地靠近我，勾住我的手臂，一臉親暱的模樣。

「他是我叔叔喔！他來凱塔格蘭加玩，我負責帶他四處參觀這座城市。」我試圖把他推開，但後者抓得很牢。

「這是個體貼的孩子呀！」哥布林聽聞，立刻露出令人作噁的奸商神情。「既然這樣，我特別給你們優惠價！不買可惜喔！」

「不了不了。」我趕緊拖著苜蓿離開，他繼續緊黏著我，並用非常那對非常漂亮的綠色眼睛凝視著我，令人渾身雞皮疙瘩。

「你平常就這麼煩人嗎？」

「叔叔在說什麼？」男孩笑瞇瞇地說：

「今天叔叔要跟我去買姊姊的生日禮物，不是嗎？」

「別給我亂認親！你連我的名字都不知道。」

「你叫睿槵提。」苜蓿正確說出我在凱塔格蘭加所使用的名字。「每次你喝醉時，小媞姊姊都會說『喔不，別讓那個叫睿槵提的酒鬼吐在門檻上』之類的。」

「看來我得換間酒館喝酒了。」我看著苜蓿模仿小媞那充滿的鄙視說話方式，頓時感到相當丟臉。

「我知道很多喝酒的地方喔！」男孩聽聞旋即諂媚地跟我講道：「而且還有很多漂亮的姊姊，她們除了送酒外，還願意讓你摸幾把，要是錢給夠多，還可以陪你睡覺。」

此話出自於一個小男孩之口，實在是讓人心底五味雜陳，不過一位出身低賤的男孩，應該對那樣的場所不陌生。

為了能讓他打退堂鼓，我故意沿著他的回應：「要是我去那裡，就會將錢給任何願意把屁股貼在我臉上的女人，你就拿不到半毛囉！」

男孩聽到我這麼說後，頓時露出驚恐的表情，認真地跟我討價還價：「是我告訴你可以去那些酒館的，所以我可以拿到屬於我的一份。」

「我沒有說我要去呀！」雖然是我先開口的，但他的反應卻令我備受侮辱，我隨即哼了幾聲，皺眉反駁道：「我才不要去！那種有屁股可以摸的，酒又貴又少。而且我很挑剔的，好嗎？不是女的都行。」

「所以？你不一定要女生囉？」

苜蓿神情豁然開朗，他賊兮兮地笑著，把我的手臂勒得更緊。

「喂！我對你這種小孩子可沒興趣。」

「你不試試看怎麼會知道呢？」

我怒瞪他，但此刻他故意放軟身子，將頭依偎在我身上，用甜滋滋的聲音對我說道：「睿槵提叔叔，你不是今晚要我怎麼樣都行嗎？」

苜蓿刻意把話說得很大聲，沿途路過的哥布林停下腳步，用一種極度鄙視的神情看了我一眼，我似乎還聽見對方發出了「嘖嘖」兩聲。

該死的，我被當作是混帳戀童癖。

此刻，我的腦中閃過一絲不妙感，要是讓苜蓿再這樣用那令人遐想的聲調喊下去，說不定又得回警備隊報到了。

「咱們現在去買耳環，我會替你付錢！」我放聲說道。

男孩隨即露出勝利笑容。

天殺的敦德，我被這小鬼給耍了！

當我回神時，人已經在凱塔格蘭加中央區了。此時的我和這位名叫苜蓿的男孩正站在「艾司麗」的店前。「艾司麗」是凱塔格蘭加連鎖珠寶品牌，在帝國內有一定的知名度。這也是我唯一知道的珠寶品牌，我會知道的原因，就只是因為那時候婚禮上需要戒指，因為我無法擅自出營，因此軍方人員便派人去採購。當時我拿到的，便是艾司麗所販售的一對金戒指。

我聽到苜蓿暗暗地吞口水聲音，此時的他直盯著櫥窗內的首飾，而他那雙翠綠的眼睛，似乎也跟著寶石折射出來的光彩閃閃發光。

一開始我還很擔心，我跟苜蓿那身寒酸的裝扮，可能會被店員擋在門外。但我錯了，我們倆一踏入艾司麗內的瞬間，所有的店員都圍了上來，儼然是店裡的貴賓。

苜蓿用那稚嫩的聲音與可愛的臉蛋，惹得女店員們心花怒放，他編了個故事，說自己跟父親要挑耳環，作為慶祝姊姊成年的生日禮物。店員聽聞後，隨即拿出好幾款適合年輕女性的耳環款式，向我們一一做介紹。

「爸爸你看，這個不錯吧，很適合姊姊。」苜蓿指著一對楓葉造型的琥珀耳環，琥珀石內的紋理宛如葉脈般。我不禁佩服這小鬼看首飾的眼光，在旁的店員也趕緊誇讚道：「這個設計概念是要呈現楓紅之美，葉子造型還是凱塔格蘭加特有的掌葉楓，就像把秋天戴在耳朵上，店裡就只有那麼一副喔！」

「這好適合姊姊，她最喜歡秋天了！」

「那就這個吧！」我心底祈禱身上的錢買得起這對耳環。

不知道是幸還不幸，這對琥珀耳環的價格，剛好就是我身上所有的錢。

在買下耳環後，苜蓿不斷地用他那付迷死人的笑容，連聲感謝店員，那些店員被他逗得很開心。因此，他還另外獲得一支鑲著碎水晶的髮夾。

在離開店面後，苜蓿蹦蹦跳跳地拿著要送給姊姊的禮物，接著又把髮夾戴在頭上，看起來十分開心的樣子。

「謝謝爸爸！」

「我不是你爸。」我瞪了苜蓿一眼。苜

蓿試圖繼續向我表示友好，他打算伸手要來環抱我，我毫不留情地把他推開。

對於我的冷漠，苜蓿似乎不以為意，他伸手抹臉，嘻嘻笑地說：「剛才我還以為會被趕出來。」

「她們才不會把要買東西的客人趕出去呢！」我指著裝著耳環的盒子，認真地說道：「我們可是有花錢的。」

聽到我這麼說後，他整個人忽然安靜下來，一臉躊躇地望著我。

「還有什麼事嗎？」我眨眼，感到有些困惑。

「你要不要一起來？」

「難得可以跟家人一起過生日，跑出個陌生的男人多煞風景呀！」

我說完話後，苜蓿隨即朝我綻放無比燦爛的笑容，不得不承認，這小鬼讓人想氣又氣不起來。

「這是我最快樂的一天。」臉上的酒窩再度浮現，他在捧著禮物向我道別後，便一溜煙鑽進巷弄內，徒留我一人像個呆子似地站在中央區的大街上。

此刻的我身無分文，可是現在回去宿舍埋頭睡覺又嫌太早些，因此我只好漫無目的地在凱塔格蘭加街上隨意亂晃。

凱塔格蘭加的中央區相當繁榮，不過與海港區那種高分貝且混亂的熱鬧是截然不同的。中央區是凱塔格蘭加最高級的商業區域，所有的服務與產品價格都比其他地方高出一截，就連生活的人也是。沒有會拉著顧客衣袖的哥布林小販，也沒有扛著大桶兜售東西，但連話都說不清楚的巨魔，更沒有邊用大嗓門邊拍桌叫賣的矮人。這裡的每間店都跟艾司麗珠寶店一樣，在浮誇的櫥窗裝飾後面，會有一群專業笑容的店員使你不斷地掏錢。

因此，我知道自己必須趕緊離開此區。

這個時候的天空仍帶著美麗的靛藍色，光影正緩慢交替，陽光撒落在整座城市的各角落。我漫無目的地行走，走到了青田區的位置，青田區位於凱塔格蘭加西南邊，這裡是城裡中產階級主要的生活區域。青田區裡又分成兩大區域，偏南處是人潮洶湧的觀光區，隨處可見各種飲食風格的餐廳，以及裝潢獨特的個人小商店。另外，青田區偏北位置，則是凱塔格蘭加最負盛名的文教區域，該國第一學府「凱塔艾蘭大學」即建校於此。

想當然爾，對於想找尋免費食物的我來說，一定是往南邊的方向走。

這裡最有名的是間店是販售包餡食物的餐廳，店老闆將廚房設置在餐廳最外側，使用落地窗當作牆面，讓經過的人都能完全看見廚房內的勞動情形。在裡面做事的廚師，清一色全都是穿著白衣、帶著廚帽的巨魔。看著他們在白霧瀰漫的空間內低頭桿麵與包餡料，其場面挺壯觀逗趣的。只可惜對於目前飢腸轆轆的我而言，這景象簡直是種虐待！

就在此時，我剛好瞥見隔壁某間新開的甜品店正舉辦試吃新產品的活動，因此我就順勢湊進店裡白吃一頓，雖然我個人不太喜歡太甜膩的東西，但免費的食物就沒什麼好挑剔了。那間店給人試吃的食物是種冰奶油，冷得我牙齒打顫、甜得我舌頭發麻，實在是讓人難以當正餐來吃。

不過，我還是把店裡所有的口味都給吃

過一輪，然後就大喇喇地走出店門外，還好這間新開店裡的員工都忙得焦頭爛額，沒注意到我這個只想吃免費食物的傢伙。

在塞滿整個肚子的冰奶油後，我繼續在街上閒逛，甜膩滋味在胃裡打轉，我的腦袋因糖份而顯得精神抖擻。此時，我感到頂頭天色頓時變得黯淡，抬頭後便發現有空艇正飛過我頭頂，往我原本離開的中央區方向前行。

中央區之所以叫中央區，無怪乎此區就是凱塔格蘭加最核心的所在，而這座城市的最大空艇樞紐——第三空港，便是拔地矗立於中央區內。

第三空港是凱塔格蘭加最高的建築，四周的建築都以它為中心點環繞著。從清晨到深夜，來自各國列嶼的空艇，都是這座城市天際線永不缺席的妝點。白晝時，灰色的船影落在熙攘的石板大道上，帶來短暫的沁涼感；深夜時，空港上的瑪那燈光成為城市最明亮的座標，只要朝光的方向走，就能抵達整個區域最繁華之處。

白晝地面的陰影，黑夜頂上的明輝，是這裡的市民熟悉不過的日常，也是凱達格蘭加最獨特的風貌。

第三空港開始明燈，夜晚隨著光亮降臨。

不知道又走了多久，我看到某間外表與自己一樣慘淡的書店，店門口傾斜的招牌寫著「宇宙真理書店」六個大字，旁邊還貼了張紙，上頭還補了那麼一句「哥布林與狗不得進入」。

我在紙條前遲疑幾秒，接著走進店內。

書店窄小的空間裡擺滿書本，有當月新

書，也有人特別寄賣的書籍，我甚至還看到某一個書架上有牌子掛著「二手書，歡迎貴客選購。」

站在舊書架前，迎面而來的霉味讓我鼻子直發癢，為打發時間，我抽出一本皺巴巴的《凱塔格蘭加觀光手冊》，但翻了老半天覺得沒啥意思，最後我仍決定回到海港區，只是這次沒進酒館，而是轉到港邊吹風。

雖然身體正催促我趕緊去尋找酒精，可是我的理智正極力壓制住這項念頭，因此我在港邊數數，盡可能將注意力轉向任何生物，像是鴿子之類的。

在數到第一百隻鴿子後，我開始觀察港口的水手。瑪那燈照耀下，港口隨時都有人在工作，而船隻也持續地進出港。

這座城市之所以如此繁華，煉金術士公會可說是最主要的原因。他們發現了瑪那魔法——一種可以透過特殊裝置保存，並能給一般人使用的魔法。

瑪那魔法對於民間帶來的最大便利，就是可以發出亮光。煉金術士與凱塔格蘭加的官方高層相互合作，將如此方便的技術應用至凱塔格蘭加各處。瑪那魔法就像這座城市的心臟，二十四小時不斷跳動。

儘管火焰也可以製造光芒，但燃燒時間有限制，且在安全上有諸多問題，要是一個不小心，就會有倒楣的屋子被燒成廢墟，甚至讓他人葬身火海。瑪那魔法帶來的光就沒這個問題，安全、持久，而且只要雇用最便宜的哥布林，就能維持這些瑪那燈的運作。

沐浴在瑪那光芒之下的凱塔格蘭加，儼然已經是這個世界的商業重鎮，眼前的榮景實在讓人很難想像，這裡過去曾遭各地外強的蹂躪。

在瑪那魔法尚未問世前，凱塔艾蘭只是個面積不大不小的島國，以肥沃土壤和豐沛漁產稱著，而且相當不幸的是，它剛好位於多個大國之間，被列強團團包圍，也因此成為了各國覬覦的地方，其中也包含雄獅帝國。

凱塔艾蘭慘遭各國輪流佔領，它像是拔鵝毛似地被貪得無厭者奪取資源，當時的凱塔艾蘭貴族宛如乞丐，只能涎著可憐兮兮的臉，祈求新的掠奪者不要比舊的殘忍，能夠留幾杯殘羹給他們舔食就足矣。

直到某位煉金術士發現瑪那魔法，並將這股新興的強大力量獻給國家高層。原本積弱的小國開始利用瑪那創造各種武器，並打造出飛行空艇，擊退外敵，趕走所有原本在這塊土地上作威作福的傢伙。

凱塔艾蘭的變化，宛如原本瘦弱的男孩忽然獲得力量，成為遊走現世的半神，只是這名半神似乎比較愛錢，所以當其他國家開始擔心凱塔艾蘭會向外拓張時，它選擇把重心放在國家建設上，這位半神收起那些令人聞之喪膽的瑪那武器，將瑪那魔法運用在商業及民生上。

不久，凱塔艾蘭就躍升成這世上最富裕的國家。而它的主城凱塔格蘭也就在瑪那魔法的照耀下，成為名符其實的不夜之城、商人眼中最耀眼的明珠。

此時，我看見有巨型貨船正駛進港，想說卸貨區會需要多些人手，也許自己可以毛遂自薦去當一個晚上的臨時工，幫忙搬點貨物，替自己掙酒錢，衝著也許有錢賺的念頭，我邁開步伐，朝巨型貨船位置靠近。

大船卸貨的陣仗十分驚人，所有碼頭工人像是螞蟻般簇擁，還有數不清的哥布林四處穿梭。在我靠近時發現，巨型貨船上竟掛著煉金術士公會的旗幟。

在凱塔艾蘭利用瑪那魔法驅逐外敵後，煉金術士的地位在這國家內迅速提升，他們開始掌握大量的國家資源，於政治上有著極大的影響力。據說，原本精靈貴族或在地勢力皆對此相當不滿，不過就實際貢獻來說，這些煉金術士確實功不可沒，且這些術士在表面上也沒有粗暴地干涉政治，他們退居幕後，推行議會制度與選舉制度，讓精靈貴族跟地方勢力相互競爭，由一般百姓選擇喜愛的人來管理自己，這種政治管理在其他國家可說是前所未見。

以前我讀到這段歷史時，會覺得煉金術士簡直是頭殼壞去，然而過些年後，我再細究時，卻深感敬佩。因為身為少數者，是不可能管到所有的事情，乾脆讓原本那些本來就想掌握權力都彼此競爭，只要能從中影響即可。

如此就能持續掌握魔法與權力，且因為表面看不見，因此無人能去撼動他們的權威。

這時候，我聽見心裡的那股聲音說道：

「**危險。**」

下一秒，熟悉的身影竟從轉角處走出來。

那是老矮人貝恩德，此時的他正用那烏漆的雙眼直勾勾地盯著我瞧，彷彿是我積欠他多月租金，我尷尬地跟他打招呼。

「真巧，我沒想到會在這裡遇到你。」

見貝恩德不發一語，我趕緊給他一個半

真半假的解釋：「今天實在有夠倒楣，遇上扒手，整個錢包都被掏走了，所以只好在附近閒晃。」

「這區的治安比較差。」老矮人像是威脅般地告誡我：「要隨時注意。」

我裝作聽不懂他話語裡的箇中含義。「是呀，但附近的塔克酒館有全凱塔格蘭加最棒的威士忌，而且價格公道。」

「他們家的調酒也很棒。」

「我倒沒嚐過塔克酒館的調酒。」原本我是想說，我以為矮人都喝啤酒，但我明白那是種族刻板印象。只是在這個節骨眼上，我不能出任何差錯，因此我問他說：「那你有什麼推薦的調酒嗎？」

「假如你喜歡威士忌的味道，我推薦經典雞尾酒。老闆塔克是用威士忌作為基底，加進苦酒跟一整顆方糖。塔克總是能精準地抓到苦酒的比例，讓原本威士忌的辛辣味變得更醇厚。」貝恩德這時忽然開口問我：「你知道為什麼會有調酒嗎？」

我搖頭。

「因為要精準釀出直接喝就很好喝的烈酒，並不是件容易的事情。」

此時，貝恩德話匣子打開，我從來沒有聽過他一口氣說那麼多話。「可是酒廠又不可能把那些味道不好的酒全都倒掉，為了把那些難喝的酒賣掉，酒商就想出法子，在酒中加入各式香料，讓它變得更順口，沒想到因此大受歡迎。之後，調酒就逐漸在酒館間傳開來了。隨著時代演進，調酒變成了一門技術，每間酒館都有自己的配方或比例。喝調酒除了享受酒本身，也是體驗調酒師的技術。」

「哈，沒想到一杯小小的調酒有那麼多學問。改天該讓你帶我見識看看，品嚐一些有趣的調酒，到時候由我請客。」我朝貝恩德點頭，盡可能地表現出非常欽佩的樣子。

此時我察覺到，原本躲在暗影中的敵意隨之退去。

雖然我不覺得自己會輸，但我不想跟這一群人打起架來。

更何況，當中還會有我的房東。

我在離開海港後，便踱步走往海港的紅燈區。比起中央區高級的晴空塔風俗區，這裡只能算是低俗的買春街，應召女郎都直接站在路邊攬客，一副想趕緊做業績的樣子，完全沒有任何令人臉紅心跳的神祕氛圍。只是我在沒錢買酒買菸的狀況下，就只能跟其他的窮酸客一樣，站在這邊靠欣賞路邊的美麗事物解悶。

老實說，我喜歡看她們擺動頭髮，抿著紅潤的雙唇，眨眨厚長的睫毛，試圖引起男人注意——例如我。

不過我不喜歡這些女性身上的氣味，她們總是把廉價香水噴滿全身，使我聯想到熟透的水果，要是她們太靠近我，還會聞到甜膩的腐敗味。

我喜歡妻子身上的香味，那是糖與蜜的香氣，就跟她的名字一樣美好。我喜歡將頭埋進她漆黑的秀髮中，貪婪地吸取。她非常溫順地配合我，直到我感到飽足為止。我知道她就只是盡「妻子」的義務罷了。然而，那段虛假的婚姻卻是我人生最幸福的時刻。

這時，一名穿著低胸洋裝的女性試圖勾

引我，她渾身散發出酸果氣味，我皺起鼻子，甩開了伸過來的手跟她說：「我身上沒半毛錢。」

換她皺起眉頭，用鄙夷的眼神盯著我。

唉，看來是該回去的時候了。

我回到浮筒之屋，打算沖澡後就倒頭睡。在拿好盥洗衣物後，我來到陳舊但還算乾淨的浴室，簡易的淋浴隔板以確保基本隱私，牆上還貼著「請勿在浴室喝酒抽菸」的告示，這時間剛好沒有任何人使用，代表我可以獨自享用浴室的熱水。

盥洗結束後，我會拿起原本繫在腰上的木匣，它就像某種無法擺脫的桎梏。就算我已經擺脫投影使的身分，但仍保有定期抽血存放的習慣。我壓開卡榫掀起匣盒，裡頭裝的是針筒、繃帶跟幾只玻璃管，我捲起袖子，準確地將針頭刺進膚下的微血管，把體內的血液抽出來，我將針筒裡的血注進玻璃管內，並把裝滿血液的玻璃管放回木匣中，接著用繃帶綁住皮膚上的針孔，最後再穿上衣服。

這是我每天的例行公事，適時補充新鮮的血液，對我來講，盥洗後的抽血就像是個儀式，讓我感覺仍保有投影使的這個身分，我儘管痛恨自身的投影天賦，可是這卻也是我唯一感到自豪的能力。

我昏沉沉地走回專屬床鋪，但在躺下後，整個人卻清醒過來。

在沒有酒精的夜晚，我的聽覺變得異常敏銳，彷彿回到過去那個隨時會被襲擊的時刻，我聽著鼾聲與爬床鋪的聲音，走廊上的踱步聲更令人心神不寧。

小心。那聲音跟我說道。

不。我回應著它。我什麼都感覺不到。

你知道危險來臨前的氣息。它說。

「快睡，你明天要早起，還要去倉庫裡找東西吃。」我忽視那縈繞我身邊的耳語低喃，說服自己趕緊入眠。

□

她說我聞起來像一灘血，就連最濃郁的薰香都掩蓋不了那股腥臭氣味。活人的血、死人的血、自己的血，我不知道這是譬喻還是真的聞到了，她在抱我的時候總會皺眉頭，看起來像是在忍耐。我可以確定的是，她聞起來像蜜，嚐起來也是。

她說她從小就討厭血，只要看到紅色的液體就會暈倒，我笑她絕對不能擔任投影使，因為投影使得每天把體內的血液抽出來裝好才能睡覺。

我凝望裝著我血液的管子，打開瓶塞，試圖理解她的恐懼。要是能有什麼方法讓這些鮮紅液體聞起來不像血的話，我會毫不猶豫地去嘗試。

是的，毫不猶豫。

□

巨大的開門聲令我從床上瞬間彈起。我不清楚此舉會嚇到多少還陷在朦朧睡意中的房客，可是接下來發生的事情，還真是把所有人都給嚇到魂不附體。

外頭十分吵雜，一開始我還以為是某個喝醉的矮人在大吵大鬧，可是我發覺那聲音實在過於淒厲，就像是刀在刮肉或是尖鉗拔指甲時才會發出的哀嚎。

我衝出房門，看見貝恩德用一種詭譎的姿勢匍匐前進，他發出痛苦的呻吟，抬頭望向我，臉色慘白，眼睛裡充滿血絲。

我箭步上前，一把將他扶住起來。老矮人身上沒有任何外傷，但表情卻像是承受極大的疼痛，他用力嵌住我的手，我感覺到他正不斷顫抖、渾身肌肉痙攣，牙齦緊咬到滲出血來。

此時貝恩德張開嘴，試圖發出聲，下一秒我耳邊聽見的是痛苦的哀嚎。但我隱約聽見了「襲擊」兩字。

「被襲擊了？」

他痛苦地點頭。

「你的那群手下呢？」

貝恩德的額頭開始冒出斗大汗滴，我不知道是因為疼痛，還是因為我的話所造成的，也許兩者都有。

「你你你……知道……我……」

「我不知道你們在做什麼，但我知道你不讓我靠近那艘船。」我追問：「到底發生什麼事情？你們被什麼東西給攻擊了？」

我一問完，貝恩德隨即抓住我的衣領，他伸出另一隻手，吃力地把一枚銀幣塞進我上衣口袋。

「告告……訴訴……他……」他用盡全身力氣對我說：「那……投投投影影……使……使……背叛我們……」

話一說完，貝恩德的身體瞬間繃直，他的肚子開始不自然地朝上隆起。他用力把我給推開，然後抱著肚子，跌撞地衝向空無一人的角落。

接著，老矮人的身體從內而外爆炸。

一隻投影生物從貝恩德模糊的血肉中爬出。

這隻投影生物光滑細長，尖端有一塊晶體，晶體上勾著一對橘紅色利刃，足以直接把人的五臟六腑都割開，牠的頭部至頸部有層層皮摺，要不是它不斷蠕動，看起來就像是鑲著寶石的軟管。

不過，該投影生物的視野非常短，從貝恩德的屍體內鑽出後，就在地上到處亂竄。我一把抓起門口的掃帚，對準該投影生物的頭部劈下去。牠前端晶體被我砸成碎片，在碎玻璃聲中，這隻投影獸的形體開始模糊，接著變成半透明的狀態，最後像縷輕煙似地消失。

「不會吧……」我瞪大雙眼並鬆手，任由掃帚掉地上。

要是沒搞錯的話，我認得這種投影生物，牠是由「某人」所召喚，被稱作為「埃爾洛」投影獸，其功能是潛伏在目標體內，並在目標逃跑時從體內竄出，讓目標五臟六腑外溢而死，是非常危險的投影獸。

埃爾洛怎麼會出現在凱塔格蘭加，並忽然從貝恩德的身體裡爆出來呢？

是他嗎？我心想。

對，是他。那聲音篤定地回答我。

不，不會是的。

要不，你覺得還有誰呢？那聲音不斷地跟我低語，複述這個令我痛苦與恐懼的真相。

□

不知道是哪個聰明過頭的傢伙選擇報警。

不久，所有住客都被帶到警備隊內進行筆錄。

毫無意外地，當那些警備隊員看見我時，立刻露出了一副「居然又遇到你」的神情，不過這些警備隊員沒多說什麼，可能是我臉色十分難看的緣故。他們很貼心地將我安排至最後一位，讓我能夠稍微休息，不用那麼快面對討厭的詢問。

我把手肘疊在胸前，瞇眼打盹。此時剛好聽見一旁的警備隊員低聲交談。

「那矮人是『白蛇』……」

「就算是其他的幫派，也不可能直接出手殺死白蛇，殺白蛇就等於是跟百蛇幫直接宣戰。」

「自從『鋼蛇』的首領烏督安失蹤後，據說百蛇幫內部一直都很不穩定。」

「大概是幫派內的派系鬥爭吧。」

「那這樣的話，我們這些公務員可就管不著了。」

「反正咱們就把該問的問一問，該寫的報告寫一寫，照程序跑完吧。」

原來貝恩德是百蛇幫的高層，這點倒挺令人意外的。我趁機把手伸到上衣口袋內，摸了摸他在死前塞給我的銀幣，不過我知道現在不是把這玩意兒拿出來看的好時機，我繼續思考，等會兒要跟只想了事的警備隊員說些什麼。

還好，他們根本不期待從我這裡問到任何事情。「居然一天過來兩次，今天應該也有得受了。」替我作筆錄的警備隊員翹著腳，一臉悠哉地靠在椅背上，還在我面前直接點菸。

看他整個人慵懶的模樣，我決定跟他要菸來抽。

「前面的人跟我說，矮人體內是跑出一隻蜈蚣，對吧？」

我點頭，用力地吸一口菸，打了一個呵欠，感覺真好，對方則連筆都沒動一下。我們倆就在偵訊室裡吞雲吐霧，接著有人敲門，看起來一臉菜樣的年輕警備隊員走進來，在抽菸警備的耳邊竊竊私語。

「喔，天殺的敦德！知道了，我立刻就過去。」原本悠哉抽菸的警備隊員臉色瞬間刷白，看起來像是重要部位被踹了一腳，他隨手把菸彈到地上，用腳跟踩熄。

「筆錄就做到這裡，你就自行回去吧。」

「我好累，可以在這裡借宿一晚嗎？」我厚著臉皮問。

「反正之後也沒人要使用，你就直接睡這裡吧。」他指著偵訊室角落的躺椅說。

凱塔格蘭加的公務人真是好說話，我開心地霸佔躺椅，還拿起一旁的瑪那鐘，將響鈴的時間調好，以防自己睡過頭。

不過在瑪那鐘響起前，我就被另一個年輕的值班警備隊員給挖起來。

「你女兒來找你，快點回家去吧。」他誠懇地拍拍我的肩膀，用一種非常欽慕加上忌妒的口吻說道。

女兒？我什麼時候有女兒了？

我滿腹困惑地往門外方向走。

走出偵訊室，我看見一群正在值班的警備隊員，開心地圍在某位有著栗色短髮的小女孩身邊。這名女孩正笑瞇瞇地說話，把所有人都逗得哈哈大笑，氣氛與昨晚截然不同

此時，小女孩看到我出現，馬上蹦蹦跳地朝我身邊靠過來，然後大喊一聲：「爸！」

「誰是……」我趕緊住嘴，因為現在所有警備隊員都在盯著我瞧，要是我把苜蓿這小鬼給推開的話，絕對得解釋個老半天。

我趕緊改口問：「是誰告訴你我在這裡的？」

他眨眨翠綠雙眼，用一種可以使在場男性都感到渾身酥麻的語調說道：「媽媽跟我特地搭空艇來這裡找你，要來帶你回家了！」

「原來是離家出走的老爸，竟然拋下家人，你這也太不負責任了！」

「讓那麼可愛的女兒在城裡到處找你，實在太過分了。」

「你應該趕快回去跟老婆好好道歉才對。」

警備隊員在苜蓿替我杜撰的身世背景下，解除對我的列管令。他們拿出制式的報表，甚至連理由都幫我寫好了，只要我在上頭簽名即可。

我趕緊低頭簽名，認真地裝作自己是個不負責任的丈夫、失職的無能老爸，在被妻子趕出家門後，現在又準備被帶回家的沒用男人。而苜蓿就在我簽名時，向警備隊員一一道謝，感謝他們平時對我的照顧。

最後，我就在眾人羨慕的眼神中，尷尬地步出警備隊。

就在遠離警備隊後，我立刻卸下假父親的角色，整個人怒氣沖沖地朝他質問道：「你怎麼會出現在這裡？還有你到底是男孩子還是女孩子呀？」

「你可以確認看看？」苜蓿故意撩起一點裙襬。

「算了，這件事根本不重要！」

「我以為你會好奇，一般人通常都會想知道呢！」

「找我有什麼事嗎？」我忽略苜蓿的下流玩笑，單刀直入地問。

「我姊姊失蹤了。」

「什麼？你怎麼確定她失蹤了？」

「因為我昨晚等了很久很久她都沒回來，所以我想請你幫忙找姊姊。」

「也許是跟男朋友一起過生日，年輕女孩都是這個樣子。」

「不可能，姊姊從來不會這麼做。」

「事情總是會有第一次嘛！」

「你可不可以幫我找找姊姊？」

「你去找那些警備隊員，他們會幫你找姊姊的。」

「我不要警備隊。」苜蓿沮喪地持續搖頭，說：「媽媽被爸爸打的時候，那些人都沒來幫我，姊姊被爸爸打的時候，他們也都沒過來幫忙。但當姊姊在爸爸身上刺了幾刀後，他們就都全都出現了。」

「你要不要先去找認識的幫忙？」

「我認識你呀！」

「可是我現在不可能幫你，我得準時上班，要不然會被開除的。」我掐指算給他聽。「我得繳旅館住宿費，還要有錢吃東西，之後有可能還得找新地方住。我現在身上沒半毛錢，必須趕緊賺錢，沒有多餘的心力幫你找姊姊。」

話一說完，苜蓿立刻露出笑容，我認得，那是昨天答應幫他買耳環時的表情。

「我有錢。」他把手伸進蓬裙的皺褶，像變魔術般地掏出數張大鈔，在我面前揮舞。

「你要多少？」

「等等，既然你有錢，那應該先還我昨天的錢吧。」

「那是我從你身上賺到的錢，要是你願意幫我找姊姊的話，就可以從我這邊的賺回去錢。」

天殺的敦德，這到底是什麼狀況？

「你怎麼會有大面額的基加，我印象以前都只給零錢而已呀？難道是你去偷來的？」

「這是姊姊留給我的，不過這套洋裝的確是偷來的。」

「你姊姊居然留了一大筆錢給你，這事情不尋常。」

「所以我要找到她。」苜蓿認真地說道：「這些錢姊姊是過去努力工作存下來的。她有跟我說，要是她消失的話，我就可以拿這些錢來用。」

「就這樣？」

「她還說，帶著錢離開凱塔格蘭加，並且不要讓人認出原本的樣子。」

看來事情沒有表面的單純，我一開始以為，苜蓿口中的「姊姊」，可能就只是個偷點東西，或是把某個傢伙身上錢騙光的小混蛋。然而，現在依我的直覺判斷，要是答應了這項請求，絕對會使自己陷入麻煩之中。

「你還是去找其他人吧！」

苜蓿曳住我的袖子，眼眶泛淚，可憐兮兮地哀求：「拜託，我只能找你了。」

「我幹嘛幫你這個小乞丐，走開，別煩我！」我飛也似地轉身，一副事不關己的樣子，徒留苜蓿一人在原地發出嗚咽聲。

你在害怕嗎？腦中的聲音問我。

「住嘴！」好險周圍沒有任何人，否則此刻的我，看起來就像是個邊走邊大吼大叫的神經病。

我把苜蓿與他失蹤姊姊的事情拋諸腦後，用最快的腳程抵達工作地點，抵達後卻發現昨晚替我做筆錄的警備隊員竟也在此，而且不僅是他，還有一堆我沒見過的傢伙。他們正沿著我工作的倉庫門口拉起封鎖線。

「怎麼又是你？」警備隊員困惑地瞧了我一眼。

「我在這裡工作，擔任早班倉管。」我遙指他身後的舊倉庫。

「真不知道該說你是倒楣還是幸運。」他嘆了一口氣，說：「昨晚海港區發生了黑幫械鬥，死了一堆人，之後似乎有幾個傢伙進倉庫區，還把倉庫裡頭的人全殺了。現在上頭下令要封鎖整個港口跟倉庫，指示要加以詳查。」

「那我的工作該怎麼辦？」我揚起聲調，氣惱地抱怨。「這樣我得先跟老闆通知一聲。」

「喔，那你可能得有辦法跟屍體說話才行。」警備隊員回應道：「剛才我們確認出幾個死者身分，其中一位就是這間倉庫公司的老闆。身材矮胖、禿頭，雙臂上有錨跟魚的刺青、門牙鑲金，你需要進來確認一下嗎？不過，樣子不太好看就是了，他的身體被像是被某種生物用牙齒撕裂，四肢也被咬得爛了。」

聽到前半段的描述，那些特徵的確是我老闆沒錯。

我的房東死了、我的老闆也死了，我身

上所有的錢在昨天被某個小鬼拿去買要送給姊姊的禮物，而他姊姊現在也失蹤了，自從被沖上岸的那一晚後，我從未感到如此無助過。

「你該慶幸自己幸運逃過一劫。」因此警備隊員開口安慰我說：「最近凱塔格蘭加非常不穩定，三天兩頭就有黑幫相互鬥毆，你可要小心點，免得遭波及。」

在警備隊員離開後，我在原地呆站一陣子後，決定先回去浮筒之屋，因為我想，就算貝恩德已經成為一具屍體，那裡仍有床鋪可以躺。

只不過，當我回到旅社時，發現裡頭的住客多已離去，屋內的人也都正在收拾東西，一副就是想趕緊離開這棟不祥的老屋。有位好心的人告訴我，警備隊在門口貼了公告，要所有住客於一天內全數離開。

我收拾著行李，感覺自己像是包垃圾，找不到合適的桶子把自己給塞進去。

在把為數不多的行李打包好並離開浮筒之屋後，我漫無目地的在街道上獨自徘徊。路邊的炸麵包傳出陣陣香氣。不自覺地，我開始感到飢腸轆轆，除了幾口甜冰奶油外，我已許久沒進食。

不知道塔克那邊能否接受賒帳。

第二章

漫路上的意外旅伴

6 CLEAN WATER AND SANITATION

7 AFFORDABLE AND CLEAN ENERGY

9 INDUSTRY, INNOVATION AND INFRASTRUCTURE

凱塔格蘭加是座充滿氣味的城市，每天只要睜開眼，各式氣味就會灌入鼻腔中。從殘留在我身上隔夜的酒味開始，然後是隔壁床鋪上旅客的皮屑汗水，接著是熱水與肥皂混合的潔淨味，走出屋外，即可聞到手推餐車上的食物香氣，以及混雜海港區特有的魚腥與焦油味，如果與巨魔擦身而過的話，會聞到濃厚的體臭味，海港區的矮人大多都把自己打理得很乾淨，沒什麼氣味，精靈則是帶著刺鼻的香水味，讓人直打噴嚏。

我工作的倉庫裡是舊屋的味道，陳年灰塵、腐朽木頭及翌年乾貨所殘留下來的臊味，要是到了梅雨季，屋漏滴下來的雨水是泥土味道，休息時我會躲在角落抽菸，讓菸草的氣味環繞著。當我下班時，海風正好會將水氣吹進港灣，空氣瀰漫鹹味，那時候的我會咀嚼著路邊買來的麥餅夾碎肉末，那些哥布林小販喜歡在裡頭塞滿辛香料，讓嗆辣滋味麻痺味覺跟嗅覺，在吃飽後，我就會前往塔克酒館，用威士忌的氣味覆蓋全身感官，替這一天做收尾。

也因此，當我嗅到塔克酒館獨有的熟悉氣味時，不禁眼眶盈淚。

此刻的我外表邋遢、穿著破爛，揹著一只陳舊的布袋，裡頭放滿全部家當，無疑就是個路邊的流浪漢。厚臉皮一向不是我的強項，我在店門口不斷徘徊，那群平時固定等食的小孩都狐疑地望著我，對於我的行為感到相當不解。

「咦？你怎麼站在這裡呢，快進來呀！」酒館侍女小玥恰巧推開店門，準備單手把一名喝到爛醉的胖傢伙拖到門外，她瞧見我，立刻露出專業的笑容，同時把醉漢堆到牆角邊。

「酒館這邊可以先賒帳嗎？」

「什麼？」小玥立刻露出錯愕表情。

「睿槵提叔叔其實是在問，有適合小朋友吃的點心跟飲料嗎？」苜蓿忽然從我身後冒出來，此時的他依然穿著早上那套漂亮的碎花洋裝，然而他的眼角泛紅，仔細看還能發現雙頰上有些淚痕。

「你怎麼在這裡？」

「我每天都會來這裡呀。」苜蓿一副理所當然似地回答。

「好可愛喔——」小玥不顧專業侍女的矜持，立刻箭步衝上來，一把抱住苜蓿。「天呀，怎麼可以那麼可愛！之前都沒發現這件事情……」

看著小玥毫無形象地對苜蓿又抱又揉，我還真有點擔心她會忽然咬他一口。

但是餓肚子的人總是特別實際，我的腦袋開始不爭氣地盤算，可以藉此要點東西吃。就在我這麼想的時候，被小玥緊抱的苜蓿開始朝我的方向狡猾地眨眼。眼眸閃爍著光，像是青草湖般輕透純真。

天殺的敦德，這小鬼根本又是故意的！

然而，現在的我只能無奈地接受，因為我已經餓到能吃下一整頭牛，再配上整加侖的烈酒。

因此，我決定把其中一隻腳踏進沼澤裡，放棄任何掙扎的機會。

□

苜蓿說，無論我點什麼他都會全部買單，

因此我把菜單上的烈酒全點一輪，食物反倒沒叫多少，況且我根本搞不清楚自己吃了什麼，反正吃下去的食物混著烈酒後就會再吐出來。進食、喝酒、嘔吐，然後再進食、喝酒、嘔吐，如此持續一整個晚上。侍女小媞怕我這副模樣會害其他客人沒辦法上廁所，還特別讓我使用員工專用的廁所，但她持續告誡我，絕對不要吐在廁所地板上，不然她一定會跟我收鉅額的打掃費。等到我醉到七葷八素，連站起來的能力都失去後，就被小玥拖到廚房內某個角落，放倒一塊有粉魚花紋的醜布上。

我應該是首位能在塔客酒館嘔吐完還被允許過夜的客人，能榮獲這項特權全都是苜蓿的功勞。這小鬼有著不可思議的好人緣，而且他很會說故事，他把我講成一個無法接受妻子去世的丈夫，在葬禮結束後前來買醉。

在酒醉中，我還不斷接受著其他客人的安慰，就連平常對客人講話比較不客氣的小媞也對我十分溫柔。

等到我睜開眼時已經過了中午。我在員工專用廁所內迅速盥洗，和苜蓿一起吃塔克老闆留下的早餐，是用月桃葉包起來的食物，裡頭有糯米與豆類。

苜蓿在我咀嚼食物時說：「塔克叔叔跟我說，離開時記得關門就好。」

「海港區治安不是很差？」我擔心這麼做，可能會引來宵小造成損失。

「塔克叔叔跟我說，沒有經過他的允許，任何生物都無法穿過酒館的門。」

看來這小鬼趁我酒醉時跟老闆混得很熟了。我咬了一口早餐，明白毋須替塔克酒館的安全煩憂，現在我該擔心的，是該如何進行這項看來危機四伏的尋人任務，我把剩下的食物塞入口中，把事情問個清楚。

「你姊姊叫什麼名字？」

「姊姊叫虹影。」

「你知道虹影平常是在做什麼的嗎？」

苜蓿搖頭。

「你認識虹影的其他朋友嗎？」

再次搖頭。

「虹影最近有沒有告訴你什麼特別事情，或是有跟平常不一樣的行為，你想到覺得不太對勁的都跟我說。」

搖頭。

這樣根本毫無頭緒呀，可惡！

「從我觀察來看，你姊姊應該是個厲害的傢伙，她預期自己會遇到危險，還替自己的弟弟打點好未來的生活。也代表她不想把你給捲進麻煩，你為什麼那麼執意要找她？」

「因為這個。」苜蓿從懷裡掏出一只精美的盒子，盒頂印著「艾司麗」的商標。我知道，裡面裝的是花光我身上全部錢的琥珀耳環。

「我想祝她生日快樂。」

「就這個理由？」我揉揉開始發疼的太陽穴。

「對，就這個。」苜蓿認真地跟我講：「昨天是她十六歲生日，人一生只有一次十六歲。」

當年十六歲的我在幹嘛呢？那時的我正接受投影使訓練，不斷經歷各種瀕死體驗。持續淘空自己的生命，在異空間的浪潮中找尋與之契合的投影獸，並建立強大的連結。

當時有人因此喪命，也有人承受不了痛苦而發狂。十六歲的時候，我日夜都在死亡中掙扎求生，最後得以倖存。

「虹影有肖像畫之類的嗎？我不知道她長什麼樣子。」

苜蓿繼續用力搖頭，不過他說：「姊姊她很漂亮，有一頭橘紅色的頭髮，個子高高瘦瘦，手腳特別細長，動作也比一般人類快。姊姊跟我說過，她媽媽的媽媽是昂矛。」

虹影有昂矛血統啊！我得牢牢記住。

之後我說服苜蓿，要他帶我去他們姊弟倆原本住的地方。雖然苜蓿一再表示，虹影曾鄭重告誡他，假如她消失的話，就不要回到原本住的地方，可是如果想獲得更多線索，此趟是必要的，我不能放過任何枝微末節，就算因此惹禍上身。

苜蓿說，他與虹影是住在凱塔格蘭加帆舺區的一棟集合式住宅內。

要是海港區屬於龍蛇雜處之地的話，那麼帆舺區就是鼠輩聚集之處了。此處是海上明珠的一道刮痕，從中藏污納垢。在瑪那尚未誕生前，帆舺區是凱塔格蘭加最主要的商業區。過去旅客抵達凱塔格蘭加時會從海港區下船，再從帆舺區搭乘輕便的船舟前往城中。除了載客外，這裡還會運送一些散貨，據說當年負責划槳的哥布林能載著疊得比巨魔高的貨物堆，在川流間自在穿梭。

只是隨著瑪那相關的設施興建，水上送貨變得沒有效率，尤其在第三空港完成後，飛艇取代載客與送輕便貨物的功能，帆舺區完全失去優勢。而且四處力推瑪那建設的煉金術士公會，對帆舺區總抱持某種沉默的敵意，因此這裡的瑪那公共設施數量是全城最少的，品質也是最差的。路旁的瑪那燈三天兩頭損壞，就連接個瑪那至民生住屋內也都得大費周章，此地的居民夜間大多還是使用煤燈，種種不便導致只要經濟稍微寬裕點的家庭，就會馬上搬離此區。

帆艃區的狀況會如此慘烈，有種說法是，經歷各強國殖民的凱塔艾蘭，在遭雄獅帝國「接管」的時期，帝國在這裡建造了數座刑場，其中還有個專門公開處刑上頭所欽定的「政治犯」的刑場。

曾有一批倒楣的煉金術士成為那個刑場上的「座上賓」，根據文字紀載，當下景象簡直慘不忍睹，當那批煉金術士在被拖行到刑場時，四肢軟綿如空扁的布袋，身體已經枯槁堪比焦土上的樹枝，且手腳筋骨被挑斷，雙頰還遭鐵絲穿過，舌頭鼻子耳朵也都慘遭切除，除了從身形可辨出他們曾是類人物種外，他們早已失去了任何能被稱為「生物」的資格。

帝國宣稱，這些煉金術士密謀策反叛亂，因此必須公開處刑以示懲戒。

然而，這都只是表面的說法，我曾聽過另一種故事版本，該版本是說，這些煉金術士是最高階的施法者，他們擁有改變物質的能力。因出於恐懼與貪婪，帝國動用龐大的武力資源囚禁了這群煉金術士，逼他們每天將鉛片轉化成金幣，直到他們再也沒有任何力氣改變任何物質後，上層就下令將他們拖到刑場處死。

這段殘忍的歷史，使後來的煉金術士們對於帆艃區抱持弔詭的情感，也許是哀傷，也許是憎恨，但我想，真正的情緒也許是屈辱吧。這段歷史不斷地提醒著他們，就算力量再怎麼強大，只要打輸，即成為他人的俎上肉。

過去的刑場已經變成了一座紀念公園，紀念著不知道是烈士還是衰尾的煉金術士們。這裡也是帆艄區唯一整潔的區域，離開公園，就會聞到像是魚發臭的味道，地上到處坑疤，隨時把某個不好好走路的人給絆倒。這裡就算是早上也不太安全，在路上，我看到一些衣衫襤褸的傢伙蹲在角落，用不懷好意的眼神盯著我。

我不禁好奇，苜蓿是如何在如此惡劣的環境下生存下來的。

「我很小心。」苜蓿解釋道：「你只要把自己縮得小小的，盡可能不要跟那些人看對眼就行了。當然，我現在穿成這樣，要不是你在我旁邊，我絕對會馬上被那些大人搶劫。」

他笑瞇瞇地做出割喉動作，從一個孩童口中聽到如此駭人的描述，我不禁癟嘴皺眉，然後問：「照這樣聽起來，你姊姊在這裡生活也挺危險的。」

「姊姊她，很強。」苜蓿驕傲地表示：「在這個地區，沒有人能打贏她，就算是那些獸人惡霸也沒辦法動到她一根汗毛。」

我隨著苜蓿於髒兮兮的巷弄穿梭，鼻子沾染此地獨有的惡臭，我很慶幸當初自己沒有決定在此定居。其實我初到凱塔格蘭加時曾考慮過住此區，因為這裡有最便宜的個人空間與最低限度的隱私，不過這裡的氣味不是我能夠忍受的。

「我沒辦法像姊姊那麼厲害。我從小就很瘦弱，每次跟其他小孩打架都輸。姊姊之後都會幫我出頭，因此才沒人敢欺負我。」

「你們是親姊弟嗎？」

男孩坦率地搖頭，「姊姊說，她的媽媽很早就消失了。之後我的媽媽也消失了，爸爸只要一生氣就會打我們，所以我們決定離開爸爸。我們從克勞德伍德走到凱塔格蘭加。姊姊說，要是能在這裡闖出頭的話，就能過好日子。姊姊很會打架，她開始替很多人打架。可是我不會打架，所以我應該沒機會過好日子吧……」

「會打架跟能否過好日子是兩回事。」我說道，算是出自於內心的真誠感受。「我以前也很會打架，還替國家打架，但現在還不是淪落成這副模樣。」

「貴族私生子也要會打架嗎？」他不可置信地問。

「在帝國，許多男性在十五歲時，都得接受軍事訓練，那時候我們會學習到各種打架技巧。」

「女生不行嗎？像姊姊那樣厲害的。」

「只有男性而已。」

苜蓿嘆氣，語氣充滿挫折。「那我一定沒辦法學好。姊姊其實有教我打架，只是我一直都學不起來。」

你會在深夜時刻從床舖上被其他人拽下來，你會被揪著頭髮一路從屋內被拖到外，你會被白天一同受訓的朋友包圍，你會被最好的朋友踹倒在地，你會被痛毆，你會被恥笑，被勒住脖子無法呼吸，被尿液淋得滿身，被穿著釘鞋的人殘忍踐踏，你會像是殘破的玩具，你會感覺快要被捏碎，你會恐懼，你會無助，你痛苦，你死亡，然後——

你不再有任何感覺。

「我從小到大，一直被說沒什麼用。」苜蓿此時低頭跟我說道。

「我在你這年紀的時候，連走個路都會跌倒呢！也都被人說沒什麼用。」我趕緊故意踢踢腳，裝作走路不穩的樣子。「每個人擅長的都不一樣，只要找到屬於自己的天賦就能好好發揮。」

苜蓿聽聞，對我露出燦爛微笑。

他帶我來到一處殘破兩層樓住屋前，屋前堆滿廢棄物，原屋主將建築內的空間大量切割，然後再分租給那些需要遮風避雨的人。苜蓿告訴我，虹影與他住在二樓左邊數來的第四間房，他們隔壁住的女性總是濃妝豔抹，生活晝伏夜出；另外一邊住的是位總是在喃喃自語的精靈，但這些資訊對我而言一點也不重要，重要的是虹影，這名帶著四分之一昂矛血統的女子，到底是捲入了怎麼樣的麻煩呢？要是運氣好，也許能在這棟危樓中尋到蛛絲馬跡。

當我踏過半腐朽的大門，旋即聽見薄木板在腳下發出難聽的嘎吱聲，縫隙內還長出了雜草。此處不是普通髒亂，走廊上盡是腐敗的垃圾，還有四處散落的毀損家具，牆壁上的泥灰嚴重剝落，裸露出填充於建築結構中的礫石。充斥著濕氣與發霉的味道，我揉揉鼻子，打了一個噴嚏，灰塵揚起，令人渾身發癢，住這地方簡直是種折磨！

牆上有各類塗鴉，還有寫著「市長巨魔腦」、「煉金術士騙殺凱城」、「幽冥術士永生！」、「支持廢瑪那，煉金術士去死！」、「吸膠腦殘煉金術」或「本館不歡迎身高一百五以下矮人」等激進標語。我們踏上屋內唯一的樓梯，扶手鏽爛到讓人完全不想碰觸，沿途我還不小心把階梯踩出一塊凹痕。

到了二樓，我看見有個傢伙蹲坐在走廊上，他穿著一套寬鬆的直條紋睡袍，衣著破舊但仍維持整潔，頭上戴著一頂像是浴帽的東西，從稀疏的灰色雙鬢中露出了尖耳，大概是聽見腳步聲，他微微抬起頭，恰巧與我四目相對。就跟一般精靈相同，他皮膚光滑沒有皺紋，看不出真實年紀。他有一副鬥雞眼，顴骨非常突出，神情相當渙散，嘴唇薄而寬，鼻樑歪斜，以精靈來說應該是屬於很不好看的那種。他用細尖的嗓音說道：「影子，你身上有好多影子。」

我用一種理所當然的語氣回答：「只要被光照到，每個生物都會產生影子。」

醜精靈張大嘴，彷彿聽到了什麼天大的消息，接著他頻頻點頭說：「對對對，好多影子。有人的影子，動物的影子，還有好多奇怪的影子。」

這名精靈在說完話後，隨即把視線飄移至苜蓿身上，他嘴角勾起，黃牙露出，和藹地朝男孩點頭招呼。

「松蘿叔叔好！」苜蓿打招呼。

松蘿這時指向後方隔壁的門，那剛好是苜蓿與虹影居住的房間，他神秘兮兮地朝我們伸手，刻意壓低嗓音小聲說道：「那些影子昨晚來過了……」接著他搔搔尖耳，從裡頭挖出一大塊耳屎。「影子翻箱倒櫃，好可怕。」

我知道事情不太對勁，趕緊開口問道：「你知道那些人是誰嗎？有多少人？大概是什麼樣子？可以形容一下嗎？」

面對我連珠炮似的問法，松蘿像是沒聽到似的，他沒搭理我，用修長的小指彈掉食指尖上的耳屎。說：「影子輪流來，影子沒找到他們要的，影子很失望。」

按照這名醜精靈的說法，那些「影子」並非闖空門的宵小，而是有特定目的。雖然預期他依然不會搭理我，還是繼續問道：「有聽到影子說要找什麼人？或是什麼東西嗎？」

「那些影子有好多好多喔！有矮人、蜥蜴人、雜種、人類。」醜精靈發出呵呵笑聲：「但沒有精靈喔！」

各種種族組成大隊人馬進屋並四處翻找，這聽起來不是一個好徵兆。我盡可能保持冷靜，徒勞地繼續詢問：「你還有注意到什麼嗎？」

「松蘿屬於這裡，影子他們不屬於這裡。」他瞄了我一眼，補上一句：「你跟他們一樣。」

苜蓿接著帶我走到他與虹影住的地方，房門側邊的縫隙微微開啟，輕推門板，觸感就跟紙一樣，感覺只要稍微用力，就會立刻碎裂。我將手移到門把位置，毫不費力地打開門。伴隨苜蓿倒抽氣的聲音，眼前幾乎只能用慘不忍睹四個字來形容。

我想像這空間原本的模樣，以住兩人來說，房間算是寬敞，牆上的壁紙是青藍色的，地上鋪著草綠色地墊，窗戶上則掛著有常春藤圖案的窗簾，屋內沒有壁爐，不過有個迷你炭爐，可以簡易燒水，一旁有桌椅，還有鋪著毛毯的雙人床鋪，一個與我同高的儲物櫃與一口裝衣物的木箱，所有生活所需一應俱全。可以看出房間主人試圖打造一個溫馨舒適的生活環境。

然而「溫馨舒適」這四字在此刻已不復存在，看來闖空門的人把整個空間破壞得很徹底，被切開的床墊旁是一張歪斜的桌子，兩張椅子椅腳朝天，其中一張的椅背被整個拔起來，櫃子抽屜全都散在地板上，所有的東西都被翻攪稀爛。我看見藍色的牆上被染了一圈黑色，黑圈內畫著一條撕牙裂嘴的蛇，我靠近聞嗅，是油漆的味道。

苜蓿先是呆愣幾秒，然後一語不發地開始收拾房間，不過我知道這一切終究徒勞無功，壞掉的桌子、椅子、床鋪和櫃子都無法復原了。

我在他試圖將抽屜塞回櫃子時說：「你姊姊很機警，還好你昨天沒有回到這裡。」

「姊姊她……發生了什麼事情了？她到底在哪裡……」

我開始在房內到處翻找，試圖找尋任何可能。我搖晃家具，把手伸入眼前所及的夾縫中，試圖在混亂中認真搜尋，比較令人擔憂的是，也許這群人在離開時也將線索帶走了，我的視線在一堆信件中游移，僅看到繳費通知，屋內唯一可稱為記錄手冊的東西是食譜。

另外我還發現，苜蓿這孩子不識字，當我揮著帳單，想跟他確認是否有其他文件時，他面露茫然。「那紙上的符號都是姊姊負責整理，我從來沒注意過。」

在一頓翻找後，我沒找到什麼有用的資

訊，只知道虹影這女孩宛如在懸崖上行走，隨時都會墜入深淵。

她已經在深淵裡。它說。

我整個人趴在地上，檢查地板是否暗藏玄機。此時，感到有異物壓至胸口，一塊圓形的金屬，我覺得自己的皮膚像是沾到冰塊般，渾身起雞皮疙瘩。

我將手伸入胸前口袋，拿出貝恩德死前給我的銀幣。它不是凱塔艾蘭的通用幣，比起金屬貨幣，它看起來是更像工藝品，銀幣正面是五條不同的蛇，它們尾端彼此交纏，身軀與頭部則以扇形方式分開，銀幣背面是數字，推斷是鑄造年份跟出場的批號。

就在我收起銀幣的瞬間，眼角餘光看見牆上的黑色塗鴉，我頓時寒毛直豎。牆壁上由油漆所繪製，看起來充滿威脅的蛇，形象與銀幣上其中一條蛇相同。

看來房內已無任何有用的線索了，我催促苜蓿趕緊把所需物品都帶走，剩下的就留給來收租的房東。苜蓿搖頭表示，他之前就已經拿走需要的東西了，毋須再多拿什麼。我們倆回到走廊，松蘿依然蹲坐在地上，他看著我大喊「影子」。接著他那對鬥雞眼朝我轉呀轉，我走到他面前，問：「你有沒有聽到那些人說了些什麼？」

松蘿隨即發出聲音，我傾身靠近，聽到他用小到不行的聲音跟我講：「他們已經發現男孩了，保護他，影子。」接著他轉向苜蓿，對他抿嘴微笑，說：「不再見了，苜蓿。」

苜蓿乖順地點頭，他知道，自己不會再回到這棟爛屋裡了。

□

我跟苜蓿正待在帆舺區的紀念公園裡，坐在長椅上的我正緩緩吸菸，這包菸是剛才我跟苜蓿要求的。老實說，堂堂一個大人居然得拜託孩子賞錢買菸，實在是有夠丟臉的，只是現在我已不想顧及任何面子了，反正有菸抽的感覺真好。

「姊姊她……是不是很危險。」苜蓿坐在我旁邊，他併攏雙腿，雙手端莊地擺在碎花蓬裙上，栗色的短髮梳得乾淨整潔，看起來像是個家境富饒的女孩子，而我這身破爛打扮就像典型的帆舺區遊民，我實在很擔心會有多管閒事的正義之士上前詢問，以為我是誘拐犯之類的。幸好這座公園沒什麼人，就算有也都看起來一副遊民樣，彼此把對方當作是隱形人，各自待在自己的空間，井水不犯河水。

「沒錯。」我叼著菸，誠實地回答男孩的疑問。「我推斷，你姊姊得罪了凱塔格蘭加五大黑幫之一的百蛇幫，他們正氣沖沖地想把她從城裡給揪出來。」

「姊姊為什麼會得罪百蛇幫呢……」

我吸了一口菸，回答：「那就不得而知了。」

「姊姊她不是壞人。」

「這跟好人壞人沒關係，事情就是這個樣子。」

「我們得比那群人快一步找到姊姊。」

我忽略了苜蓿使用了「我們」二字，慢慢地吸一口菸，然後把氣味從鼻腔裡擠出來。

「我給你一個這輩子最好的建議：趕緊離開凱塔格蘭加，再也不要回到這裡。」

「為什麼？」苜蓿皺起鼻子，明顯認為我的建議簡直爛透了。我翹著腳，用一種事不關己的態度回答：「據說，百蛇幫在凱塔格蘭加的勢力非常龐大，誰敢得罪他們，誰就別想在這座城市裡待著，要是弄個不好，丟了性命也是理應之事。」

「你的意思是說，姊姊有可能被殺掉？」

我把菸蒂往地上一丟，用腳踩熄。「不只是虹影，你也可能會有殺身之禍。所以，盡可能離這座城市越遠越好。」

「那要先找到姊姊，我要帶她一起離開這裡。」

「你要是不趕快逃走，就會有生命危險。」

「我不能一個人逃走。」苜蓿頑強地瞪著我，湖水綠的眼睛閃過火光，燃燒整片湖面。

這小鬼簡直不可理喻！我忿忿地替自己再點燃一支菸，用力吸氣。「虹影不是已經跟你說了嗎？她要你帶著錢並扮裝逃走，就是擔心把你給牽連進去呀，她都已經自身難保了，要是你還過去瞎攪和，不是增加她的麻煩嗎？」

我以為這樣講就能打消他找尋虹影的念頭，結果是我太看輕小鬼的執拗程度。他馬上回答我：「我會帶著你。」

「啥？」我立刻被菸嗆到，開始摀嘴咳嗽。

「你是貴族，你會打架，而且你答應過我，會幫我找到姊姊。」

因為咳嗽的關係，我沒辦法第一時間戳破他天真的想法。苜蓿扳著指頭，用一種不容質疑的語氣說：「姊姊在當年可以一個人逃走，但她沒有，她帶我一起離開家。所以我獨自逃走的話，絕對會後悔的。」

我持續咳嗽，淚水從眼角溢出，沿著鼻子兩旁的溝痕滑到嘴唇邊緣，嚐起來有點鹹鹹的，還帶點菸草味。

「姊姊跟我講過，抽太多菸對身體不好。」

「要你管，我要抽多少菸是我的自由。」我無力地抗議，然後咕噥道：「現在除了知道百蛇幫也在找虹影，我已經沒有其他線索了。」

「還有一個，」苜蓿躊躇片刻，似乎猶豫是否說出這個資訊，他從椅子上一股腦地蹦下來，站在我面前，順順裙擺，彷彿要宣布件大事似的，眼睛裡閃著光，清透地凝視我，我屏息等待。

「那把匕首……」苜蓿的表情稚嫩無邪，真誠而坦率，愧疚中包裹著不容退怯的決心，沒有一絲隱瞞。「就是我原本要賣你的煉金術士匕首，是我從姊姊那邊偷來的。」

天殺的敦德，我真希望自己能夠當場被菸給嗆死。

□

之後我和苜蓿又回到海港區，只不過我們去的地方，是我平常不會去的夜間市集。

夜間市集的誕生，是來自於一群愛錢的哥布林商人。最初是凱城市府為了海港區巨魔夜間運貨時的安全，因此於沿海港區道路兩旁建置大量的瑪那燈。然後就有哥布林開始在瑪那燈底下擺攤賺錢，原本只賣些一些給人填肚子的宵夜，但因為生意太好，所以有更多哥布林跟進賣東西。久而久之，此區的攤位跟商品種類就越來越多，最後變成一整條市集大街。現在，這條街上被凱塔格蘭加的居民戲稱為「哥布林一條街」，任何想得到或想不到的玩意，都能在這條夜間市集找到。

苜蓿對買東西的興趣並不高，他帶我來這裡，是打算來玩幾場地攤遊戲。而我不知自己是哪根筋不對，竟答應跟他一同前往。

當苜蓿專注玩遊戲時，我就獨自逛攤。閒晃幾步的我看見有幾攤專賣來路不明的便宜貨，還有一攤充斥著廉價的香氣，負責兜售哥布林奮力宣傳他的香水，他說這些都是「從美麗蠻荒來的費洛蒙香水」，並且一再強調「只要噴在身上，就能讓其他人無可自拔地愛上你」之類的垃圾話。

據我所知，以前帝國軍隊使用的藥全都是來自美麗蠻荒。美麗蠻荒是藥品大國，我想，反正美麗蠻荒就是將一群哥布林關在實驗室內，把各式各樣的萃取物組合起來，再拿出來給其他人喝下去或擦在身上。要是沒有害死人，他們就會貼上標籤開始販售。

費洛蒙香水是美麗蠻荒聞名海外的產品，很多有錢人都會買來使用。但我很懷疑，這名哥布林所販售的香水是否真的來自美麗蠻荒，也許他只是隨便把幾個氣味濃烈的東西組在一起罷了。因為當我靠近時，聞到的即是海港區妓女身上特有的腐果氣味。

在我擺脫臭味後，苜蓿已經離開遊戲攤，他正在買某種哥布林風格的食物。所謂的哥布林風食物，即是指製作簡單、食材價格便宜的餐點，在夜間市集裡，這種類型的餐點隨處可見，有鹹的有甜的，種類十分多元。苜蓿這時所購買的哥布林風食物是屬於甜的，這種甜食稱之為糖鬆，其製作方式是把細糖倒在湯匙上，用中火煲煮，煮成濃稠的焦糖漿，在冷卻時加入蓬鬆劑，便能讓少量細糖膨大成一塊又香又脆的焦糖塊，成本低廉又相當受到嗜甜者歡迎。

苜蓿拿到糖鬆後就蹦蹦跳跳地來到我前面，他把這甜膩點心遞給我，我立刻皺眉表示拒絕，這名穿著洋裝的男孩隨即露出失落表情，兀自地在我面前啃糖。

此時，陰影從夜間市集上橫過，空艇剛好從海港區上頭越過。所有的哥布林與市民早就對此見怪不怪，所有人持續吆喝與逛街。

我望向遭空艇遮蔽的天空，思索接下來該怎麼辦。

我想最安全的方式，就是拋下苜蓿，趕緊離開這座城市，不去理會那些狗屁倒灶的事情，不去在意這對姊弟的死活。在凱塔格蘭加有一句俗諺：「不要與煉金術士當鄰居。」雖然城裡每個人都能享受瑪那帶來的便利，但與煉金術士有所交集，則又是另一回事了。

煉金術士在凱塔格蘭加四處推廣瑪那，試圖將這股新興的魔法融入民眾的生活中，城市裡四處都有瑪那相關的公共設備，然而瑪那只在這座城市裡興盛。煉金術士們相當嚴密掌控瑪那的技術，不隨便將瑪那產品販售到凱塔艾蘭以外的地方。對於個人使用瑪那這件事情，他們則有更嚴酷的控管，尤其是能夠造成傷害的瑪那武器，煉金術士公會都有做編號紀錄，除非得到煉金術士公會的許可，一般民眾不可私自販售瑪那武器，持有者也得向公會做登記。

因此武器持有者，多為與煉金術士公會有所關連的人士。

先是百蛇幫，再來是煉金術士，虹影彷彿要與全凱塔格蘭加為敵似的。

「爸，我想玩那個！」苜蓿用黏答答的手指向套圈圈地攤。

「我不是你爸！而且錢都在你身上，要玩什麼就自己去玩。」

「真不幽默。」苜蓿搓搓手，試圖把沾在指頭上的糖漬給搓下來。

「我只答應幫你找姊姊，可沒有負責當你老爸。」

苜蓿露出賊兮兮的表情，狡猾地問我：

「一個中年大叔帶著一個小女孩逛夜間市集，不是爸爸跟女兒，還會是什麼呢？」

「算了，當我什麼都沒說。」我揮揮手，決定隨便他怎麼替我做人設。苜蓿的口齒機伶、天資聰穎，但對危機卻異常遲鈍。當他提議去煉金術士公會詢問虹影的下落時，我當場瞠目結舌。

「你以為，煉金術士就跟擺攤的哥布林一樣嗎？」我嚴肅地說道：「就某方面來說，他們可能比百蛇幫還要危險。」

「為什麼？」苜蓿伸出指頭，開始對我數數：「煉金術士公會還派人送物資給需要的人，我跟虹影姊姊有拿過幾次。他們還會定期舉辦義賣活動，將募到的錢全都會捐給慈善機構。」

「那是打造形象呀，他們就是平常做太

多壞事，所以要對外營造正面的形象，才會做那些有的沒的活動。」

「那他們到底做了哪些壞事，你舉幾個例子跟我說。」

一時之間，我還真的舉例不出來。

「對吧！他們也許知道姊姊在哪裡也說不定。」

我無可反駁，但也實在沒辦法樂觀看待這件事情。

在苜蓿覺得玩夠了以後，我們一同買了相當哥布林風格的鹹食當晚餐，把自個兒的胃給塞飽。之後，我們就隨便找了間看起來還算正派經營的旅館過夜，裡頭房間小巧但還算整潔，還有張足夠容下兩人的床。我徹底地洗了個澡，而當我從狹窄的衛浴間出來時，發覺苜蓿已霸佔整張床鋪，他甚至蠻橫地捲走床上唯一的棉被，像結繭似地把自己包起來。

我嘆氣，將這名睡得正香甜的小鬼推了一下，稍微挪出位置，接著我側身躺下，將所有問題都暫時拋諸腦後，好好地睡個覺。

□

又一天，你的生命又得以延續一天。

你的人生是條漫長的折磨，日以繼夜，不斷抽取你身體的某部分，直到你變得乾癟、枯槁憔悴，宛如一只空袋。你將空袋裡裝滿菸酒，還有記憶，一些美好的記憶，即使你已經想不起來有哪些了。

你再也想不起來自己為何活著。

□

起床後，我就帶著苜蓿前往第三空港。

此時，我轉身看向身旁的苜蓿，他依然穿著那件可愛的碎花洋裝，頭上則戴著碎水晶髮夾。他雙頰的肌肉向上堆起，酒窩明顯在他白嫩的臉上呈漂亮弧形，整個雀躍的心情溢於言表。

「沒想到要進第三空港耶！」苜蓿聲音高亢，望向第三空港正門，要不是我有制止，他大概已經直接飛奔進去了。

這裡是凱塔格蘭加最宏偉的門面，也是這座城市最引以為傲的建築，整棟大樓十分高聳。據說，原本的設計者的概念，是要打造出一把插在城市中央的劍。但就我看來，這棟建築形狀反而像是層層疊疊的威士忌杯。根據官方說法，第三空港共有二十四座由瑪那所運作的升降機，每一台都有編號，且顯示能抵達的樓層。

大門進去後即是城市裡最高級的購物商場，與海港區的哥布林一條街是兩種極端。這裡的每一間店都有屬於自己的櫥窗空間，店門口都各站了一名衣著高級的接待員，而且這些接待員全都是純種精靈，你必須得到他們的允許，才能走進店裡消費。除了高級購物環境外，這裡的餐廳也是一等一的，無論是餐點品質還是價格都如此，餐廳集合了全世界最頂尖的廚師與異國料理，沒有對應的經濟與品味是不能隨便踏入那些地方的。

高級的商場、名貴的餐廳，許多連鎖跨國企業會至此設立一個部門，作為在此發展的據點，而各國特使辦公室也會進駐在第三空港內。因此，外國客在卡塔格蘭加遇到困難時，只要來到第三空港，就能找到自己國家的大使館，替你解決所有問題。

當然，煉金術士公會也在第三空港設置了一個專門的辦公室。

一群煉金術士待在同個空間會是什麼模樣？會忽然爆炸嗎？或是開始爭辯瑪那魔法研究之類的。不過這些煉金術士如何在此辦公這件事情其實根本不重要，重要的是，我必須從中問出與虹影有關的資訊。

當我們穿過空港入口處的拱門時，壯闊繁華的裝潢隨即印入眼簾，第三空港內所有的裝潢設計都以流線形狀呈現，光滑潔白的牆面鑲嵌著大量瑪那燈，純白的大理石地板簡直光可鑑人，建築內四處都有穿著制服的哥布林，他們手裡拿著特製的瑪那清潔道具，哪裡有灰塵就往哪裡去。

我走向中央的櫃台，禮貌地詢問煉金術士公會辦公室的樓層，這名接待員穿著粉紫色的制服，她的面貌姣好，身上散發出茉莉花的香氣。除了外貌外，她的舉止也非常專業，這名精靈接待員用銀鈴般的聲音回答我：

「煉金術士公會接待處在三十三樓。」

我們找到能通往三十三樓的升降機，門扉開啟，內部四周都是鏡子，就連地板部分也是。我從沒看過如此詭異的升降機造型。進到升降機後，我從鏡裡看見自己慘澹的面孔與黑眼圈；雜草般的頭髮與爛到不行的衣著。一旁的苜蓿看起來則十分甜美討喜，頭上的碎晶髮夾反射瑪那燈照下來的光，看起來閃亮亮的。

抵達三十三樓，升降機門緩慢開啟。幾名穿著雄獅聯邦軍服的人類站在升降機前，胸口位置別上象徵雄獅帝國的徽章，好告訴大家他們的忠誠所在。

還好並沒有任一名軍人注意到我。不過老實說，我被認出的機率也相當渺茫，就算在同一軍營裡，一般軍人是不會想跟投影使有所交集的，因此不太可能有人記得我的長相。

最重要的是，以記錄上來說，那個叫睿．卡本特的投影使已經死了。

然而，就在我這麼想的時候，忽然感覺到有人抓住我的肩頭，我猛然迴身，看見拉米雷眼睛睜得好大，嘴巴也是，一副就像是發現幽冥術士在大街上吃甜點時的表情。

要不是這裡是公眾場合，我們倆可能會同時發出尖叫聲。

「你……」拉米雷聲音顫抖，我感覺到他呼吸紊亂，單手揪住那頭漂亮金髮，快要喘不過氣來。「你怎麼在這裡！」

「這句話該是我問你才對吧？」比起拉米雷的反應，我反而顯得冷靜許多。「你怎麼會在別人家大樓裡跑來跑去。」

我話一說完，拉米雷立刻將手指靠近唇邊，示意我別多問，接著他趕緊回答我說：「其他人也在這裡，他們都很好，別擔心。」

話說完後，他的目光隨即轉向了一旁的苜蓿，男孩發現拉米雷正盯著他瞧，因此愉快地問候他說：「叔叔好！我叫苜蓿，爸爸過去承蒙您照顧了。」

「等等，這是你女兒？！」拉米雷瞬間瞪大雙眼，表情無比震撼，他雙手立即環抱在胸前，開始認真地思索。「不對呀，就那次事件結束後至今，也還不到六年，這孩子看起來大概十歲左右……」

「他不是我女兒。」我回答：「他只是我在凱塔格蘭加認識的一個小男孩，他正請我幫忙替他找姊姊。」

「我就說你是幼女殺手嘛，唉等等等等……你說是小男生？你確認過嗎？」

「我又不是你這傢伙！」我立刻補充說：「嘿，我先警告你喔。要是膽敢確認的話，就給我走著瞧。」

「我哪敢對你的『漂亮男孩』出手。」拉米雷嘻皮笑臉地看著我，然後說：「總之，看到你還活著，這消息還真讓人感到意外的。」在把我好好嘲笑完後，他朝我拍拍肩膀說：「我當初認為，你會漂到海裡，被魚吃掉。」

「我是漂到海裡沒錯，然後被海浪打上岸，老實說，我感覺上天很討厭我，一直不想讓我好好睡覺。」

「要不你跟我回去，我的床一向很好躺的。」

我朝拉米雷翻白眼，後者笑得下流。可惜在公眾場合出手揍帝國軍人一拳的話，會惹來不必要的麻煩。最後我只好嘆了一口氣，無奈地表示：「你這傢伙一點都沒變。」

「拜託，日子都一樣，我能變多少。」他哼了幾聲，表情閃過一絲不悅。「我又不像你生活那麼豐富，有去結婚之類的呢！我想想……那個女的叫什麼名字，啊，玫黎莎。我記得你那妻子叫玫黎莎。我看呀，就只差沒生一堆小孩了。」

玫黎莎。她的名字就像根刺，在我心頭扎出一道血痕。雖然我知道在這場合，提起她是有危險的，但既然拉米雷都說出來了，也就顧不了那麼多了，我壓低聲音問：「玫黎莎還好嗎？」

「在你被沖向大海後不久，她就再婚了，對象是名酒商，在帝國郊區有間酒莊。而這幾年她還弄了個蜂蜜酒品牌，據說銷路還不錯。我喝過一次，覺得味道實在不怎麼樣。」

我想像玫黎莎挽著黑髮，扭開酒塞，認真地品嚐酒的模樣，那畫面很適合她。老實說，我很羨慕那名可以在下半輩子持續凝視她的男人。

「你笑起來就像個傻子。」拉米雷看著我的表情，反而不太高興，他不以為然地說道：「不要再去在意那女人的事情了啦！在凱塔格蘭加這座城市，要什麼有什麼，我們到港口的時候，吉古拉第一件事就是吃甜食，班諾則是去書店逛了老半天，就連佛克也堅持到處走走。而我，你知道的……」拉米雷猥瑣地朝我眨眼。「我沒想到凱塔格蘭加的人都玩得挺開的，尤其是晴空塔那邊要什麼有什麼，當他們一聽到我的要求後，可都樂著呢！你知道嗎？當時我就跟那些俊美少年在空艇的甲板上……」

「嘿！有小孩子在旁邊，你講話給我收斂點！」

「哎呀，抱歉抱歉，這次我可是很『努力』的，誰叫這次任務要求挺多的，令人十分頭疼。」拉米雷愉快地朝我扮鬼臉，我皺眉回望，老實說，我一點也不想知道他到底跟晴空塔那群人在玩些什麼。他清清喉嚨，把話題拉回到正常方向。

「必須說，上層很重視這次任務，說什麼都不能搞砸。」

「這聽起來完全不像是你會說的話。」

「是喔，那你認為我應該是怎樣的人呢？」

「縱慾過度。」

「可惡，原來我在你眼中是這樣子的喔。」拉米雷露出失落的表情，「我可是很努力為國犧牲奉獻耶！」

「這句話由你來說非常沒有說服力。」

「拜託，要不是班諾那小子跟另一個傢伙要我多弄些投影獸，我也不想那麼辛苦呀。但他們堅持就是要很多很多，說什麼之後用得上……」這時候他忽然閉上嘴，大概是發覺自己似乎說太多話了。

「放心，死人是不會亂說話的。」我擺擺手，趕緊打斷他說：「無論如何，祝你們一切順利。」

此時拉米雷忽然想起什麼似的，突兀地開口問：「嘿，你有看我寫的紙條嗎？」

「字寫得那麼醜，就算看了也看不懂。」

「呃，我已經重新謄寫過一次，居然還是看不懂。」嘴巴上雖抱怨，不過他看起來反而一副感到放心的樣子。

言盡於此，我們倆相互道別，我看著他挺拔地步入升降機，看起來就跟一般的帝國軍人沒什麼兩樣。

必須承認，我有點想念他們，很希望能夠一同敘舊。然而他們的出現，代表這裡即將發生一些不光彩的衝突。我祈求這項任務行動，不會傷及太多無辜。

「那位金髮的叔叔，跟你一樣是貴族嗎？」拉米雷離開後，苜蓿好奇地詢問。

「不不，他一出生母親就不見蹤影，他

父親從小就對他暴力相向，據說還被賣掉。」

「怎麼聽起來跟我和虹影姊姊有點像。」

「之後他因為一些原因成為帝國軍人，我認識他很多年了。」

「他是叔叔的好朋友嗎？」苜蓿問。

「那傢伙很愛鬧我。三不五時就講些不正經的話，像是他明知道我有老婆，還會故意說喜歡我之類的，就像個愛胡鬧的小鬼，總讓我想罵他一頓。」

我想起，當年拉米雷在嗑了過量的罌粟，於半茫的狀態下，講述他如何成為投影使的過程。

「你知道嗎？我爸居然把我賣給男人呢！對，是男人喔，就是胯下跟我們一樣有條狀物那種。他又高又壯，喜歡玩像我這種笨呼呼的小男孩。他先把我揍一頓，下手跟我爸一樣重，很痛，超痛，我被打到神智不清，只記得嘴裡都是血，然後他吻我，把舌頭伸到我的嘴裡，把口裡的血全都舔掉，超噁，噁爛到爆，接著他開始玩我，上我，還掐住我脖子……」

他的眼神泛光、不斷發笑，當時的我喝了口酒，靜靜地聽他說。

「我開始尖叫，他也開始尖叫，對，他也在叫，他忽然鬆開我，抱著肚子在地上打滾，接著他開始膨脹，腹部像吹氣球般越來越鼓，然後就……碰！」

拉米雷故意發出大吼聲，似乎是想故意嚇我。

「他就這樣爆炸了！哈……哈……爆炸了！就像爛番茄一樣，噴了整個房間都是，超級好笑的哈哈……」他把臉挨近我，我嗅到濃郁草藥味，看來用量不小。

「啊，我很小的時候就殺人啦，而且那傢伙還是咱們這個小隊原本的成員之一，沒錯，那戀童男是超強的投影使。我小時候就殺掉了超強的投影使唷。那時候高層只好由我來填補那人的位置啦。也因此，我十歲的時候就是投影使啦，哈哈！我真的很厲害對吧。我在想要是當年我殺的是隊長的話，會不會我現在就是隊長了。嘿，不過好像也沒差，而且我很喜歡你……當隊長……」

此時，男孩拉住我的衣袖，將深陷記憶的我拉回現世，他眨眨綠眼，認真地對著我說道：「我也很喜歡叔叔你喔！」

我趕緊抽手，回他：「你嗑藥了嗎？」

「你才嗑藥呢！」苜蓿聽到後立刻反駁說：「我看你在那邊恍神，所以想說試試看金髮叔叔的那招，看你會不會回神罵我。」

「你這小鬼……」

天殺的敦德，苜蓿學得有夠快，我不得不把注意力轉回到他身上，並解釋道：「我剛剛是在想，待會要怎麼跟那些煉金術士解釋啊！」

「我們只要好好問他們就行了吧！」

看來無論怎麼擔心也沒有用了，只能趕緊做正事。因此我帶著苜蓿，繼續前往煉金術士公會的接待處。

起初我想像中的煉金術士公會接待處，是會像高級酒吧般的華麗裝潢，也許櫃台前還會有其美貌與第三空港接待員不相上下的女精靈，她會穿著華麗制服，全身掛滿瑪那製品，像個活招牌似的，對每位前來的客人露出迷人笑靨。

然而，當我和苜蓿走進煉金術士的接待處時，只看見幾張白色折疊桌及凳子，而且還隨便排放，裡頭僅有幾名看起來眉頭深鎖，表情厭世到極致的哥布林，他們正圍坐在其中一張折疊桌邊打牌，而在其身後有座升降機，造型看起來跟外頭的升降機一模一樣。

「嗨……」我遲疑地跟哥布林打招呼，他們忿忿地放下牌組，口氣兇惡問地：「幹嘛？」

我輕推苜蓿，他趕緊將虹影的瑪那匕首遞給我。我畢恭畢敬地捧起瑪那匕首，用非常卑微的語氣解釋道：「我們撿到了這把匕首，因為上面有貴公會的標誌，想說可能是某個煉金術士的重要物品，希望你們能夠幫忙協尋失主。」

其中一位哥布林走了過來，仔細盯著我手中的瑪那匕首，當他伸手要來拿時，我趕緊說：「不行不行，我怎能知道你們會不會把匕首交回到失主手上。聽說瑪那武器買賣都有紀錄，所以我想請你們幫忙查詢相關紀錄。」

哥布林臉色非常難看，他似乎在考慮要不要直接把我們趕出去。我故意擺出一副無賴樣，說：「你們看，這把匕首做得超級精緻的，普通人不可能有這麼好的瑪那武器，相信持有者絕對是重要人士，而且你們應該不想讓瑪那武器流到奇怪的地方吧……」

「這邊。」一位哥布林不耐煩地揮揮手，示意我搭乘前方的升降機。我和苜蓿靠近升降機，發現這座升降機沒有標示號碼，按鈕也只有一個，亦無註明前往的方向。

我們再次搭乘升降機，之後開門迎接的

依然是哥布林，不過該名哥布林的模樣看起來比剛才的溫和許多。我們跟著他步入辦公區，眼前是相當華麗的長廊，我腳踩著絲絨紅地毯，伸手撫過繁複的雕花牆，抬頭看見挑高天花板掛滿利用瑪那的水晶吊燈。

我再次說明來意，對方要我們先進會客室等候。

「我們立刻就去查詢紀錄並派人通知武器持有者。」溫和臉的哥布林在仔細檢查瑪那匕首後，便客套回覆：「要是武器主人今天不克前來的話，懇請留下匕首及聯絡資料，我們公會會擇日通知，並致上謝酬。」

「要當面。」

對方頷首表示理解，但接著就用力甩上會客室的門。

「你覺得他們會找到姊姊嗎？」苜蓿天真地問我，我毫不猶豫地回答：「不可能。但要是運氣好，也許能知道她捲入什麼麻煩事。」

「要是運氣不好呢？」

「假如匕首是虹影從他人那邊『拿來』的，頂多就是物歸原主吧。」

在跟苜蓿交談時，我悄悄地從腰間木匣裡抽出一管血，並將它藏在袖內，想說萬一出現突襲，可以在第一時間內先發制人。

苜蓿在會客室裡晃呀晃，一會兒撫摸絲絨沙發，一會兒計算牆壁上螺旋花紋的數量。他邊亂碰周遭的東西邊說道：「要是找到姊姊，我要把你介紹給她，你一定會很喜歡姊姊。她能幫你做很多事情，比我多很多。」

「你們呀，第一件事是離開凱塔格蘭加。」

「姊姊說，只要努力奮鬥，就有機會過好日子。」苜蓿似乎沒聽到我說的話，他開始玩起放在茶几上的盆栽。

「也要有點好運氣才行。」

「我有虹影姊姊，塔克小酒館的老闆跟姊姊們也對我很好，你也對我很好，所以，我很幸運。我明白，不是每個小孩都能順利活下來。我跟虹影姊姊在來到凱塔格蘭加的路上，看到了很多可怕的東西，雖然姊姊要我不要看，但我還是看了。」

這對姊弟到底是經過多少磨難，才得以抵達這座城市呢？我不想也不敢多問，僅能打直身子，豎起警戒，以防任何不利我們的狀況。

就在此時，會客室門扉再度敞開。這次進門的不是哥布林，而是帶著鱗片與尾巴的蜥蜴人，或者該稱之為「穿越者歌瓦」。

這名歌瓦披著縫滿口袋的深藍外套，外套的剪裁很好，看起來是來自於專業裁縫之手，頭上戴一頂同色系的絲絨禮帽，禮帽上鑲滿齒輪與寶石，渾身散發出討人厭的貴氣。我立刻起身，歌瓦下眼瞼動了動，目光在我與苜蓿間來回掃視。

「你們就是聲稱撿到瑪那匕首的人類嗎？」歌瓦問。我瞥見對方左手裝著一副金屬打造的利爪，上頭纏繞著數條管線，並接連到一顆計量錶，那是瑪那武器，且是我從未見過的造型。

歌瓦的面部肌肉比一般人類少，因此較難表現出興奮的神情，但這名歌瓦對著我清清喉嚨，將嘴角兩端用力拉開，看起來就像是在獰笑。接著她用力睜大雙眼，瞳孔閃爍著光芒，我聽見尾巴發出了喀搭喀搭的聲響，並同時嗅到空氣裡的危險信號。

我一邊心裡咒罵著自己的壞運氣，一邊抽出藏在袖中的血管。我壓開封口，將血液淋至掌心。歌瓦立刻壓低身體，做出備戰姿勢。

「哈，是投影使，看來情報沒有錯！」

「那麼就應該知道，衝突這件事對雙方都沒好處吧！」

歌瓦擺動尾巴，語氣難掩興奮。「我揍過投影使，多揍幾個我可不介意。」

歌瓦話一說完，我馬上喚出一隻體型與我近乎相當的投影獸——陀伊卡。陀伊卡的身形如巨熊，毛髮怒衝朝上宛如尖刺，四肢有銳利且倒鉤的爪，牠有四顆眼睛，依序鑲在頭部兩側，門牙像鋼板，面頰兩側的角質突出並向前彎曲，看起來醜陋無比。

陀伊卡的體型十分驚人，且移動速度極快，是非常強大的投影獸，我可以用牠來對付巨魔或是體型較大的生物。我命令陀伊卡衝向這名穿越者，後者揮爪防禦，陀伊卡發出低沉叫聲，一把咬住對方的左手臂，並將其用力甩出去，歌瓦壯碩的身軀撞進門旁的櫃子，木頭應聲碎裂。

「苜蓿你快走！」

「那叔叔呢？」

「我得絆住這個該死的穿越者。」

歌瓦在我的注視下，矯健地爬起來，她拍了拍身上的木屑，然後困惑地問：「咦，這個女孩叫苜蓿？真奇怪，資料上紀錄是男孩……」

「妳認識姊姊嗎？她叫虹影……」

「不要再問了！快走。」

聽到我們這番對話，歌瓦心情顯得十分雀躍。「太好了，這小鬼可讓所有人找了半天，都快把整座城市給掀了！說真的，你們這對姊弟實在有夠會躲的。」

這時，我腦中浮現出松蘿的鬥雞眼及他所說的話。

「矮人、蜥蜴人、雜種、人類，好多種族，沒有精靈。」

白癡！安逸的生活讓你變遲鈍。

就在腦中聲音罵我的同時，陀伊卡身體前傾，發出難聽的低吼聲。接著，牠再次往歌瓦的方向迅速衝撞。

這名歌瓦雖然看起來壯碩，但其動作十分敏捷，就在陀伊卡靠近的瞬間，歌瓦蹬起雙腿，越過我的投影獸，朝苜蓿的方向跳了過去。我隨手抓起旁邊的盆栽朝歌瓦投擲，盆栽在半空打飛了她的禮帽，當歌瓦落在苜蓿面前時，晃了幾下，腳步似乎有些不穩，只是我仍太小看歌瓦頭部的硬度了，就算盆栽已裂成一片片，泥土與植物散落滿地，這名棘手的穿越者依然保持清醒。

「天殺的大魷魚，那帽子是我剛買的耶！」歌瓦一把掠住苜蓿，男孩頓時雙腳懸空，發出害怕的驚呼。「不過比起情報，新帽子不足惜！這下我絕對得好好審問你。」

這時候，一大群哥布林湧入會客室，他們個個手持不同種類的瑪那武器，全員備戰，蓄勢待發。

我舔舔下唇，評估能夠從中逃脫的機率。身為前帝國投影使的我所做出的判斷是，如果命令陀伊卡全力攻擊，再多搭配幾隻投影獸進行殺戮，我就能好好地大鬧一場，並於混亂時獨自逃脫。可是這麼做就得拋下苜蓿，且在攻擊的過程中，苜蓿勢必會受到傷害。

陀伊卡正用利爪焦躁地刨地，把絲絨地毯抓成一條條，我深深吸一口氣，陀伊卡原本臃腫的身軀逐漸縮小，小到一定程度後則開始變得模糊，最後在眾目睽睽下化成一縷輕煙。

接著我雙手舉高，怒視著歌瓦。

「現在，想問什麼就給妳問個夠吧，蟾蜍臉臭蜥蜴！」腦中的聲音透過我的身體，惡狠狠地朝眾人大聲吼叫，宛如兇暴的野獸。

第三章

回首驀然

時間變得無比漫長，彷彿會在此渡完一生。

我被反綁在一張特製的椅子上，這張椅子的椅背很高，讓身體無法往後仰，就連稍微擺動都有難度，粗繩蠻橫地在脖子上擠壓出痕跡，雙腿被緊緊靠攏，腳踝扣著鐵鐐，嘴前還被綁了一條緞布，以防止我趁他們不注意時咬破口腔。

在我舉手投降後，這名歌瓦立刻用布袋罩蒙住我的頭，指使哥布林將我押送到第三空港的某層。他們把我關在一個像是浴場的地方，可能是擔心鞋子藏武器，除了木匣外，她竟還脫去我的鞋子！磁磚冰涼觸感從腳板傳遞上來，眼前的浴池蒸著熱氣，令人感到呼吸困難、頭暈腦脹。

我不知道在浴場裡待了多久，眼角餘光雖可瞥到氣窗，可是也就這樣了，我有限的視野幾乎都在浴池上，這是座正圓形的大浴池，裡頭熱水水面與地面同高，無邊的設計讓人不用跨腳就能走進池中，水底下是粗糙的洗石子，浴池的深度是由外而內逐漸加深，能讓不同高度的種族都能舒適泡澡。

看著這一池熱水，我不禁佩服囚禁者對投影魔法具備不錯的知識，這些熱水能迅速將血液沖刷乾淨。沒了血液，投影使就跟普通人沒什麼兩樣。

「妳確定這玩意有效嗎？」沙啞聲穿透繚繞蒸氣，夾帶著來來回回的踱步聲。

「朱鸝葉跟我保證，只要吸一劑，就連巨魔都能把他家祖宗十八代都背出來。」

「這樣聽起來像是增強記憶的藥物，不是吐真劑。」

「好啦，算我舉例錯誤！總之，它絕對能讓我們從這流浪漢口中問出東西來。」

「妳試過了嗎？」

「天殺的大魷魚，還要自己先試用喔！」歌瓦沒好氣地說道：「難道你要用傳統的方法，像是折手指之類的嗎？我是不反對用水嗆啦，但不小心把他給溺死的話就糟糕了。先跟你說，絕對不能讓投影使流血，只要一有血，我們得應付的就不只有這流浪漢了。我跟你保證，他還挺強的，要不是我有抓到那小鬼，他大概會把整間辦公室給攪了。」

面對歌瓦的強勢絮叨，沙啞聲仍堅持道：「先讓他自個兒說話吧。」

我耳邊響起不屑的悶哼聲，椅子隨即被猛力旋轉半圈。看來負責審問我的有兩位，一位是利用苜蓿要脅我，使我現在慘遭綑綁的穿越者歌瓦，另外一名則是穿著連身大衣的男子，他的臉上全是傷疤，一側的鼻翼被削去，模樣看起來十分恐怖，他一把將我嘴上的緞布扯掉，用那雙琥珀色的眼睛，嚴肅地凝視我。

「你們為什麼要搶走浮石？」琥珀眼男子開口，語氣十分冰冷。

「把你所知的都說出來，否則我就在你肚子上揍一拳。」歌瓦則開始兇巴巴地在我耳邊大吼大叫。

比起訓練時期的死亡威脅，這種恐嚇方式簡直兒戲，這兩個人明顯看起來沒什麼經驗，我頓時覺得眼前的景象有些好笑。

「你們把苜蓿關在哪？」

「要知道，你現在的生死是由我們決定。」

「很好啊，要是你能立刻殺掉我，我會很感激的。」

此話一出，我察覺男子臉上的肌肉掠過一絲顫抖，但他隨即恢復原本的樣子，問：

「你們這些投影使到底有什麼目的？」

「我的目的很簡單。那小鬼出了筆錢，要我找他姊姊，而在找到他姊姊後，我就要那小鬼跟他姊姊離開這該死的凱塔格蘭加，遠離你們這群該死的煉金術士。接著，我要拿著該死賺到的錢，去酒館喝個該死的爛醉！」

這兩傢伙聽到我這麼說之後就相互對看，似乎思考接下來該如何應對。我想，此刻是開口回問的好時機。

「虹影到底跟煉金術士有什麼糾紛？」

我故意提高音量，試圖惹怒眼前的這兩個傢伙。「我知道，你們跟百蛇幫到他們的住所留下威脅印記。凱塔艾蘭的煉金術士竟然跟著黑道私闖民宅，還做出那麼下流的行為，真令人不齒。」

面對我粗魯的問話，男子表情無動於衷，歌瓦則是用右手尖爪搔搔自己粗糙的面部。

「這傢伙到底是怎樣……」歌瓦困惑地喃喃自語道，看來我的挑釁對她完全沒有用。

「是在裝傻還是真的不知道……」

「在我們找到虹影住處時，那些百蛇幫早就抵達現場。」男子語氣平靜地解釋。「除了黑幫跟煉金術士外，聯合商會也派人在尋找那名昂矛女孩。」

大家都在找虹影，百蛇幫、煉金術士及商會。腦中那聲音停頓一下，然後緩緩地說：**以及你。**

忙。

閉嘴！是苜蓿想找到她，我只是負責幫

我甩開腦海裡的聲音，聲音消逝之後，一股難以言喻的情緒在我體內蔓延。我好希望眼前的一切就只是夢，我好想找個地方喝個爛醉，把所有的感覺都給遺忘掉。但此刻的我被綑綁住，就只能惡狠地瞪著眼前那名穿紅衣的男子，把所有怒氣發洩到他身上。

「天呀，所以你連個女孩子都找不到，笑死人了！」

「這瘋子在嘲笑你耶，溫羅埃。」歌瓦輕拍了一下男子的肩膀。原來這全身包緊緊的男子叫溫羅埃，我高傲地瞧著他，要不是已經口乾舌燥，我也許還會試圖對他吐口水。不過，當我聽到歌瓦開口的嘲笑男子後，就立刻把目標轉向，怒聲嗆說：「不要給我太囂張，臭蜥蜴。竟敢對小孩子出手，我告訴妳，要是妳敢再動苜蓿一根寒毛，我就用投影獸把蜥蜴尾巴給咬掉！」

我一嗆完話，歌瓦立刻朝我的腹部揍了一拳，儘管我很明白，此拳嚇阻意味大於憤怒情緒，但這擊還是讓我感到胃囊一縮，整個人向前傾，繩子隨之勒住我的頸部，頓時喉嚨感到一緊。

「被綁成這樣還敢亂嗆人，這傢伙膽子挺大的。」歌瓦張大眼，露出不可置信的表情。「天殺的大魷魚，而且他還在笑。」

「阿律耶德。」我聽見這位名叫的溫羅埃男子跟歌瓦說：「用吧。」

「哎？怎麼態度忽然丕變，你不是說……」

「用吧，一般方式從他身上問不出什麼

東西。」

「咦，怎麼如此篤定？你這判斷也太神奇了。」

阿律耶德隨即粗暴地撬開我的嘴，伸出一根指頭壓住我的舌頭，把冰涼的液體灌入喉部。

在吞下液體的瞬間，我頓時感到一陣噁心，腦袋像是被鐵鎚不斷敲打的熟透瓜，四肢不聽使喚地抖動，皮膚開始感到異常搔癢，像是萬蟻鑽動，我的體溫升高、喉部腫脹、末梢麻痺，就像發了嚴重的熱病。身體變成了一座拷問室，軀殼正傾力用疼痛來折磨我，看來歌瓦給我灌的不是普通吐真劑。

最起碼，我從沒有吃過這種玩意。

我將意識潛入另一個空間，僅讓皮囊獨自承受現世苦痛，讓精神進入另一個時空。

這是帝國投影使的基礎訓練，原本是在逼投影使在最快的時間中，將自己的神志剝離肉體，進入未知的領域內，找尋到相符的投影獸。這也是承受嚴刑拷打時避免崩潰的方式，疼痛會使人心志變得脆弱無助，進而服從拷打者的任何要求，帝國投影使並非沒有痛覺；沒有恐懼，而是我知道如何讓意識忽略感受。

當你不再有感受後，任何外在的事物都會變得容易應對了。

忽略感受。腦中的那聲音用挖苦語氣跟我說道。**你最擅長的招式。**

喔，住嘴！我強迫它安靜下來。

我雖然抵抗得了疼痛，可是仍無法抑止劇毒在身上蔓延。我可以感受到，這罐「吐真劑」正在耗損我的生命。瀕死體驗也是帝國投影使的訓練之一，因為在生理越接近極限的狀況下，越容易有投影獸願意與之建立契約。我想，也許能趁機尋覓讓我擺脫目前處境的投影獸，只是那需要諸多好運。

然而，運氣從來就不是我的強項。

「天殺的大魷魚……」

朦朧中，我聽見歌瓦的聲音。「這真的是吐真劑嗎？瞬間腫成這樣根本不能說話啊。」

「他快死了。」男子語氣平板。

這傢伙才沒那麼容易死掉……

腦中那聲音微弱地說道。

但此時的我卻認為，要是這樣就能死掉，似乎也不算太差的狀況，最起碼沒給我泡在水裡。

不過，要是我真的死了，苜蓿那小鬼該怎麼辦？他能安全脫困嗎？逃走後他要請誰找姊姊呢？除了我之外，還有什麼人能夠幫他嗎？

我的感官也漸漸地被抽離，他們倆相互爭論的聲音宛如被泡進鹽水裡，聽起來模模糊糊，最後只剩下呼嚕呼嚕的聲響，像是貓順毛時發出的頻率。

□

現在的我已經吐到沒東西可吐了，剩下從我喉嚨裡出來的，不是胃液就是膽汁之類的東西。我扶著滿是刮痕的牆壁，對著地板不斷乾嘔。

此刻的我雖然因痛苦而渾身發軟，但精神卻十分清晰，甚至算是處於亢奮狀態。這是我第二次成功與投影獸建立連結。與第一次綻放的狀況不同，此次他們把我關在一個封閉空間，利用毒物來進行與投影獸的連結儀式。

一般來說，第二次的連結跟第一次的綻放儀式比起來，傷害的範圍就會小很多，通常這時候受傷的僅有投影使本身而已。

不過第二次的儀式仍是相當危險的，投影使會選定一至兩種方法，把自己的身體逼至極限，肉體極限或是精神極限都可，只要能讓自己的意識脫離皮囊，好在瀕死狀態下與另一時空裡的投影獸建立連結。

當時我選擇透過毒物來進行，儀式開始時，他們把我關進一處挑高的小房間中，裡頭只有一條毯子跟一個空桶子，會有人定時進來給我注射毒藥，然後就放任我在地上打滾。

我像隻蠕蟲般地趴在地上，吃力地望著滿是針孔與瘀青的內側手臂，整個人意識渙散，算不出自己在這裡待多少天了。

門打開，一個佝僂的傢伙提著籃子走進來。我用盡渾身力氣，艱難地宣布：「我找到了……」

「我知道。」對方的聲音低沉且富有磁性，跟醜陋的外貌完全不相符。「房間最頂有扇小窗，可以從那邊隨時觀察你的一舉一動。」

「那就連上廁所的模樣都看到了吧……」

「與你締結契約的投影獸很強，在你昏迷時，牠瘋狂衝撞牆壁，還用利爪在上面刻鑿，還好房間的牆壁非常厚，才不至於被打破。」這名佝僂的傢伙輕輕地走到我身邊，放下手上的籃子，他不用蹲下就可以跟我對上視線，以人類男性來說，他很矮，四肢長度也比一般正常人短小，但整體看起來依然是成年人的體型，他有一對凸魚眼，但似乎無法對焦。

「建議你喝點牛奶，可以淡化你體內的毒素。毒物麻煩的地方在於它退得比較慢，我想你得不舒服好幾天。我當年選擇泡在水裡，結束後一小時就沒事了。」這名畸形男子從籃子裡拿出一瓶牛奶。在我喝下牛奶後，他又從籃子拿出一個小枕頭，在我躺下時墊在頸部的位置。

「我想抽菸。」我說。

「我不建議那麼快就吸食任何藥草。」他拿出濕布擦拭我的額頭，我忽然想起，自己已經好幾天沒洗澡，而且剛才又嘔吐，此刻房內的氣味必定十分驚人。

「聞起來很臭對吧？」

「比曝曬好幾天的死人坑好不少。」

「我快死了。」

「不，你活得很好，只是需要好好睡個覺。」

「我好累，你之前是怎麼熬過來的？」

「老實說，」他回答：「我也不知道自己是怎麼熬過來的。」

□

我把頭埋在玫黎莎的秀髮裡，貪婪吸吮，柔順髮絲輕撫著我的舌尖，嘗起來有蜂蜜的香氣。她輕輕發出呻吟，彷彿延續著昨晚的美好夢境。她背著我，肌膚光滑如絲。

「睿……」她柔聲喚著我的名字，就像一道咒語，讓我胸口溢滿情感，只要稍微吸氣，就能使人溺斃其中。

「昨天，父親捎來訊息，說他從上頭那邊拿到一份新名單，希望你之後能稍微安排一下。」

「我盡力安排。」我嘆息，溫柔應答。

在得到我的承諾後，玫黎莎就靜靜地躺在我懷裡，沒發出任何聲音，用蜜與糖的思緒包覆自己，將我阻隔在外，堅硬如水。

我把鼻尖靠著她的後頸，祈求黑夜凝滯，白晝永不降臨。

□

醒來，是件極其困難的事情。

從四周的裝潢來看，我已經沒有待在那悶死人的大浴場內，現在的我像個病人般，被安放在舒適的軟床上。我聽見從牆壁另一頭傳來輕柔的音樂，空氣中充滿香氣，是廣藿香與佛手柑的氣味，我還聞到雪松的香味。接著我動動腳板，確定自己還有知覺。然而，當我想動手的時卻發現上身套了件拘束衣。

我既是病患，也是囚犯。

「醒了？」

柔滑的聲音從床尾方向傳出，接下來的景象讓我以為自己仍在夢境中。

一名身高約兩公尺，宛如黃金雕像的女子走到我床邊，她一絲不掛，姣好的身體曲線讓人從頭到腳一覽無遺，這名女子身上所有的毛髮也都是金色，就連下身的恥毛也是。她的手臂上有個玫瑰金色的刺青，看起來像是某種植物，細碎的紋路發散在她那光滑的肌膚上。

黃金女子這時把臉湊到我面前，金色的雙瞳眨了眨，四周眼白呈現金屬銀，額頭上有對金色彎角，而從嘴角勾出的白色利齒，是她身上唯二非金色的東西。

我持續盯著她瞧，完全忘了應有的禮節。

「御伽姊姊，妳這樣會嚇到人家。」一名嬌小黑膚的女性靠近，她有著紫羅蘭色眼睛跟一頭濃密長捲髮。

謝天謝地，她有穿衣服。

我頓時只想閉上眼，假裝自己依然昏迷，可惜已經來不及，她們都知道我醒了。

「還活著，真倒楣。」我氣餒地表示。

「你對吐真劑裡的某成份產生過敏反應。這可把阿律跟小溫給嚇壞了，幸好當時朱鸝葉在隔壁，可以馬上處理。」黑膚女子說道。

「我以為這男人死定了。」黃金女子聲音溫柔，但吐露出的話語相當無情：「看起來真慘，不是嗎？」

「還不是你們這些煉金術士害的。」

「我們不是煉金術士。」那名叫御伽的女性輕聲細語地糾正我。「我們是朗恩的情婦。」

「朗恩是誰啊？」我已經疲憊到不想保持禮貌。「想殺我的人裡，沒一個姓朗恩的，你們要不要檢查一下是否搞錯人。」

「你真幽默。」黑膚女子發出清脆的笑聲。「不過，確實有可能搞錯人了。」

在我試圖表達不滿前，黑膚女子繼續說道：「因為說實在的，不太可能有人會笨到在搶奪煉金術士的貨物後，又大搖大擺地走進他們的辦公室。而且經過對照後，你的投影獸特徵不符合前天襲擊海港區的那群。」

「很好，那就快點解開我身上這件討人厭的衣服，讓我從這悽慘的地方離開吧。」

我又補充一句：「還有，把苜蓿給放了。」

「我可以考慮放你走，但那孩子不行。」黑膚女子回答。

「是因為虹影，對吧？一個十六歲的女孩到底幹了什麼事情，讓大家拚命找她。」

「要是你知道原因的話，就不能放輕易放你走了，你可要考慮清楚。」

我頓時陷入沉思。

「那麼在此之前，就先讓我們互相自我介紹吧！」看我猶豫了老半天，這名嬌小的女孩朝我露出微笑，優雅地問候道：「您好，我叫華莉絲．朗恩。敢問如何稱呼？」

「睿楒提．奈爾。很抱歉我現在無法握手。」

「你為什麼要找虹影呢？奈爾先生。」華莉絲問。

「因為苜蓿委託我找她。」

「所以，你是位偵探囉？」御伽富饒興味地插嘴。

「不是」我回答：「但我會好好考慮，我最近才剛失業，正愁要找新工作呢！」

「真可憐。」御伽的語調聽起來絲毫沒有同情的意思。

此時我聽見開門聲響，那隻討厭的歌瓦腳步輕盈地走了過來，嘴裡還哼著歌。不知怎麼，我心底冒出莫名的怒火。

「會用投影魔法的流浪漢還活著嗎？」

「喔，我活得很好，謝謝關心。」我盯著歌瓦如杏仁般的大眼，壓制吐口水的衝動。她則一臉好笑地看著我。「你這流浪漢居然會對『真相』鬧過敏，想都沒想過。」

「妳應該自己先試一下的，臭蜥蜴。」

歌瓦聽聞立刻放聲大笑，這下令我更憤怒了。

「別那麼生氣嘛，我們不是把你給救回來了嗎？」歌瓦氣定神閒地說道：「我跟溫羅埃大可把你丟到巷弄內，然後把你偽裝成用藥過量暴斃的樣子。」

「你們不會那麼做的，因為投影使在凱塔艾蘭很少見，除非你們是蠢蛋，否則不可能白白浪費這麼一個線索。」

「喔？你這流浪漢還挺懂的，看來不是普通的流浪漢喔！」

御伽插嘴說：「他可能是偵探喔！」

「就是那種會到處走來走去，把很多事情連結一起，推敲出奇怪答案的職業嗎？」阿律耶德似乎在努力憋笑。「這傢伙可以好好利用。」

「我也這麼認為，所以我現在正在跟他談判，看他願不願意幫助我們。」華莉絲說道。

現在她們談論我的方式，就像談論該如何料理廚檯上的生肉，不過我現在的確只能任人宰割了，要是她們決定要殺死我，也只能乖乖就範。

「我從來沒遇過這種談判方式。」

「凡事都有第一次呀，偵探先生。」華莉絲調侃道。

□

位於第三空港裡的「朗恩俱樂部」，曾是聯合商會會長史特雷・朗恩與各家富商縱情聲色的所在。史特雷・朗恩是凱塔格蘭加的商人之一，他人脈廣闊，政商關係良好，長期遊走於黑白兩道間，與煉金術士公會亦有密切往來。

簡單來講，就是一個紅頂商人。

史特雷・朗恩長期擔任煉金術士公會與凱塔艾蘭高層之間的買辦，凱塔格蘭加路上的瑪那街燈，都是由朗恩所經營的商行負責採購。因此可想而知，這座閃亮亮的不夜城可讓他富到流油。

人在有錢之後，總是會開發一些無良的嗜好。

朗恩的興趣是蒐集各式各樣的「非人類女性」，精靈、矮人都還算一般範疇，在我眼前那位渾身赤裸的金色女子叫御伽，是角鬼與巨魔的混血，而另一名有著紫羅蘭色眼睛的矮小女性，則是已經消失於世的純種希蒙族。

「別把我算進去。」穿越者歌瓦連忙否認。「我只是受她們委託過來的，朗恩那人跟我一點關係都沒有。」

「要是他生前有遇見妳，妳可能也會成為情婦之一。」

歌瓦聽華莉絲這麼說，立刻面容扭曲。

「在咱們的部族內，只有雌歌瓦才能挑選自己有興趣的對象，可輪不到雄性在那邊挑三揀四。」

朗恩生前身周遭美女如雲，他在空港開設這間俱樂部，讓他能和這些非人女性們在城市高處恣肆玩樂。然而，再怎麼走路有風，路走久也總有摔倒的時候，只是朗恩這麼一摔，就把自己徹底摔進墓裡。

根據華莉絲的說法，這名大商人惹到了某個狡黠的「非人女性」，這名女性策動城裡的黑幫勢力，以非常凶殘的方式，結束了史特雷・朗恩的性命。其後，朗恩身旁幾位比較「親密」的女性就迅速集結，接手朗恩的所有財產。

如今，朗恩的主要事業及其它原本聽命於他的各家零售商，幾乎都是由這些「朗恩情婦」所負責。而這間設在第三空港高層，原本是富商用來狎玩女性的俱樂部，便成為這些女性們商討事情的地方。

「御伽是俱樂部的管理者。」華莉絲跟我介紹。「她也住在俱樂部裡，這裡就像她家一樣。」

所以在家不穿衣服是正常行為囉？我盯著御伽美好的臀部曲線，感到下身一陣熱流，看來我的復原能力還不錯，御伽似乎也對這種目光感到稀鬆平常，她冷冷地瞧了我一眼，自顧自地做事情，反倒是御伽跟華莉絲離開房間後，歌瓦邊解開我身上的束衣時邊警告道：「你這傢伙也太明顯了，好歹口水也給我擦一下好嗎？」

解開束衣後，我第一件事就是趕緊去找廁所。

我推開門，房間外頭看起來就像間大型音樂酒吧，風格華麗鋪張，吧檯看起來是用某種巨獸牙齒所打造出來，而後頭的酒櫃則是設計成盤根錯節的老樹造型，裡頭放滿各種高級酒。

這時，我聽見從某個方向傳出如流水般的優美旋律，視線隨那悠揚的樂音轉過去，便發現俱樂部中央的骨董鋼琴旁，有對帶著淡粉紅肌膚的精靈姊妹正在進行雙人合奏，除了那頭紫髮的長短不同外，她們簡直是同一個模子刻出來的，這對精靈姊妹穿著相同的水藍色長洋裝，腰間還繫著粉紅色的蝴蝶結緞帶。

在鋼琴旁，則有位留著深紅色短髮，穿著皮裘套裝的女矮人，她正專注地勾毛線。就連我這個門外漢都得出來，這名女矮人的手藝奇差無比，整球毛線被扯得亂七八糟，根本看不出來是什麼東西。

此刻，女矮人抬起頭，寬薄的嘴唇撇了一下，臉上的蒜頭鼻哼出一聲，殺氣騰騰地看著我說：「笑啥，沒看過矮人打毛線喔！」

「我只是好奇妳在做什麼……」

「所以你看不出來，我在『打毛線』嗎？」

我閉上嘴，決定把注意力放在找廁所這件事情上。

在解決需求後洗手時，我望向鏡中的自己，看起來臉已經不再腫脹，且在昏迷的期間，似乎有人打理過我的門面，我那雜亂的頭髮被剪更短些，雖然依然顯得捲翹蓬鬆，不過下巴的鬍渣倒被刮得很乾淨。

當我走出廁所，便看見阿律耶德站在門口，她隨即丟給我一套全新衣物，背心、褲子，襪子、鞋子，並連同我的隨身木匣塞至我懷中。我狐疑地瞧著這套標準的男性束裝，想說這間屋子裡除了我以外，應該沒有任何男人了。

「這是史特雷·朗恩的衣服嗎？」我問：「妳拿死人的衣服給我穿？」

「給我再進去廁所，把衣服換上就對了，這身行頭是華莉絲特別要我拿給你的。」

我穿著與身形不太相稱的衣服，覺得背

心太緊，褲管太長，鞋子太緊，整個人感覺有點憋腳，不過衣服料子很好，這件死人衣服應該不便宜。而我想，既然會願意給我新衣服，代表沒有要立刻殺掉我。

在穿好衣服並走出廁所後，歌瓦凝視我幾秒，點點頭滿意說：「沒想到還算可以。」

我則開口問她：「苜蓿現在在哪裡？」

「你放心，他在一個很安全的地方，有自己的房間，有點心吃，還有專人陪他玩呢！」

「怎麼可能？他跟我一樣都是被妳們抓來的。」

「騙你幹嘛？那小鬼可是咱們的王牌，我可不敢隨便虧待他。」

「我能去看看他嗎？」

「等到事情告一段落後，我就帶你去看他。怎麼了嗎？你不相信商人的信用嗎？」歌瓦邊說邊故意發出惱人的咋舌聲。

我能相信嗎？但目前的我只能姑且相信了。

歌瓦又再度說道：「只要替我們找到虹影，很快就能去看他。」

「那麼，妳們是打算殺掉虹影嗎？」

「別人要怎麼對付她我不知道，但我跟你保證，要是不把她給找出來，釐清事情真相，會有更多人被殺掉。」

「妳越說我越糊塗了。」

「別以為只有你搞不清楚狀況，我們這邊也是一樣的。」

阿律耶德遂向我解釋，她們目前所知的狀況。

根據她的說法，苜蓿的姊姊——虹影，

是隸屬百蛇幫底下最令人聞風喪膽的「黑蛇會」成員之一。要是「白蛇」屬於百蛇幫裡的管理階層的話，那麼「黑蛇」就是所謂的暗殺部隊。

我不知道，一個十六歲的小女生要如何成為黑蛇成員，但仔細想想，我也是差不多在這個歲數「綻放」投影魔法，搗毀整座軍營。因此，十六歲成為黑蛇殺手，似乎也是合乎常理的事情了。

歌瓦繼續解釋，日前煉金術士公會向聯合商會租賃了大型商船，從遙遠的地方載了一些貨物回凱塔格蘭加，之後他們委託百蛇幫負責在深夜封港，及排除閒雜人等，打算用非常隱蔽的方式，將船上的「貨物」送達卓拉貢蓋特瑪那提煉廠。

「是前幾年發生事故的卓拉貢蓋特瑪那提煉廠嗎？」

「啊哈，你居然還記得，我以為大家都忘了差不多了。」對於我的反應，阿律耶德似乎感到有些訝異。「總之，他們委託商會負責海運，又雇用黑幫在港邊接貨運送。」

「聽起來，煉金術士們是不想讓外人知道，他們跟這些貨物有關聯。」

「看來你不只記憶力好，也挺聰明的。」

「比妳這種連吐真劑還是毒藥都搞不清楚的蜥蜴聰明多了。」

「哎呀，你這傢伙的缺點是容易記仇，對吧？」歌瓦聽聞後刻意幽默回應。她繼續講述，煉金術士請託百蛇幫負責陸路運送，百蛇幫底下其中的兩個派別「鋼蛇」與「虹蛇」為了誰負責而相互爭奪，最後是由「鋼蛇」勝出。

然而，鋼蛇的新任首領法鐸竟在任務過程中，忽然劫走這些原本要送至卓拉貢蓋特瑪那提煉廠的「貨物」。

「這傢伙是瘋了嗎？」

「瘋子，凱塔格蘭加的特產之一。」歌瓦伸舌舔了舔嘴，逕自地走向俱樂部吧檯，一屁股坐在吧前的桃木雕花高腳椅上。

「做事前，咱們先來嚐嚐這裡的特產吧！」

我們兩個就這樣一起坐在吧檯前喝酒。

她喝的是啤酒，我則是享受御伽特別準備的威士忌，雄獅帝國七五八年、安特立莊園。這支是帝國王室才有機會喝到的威士忌。雖然我們倆應該開始工作，但看在好酒的份上，決定先喝幾杯再離開。

「那麼，商船上的『貨物』又是什麼玩意兒，為什麼要如此大費周章。」

「一些知道會要你命的玩意兒。」阿律耶德揮揮手，表示不打算跟我談論此事。我識趣地閉嘴，低頭品嚐了口威士忌，桃木熏香直衝腦門，讓人渾身飄然。

「這樣聽起來，那個叫法鐸的傢伙還真是不要命。」

「哪隻『蛇』是要命的？」阿律耶德聳肩，用一種理所當然的語氣說道：「不過不要命跟腦袋壞掉是兩回事，我傾向法鐸是後者。」

「那麼，投影使又是怎麼回事？」

「根據那晚在港口的倖存者表示，法鐸身邊有數名投影使，能力十分強大，沒人打得過他們。老實說，凱塔艾蘭的投影使數量不多，因此一次出現多位，挺不尋常的。」

「只要肯花錢，連幽冥術士也請得到。」

「是呀，花錢請人。」阿律耶德伸舌舔舐杯上的泡沫，然後說：「這代表，法鐸早就預謀好要捅自己組織一刀。」

她說，根據倖存者所言，那傢伙偷偷地安插了幾個投影使，在東西都下船後，直接在港邊上演一場屠殺戲碼。當時幾個負責監視的白蛇忽然肚破腸流，還有為數不少的鋼蛇成員被數隻巨大的飛行生物叼走，或是慘遭一群兇殘無比的投影獸啃食。聽說還有從地底冒出的觸手，會直接把人捲起來纏繞，擠壓成肉泥，當時有幾名倒楣的煉金術士就被絞成碎肉，當餡餅料應該都沒問題。而在一片殺戮戰場中，法鐸叫了一群哥布林，利用專用的黃包車把「貨」搬走，動作十分迅速。

「你們有去調查那些黃包車嗎？」

「溫羅埃跑遍了城裡所有黃包車隊，完全找不到相符的黃包車。我們推斷，那些黃包車應該都是很久之前淘汰的舊車，特別重新組裝粉刷的。而運貨的哥布林都是沒有相關的公民登記資料，應該是他買來的奴隸。我認為，他之後就會『銷毀』這些可憐的傢伙。」

「那麼，虹影又扮演了什麼角色？為什麼會遭追捕。」

「因為有人看見她跳上其中一台黃包車，跟著法鐸及其他投影使一同離開。」歌瓦一口氣就灌了大半杯啤酒，接著將目光飄向我的威士忌。

「既然她也是百蛇幫的成員，或許她是打算追上去。」

「無論虹影是否忠於百蛇幫，她失蹤的這件事情是事實。原本我也曾想過，她可能是在緝凶的過程遭遇不測，但溫羅埃調查近期城裡的無名屍，沒有一具屍體的種族是女性混血昂矛。」

「也許被丟到城外的地方。」

「雖然煉金術士公會沒有對外宣布，可是現在無論是空港、港口或陸路，都遭商會嚴格管控，所有貨物都必須經過檢查才能進出口，旅客的話更不用說了。表層由公會及商會負責，地下部分則由百蛇幫負責，簡直是滴水不漏。要是有什麼風聲，我們這邊馬上就會知道。」

我將杯中物一飲而盡，在旁的御伽迅速替我添酒。

「妳不來一點嗎？」我轉頭詢問她，現在她仍一絲不掛，但我不再因胴體而感到興奮難耐，她就像是座美麗的黃金雕像，與這間俱樂部融合得恰當好處。

「不了，我的職責是替人倒酒，不是飲酒。」

「那麼，那就讓我來陪您們喝一杯。」一個聲音從落地窗的方向傳過來。

我這時才注意到，那裡坐著一位女獸人，她的髮長及腰，穿著淺紫色的短薄紗，以獸人來說體型偏瘦弱，但以人類身形來說，則顯得體態健美。她有一雙非常美麗的腿，裸足上是綁帶細跟鞋，鞋子將她的雙足完美地彎曲成弓形，並用紅絲帶像綁禮物般，將纖巧的腳板輕柔纏繞，我的目光向上挪移，飽富彈性的小腿穠纖合度，線條十分迷人，大腿扎實柔嫩，沒有一絲贅肉，這對完美的腿消失在她薄紗裙底，令人不禁幻想延伸上去的風光。

女獸人感受到我的視線充滿禮讚，她舔舔紅潤的嘴唇，開始撥弄細柔、深藍近乎發黑的秀髮，用非常妖嬈的神情回望我。

「啊，朱鸝葉，妳之前不是嫌棄這傢伙不合妳的胃口嗎？」

「那是因為他之前腫得跟泡水的獠牙豬沒啥兩樣。」這名女獸人走了過來，我從來沒看過儀態如此嫵媚的獸人，就在她靠近的時候，我嗅到一股濃郁的香水味，那是廣藿香夾雜著雪松與佛手柑的香氣，我覺得自己體內彷彿起了火，呼與吸之間全是熱燄。

「現在仔細瞧，這男人還算挺上相的。」

她極度誘人的姿勢坐到我身邊。

「這位是朱鸝葉，我想你應該對她不會有印象。」歌瓦朝我翻了個白眼，不過仍非常稱職地跟我介紹她：「在你過敏休克後，是她負責治療你。」

「還有剪頭髮跟刮鬍子唷！」她伸出塗著豔紅指甲油的手，輕柔滑過我的下巴，還故意按了一下脖子。「喔，真懷念與男人相處的時光，自從朗恩過世後，這間俱樂部已經好久都沒有新的男人了。」

「別裝了，朱鸝葉。」御伽替她倒了一杯粉紅色的氣泡酒，說：「當時得知朗恩主人的死訊時，妳可開心得很。」

朱鸝葉坐到我身邊，她高舉酒杯，甜膩地說：「敬朗恩獲得永恆沉睡！」

「敬朗恩再也無法舉起來！」在打毛線的女矮人跟著大喊，鋼琴旁的雙胞胎精靈同時發出竊笑。

天殺的敦德，她們其實都在聽我們談話。

我不知道自己是否該跟著敬酒，只能尷尬地喝著眼前的威士忌。朱鸝葉將臉湊近，我聞到她身上散發的香味，那香氣令我身體酥麻，我想搓揉她那雙無瑕的腿，我想像吻遍她身上所有部位，想像舔奶油般地一口口吃下她，從內而外細細品嘗。

那些香氣是她體內發出來的。腦中聲音提醒我。**這名調律獸人能從體內散發出特殊的費洛蒙，影響智人生物的生理與心理反應。**

我用力賞自己幾個巴掌，清脆的聲響迴盪在整個空間。

「啊……被你發現了。」這名美麗的女獸人隨即悻悻然地表示：「唉，真不好玩。」

「我聽說過，有調律獸人可以散發出特殊體香，能讓所有人立刻就愛上她。」

「你猜對一半。」這名美麗的女獸人故意歪頭，表現出一副楚楚動人的模樣。「那東西其實是聞不到氣味的，我會利用香水作為掩飾，讓它感覺比較自然。」

「那麼這香水聞起來很棒。」我回答道：「是妳自己調配的嗎？」

「你這張嘴還真是甜到讓人想品嚐一口。」朱鸝葉嫵媚地微笑，雙腿交疊，輕柔地撥弄秀髮。「對於差點讓你死掉這事情，我感到相當抱歉。」

「沒關係，反正我也不是第一次經歷這種事。」

阿律耶德咧嘴，做出大大的笑容。「意思是你也原諒我囉？」

我瞪她，後者把頭往後一仰，露出大失所望的表情。

「為了表達歉意，我想好好地『補償』你一下……」這時朱鸝葉對著我輕咬指頭，用相當陶醉的神情望著我。我分不出那是她真正的表情，還是費洛蒙又再度作祟。

「之前朗恩主人跟朱鸝葉在一起時，大概會有整個星期的時間無法踏出房間。」御伽擦拭杯子，用稀鬆平常的語調告誡我。「要是你還有其他正事要做，不要隨便答應她。」

「妳的搭檔呢？」我趕緊轉頭看向阿律耶德，後者聽聞後瞧我一眼，大笑回答：「朱鸝葉前腳剛踏進來，溫羅埃就立刻溜走了。」

朱鸝葉鼓起腮幫子，嗲聲嗲氣地說：「撇除長相的話，溫羅埃那小子也算挺可愛的，可惜就是個性嚴肅了點。華莉絲妹妹這人也實在是齁，有那麼好的男人跟前跟後，竟然都沒想過要出手。」

「那是他們的事情，妳就別在那邊八卦了。」阿律耶德似乎不想開啟這方面的話題，直接將杯中物一飲而盡。

「哪像我，總是不放過任何機會。」朱鸝葉對我嫣然一笑。

沒錯，是該離開的時候了。

□

「你居然可以全身而退，可實在令我佩服。很少人可以抵抗朱鸝葉的誘惑攻勢。」離開朗恩俱樂部後，歌瓦忍不住誇讚我幾句。

我們搭乘瑪那升降梯並往大門口方向移動，此時第三空港裡的人潮依然洶湧，我看見衣著筆挺的矮人敦德牧師、拉著大包行李的獸人商人、戴著奇怪頭飾的精靈團體、一大群巨魔家族手拉手哼歌，還有一些連我都不知道打哪來的「突入者」。

「我以為妳們替煉金術士做事。」我沉默半晌，思索該如何稱呼那些「朗恩情婦」，接著問：「但為什麼『聯合商會高層』也會想找虹影呢？就從剛才的解釋來看，聯合商會是負責海運的，貨物下船後就不屬於她們的事了。」

「你的船被人莫名其妙打個洞，難道不會想找帳算喔？」阿律耶德雙臂交疊，發出嘖嘖聲。「不過商會決定介入的其中一個重要原因是，法鐸背叛百蛇、襲擊貨船的這些舉動，會打壞這座城市的平衡。」

「平衡？」

「是呀，凱塔格蘭加的市府維持城市的表面秩序、黑幫維持地下世界的秩序、商會維持商業運作的秩序、煉金術士公會則提供三者資源，並從中索取相對應的報酬。雖然每個勢力裡，還都有很複雜的權力結構，但要是哪一邊忽然太過強勢，其他三方就會出手壓制。」

我點點頭，聽著阿律耶德繼續說下去。

「但反過來說，假如出現其他外來勢力的話，這些勢力也會毫不猶豫地聯合起來進行反擊。而法鐸有膽暗算自己的幫派、襲擊商船、搶奪煉金術士貨品，直接來個三邊得罪，我認為背後勢力應該更加驚人，絕對不容小覷。」

「國家等級的勢力嗎？」我半開玩笑地問，然而歌瓦認真地點頭說：「有可能。」

聽到這樣的結論，我頓時心底一沉。

「也因此，華莉絲認為要釐清法鐸到底是在替誰做事。幸運的話，他就只是個搞不清楚狀況的白癡，以為自己能在這座城市稱王，但要是不幸的話……」阿律耶德深呼吸，緩緩地開口說：「就是國與國之間的戰爭了。」

就我所知，雄獅聯邦、玫瑰同盟及神聖敦德帝國，它們都是曾染指過凱塔艾蘭的國家勢力，這三方彼此亦水火不容，互相爭戰彼此。但就在凱塔艾蘭宣布獨立建國後，原本打得正激烈的列強們就忽然安靜了下來，因為當它們發現，原本以為最弱小好欺負的傢伙，其科技與經濟實力，都將遠遠超越自己時，就知道已不再是你爭我奪的時刻了。

瑪那魔法，可以改變許多事情，包括國家的未來。

我想起，日前在某個遙遠的北方小國，就因有人走私大量的瑪那武器給當地革命軍，導致該國的管理層慘遭推翻，當時各國就立刻出面譴責凱塔艾蘭干涉他國事務。雖然煉金術士公會矢口否認，辯稱那是走私販與革命軍的個別行為，不過我相信，各國高層仍繃緊神經，擔心要是繼續放著不管，也許在未來的某日，凱塔艾蘭的空艇會忽然大舉覆蓋頂上藍天，軍人將手持瑪那武器來到你家門前。

到時候，世界的權力結構將會改變。

只不過，這些事情對我來說怎樣都無所謂，與其擔憂國家大事，我自己不如擔心桌上的威士忌有無被偷滲水、床鋪是否有蚤蟲或買完捲菸後還有沒有錢買晚餐。

「要是真的有國家出兵攻打凱塔艾蘭，妳怎麼想？」

「什麼怎麼想？要是真的打起來的話，

我當然要從中楷油啦，據說當軍火商非常好賺呢！真的見苗頭不對，就趕緊離開，我可是穿越者耶！哪裡舒服就往哪裡待。」

這時，我們步出升降梯，抵達第三空港一樓大廳。我看見數量驚人的警備隊員出現在空港正門口，個個神情嚴肅，而上臂衣袖上的刺繡則顯示，他們很多都是由凱塔格蘭加別區調派過來的，部分的警備隊員站成一大圈，阻擋四周圍觀的群眾。《林投果日報》的記者正拼命攔截驚慌失措的空港員工做採訪，現場情況十分混亂。

「你這老爸居然還在凱塔格蘭加。」一名正在現場維持秩序的年輕警備隊員跟我打招呼，我認出他是前天在偵訊室裡叫我起床的年輕人。

他愉快地掃視我身上精美的束裝，接著問：「嘿，你女兒人呢？」

「喔……我妻子正帶著她逛街呢，她們想買點土產回去送親友。我先跟朋友來辦些事情，想說再多待幾天。」

「這樣呀…」年輕警備員面露苦惱。「沒有別的意思，但我建議你們早點回去比較好。」

「發生什麼事情？」

「最近凱塔格蘭加不太安定。」

「是呀，看得出來。」阿律耶德哼了一聲，說：「看起來就像發生什麼重大命案似的。」

對方面色瞬間變得凝重。「是呀，發生了命案。」

「啊？」歌瓦聽聞瞬間愣住了。

「就在不久前，雄獅帝國大使的肚子上

忽然破了一個洞，一隻像蟲的奇怪生物爬出來，幾個帝國軍人被嚇得在那兒大吼大叫。」

為什麼是雄獅帝國的大使？要是依照判斷，不可能會是雄獅帝國啊！

「所以啦，早點帶你女兒回家吧！」他輕拍了一下我的背。我則點了點頭，面對我的回應，他像是放了心似的，轉身繼續維持現場秩序。

「天殺的大魷魚……」阿律耶德半張嘴，尾巴高舉，懸於半空。「帝國派駐大使光天化日下遭殺害，這下可事情大條了。」

黃昏時刻，和煦的陽光從正門斜入，天氣很好、溫度舒適宜人，此時我還活著，且喝了昂貴的威士忌。我當下是應該要感到開心才對，但我頓時整個身體開始起哆嗦。

「嘿！你怎麼了？」

「讓我到外面抽根菸……」我像逃難似地快步走出第三空港，隨便找個角落蹲下，從懷裡拿出一根菸塞進嘴裡，把燃起的火柴靠近菸末端，用力地將充滿焦油的氣體吸入肺部。

「真是的，還以為是吐真劑有什麼奇怪的副作用，原來只是菸癮發作，嚇死我了。」

良久，我搖搖晃晃站起說：「沒事了，走吧。」

歌瓦仔細盯著我的臉瞧，下眼瞼迅速翻動幾下。

「確定？」

「嗯。」

「你現在又看起來一副心事重重的樣子，是不是想到了什麼？」

「就真的只是菸癮犯了。」我再次撒謊，

把剩下的菸屁股往地上一甩，用腳捻熄殘餘火光。

第四章

囚籠裡的少女

婚後，上層准許我每個月可以離開營區幾天跟妻子同住，我的世界忽然變得不太一樣，生活像是從灰階被切換成豔麗色彩。我的妻子玫黎莎宛如春日翩翩飛舞的蝴蝶，繁花似錦、馨香芬芳。

男爵在營區附近置產，將女兒後段的人生打包在一棟種滿花草的別墅中，我的幻夢曾短暫地在這繽紛的空間之中輕輕飄浮。

我覺得自己就像個貴族，或者說像個普通人。在夢境裡，我夜裡摟抱玫黎莎，在早晨起床時與她共進早餐，然後陪她在花園裡散步。聽她講述各種花草名稱，她跟我說想嘗試養蜂，因此我就在花圃旁釘了幾個蜂箱，她則用所學的知識，吸引蜂群前來築巢。我和玫黎莎蹲在花朵旁，看著那些蜂後腳裹著花粉，振翅起飛。此時，她笑起來，我也跟著笑了。

在婚禮舉辦後的一個月，我結束長假回營報到，帝國投影使通常聚集在營區東邊的舊碉堡區，與一般帝國軍人區隔開來。營內雖無限制投影使的移動範圍，不過除非必要，投影使大多不太會離開舊碉堡區。這裡基本上生活所需一應俱全，負責打點我們這些投影使生活的是一群哥布林，基本上都是奴隸，他們身上全都佈滿刺青，以及各種鞭打所造成的傷疤。這些哥布林都任由投影使宰割，就算我一時興起，要他們傷害自己，相互殘殺，這些可憐的奴隸都得遵從指示。

一踏進舊碉堡區，四周的哥布林簇擁而上，替我搬行李、順衣服，只差沒有把我抬起來移動了。玫黎莎身旁有幾個貼身女僕，但她們只負責服侍女主人，我的生活瑣事都得自己來，望著那些辛勤替我整理東西的哥布林，我開始考慮之後要帶幾個回家幫忙。

我跑去結婚這件事情，已傳遍整個舊碉堡區，每個跟我錯身的傢伙都面露詭異微笑，甚至有幾個人還伸手拍拍我的肩，彷彿想沾染我身上的好運。

我來到一處傾圮的碉堡前，吉古拉正趴在地上，他把核桃殼當作玩具，排成各種圖形，身旁有幾個正在偷懶的哥布林奴隸，他們懶洋洋地躺臥在地，享受著陽光與微風。當我靠近時，他們立即站起來，一臉窘迫地等待懲罰。我揮揮手，表示自己並不在意。

吉古拉抬頭看向我，手裡還握著一顆核桃。

「一個人？」我問。

他點頭。

我不知道吉古拉第一次「綻放」時到底殺死多少軍人，但只要見識過他投影獸的人大多沒能活下來。他的投影獸極其強大且兇殘。有次我們慘遭圍擊時，吉古拉立刻召喚投影獸，數十支黏滑粗壯的觸腕從地底竄出，捲起所有敵人並硬生生將其輾碎，那些敵人連尖叫都來不及，身體就已經斷成好幾節。

就如同我必須透過疼痛來增強投影獸的威力，吉古拉則是在飢餓的狀態下才能發揮完整的力量，只是吉古拉在肚子餓時脾氣會變得非常暴躁，攻擊起來常常是敵我不分。

也因此，一般營區裡的人都不想跟他一起出任務，因為沒有人想要被一個餓肚子的傢伙殺死。

但老實說，我跟他還算是相處愉快。我發現這傢伙喜歡吃東西，只要給他一些糖果，他便溫順得像隻綿羊。他也總讓我想起自己那些隨時要照顧的弟妹，只要讓他知道你在乎他，他就會真誠地與你相處。

「嘿，這是給你的禮物唷！」我在他面前拿出一罐蜂蜜，是玟黎莎從蜂箱內取出來的，我好喜歡看她戴著防蜂帽、穿著防蜂衣，小心翼翼地刮除蜂蠟取蜜的模樣。看到這金澄澄的玻璃罐，我就立刻開始想家，感覺離家的時間已經太長了。

看見蜂蜜，吉古拉的眼神開始閃爍，不斷地吞嚥口水。我上前幾步，把裝滿蜂蜜的玻璃罐放在他面前。「你不要直接吃喔。」

來不及了，吉古拉已經打開罐子，直接把舌頭埋進蜜糖中。

「真是暴殄天物。」佛克跟拉米雷走了過來，這時拉米雷一臉不屑地望著吉古拉說：「在裡面放豬屎，我看他也照舔。」

「你自個兒試看看，到時候被他的投影獸變肉串時，可別怪我沒救你。」

拉米雷這時忽然朝我使了個眼色，接著他用手肘推了推佛克，表情下流地朝我笑了笑。「佛克跟我說，他偷聽到那些投影使在那邊談論你老婆，內容超下流的，他過來時耳根都紅透的。等等你要不要去對付一下那些討厭鬼。」

「隨便他們怎麼聊。」

「哇嗚，居然如此寬宏大量，那你是不是也該跟我們分享一下？」

我瞪了一下拉米雷，後者朝我做鬼臉。

「怎麼那麼早就回來，我原本想說你傍晚才會回營。」佛克開口問。

我伸懶腰，說：「再不回來，我可能真

的就再也回不來了。況且我答應吉古拉要帶好吃的給他，要是讓他等到不耐煩，帝國可能會因此滅亡。」

「這罐蜂蜜的責任可真是重大，帝國高層應該要封個爵位給它。」

「班諾呢？」

佛克聽聞後眼神一沉，小聲跟我透露，班諾正在試圖說服高層，把他調到別區，不過情況似乎不太順利。

「那孩子當初『綻放』時，他所殺掉的軍官裡面有親王的兒子，害得當時負責的長官們得連帶受罰，因此沒人想要幫他。」

我嘆氣，替他的處境感到惋惜。

「他討厭我們。」

「不不，我覺得他只是在害怕罷了。」

佛克的凸眼睛轉了轉，否認我的說法。「那孩子的前半生比我們都『幸福』，他父親是非常有名望的政治學學者，在帝國最高學府教書，他是家中獨子，從小就跟著父親進出學院，我想不出除了王親貴族外，還有誰能比他好命。」

我想像小時候的班諾坐在教室尾端，低頭塗鴉，底下所有學生都以崇敬眼神看著他父親。或許他會抬頭，想像自己也成為受人景仰的學者。

相信他絕對很難接受，自己的後半生竟得跟投影使綁在一塊兒。

「我還聽說，班諾的父親正在外頭奔走遊說，想盡辦法將兒子從我們這瘋人巢裡弄出去。」

「班諾有很好的父親。」我問：「他有機會離開嗎？」

「我不知道，從來沒發生過這種事情。但就像你忽然跑去結婚一樣，很多事情都得有人先做才會發生。」佛克柔聲回答。

吉古拉已經把整罐蜂蜜給舔光了，一旁的哥布林趕緊拿布擦拭這吃貨的嘴，他打了個飽嗝，一副看起來人畜無害的模樣。我頓時很好奇，在班諾眼中的我們到底是什麼樣子。

「你現在看起來像個智障！」此時，拉米雷忽然踢了我一腳，大喊：「走囉！花癡男，咱們得去見那些該死的長官了。」

□

我四處張望，最後將目光落在一個醜不啦嘰的水盆上，水盆裡的水是怪噁心的瑩綠色，中間有顆不斷滾動的圓石，石頭刨得光滑可鑑，顏色就像個巨魔身上的結瘤似的，水盆旁有一塊剖半的石頭，裡頭佈滿紫色的晶石，這些晶石看起來相當銳利，感覺很容易割傷人。

我想，如果我把石頭直接砸在哥布林頭上，能不能早點離開這個美感幾乎蕩然無存的地方。

「這叫藝術品，懂嗎？」大概是察覺到我臉上不屑的表情，這名戴著單邊眼鏡的哥布林店老闆撇撇嘴，皺起眉頭，嚴肅地對我說道。

「是是是……」我把目光轉向一隻咬著金幣的胖蟾蜍，蟾蜍形狀乾扁且肢體歪斜，我有自信，自己的手藝絕對比該名雕刻師傅還要好上許多。

阿律耶德會把我帶到這間醜到不行的藝

品店的原因，是因為眼前這名哥布林即是百蛇幫裡的「綠蛇」成員，我們打算跟他探聽與法鐸相關的訊息。

「你怎麼知道這哥布林是個『綠蛇』呢？」當時我們站在一間藝品店前，我看著掛在門口的紅檜招牌刻著大大的「發財」二字，開口問道：「而你又怎麼敢篤定，待會不會出現一群拿著武器的『蛇』，準備好把我們爆打一頓？」

「別擔心，亞曼尼可是我的『優良客戶』之一，他絕不敢對我出手。」阿律耶德露齒大笑，一副自信滿滿的樣子。

「你們認識啊？」

「是呀，認識一段時間了。在朗恩會長死掉後，亞曼尼這傢伙就一直在追求華莉絲。溫羅埃知道這件事後，就把這傢伙的底細全告訴我，讓我可以好好地跟他『做生意』。」

阿律耶德話說完後隨即推開門，我立刻聞到刺鼻的薰香。

這間「發財」藝品店就如招牌所述，裡頭全都是看起來貴氣浮誇的怪東西。進門後迎面而來的，是好幾株枝枒鑲滿寶石，樹皮還用金箔包覆的假樹。展示桌上有一堆大塊的結晶石，裡頭全都裝了瑪那燈，看起來就像是在發光似的。走了幾步，我看到展示桌後的架子上有黃金鑄造的老鼠、渾身都是寶石的陶瓷豬，以及艷紅珊瑚盆上放滿的各國錢幣。

阿律耶德領著我穿過狹窄的走道，我小心翼翼地前進，避免碰壞任何東西。走到底，即看見一名頂著爆炸頭的哥布林，他坐在一張與他體型不成比例的大桌前振筆疾書。我當下以為這名哥布林正在發光，接著我發現，那是因為他的衣服縫滿亮片。

「別再浪費力氣了，我能說的只有這些。」亞曼尼抬頭，瞧了我們一眼，推了一下臉上的眼鏡，隨後他拿起一塊抹布擦拭桌面，擺明在下逐客令。

阿律耶德一股腦坐地到大桌前的椅子並翹腳，她將寬大的腳掌放在亞曼尼的桌上，還故意用鞋跟在桌板上抹呀抹。

「要多少金額，我可以請商會那邊派人送過來。」

「嘿！把妳的蜥蜴臭腳放下來！」亞曼尼看起來既生氣又無奈。「這不是錢的問題，咱們『百蛇』是有規矩的，我不可能隨隨便便把事情都告訴妳。」

「『這不是錢的問題』我竟然能從哥布林口中聽見這樣的台詞。」阿律耶德調侃道。

亞曼尼不理會歌瓦的挑釁，他雙臂交疊，繼續坐在墊了多層枕頭的太座椅上，決定跟我們持續耗下去。

「你要怎麼樣才願意說呢？」我開口問。

「方法一，你是百蛇幫成員。」亞曼尼從身上抽出一把燧發手槍，槍管至槍柄部分都雕刻著蛇形紋路，看起來十分精緻。「放心，我可不會蠢到攻擊你們。」他揮著槍說：「百蛇幫裡的所有成員都會有一把這樣的槍，但我知道你們倆都不是『蛇』，所以別想去搶其他成員的槍，假裝自己是『蛇』。」

「我又沒說打算去搶劫……」歌瓦尷尬地咧嘴。

「方法二，必須得到『蛇』的信任。」

亞曼尼又推了一下單邊眼鏡，從抽屜裡拿出

一只銀幣，上頭是五條彼此糾結的蛇。「這枚銀幣算是告訴其他的『蛇』，這個人可以信任。」

瞧見亞曼尼手上的銀幣，我立刻從身上拿出與亞曼尼手上一模一樣的銀幣，說：「像是這個玩意嗎？」

「這這這，這是？」亞曼尼接過銀幣，反覆地仔細檢查，盯著銀幣反面的數字，用力地吞口水。「這是白蛇貝恩德的銀幣。」

「貝恩德？」阿律耶德的下眼瞼眨了幾下。

亞曼尼不可置信地看著我。「那麼，你是白蛇貝恩德的……」

「我是他的房客。」

「房客？」

「對，房客，他在海港區開了一間旅館，我在那棟旅館住了好幾年，直到他的肚子被開一個大洞。」

亞曼尼再度打開抽屜，拿出一瓶威士忌跟三只小酒杯，開始替我們倒酒。

「敬白蛇！」他高舉酒杯，將杯中物一飲而盡，我跟歌瓦也做出相同動作。

「你叫什麼名字。」

「睿椳提・奈爾。」

亞曼尼聽聞後瞬間面容扭曲，發出爆笑聲。「天呀！你父母怎麼給你取這種名字？」他把歪掉的單邊眼鏡推回正確位置，說：「你知道『睿椳提』是指生鏽的意思嗎？奈爾則是釘子，哪有父母會把自己兒子的名字取叫生銹釘子。」

要是有機會再遇到他們，我要好好問這名字是誰的主意。

與此同時，我心底那無法控制的聲音則發出了呵呵笑聲。

「敬你父母！」亞曼尼再度倒酒舉杯。

「我是很想在這邊跟你不斷敬酒啦。」阿律耶德說：「但是我跟這位仁兄都有任務在身，能否快點告訴我們任何跟法鐸或百蛇幫有關的事情。」

「不行。」

「啥？」

「『綠蛇』是專門處理幫內庶務，可不是什麼人事單位。」亞曼尼再度拿起貝恩德的銀幣，並在手裡反覆把玩。「不過既然你是貝恩德信任的人，我可以幫你們引荐其他的『白蛇』，白蛇負責監督所有的『蛇』，並從中挑選出適合的人才，他也許能夠幫你們。」

「天殺的大魷魚，實在是太好了！」

「別高興太早，我說過，這只是『也許』能幫你們。」亞曼尼將銀幣遞還給我。

「只要你願意幫我們聯絡白蛇，我就十分感激了。」

「當年要不是貝恩德這老傢伙願意提拔我，我可能還在瑪那燈下擺地攤。」亞曼尼抓抓頂上蓬鬆的爆炸頭，低聲地說：「我想，我最後能替他做的，也只有這些了。」

「他是個好人。」我收回銀幣，此刻它沾著哥布林手中的些許溫度，不再冰冷。「他總是把浴室刷得乾乾淨淨，而且定期會曬棉被，床鋪上不會出現跳蚤。」

「那老傢伙有潔癖，總是嫌我沒把桌子擦乾淨。」亞曼尼露齒大笑，我看見他口裡有幾顆金牙。「我先替你們聯絡『白蛇』。

你們明天早上到我的店門口，要是他願意幫你，就會有專人載你們過去。」

「真麻煩，不能直接告訴我們地點嗎？」阿律耶德鼻孔用力噴氣。

「拜託，都替你們安排好了耶。要知道，白蛇可不會隨便理人的。」亞曼尼伸手撫過桌上的水晶球，隨意撥弄一旁的寶石樹。「對嘞，既然我替你做那麼多事情，記得幫我在華莉絲面前多美言幾句。」

阿律耶德狡猾地笑著說道：「這不是我能決定的呀大哥，機會是要自己爭取的。」

「唉，好吧。」亞曼尼聽聞便頹喪垂肩，氣勢少了大半。

離開藝品店拐出小巷，我們立刻回到車水馬龍的青田區大街上。而我們所在的位置，即為青田區的北側，剛好就是在這個國家最高學府——凱塔艾蘭大學的附近。

雄獅帝國雖然也有學院，但國家並不鼓勵人民持續念書。「學以致用」是帝國教育的最高原則，大家比較傾向學習一些技術活。況且，帝國男性得在軍旅生涯結束後，才有機會進到高等學府。而像我這種投影使，其學習教育都是在軍中進行的，因此我很難想像自己捧著大本書，坐在教室裡上課的模樣。

凱塔艾蘭大學最負盛名的兩個學院，一個是法政學院，另一個則是瑪那學院。聽說這個國家的官員都是從凱塔艾蘭大學法政學院畢業的；瑪那學院則是由煉金術士們所設立的學院，他們對外宣稱設立此學院的目的是要訓練專門的瑪那研究人才，但天知道他們想幹什麼！

我看見幾個年輕人圍坐在校門口，地上

擺著白布條，上頭寫著「抗議學府打壓學生會自治權」，還有幾名四處發傳單的年輕人，還有一名哥布林少女將傳單塞進我手裡，然後大喊：「請支持我們！」

凱塔格蘭加的特色之一，就是常出現各式的抗議活動，多數時候是會有小撮人就地坐下，他們可能沉默，也可能不斷重複口號，偶爾也會有到處舉牌舉旗，高調招搖，深怕無人看見的群體。有時候人會變多，他們會像軍隊般橫行在某條主要街道上，用各式花招吸引大家注意，這些抗議活動是在雄獅帝國裡絕對看不到的風景。

我想起班諾的父親，據說他在班諾入伍前，就開始四處演講並遊說具有影響力的貴族，希望能夠廢除帝國獨有的成年儀式。只是他萬萬沒想到，自己的兒子竟然在進營後成為了投影使，使得情況變得更加複雜。

阿律耶德把傳單隨意揉成球，投進路旁的垃圾桶，我則把它摺成小小一張，放進衣服口袋內。

「好了，就等明天了。」

「你說什麼？」阿律耶德聲調揚起，朝我咋舌。「我們還有其他地方要去呢！」

我盯著歌瓦的臉瞧，等著她接下來要說的話。

「接下來我們要去找虹影的一個……嗯，朋友。」歌瓦把朋友這二字講得特別重，雖然不太清楚為什麼她會有這種反應，但無論如何，得知虹影有朋友是件好消息。

「那就出發吧！」我催促，不過阿律耶德沉吟一會兒，似乎思索要再多講什麼，我感覺事情有點不對勁。

「她叫愛爾芭・朗恩，也是現今聯合商會的高層之一。」

所以，虹影也認識那些俱樂部裡的非人女性囉？看著歌瓦欲言又止的反應，我困惑地問她：「妳看起來不太想去的樣子。」

「她對我嗯……有點……偏見……」阿律耶德吞吞吐吐地表示：「之前我找她的時候，差點被她身旁的哥布林殺掉。」

「既然這樣，那我們幹嘛還要過去。」

「因為她手上有虹影的照片。」阿律耶德說：「只是之前我跟她要照片，她就命令一群揮舞瑪那武器的女哥布林把我碾出大門。」

我想像歌瓦狼狽逃走的畫面，心底覺得有點好笑。不過要是遭輾出的人是我，大概就沒辦法笑出來了。

「但我們還是得去一趟。」歌瓦清清喉嚨，然後說：「苜蓿現在在她那裡。」

天殺的敦德，我現在真想一拳揍扁這隻臭蜥蜴。「所以，妳把苜蓿送到差點把妳殺死的地方？」

「她只有討厭我而已啊。」阿律耶德面露無辜。「我保證她會好好照顧苜蓿的。」

我瞪著她，後者朝我咧嘴，露出大大的笑容，我徒然地瞪著她老半天，接著氣惱地回覆道：「好吧，我們去找愛爾芭・朗恩。」

□

愛爾芭・朗恩的住所亦位於青田區裡，我們往南移動，來到這座城市最大的公園——青田森林公園附近。阿律耶德跟我說，愛爾芭喜歡從住屋內眺望公園景色。

「據說她曾命令所有凱塔格蘭加的建商，在她家附近建新屋時，不能擋住她的視線，因此到目前為止，從她家落地窗看出去，仍可以清楚看見森林公園喔！」

「聽起來是個很可怕的女性。」

「在朗恩的情婦群裡，就屬她有最多駭人聽聞的故事。」阿律耶德晃著尾巴，邊走邊說：「就連其他黑幫老大都得敬她三分。」

「虹影為什麼會跟如此危險的人物有關聯呢？」

「她們怎麼認識的我不清楚，我只知道，虹影曾擔任愛爾芭住所的護衛。之後就不知道為什麼她會離開愛爾芭的豪宅，加入百蛇幫。」

「這樣的話，虹影身手一定了得。」

「拜託，那可不只是了得，她待的地方可是最令人聞風喪膽的『黑蛇』呢！黑蛇的成員大多是角鬥士、逃兵或通緝犯之類的，專替百蛇幫執行最見不得人的任務。」

「既然如此，她應該很清楚，背叛百蛇幫會有什麼下場。」

「所以才令人匪夷所思呀！」

我們來到了愛爾芭・朗恩的住處前，這是一棟靜謐低調的豪宅，位在距離青田森林公園不遠的街區附近，高牆阻擋了路過民眾的視線，讓人完全無法窺知牆後到底有什麼。

阿律耶德用力敲了三聲，應門的是一名女哥布林，她穿著一件深色制服，腰間繫上純白圍裙。在表明來意後，對方請我們在門口稍作等候。

過了半晌，哥布林回到門口，引領我們進入大門，大門的另一端是豪華的庭院造景，有各種花草樹木，還有石砌的水池，水池上有小橋。我看見水池裡有許多色彩斑斕的錦鯉，肥碩的身軀在清澈的池水中自在悠遊。風吹過，我嗅到桂花的香氣，細碎的桂花灑落在我身上。此景讓我想到以前跟玫黎莎所住的地方。

在一路欣賞庭院花草後，我們來到一棟造型奇特的四層樓建築前，一到三樓都是灰黑色的外觀，牆邊鑲著一片片的圓形窗。整個建築造型乍看簡約，但仔細看會發現，那些灰牆上面是有紋路的。四樓則沒有牆壁，它是用整片玻璃圍起來的空間，四面都是透明的，可以看見裡頭的家具，有條大管從上而下，看起來是用來排水的。

進門後我發現，裡頭的走廊十分平坦，寬度能讓四個巨魔同時並排行走都沒問題。我們在寬闊平坦的走廊內前行，屋內還種滿各式花草，且都經過精心的栽植，那些負責照顧植物的是一群穿著園丁服的女哥布林，她們一絲不苟地打點著每個角落，使屋子裡的一切完美無瑕。

我們被帶到一座瑪那升降機前，女哥布林指示我們搭乘，當我跟歌瓦走進升降機後，對方即向我們低頭行禮後關上門，直達四樓。

瑪那升降機抵達四樓後，隨即有位女昂矛替我們開門，這名女昂矛的頭髮剪得清爽短薄，鬢角也修得乾乾淨淨，而她的臉部線條剛硬，看起來相當兇悍，我發現她的穿著與剛才的哥布林僕人都不同，這名女昂矛穿的是隨時能夠戰鬥用的輕皮甲，且除了輕甲外，她四肢還配戴著防護。

「這邊請。」女昂矛俐落地向我們行禮。

在踏出升降機後，我又再度大眼界，遼闊寬廣的室內空間，四面全是落地窗，可以直接看見隔條街外的青田森林公園。

走沒幾步後，我看見在落地窗旁有位坐著輪椅的昂矛女性，她的頭部和手臂的毛髮全是雪白色，瞳色則像是午後的藍天，她跟亞曼尼一樣戴眼鏡，但不是那種看起來貴氣十足的單邊鏡，而是雕琢細緻的紅色圓框眼鏡。她穿著一件薰衣草色的連身裙，衣服質料柔軟且蓬鬆，領口跟袖口邊緣都以蕾絲作裝飾，細小的亮片沿著胸口傾瀉而下，裙襬上的雪紡皺褶經過精心設計，剛好露出小腿肚的部分，繁複的綁帶長靴掩蓋她那不良於行的腳型。她的外貌以人類的標準來說十分甜美迷人，就像是昂貴的絨毛玩偶。

我完全無法想像，眼前的這名白子昂矛，就是讓凱城黑幫都敬畏的愛爾芭・朗恩。

不過，當我的視線與她對上時，某種冷冽感頓時從我的背脊爬升。在那對湛藍的眼睛裡，我看見某股不容挑戰的強悍氣勢，如刀鋒般銳利。

沒有多餘的問候，愛爾芭見我們走近，便單刀直入地面朝歌瓦詢問：「是什麼風又把妳吹過來了，穿越者商人？」

「我來關心一下可愛的苜蓿過得怎樣。」

「他很好。」她簡短地回應，表情高深莫測。

「苜蓿現在人在哪裡？」我問。愛爾芭斜了我一眼，阿律耶德這時輕拍了我一下，要我立刻住嘴。

愛爾芭將目光轉回阿律耶德身上，歌瓦商人馬上拿出最諂媚的神情，用快活的聲音解釋：「這男人是苜蓿的朋友喔。」

在聽到阿律耶德這番話後，原本冷淡的愛爾芭隨即轉換表情，她稍稍把頭歪了一下，然後朝我微笑說道：「今天是個好日子，你們就留下來吃晚餐吧。」

「這是我們的榮幸，愛爾芭女士。」在我還來不及開口問為什麼的時候，阿律耶德馬上欠身行禮，接受了這場邀約。

愛爾芭指示剛才負責開升降機門的女昂矛，帶著我們從旁邊樓梯走下去。餐廳位置離樓梯很近。在走過一扇流線型的拱門後，一張潔白無瑕的大理石圓桌就映入眼簾。這張大理石圓桌比我見過的任何一張桌子都還闊氣，圓桌中央還有轉盤，皮革製的扶手餐椅是純白色的。整間餐廳的氛圍優雅氣派，充分展現出屋主的好品味。

餐廳裡有多名穿著白圍裙的哥布林，她們在我們步入餐廳的瞬間，就立刻熟練地帶領我跟阿律耶德入位就坐。

我坐下時，感覺椅子彈性適中、觸感細緻，我從來沒坐過那麼舒適的椅子。女昂矛在確定我們坐定位子後，隨即退出餐廳，她的步伐非常輕，近乎無聲無息。

「這是怎麼回事？」我看著哥布林開始排餐具、倒水、遞上熱毛巾。我抓起熱氣蒸騰的毛巾，模仿阿律耶德開始擦手。

「愛爾芭邀我們吃晚餐啊……」

「廢話，這我當然看得出來！」

哥布林接回我擦拭過手的毛巾，然後低身退下。阿律耶德搓搓手，拿起桌上的水杯。

「愛爾芭願意留你下來吃飯，這是個好的開始。你知道嗎？這世界上跟她吃過飯的人寥寥可數呢！你就先好好享受這頓吧。」

就在我暗自詛咒歌瓦喝水嗆到時，聽見了熟悉的聲音。

「睿槵提叔叔！」苜蓿飛也似地衝過來，就算是蓬裙也減緩不了奔跑的速度，直接撲到我身上，我愣愣地望著他那頭經過精細修剪的髮型，現在苜蓿身上的行頭全都是貴東西。

「你沒事吧？」看也知道沒事，但我仍問他說：「這些人都沒對你怎樣吧。」

「愛爾芭姊姊跟罔柿姊姊都對我超～好～的～」

「他聽到你的名字時，就拼命從餐廳另一端跑過來。」此時，女昂矛推著愛爾芭進門，這名白子昂矛的神情比剛才和緩不少，她望著我，嘴角微微勾起，表情多了份暖意。

所有人就坐，不過與其說是所有人，也只有我、阿律耶德、苜蓿、愛爾芭及她的貼身護衛罔柿共五位，其他哥布林仍站在外圈。

「開始吧！」女主人開口宣布。

我從來沒看過吃個飯要那麼大的陣仗，這些哥布林像轉帶似地輪流離開餐廳，當她們重新進門時，手上都多了一盤菜。且她們上菜的動作俐落，彷彿生來就是為了端盤子，桌上的每一道料理，都是我從未見過的美饌。

因為實在太香了，我口中唾液立刻不爭氣地分泌出來。

「吃吧，別客氣。」愛爾芭話一說完，阿律耶德、苜蓿和我都顧不得形象，趕緊將圓桌上的食物撈回自己的盤內。罔柿則盡責地替愛爾芭夾菜，她將主人的盤中飧擺得漂漂亮亮之後，才開始為自己添食。

愛爾芭優雅地吃著炸鴿蛋，看著苜蓿狼吞虎嚥地咀嚼，水藍色的眼閃爍著光。

「好吃吧？」苜蓿用力點頭，腮幫子鼓著，一句話也說不出來。

「只可惜虹影不想留下來。」

我原本正努力切著某塊烤得外酥內嫩，像是某種禽類的熟肉。聽到愛爾芭這麼說時，我的刀子立刻停在油亮的皮上，整個人靜止不動。

「虹影當時負責宅邸的護衛工作。」愛爾芭用修長的手指扣著高腳杯，裡頭裝的是柳橙汁，我們每個人都有一杯。罔柿聽到愛爾芭講到虹影的名字時稍微看了一下愛爾芭，臉上瞬間閃過一絲憂慮。不過那表情來得快去得也快，她在確認愛爾芭沒事後就低頭繼續進食。

「我挺中意虹影那丫頭的，她天生就是打架的料，就像這桌上的菜一樣，只要精心烹調，就能成為老饕無法忽略的佳餚。」她啜飲幾口橙汁，然後說道：「我原本想好好地培育她的，只可惜……」

「她為什麼會離開？」我問。

「這丫頭嚮往外頭的世界，宅邸空間對她來說太狹小了。」愛爾芭叉起一塊螺肉，從容地將酒香四溢的螺肉送進口中，在細細品味完後，她繼續說：「這棟屋子對她來說，就只是座華美的囚籠。她所嚮往的世界，不是我所能給予的。因此我對她提出條件，只要能打贏罔柿，我就讓她離開。」

我轉頭瞥向罔柿，她看起來像把刀，銳利而凶狠，感覺靠近她的傢伙都會挨刀。難以想像，虹影居然贏過她。

「根據我所知道的消息，虹影在離開不久後就加入百蛇幫，之後的事情我就不清楚了。」愛爾芭切著囹柿夾給她的魚片，上頭澆淋著令人垂涎的奶油、撒滿了香料。「再次聽到她的消息，就是那穿越者商人沒禮貌地跑來我家，質疑我的事情了。」

阿律耶德趕緊將嘴裡的食物一口氣吞下肚。「讓我再次向您道歉，愛爾芭女士。我保證當時我只是一時心急，才會不小心說出不得體的話，絕無任何的輕蔑之意。」

對於歌瓦的致歉，愛爾芭沒有回應，她將注意力轉到苜蓿，後者正在跟食物奮戰。「虹影曾跟我講，她有個可愛的弟弟，果真所言不假。」她接著把目光移向我。「你就是在虹影出事後，帶著她弟弟四處躲藏的人吧？」

我點頭。

「虹影是個好女孩，但就是太單純了。」

「我覺得事情不太對勁。」我問：「她寧願離開如此舒適的環境，選擇去做這麼危險的事情。老實說我覺得一定有苦衷。恕我這麼問，虹影在這裡時有發生什麼事情嗎？」

愛爾芭這時忽然推了一下眼鏡，藍眼仔細地凝望我。

「你應該知道，我是其中一名『朗恩女孩』吧？」

我趕緊奉承幾句，但有一大半是出自於真心的敬佩。「阿律耶德曾跟我介紹過，妳們是已故前聯合商會會長的情婦，在會長逝世後，接手他的資產跟人脈，將凱塔格蘭加經營得有聲有色。」

「唉呀，居然說得那麼好聽，嘴巴也太

甜了。」愛爾芭隨即對我綻開笑靨。她笑起來的樣子可真好看，會讓人會想要再多看幾眼。

接著她又吃了一口盤中的食物，說：「過去，我們曾是朗恩的工具及玩具。而我們這些『女孩們』為了求生或達成目的，把自己的一切都給獻出去，再慢慢地蠶食他的一切，最終將那男人啃食殆盡。這中間發生了很多事，許多女孩不夠奸巧，或是不夠堅強，以至於沒能熬過這漫長的折磨，因此能留下來的『朗恩女孩』都是最懂得利用自己與他人的女性。某方面來說，這就是我們的能力——或是天賦吧！」

「朗恩只對非人種族的女性有興趣。我因為血統與缺陷的緣故，再加上懂得如何討男人歡心，這些優勢使我終究獲得想要的東西。但反過來說，也因為與生俱來的身分，我只能靠這種方式在這世界上求生掙扎。」

「我對我的生命做出妥協，可是虹影沒有。」

此時，苜蓿用非常純真愉快的聲音插嘴說話：「姊姊她一直都很厲害，每次我遇到困難或傷心的時候，她就說：『哭吧，然後讓我們一起打敗它』，姊姊從來不會放棄任何事情，她也一直鼓勵我，別放棄任何事情。」

「她就是這麼一個笨女孩。」愛爾芭原本嚴肅的神情出現鬆動，她嘆口氣，幽幽地說道。

「我們必須找到她。」我認真地講：「我們必須弄清楚，她為什麼會做出如此瘋狂的行為。」

愛爾芭忽然補充一句：「還有，為何會有那些投影使。」

「是的，還有投影使。」聽到愛爾芭這麼說，我感到一陣寒顫，低頭不敢看向愛爾芭，只能小聲回覆，擔心她會發覺些什麼。

「沒錯，我認為關鍵是那幾個投影使。」這時的阿律耶德邊吃邊說道：「凱塔艾蘭的投影使數量極少，應該不至於形成有野心的團體，而且這次被搶的東西，應該只有煉金術士公會跟少數幾個人知道其功用。我認為，這次的劫持行動，可能有高層參與。」

「例如，那個總是跟在華莉絲妹妹身後的煉金術士嗎？」愛爾芭語氣一變，冷冷地說道：「可別以為我成天待在輪椅上，什麼事情都不做。我知道，那個煉金術士曾差一點背叛他的組織，而且他又跟華莉絲妹妹走那麼近，不讓人懷疑也難。」

歌瓦聽聞後，隨即便咧嘴大笑。「那傢伙最不擅長的就是背叛了。況且，這次煉金術士公會還特別把他排除在外，是在發生搶劫案後，他才被我抓過來幫忙調查的。而現在，我還特別找了不相關的傢伙替代他。」

她邊說邊朝我的方向使眼色，我裝作沒看見，繼續低頭吃東西。

「據我所知，在事發的前一晚，溫羅埃在港區某個修船廠裡。我正準備請人好好『調查』，當時的他在那裡做些什麼。」

「那個喔，沒什麼啦，我大概知道，就只是去檢查一艘準備出港的船，那艘船是負責運送一些要賣到國外的生活用品。不信的話，妳可以派人過去船廠問看看。」

「我能相信妳嗎？穿越者商人。」

「當然，商人最講求的就是信用。」

這場盛宴就在歌瓦的拍胸脯保證下作結。

餐後，愛爾芭請我們到庭院泡茶，當我們抵達庭院時，泡茶所需的東西全都擺好了。苜蓿興奮地跟我介紹院子內的花草，看來他這幾天都過得十分愉快。

我查覺到，除了哥布林僕役們外，在庭院的陰影之處，潛藏著許多戰士般的傢伙，他們人數眾多，種族也十分多元，從最高大的巨魔到嬌小的哥布林，甚至有些還有尖耳朵，個個眼神銳利，神情肅穆，身上的甲冑透著冷冽寒光。

我想，些戰士都是愛爾芭的私人保鑣，跟囹柿不一樣，這群人盡可能地壓低自己的氣息，彷若不存在似的。我無法確切計算他們的數量，但我知道，假使有人在未經允許下靠近愛爾芭的話，他們絕對是不會手下留情的。

不過，現在我們是愛爾芭的客人，此時的愛爾芭盡心地招待我們，甚至親手替所有人沏茶。苜蓿似乎很喜歡愛爾芭，三句不離「愛爾芭姊姊說」或是「愛爾芭姊姊認為」，有時他話說一半時會忽然轉身，對著坐在輪椅上的愛爾芭招手，害我心底有點不是滋味。

「睿杫提叔叔？你不舒服嗎？」

「不，只是看到你過得那麼好，我感覺很安心。」我喝著愛爾芭親自替我們泡的茶，這壺茶喝起來十分甘潤順喉，跟我平常解痛時喝的藥草茶截然不同，是我從來沒喝過的味道。我看向苜蓿，這孩子現在全身行頭應該比過去所擁有的東西加起來還貴。不過我發現，他依然戴著那只碎晶髮夾。

我繼續說道：「虹影會選擇離開這裡，實在是太可惜了。」

聽見我這樣說，苜蓿反倒輕輕搖頭，「我想，姊姊會選擇離開這裡，是有理由的。」

「那是你姊姊的選擇，不是你的。」

「可是，我也沒有做任何選擇呀？」苜蓿低聲說：「我被阿律姊姊帶過來，就被要求一直待在這裡，沒人問我是怎麼想的。」

「難道你不想待這裡？」我驚訝地問，苜蓿的雙頰出現淺淺的酒窩，但語氣卻隱含無盡憂傷。

「我希望待在虹影姊姊身邊。」

是呀，虹影，帶著苜蓿逃離煉獄的姊姊，她拒絕愛爾芭給予的優渥生活，擔任百蛇幫的刺客，之後又背離組織，成為全凱塔格蘭加各勢力追緝的對象。

她到底在想什麼呢？她為什麼要忽然拋下苜蓿消失呢？她知道自己心愛的弟弟，正住在她曾逃離的地方嗎？她知道他在找她嗎？

就在我沉思的時候，聽見後頭出現騷動聲，我轉身，看見阿律耶德遭到眾多手持瑪那武器的哥布林圍起來，一旁的愛爾芭則露出原本淡漠的表情，毫無情緒地說道：「我說過，一物換一物。」

「哎，我都把苜蓿送過來給妳了，這樣還是不行嗎？」歌瓦似乎有些驚恐，但她還是故作冷靜地解釋道：「我只是想看一下虹影長什麼樣子，因為這裡只有妳、罔柿跟苜蓿知道她長什麼模樣，我連個影子都沒見過，這樣真得很難找人。」

「妳說的人情債，我剛才已經還了。」

「該不會是指那頓晚餐吧……」阿律耶德隨即露出了一種「真糟糕」的反應，接著她趕緊問：「要不然，妳還需不需人跑些單幫，等事情結束後，我可以提供您最優惠的價錢。」

「妳的這番『好意』，我可心領了。」愛爾芭冷淡地回覆她說：「之前在跟妳買那把匕首後，我有派人去調查市價，發現妳賣給我的價格是原本的四倍，我可不想再被妳這歌瓦商人給削一頓。」

很明顯地，阿律耶德臉上頓時出現「露餡了」的尷尬模樣，之後她用力咧開嘴，認真地說道：「妳知道嗎？我當時大可把這小鬼放在朗恩俱樂部裡，或是把他帶在身邊，好指認出虹影的模樣。」

「穿越者商人，」愛爾芭眼神沒了笑意。「交易這件事可不是隨時能反悔的。」

「愛爾芭姊姊……」苜蓿發出可愛的呼喚聲，打斷她們的對話。「我可以跟他們一起去找姊姊嗎？」

聽聞苜蓿的呼喚，愛爾芭鏡片底下的那對藍眼立刻瞇成一條線，臉上的表情溫暖絢麗，跟上一秒簡直判若兩人。

「不行，苜蓿，太危險了。」愛爾芭柔和地拒絕苜蓿的要求。

「我想幫忙……」苜蓿走向愛爾芭，將身體倚靠在輪椅旁邊，稚氣地說：「我跟睿棵提叔叔說好，要幫虹影姊姊舉辦一場生日派對。原本我很擔心派對會不熱鬧，因為我從不知道姊姊有什麼朋友。姊姊對我很好，但從不告訴我她的生活，我不知道能找誰一起慶祝。現在我知道，姊姊有許多朋友，有很在乎她的人。因此我非常希望虹影姊姊能安全回來，大家可以一起替她舉辦生日派對，然後一起玩、一起度過快樂時光，給她最難忘的十六歲生日。」

聽見苜蓿這番告白，氣勢凜人的愛爾芭似乎也有所動搖了，她伸出雪白的手臂，修長的手指輕拭著苜蓿的面頰，感慨嘆息，接著朝阿律耶德瞥了一下。

「只要打贏罔柿，我就將照片借給妳。」

「好，我接受。」阿律耶德毫不猶豫答應。

愛爾芭規定，雙方都不能使用任何魔法與武器，僅保留最簡易的護具。阿律耶德聽聞後立刻脫去大衣，並把身上衣物和武器全數褪盡，只剩下腰帶、褲叉及頭上的帽子，好在她的身型無法引起人類任何一絲遐想，粗糙的鱗片覆蓋著全身，棘刺沿著脖頸向下延展，尾巴厚實健壯。

據說，有人曾把歌瓦誤認成龍，看著阿律耶德單腳用力踏地並用力甩尾的熱身動作，我想，還真有可能看錯。

罔柿則解下胸前輕裘及四肢護具，薄衫包著昂矛特有的修長身軀。以昂矛女性來說，罔柿的體格非常結實，那是長期訓練下來才能擁有的身材。在帝國，除非是奴隸或角鬥士，一般女性是不會有戰鬥訓練的，更不可能有這種身體狀態。

「妳為什麼不把帽子拿下來？」我指著歌瓦頭上的帽子問道。

「不妨礙。」阿律耶德回答。

大家往後退，留了一塊草皮作為格鬥場。阿律耶德誇張地伸腰，罔柿則沉默地點一下頭。兩人同時握緊拳頭，將手臂舉到胸前，就像兩個老練的角鬥士般，死盯著對方，尋找任何可能的切入點。

「開始！」愛爾芭舉高手數秒，原本柔順的聲調瞬間變得宏亮，充滿威嚇感。

雙方倏忽拉開距離，站穩腳步相互對峙。罔柿作勢揮了幾下空拳，歌瓦咧嘴，蹲低身子，朝罔柿方向衝刺。罔柿算準時機出拳，但阿律耶德卻在她的拳頭範圍外立刻止步。罔柿揮空，歌瓦順勢往對手下盤猛力掃尾。然而。就在我以為她要被絆倒時，卻看見昂矛矯健地跳起，及時閃過。

罔柿用雙腿勾住歌瓦上身，刺拳如雨般從上頭直直落下，阿律耶德欲伸手抓住，她立刻跳開，漂亮地回到攻擊範圍外。

「天殺的大魷魚……」阿律耶德的眼部下方腫了起來，大概沒料到，對手能夠及時閃過她的招式。她在罔柿攻擊範圍外的地方周旋，似乎想找出任何空隙，罔柿則隨著歌瓦的步伐旋轉。在繞了幾圈後，阿律耶德決定出直拳，這次昂矛沒有閃開，反而是併攏雙肘，接下了攻擊。我聽見骨頭撞擊的聲音，其力氣之大，罔柿不禁倒退數步，但還是非常穩健地站著。

一拳、兩拳、三拳……歌瓦決定利用自己的力氣優勢，直接來個正面對決。罔柿檔下幾拳後開始閃躲，並在歌瓦使出最用力的一拳時整個身子往後仰，拳頭剛好擦過鼻尖。罔柿迅速往一旁跳躍，我看見她的鼻子上有擦傷，要是剛才被打到的話，傷害絕對非同小可。

換罔柿出手攻擊了，這位受過專業格鬥

訓練的護衛，選擇將優勢發揮到極致，以速攻的方式來壓制對手。她敏捷地跳起，先是繞到歌瓦的尾巴處，然後又忽然回到正面，歌瓦抓準時機強力出拳，卻都被罔杮側身閃過。接著，她給予對方一記迴旋踢。

這一踢，剛好擊中阿律耶德的腹部，且將她體內的氣體一口氣壓出來，歌瓦雖維持站姿，但身軀搖搖晃晃，有些不穩，罔杮立刻再狠辣地補上一腳，直擊要害。歌瓦壯碩的身軀隨即應聲倒地，她頂上的帽子也掉到地上。

我聽見苜蓿倒抽涼氣的聲音。

「願賭服輸。」愛爾芭冷酷地說道：「休息完後，就請你們離開我家！」

我走近阿律耶德檢查其傷勢，這名歌瓦臉上有破皮，腹部腫痕明顯，看起來已經暈過去了。雖然我可以接續挑戰，以純格鬥技術來說，我很清楚自己絕對是打不贏罔杮的，因此只能摸摸鼻子認輸了。

「對不起呀苜蓿，不過我還是會努力幫你找姊姊。」我在確認歌瓦沒事後，抬頭對走過來的苜蓿說：「反正我已經知道，最強最漂亮的就是虹影。」

苜蓿有些驚慌，他蹲在阿律耶德身邊，怯怯地問：「阿律姐姐……沒事吧……」

「歌瓦恢復力一向驚人。」罔杮將濕毛巾丟在阿律耶德頭上，並說道：「要是沒閃過那一拳的話，倒地的就是我了。」

愛爾芭說：「你們別忘了，虹影可是能打贏罔杮的。假設你們之後不得不用武力對付她的話，可不只是被打暈而已。」

「我會盡可能不起衝突，用說服之類的

方式。」我回答。

「要是她能說服的話，就不會離開這棟屋子了。」愛爾芭眼神出現一絲疲憊，宛如湖水起了漣漪、擴散，然後淡去。

「我會想辦法的。」即使毫無頭緒，我仍希冀，在這殘酷的世界裡獲得一點救贖，或者說，讓別人獲得救贖。

現在的你做得到嗎？那聲音輕蔑地嘲笑。**你是把自己躲藏起來的陰溝老鼠，享受在汙水打滾的滋味。**

閉嘴！我用意志喝止它繼續說下去。

「謝謝愛爾芭女士的提醒。」為了不讓愛爾芭察覺我的表情，我趕緊向她行禮，並扶起陷入昏迷的阿律耶德。

就在我努力拖著歌瓦移動的時候，有東西從空中降了下來，停在我面前。那是隻身型渾圓，擁有金屬色的質感及華麗的雕花紋，使其看起來像是某種工藝品，並長著兩對翅膀的美麗生物。

——是班諾的攸艾維。

「快進屋！」我大喊。

就在所有人尚未反應過來前，地面開始震動，庭院裡的其中一面牆瞬間粉碎。沿著牆壁碎裂的方向，數隻觸腕像是發了瘋似地塞進庭院。這些觸腕粗壯柔軟，末端佈滿勾刺，它們靈活竄動，四周的物體都給捲起後絞碎。首當其衝的是桂花樹，整棵樹被連根拔起，數隻觸腕同時捲住樹幹跟枝葉，然後猛力撕裂。部分觸腕則伸入水池，勾刺將池內的錦鯉變成模糊絞肉，隨著溢出的池水湧起。

眼前的景象就像是慢動作演出似的，我

看見哥布林們驚慌失措的神情，看見衣不蔽體的罔柿往愛爾芭的方向衝過去，保護著沒有逃跑能力的主人，我看見傷痕累累的歌瓦微弱睜眼，面對突襲毫無招架之力，我看見苜蓿張開嘴，表情驚駭地望著朝他而來的投影獸。

一切都來不及了，我心底不斷吶喊。那些試圖不斷逃離的過去，逃離的傷痛，逃離的恐懼，如今都親自找上門，摧毀我殘破不堪的人生。

我打開腰間的木匣，一口氣將所有的血罐抽出，並連同罐子往地上砸碎，血液在地上蔓延，呼喚與之締結契約的獸。

碩大的黑影從我的血灘中浮現出來。

我召喚出陀伊卡後，便命令牠向前衝刺，用身體全部的力氣撞擊那黏呼呼的觸腕，觸腕先是一陣收縮，接著朝陀伊卡發動攻擊。

就在同時，那群原本躲在暗影處的傭兵倏忽現身，他們紛紛拿起手中的瑪那武器，與巨型觸腕進行搏鬥，瑪那的螢光在夜空中四處噴發，把視野內所及之物都給照亮。

在一片混亂中，我命陀伊卡撞開阻擋在我面前的觸腕，在院子裡拼命尋找著苜蓿的身影。最後我在一棵灌木叢旁看見他。

苜蓿一動也不動，湖水綠的眼睛僵直盯著前方，我用力地搖晃他，並輕打他的臉，此時他這才回過神來，緊揪著我的衣袖，口齒不清地說：「叔……叔……姊姊……」

我把苜蓿從地上拉起來，逼他移動雙腳。但就在此時，只想趕緊把苜蓿送到安全處的我，卻遇見過去最熟悉的人之一。

吉古拉站在我面前，穿著白色便衣服的

他，整個人看起來虛無飄渺，似乎與四周的殺戮毫無關聯。在我離開帝國後，他似乎瘦了不少，原本腹部的肥肉消失大半，肉呼呼的臉頰跟下巴出現了一點稜角。不過，他的眼神仍是我熟悉的模樣，總是帶著迷茫與困惑，宛如迷路的小狗。

他困惑地望著我，接著開始發出嗚咽聲，在原地逕自哭泣起來。

「喔，天殺的敦德！你們到底在搞什麼？」

吉古拉持續發出泣鳴，身體不自覺地畏縮，我明白，我們倆現在都帶滿腹疑惑，但卻無法坐下來好好解釋。

「給我離開！」我伸出手腕，作勢要在肌膚上造成傷口，「要不我就要認真跟你打了。」

昔日老友順應了我的請求，他抹去臉上淚水，接著後退幾步，便迅速消失在血肉與斷垣之中。凶暴的觸碗像是被觸到某種開關似地，忽然靜止了下來，龐大噁心的形體開始鬆軟擴散，像麵粉融化於水中，庭院內四散的濕潤塊狀物，彷彿在提醒我，這袋麵粉已過期許久。

這些私人傭兵頓時愣住了，他們無法理解這隻投影獸為何會忽然消失。

此時苜蓿因為驚嚇而顯得精神渙散，不過還好沒受傷，只有衣服髒掉而已。我蹲下，將他裙襬上的泥土拍掉，我們倆從頭到尾都不發一語。

「天殺的深海大魷魚……」阿律耶德蹣跚靠近。

謝天謝地，她還活著。

「剛才發生什麼事情了？」

「我也想知道是怎麼回事。」我站起來，將一根彎扁的菸叼在嘴裡，卻沒有點燃它。

在慘遭突襲後，原本美侖美奐的庭園如今只能用一片狼藉來形容。我很清楚吉古拉投影獸的威力，牠的破壞力十分駭人，拉米雷曾戲稱那隻投影獸為「絞肉機」，吉古拉聽到時沒有反應，就只是繼續啃著麵包。我認為拉米雷取得頗為貼切，因為當這些觸腕離開現世時，四周景象必定血肉模糊。

這場突襲使愛爾芭的哥布林屬下死傷慘重，更糟糕的是，罔柿因為直接用肉身保護她的主人，導致這名昂矛護衛整個背部都是密密麻麻的傷口，其中一根觸腕還扯斷了右腿，大量鮮血沿著斷裂的肌肉纖維流出來，她倒在地上大口喘氣，情況看起來十分不樂觀。

受罔柿保護的愛爾芭坐在草地上，血液浸濕了她——那是罔柿的血。

在罔柿盡忠職守之下，愛爾芭僅受輕微擦傷。她指揮著倖存的哥布林們收拾現場殘骸，從頭到尾都冷冰冰的，讀不出一絲情緒。

在看見罔柿的慘狀後，苜蓿眼中溢滿淚水，整個人嚇到說不出話來。不久，上頭標示著醫院徽章的馬車駛進院子，他們將罔柿抬上擔架，趕緊送到醫院治療。

苜蓿膽怯地問：「罔柿姊姊她會沒事吧？」

即使毫無把握，但我仍對著苜蓿點頭表示。「她會沒事的。」

在現場稍微收拾過一陣後，有個哥布林戳了一下我的腰，表明愛爾芭要我過去，我在把菸收回口袋後便走向她。

此時，愛爾芭正坐在一張嶄新的輪椅上，是剛才從屋內推出來的。她的眼鏡壞了，因此她將破損的眼鏡放進一個置於她腿上的小盒內。在我靠近她時，她稍微瞇了一下以辨識來者是誰。在確定是我後，她便用那對美麗而鋒利的藍眼凝視我，嘴唇微微抿起。

「關於罔柿……我很遺憾。」

「為什麼感到遺憾？」愛爾芭揚起眉毛。

「要不是她挺身保護，躺在擔架上的就會是我了。」

「我很抱歉……」

「你又為什麼要道歉呢？」

「我沒有其他意思，只是覺得需要跟妳道歉。」

「不要隨便道歉，奈爾先生，尤其是沒做錯任何事情的時候。」愛爾芭用修長的指頭順順側邊毛髮，把結塊的血給取下來。

「哎，接下來我得去處理一些事情，所以這幾天苜蓿得麻煩你照顧了。等我把東西打點好後，就會派人把他給接回來。」

「我會好好保護他的。」

「另外，」愛爾芭打開盒子，將裡頭的照片拿出來給我。

「我可以暫時把照片借放在你那裡。」

照片裡是兩個女孩子的合照，坐在輪椅上的愛爾芭與蹲下的虹影臉靠臉，笑容燦爛。虹影看起來比較像人類，她有張細緻的鵝蛋臉，臉部跟手臂的毛髮比純昂矛稀疏許多，額頭光滑，眼瞳呈酒紅色，鼻頭跟雙頰上有明顯的雀斑，還有一頭珊瑚紅的長髮，照片裡的她綁馬尾，看起來活力十足。就像苜蓿跟我說的，虹影看起來既堅強又美麗。她們兩個女生剛好一紅一白，在陽光下閃耀，洋溢著快樂與幸福。單就照片來看，我實在很難想像，在她們兩個身後，竟拖曳著無止盡的殺戮與死亡。

我察覺到，那張照片上還出現了某個令人難以忽視的小細節。

照片裡的愛爾芭偷偷地把手放在虹影的肩膀上，後者則將手自然擺於愛爾芭的大腿上。

我看完照片後便將它還給愛爾芭。「我已經記住她的長相了。」

「要是她是無辜的，請把她給帶回來。要是是背叛者……」愛爾芭手持照片，一個一個字地說：「把她給殺了。」

「我不殺人。」

「我看得出來，你殺過人。」

「那是很久以前的事情了。」我想點菸，可是卻發現身上沒有任何燃菸之物，所以只能像個蠢蛋似地再次把菸收進口袋。「現在的我做不到。」

「你現在依然做得到。」愛爾芭緊盯著我把菸收起來，眼神冷冽如冰。「這點我也看得出來。」

第五章

男孩別哭

7 AFFORDABLE AND CLEAN ENERGY

8 DECENT WORK AND ECONOMIC GROWTH

12 RESPONSIBLE CONSUMPTION AND PRODUCTION

今夜的塔克小酒館依舊人聲鼎沸、座無虛席，就算沒有椅子，客人們都願意直接站在牆角邊，就為享用那一品脫的幸福。好在酒館侍女小玥特地替我們騰出座椅，讓我們幾個人得以在酒館內有個安身立命的位置。

儘管在愛爾芭家時都已經吃飽了，但阿律耶德仍舊堅持要來酒館喝一杯。

「所以，是妳把匕首賣給愛爾芭的？」我手邊的飲料是黑麥汁，當我跟小媞說我要點無酒精飲料時，她露出了一副不可置信的表情，彷彿我忽然開口說自己信了敦德神之類的。

「對啊，愛爾芭說要是給她家保鑣用的武器，但我沒想到她事後還去查它原本的價格。」阿律耶德喝的是最便宜的黑麥啤酒，不過她還加點了一杯白蘭地，看來她打算把自己給灌醉。

此時，她戴著臨時買來的褐色寬沿帽，像是漁夫釣魚遮陽用的，原本那頂漂亮的禮帽在突襲時被壓爛了。原本意氣風發的歌瓦，現在眼皮有點浮腫，肩頰骨部分也有部分腫脹，看起來相當狼狽，而且我很肯定的是，她現在的心情很糟。

「你們進到煉金術士接待處時，我剛好在隔壁翻閱交易紀錄，就那麼恰巧聽到有人把東西親自送上門來。」歌瓦一口氣把啤酒灌下肚後，便朝經過的小玥招手。

「再一杯！」

「阿律大姊，妳這已經是第十杯了。」就連把賺錢擺第一的小玥都忍不住說：「妳這樣會給小孩子不好的示範。」

阿律耶德斜眼看了苜蓿一眼，後者隨即

露出微笑。

「睿棿提叔叔跟我會好好照顧阿律姊姊的。」

「我阿律耶德可沒那麼窩囊，要淪落到讓人類幼童來照顧！」

面對她情緒爆發，苜蓿倒不以為意，笑瞇瞇地將送來的啤酒推到她前面，歌瓦一股腦地抓起杯把，繼續喝酒。

「你不害怕嗎？」我望著苜蓿，想起剛才在愛爾芭宅邸發生的悲劇，以及苜蓿看到我投影魔法時的表情，我忽然沒有自信可以好好將他帶在身邊。

「當然害怕呀！」苜蓿用叉子戳著盤緣，清澈的綠眼蒙上一層薄灰。「一想到可能再也看不到姊姊，我就感到害怕。」

「我想你搞錯我的意思了。」

「那你剛才有害怕嗎？」

我喝了一口黑麥汁後，回答：「我遇過更糟的。」

氣氛陷入沉默，我聽著歌瓦猛吞液體的聲音，然後是一聲飽嗝，她已經醺醺然了。

苜蓿說：「她跟我說，你跟虹影姊姊很像。」

「愛爾芭？」

苜蓿點頭。

「我可不覺得自己會像一個十六歲的少女。」

「對呀，我也跟愛爾芭姊姊說，虹影姊姊漂亮多了，她會每天洗澡，而且不會抽菸喝酒。」

「你這小鬼……」

「睿棿提叔叔就是睿棿提叔叔。」苜蓿

看著我，認真地說。

睿槵提就只是個謊言罷了，你這小腦袋瓜看到的全都是他投射出來的影像，虛假的身分與人生，他昔日的同袍與可能要毀滅這座城市，而這騙子卻還不知道該怎麼辦。

不知道那到底是我腦中無法控制的聲音，還是我自己的想法。我已經快搞不清楚到底是誰的思緒在我體內持續迴盪，總之這股想法就緊緊咬嚙著我，像個不願鬆口的生物。

我留了一張紙條給喝到醉茫茫的阿律耶德，告訴她，我明天會依約前往亞曼尼的藝品店。之後我就帶著苜蓿離開酒館，尋找今晚的休憩之處，不過在找住宿前，我還去了材料行，買了酒精燈、針筒組、棉花、膠布、綁帶、軟管線和一大盒玻璃試管，我還跟路邊的哥布林小販買了一包深色糖塊，小販一直跟我強調，這種糖塊未經提煉、滋味苦甜，是非常營養的零嘴。

「要這些東西做什麼呢？睿槵提叔叔。」

「待會要用的。」

苜蓿沒再多問，我們費了一點時間才找到比較合適的旅館，簡單、乾淨、便宜，而且看起來環境單純，不會忽然有哥布林在深夜敲你房門、兜售奇怪的藥草。負責櫃台的是名矮人，他的模樣讓人想起貝恩德。櫃台矮人說，現在只剩下一間單人套房。

「房裡有沙發，我可以再多給你們枕頭跟棉被」這名矮人一再強調那張沙發跟床鋪一樣舒適好眠。

「有什麼事情再叫我。」矮人把枕被放在床鋪上後便轉身離開。

當門關上的瞬間，我立刻坐到沙發上，

將酒精燈放在沙發旁的茶几並點燃它，我捲起袖子，將綁帶結實地綑綁於上臂，然後熟練地用酒精燈上的燃火消毒針頭，在消毒完畢後，即刻將針從前臂內側扎入。

苜蓿緊張地看著我，問：「為什麼要抽自己的血？」

「備戰。」我沒多餘的力氣解釋，這次得一口氣抽很多血，我得攜帶比之前更多的血管在身上。還好我今晚吃得很好很飽，又沒喝酒，這些血液的品質不會太差。我將軟管伸進試管內，新鮮血液從我體內汩汩流出，進入針刺湧進筒針，再經過軟管後注入玻璃試管。血液注滿試管後，我小心翼翼地用軟木塞鎖緊瓶口，就像替紅酒上瓶塞般，只差沒有貼上酒標。

苜蓿坐在床沿看著我抽血，一管接一管，從頭到尾都一語不發。

已經很少這樣大量地抽血了，隨著流進管內的血液越來越多，我的身體開始變得輕飄飄，甚至感到些許暈眩。

「糖。」我示意苜蓿將剛才買的糖塊拿出來。他立刻拆開包裝，在我還沒開口前，就將一大把糖塊直接塞進我嘴裡。

我發出支支吾吾的聲音，苜蓿隨即又抓了一把糖塊，我連忙搖頭，表示不用了。

「帝國的私生子都要會魔法嗎？」苜蓿只好把手中的糖吃掉，然後舔舔手指。面對苜蓿天馬行空的問題，我敷衍地回應個「嗯」，而這一反應，引起苜蓿更多的疑問。

「襲擊愛爾芭姊姊的那個人，也是個私生子嗎？」

「我不知道。」

吉古拉從來沒有告訴我，在他成為投影使前是過什麼生活，他甚至不講話。

吉古拉為什麼要來突襲愛爾芭呢？而他們來到凱塔格蘭加，到底要做什麼呢？

我不知道，我真的不知道。

不，你知道。那討人厭的聲音再度於我腦中想起。**你只是不想承認與面對罷了。**

我感到疲憊，就連舌尖上的糖，也無法喚起記憶裡的甜美滋味，口腔內溢滿苦澀，像是含著焦炭，我的視野變得模糊，整個人開始暈眩，身體警告我，再這樣抽下去會虛脫。

我隨即抽出管針，用棉花壓住傷口，再用膠布隨意貼黏，接著虛弱地解開腰間盒子，將其放在茶几上，並跟苜蓿說：「你幫忙把這些東西裝到盒子裡，然後接下來你想做什麼就隨便吧，現在我得好好睡個覺。」

話說完後，我立刻躺下，以側臥的姿勢蜷曲於沙發上，很快地就不醒人世了。

等到我睜眼時，發現自己倒在床鋪上，身上蓋著被子，頸下墊了枕頭。苜蓿不知道用什麼方式把我拖到床上，我伸出前臂，棉花脫落，針孔周圍瘀青浮現。苜蓿躺在我身邊，已經睡著了，他穿著愛爾芭送他的湖水藍睡袍，栗色的秀髮散佈在耳朵與柔潤的圓臉上，眉頭微皺，緊抓著棉被一角，彷彿正經歷場可怕的噩夢。我輕拍的他背幾下，男孩並未從熟睡中醒來，但他似乎擺脫了夢魘的追逐，輕輕呼吸、蹙眉鬆開、嘴角微微向上。

此時，在睡夢中的他伸手摟住我，就像抓到浮木般地緊抱我不放。雖然這樣被勒著不是很好入睡，但我不想吵醒他，因此就只能任由他抓著我睡覺了。

□

我跟玫黎莎的父親熙博爾德男爵是在邊境認識的，他負責駐守帝國北端，而再過去就是美髯矮人的領土，儘管帝國跟這些矮人已休戰多年，但基本的防衛還是嚴謹維持，更何況，這裡是一個很好的「流放處」。

所謂的「男爵」並不是倚靠血脈相傳的貴族，而是有輝煌戰功或對於國家極度有貢獻者，帝國會授予相關的土地與頭銜，讓平民自以為有晉升機會。事實上，男爵享有的權力並沒有比平民高多少，但得盡的義務卻比其他人還要多。

熙博爾德男爵的義務，就是替帝國長期「照顧」那些嚴重失勢而被迫從軍的貴族子弟。

在帝國，要是被皇室質疑忠誠，可是一件不得了的事情，因此這些貴族會竭盡所能地表態，告訴所有人自己有多愛國家，多愛偉大的皇帝，簡直到了諂媚的地步。其中一個表忠誠的方法，即是將家族的男性送進軍營，讓他們為國效命。

當然這些養尊處優、腦袋清晰的權貴，不可能愚蠢到會自願從軍，因此在永無止境的愛國心競賽中，家族內部也會有連番鬥爭，萬一在鬥爭中慘敗，很有可能就會被送去當兵。說來諷刺，雖然軍人在帝國平民眼中地位極高，但在那些貴族心中，軍人只不過是國家的工具，或是排除對立手足用的斬刀。

更糟糕的是，貴族子弟如果成為軍人的

話，一般不會留在首都，而是會派到邊境擔任駐守，最慘的還會被丟上船，載到其他大陸負責監視任務。除非建立豐富功績，否則終其一生大概都無法回歸社交圈裡了。

在熙博爾德男爵底下，就有非常多如此不幸的傢伙。

「所以，你要我用投影獸『處理』掉那群駐紮在附近的矮人兵團，對吧？」我翹腳抽菸，對於這個要求十分不以為然。

「對，就趁個夜黑風高的晚上，讓他們全消失。」熙博爾德男爵的身材看起來相當福態、下巴蓄著黑長鬍、鼻子又圓又大，要不是身高關係，我會以為他也是個美髯矮人。他發出呵呵笑聲，似乎對自己想到的主意非常滿意。

「你的意思是殺掉他們？」

「我沒有要殺人，我只是要他們『全都消失』，一個都不能留，要是第二天早上，還有隻矮人氣沖沖地跑來找我們打架，可就糟糕了。」他意味深長地咋舌。「這也是沒辦法的事情，你看看我底下那些少爺兵，連隻鵝都打不贏，我可不覺得他們能對付那群矮人。」

男爵站起來，個頭與巨魔同高，我感到某種威脅。「老實說，那些矮人大概就只是過來練兵，加上做一些野訓罷了。但他們駐紮的位置實在太差了，每天在做什麼，咱們這邊都看得一清二楚。我看他們早上都在帳棚外認真梳鬍子，模樣挺逗趣的。可惜我必須趁那些腦袋不太靈光的少爺兵在自以為抓隻矮人就能建功回家前，把這些矮不隆咚的鬍子小可愛給『趕跑』。」

他將手擺在桌上，我看著他短小的指頭連接著結實的手掌，掌心有堅硬的厚繭，是長期持武留下的印記。

「但是呀，不要把事情搞鬧大，最好靜悄悄，不要被任何人發現。」

我把菸捻在一旁的菸灰缸，餘煙飄散，殘存的塵埃落在我的指頭上。

「我想，只要派我的投影獸過去，從鬍子的地方開始咬，他們都能安靜下來。」

「真是太好了！你這投影使可比少爺兵有頭腦多了。」他愉快地朝我眨眼。「原本我還很擔心你是個難溝通的傢伙，你知道的，不是每個人都有辦法接受把事情低調完成。」

次日，那群美髯矮人就這麼憑空消失在邊境，就像什麼事情都沒發生般，就連一點紮營的殘存痕跡都沒有。男爵為此感到滿意，在返程回中央時，他還特別送我一瓶私釀葡萄酒。

而當我們再度碰面，就是我與玫黎莎結婚的時候了。

據我所知，當時他遭到其他的「少爺兵」指控對帝國不忠，必須接受國家上層檢視。這意味著，他必須用具體的行動來表示對國家忠誠，像是上貢大筆金錢或資源，或是讓自己的兒子進入軍隊。然而，男爵本身無分封的土地，無法提供任何具體的資源，且他膝下無男嗣，更無法倚靠兒子恢復名譽，因此他透過特殊管道，請託我迎娶他的女兒，想藉由與帝國軍人聯姻的方式，顯示自己對國家並無二心，以擺脫那些不實指控。

在我與玫黎莎結婚幾個月後，男爵從邊境回返中央，躍升為警備司令部的負責人，專門替帝國處理所謂的民間公共安全事務，我也因此成為內部的「協助」人員之一。

關於我的死亡故事，也就都是從這裡開始的。

□

「居然把我獨自留在酒館，你這傢伙實在太過分了！」

第二天，我帶著苜蓿依約於亞曼尼的店前與阿律耶德碰頭，然這名歌瓦雙臂疊胸前、鼻孔響亮噴氣，似乎在發洩我昨日帶著苜蓿溜走的情緒。

「我得做準備，可沒時間陪妳這臭蜥蜴喝酒。」我捲起袖子，向她展示前臂上一大片瘀青，歌瓦隨即驚呼說：「你是要把全身的血都抽乾喔！待會兒半途昏倒，我可是不會救你的。」

「這點程度算不了什麼。」

不過老實說，當今早醒來時，我整個人就像發生嚴重宿醉似地頭痛欲裂，只好請苜蓿替我買早餐，他簡直把要把整台餐車給搬回來了。

當然，我也毫不客氣地埋頭狂吃。

我吞下了近乎三餐份量的食物，而且全都是炸得酥脆的捲餅，就在我喝完一整罐乳白色的豆汁後，感覺身體舒服多了。苜蓿笑瞇瞇地看著我吃早餐，彷彿這件事很有趣似的。這讓我想起吉古拉吃飯的情況，只是在那時候我是負責看的人。

苜蓿這時跟歌瓦說：「睿榿提叔叔說，他以前還曾用刨木小刀割傷手臂，召喚大量投影獸。」

「我什麼時候跟你說的?」

「昨晚你說的。」

「我不記得了。」

「可是我記得。」

「你一定是作夢夢到的。」

苜蓿沒有繼續跟我辯駁，他開開心心地跟在我身後。身上仍套著愛爾芭給他的洋裝，戴著艾司麗品牌的髮飾，模樣看起來甜美可愛。

我原本是希望他穿回行動方便的褲裝，可是這小鬼對於穿衣這件事有一套自己的觀點，他堅持裙子比褲子方便。而在一旁的阿律耶德則一副神清氣爽的模樣，她已經準備好要繼續執行任務了，看來酒精對她來說還算是幸福的瓊漿，幾杯黃湯後就一掃昨晚的鬱悶，為此我感到有些忌妒。

亞曼尼表示，在我們離開後，他就馬上替我們連絡了一名表示願意協助的「白蛇」，不過他卻堅持不先行透露對方身分，僅說對方是個在城裡經營高級賭場的老闆。

「賭場耶!我從沒進去過。」苜蓿興奮地說:「虹影姊姊曾跟我說，賭場裡面有很多很多有錢人，只要輕輕搖一下，就會有錢跟寶石從身上掉下來。」

「很好，那麼到時候我來搖幾個看看，這樣酒錢就有著落了。」歌瓦開心地說道。

我想起以前也曾跟著同袍溜出軍營，到城區內的酒館賭個幾把，只是我的賭技跟賭運都極差，最後都是兩手空空地回到營區裡，經過幾次後我就放棄上牌桌了，我情願把這些錢拿去抽菸喝酒。

我也必須承認，這種利用有價之物來競爭輸贏的遊戲，是智慧種族最偉大的發明之一，在爾虞我詐的賽局中建立階級、彰顯自身的優越，並掠取更多資源，帝國男性幾乎多少都會小賭幾把，嗜賭成癮者更不在少數。

除了在桌上的角力外，帝國還特別建造了競技場，舉辦各式各樣競技比賽，其中最受歡迎的，是角鬥士間的殊死搏鬥。競技場會開放進場觀眾進行下注，這算是帝國非常熱門的生活娛樂。小時候我曾跟著父親前往觀賽，那場面可真讓人看得血脈賁張，父親跟觀眾在上頭嘶吼吶喊，彷彿把所有力氣灌注於角鬥士的流血廝殺，底下的角鬥士則用自己的生命作回應。

彼時孩童的我，被那種瘋狂場面震懾到說不出話來，我很難想像，為什麼有人能夠將殘暴的死亡視為娛樂？為什麼可以毫不猶豫地大喊出「殺了他」或「死吧」之類的殘酷叫囂。直到我慘遭其他人的痛毆虐待時，才得以理解到那些成年男子的心境。因為他們都曾經歷過那場毫無人性的試煉，在飽受欺凌的狀態下得以倖存。也因此，他們總會不自覺地前來競技場，一再利用血腥狂歡的方式，慶祝自己的人生仍能延續。

成為投影使以後，我就再也沒去競技場觀賽，因為我明白，自己不是台上歡呼喝采的觀眾，而是底下殺戮的鬥士。

凱塔格蘭加也有零星的公開競技活動，但大多都是配合商業要求作演出的，與帝國的相比簡直是小兒科，至於地下比賽我就不得而知了。不過整體來說，這座城市對歡笑的渴望大於嗜血慾望。在帝國眼中，凱塔格蘭加的競技比賽就僅是一堆花拳繡腿的演員在台上表演歡呼，就像是大型歌唱表演。

比起看他人廝殺致死，凱塔格蘭加在賭博上較偏好讓人自己動腦動手玩遊戲。

凱塔格蘭加有專門的賭場，而為招攬客人，每間賭場都費盡心思，從豪華裝潢到無懈可擊的服務，把所有踏入賭場的客人都照顧得服服貼貼。

最重要的，裡頭提供各式各樣的賭博遊戲，從一般的牌局到單人就能玩的拉霸機都有，並且定期推出新的賭博方式。賭場經營者還強調，這些賭場都不會出現詐賭行為，在大贏後不會遭搶劫，玩起來安全有保障。有許多帝國貴族還會特別搭乘空艇前來，享受一夜豪賭的樂趣。

「凱塔格蘭加的賭場有一半以上都是屬於百蛇幫的。」亞曼尼驕傲地跟我表示，這時他穿著一件滾滿荷葉領的襯衫，還套著燕尾外套，單邊眼鏡也換成全新的。「要是之後你需要工作的話，我可以幫忙引薦。收入還不錯，時間也很固定，很適合你這種得照顧小孩的老爸。」

「我會認真考慮的。」之後的生計忽然有了著落，我原本陰鬱的心情頓時感到好過些，我甚至願意忽略其中誤會。在聽到我的回覆時，苜蓿立刻緊抓著我的手不放，深怕我會當下就轉行。

不久，我看到一輛造型特殊的馬車，從遠方行駛而來，緩緩地停在亞曼尼的藝品店門口。

直到馬車完全停下後，我才驚覺到，眼前的馬車無論材質或造型都極為特殊。整台車廂用黃銅所打造，繁複的管線與齒輪覆蓋在車廂外圍，車頂上的瑪那燈在陽光下仍微微發散螢光，車尾有條煙管，旁邊還有專門安插瑪那瓶的凹槽。車輪上的輻條細線交錯，輪練從輪轂向上延伸，扣住其他齒輪，只要轉動車輪，整台車的齒輪都會隨之運轉。

一般而言，依照這台馬車的車廂規格，少說也要三匹駿馬才能勉強拉動，但這輛馬車前頭就只有一匹馬而已。我迅速打量馬兒，牠被打理得很好。棕色的毛皮豐滿油亮，鬃毛紮成麻花辮，身上套著精美直條紋背心。

「敦德神呀，這是什麼東西呀？」我喃喃自語，苜蓿則微微張嘴，眼皮眨都沒眨，完全被這台造型浮誇的馬車給深深吸引。

亞曼尼解釋：「這可是全凱塔格蘭加第一輛民用瑪那車。」

「可是，瑪那不是挺昂貴的嗎？」

「超級錢人想的就跟我們不一樣。」亞曼尼聳肩，說：「錢這東西對他們來說根本不是問題，要是技術允許，這輛馬車絕對不會有馬，而是純粹使用瑪那動力。」

相較於我跟苜蓿兩人激動的反應，阿律耶德對此似乎習以為常，她輕快地笑說：「我之前到凱塔艾蘭大學的瑪那學院參觀時，看到那些研究員正在研發的瑪那交通工具，當時測試的狀況實在有夠悽慘的，我原本以為還要弄很久。沒想到現在已經買得到了。」

「製造供給就會有需求！」亞曼尼神情驕傲，彷彿這輛馬車是他購買的。

負責駕駛馬車的人從駕駛座下來，從底座拉出上車的黃銅踏板，然後替我們開門。

進到車內，隨即嗅到一股清香，內部寬敞舒

適，厚軟的座椅幾乎讓人陷入其中，駕駛員關上門，我隨即聽見嗡嗡低鳴，馬車上下震動，在苜蓿高分貝的嘻笑聲中，外頭風景開始向後移動。

「頭不要探出窗外，很危險的。」我趕緊把快掉出窗外的苜蓿拉回來，苜蓿興奮地朝我耳邊喊：「我第一次搭馬車耶！」

「小妹妹，妳可真幸運。」亞曼尼在旁答腔。「能搭上這輛馬車的人可不多。」

「會想買下這玩意的傢伙也不多。」阿律耶德往後靠，把身體埋入背墊中。

馬車一路往北行進，在駛離青田區後，進入凱塔格蘭加赫赫有名的芝蘭區。

芝蘭區位於凱塔格蘭加中央偏北，在玫瑰同盟統治凱塔艾蘭的期間，這個區域是這座城市的主要商政核心。相較於帝國統治時候的獨裁高壓，玫瑰同盟對於這個國家較為寬容，他們會與凱塔艾蘭的地方勢力接觸，派遣自己國家內的人才，從旁「輔佐」這些有影響力的團體。在管理上，玫瑰同盟會開放一些凱塔艾蘭的菁英人才進到中央，給予官銜與薪餉，讓他們為國服務，至於是哪個國，就看這些傢伙的衡量了。

這種較開明的統治方式，使得日後凱塔艾蘭在面對玫瑰同盟時，其態度較為友善。不過，開明不代表自由，既然土地都已經佔下來，統治者仍會盡可能地榨取資源，看似文化融合，但實質仍是剝削著這塊土地的每一分毫。

當時，玫瑰同盟成員國之一的獨角獸王國，打著玫瑰同盟的名義，強行將凱塔艾蘭當作對外延伸的基地，將各式的資源與人才帶入凱塔格蘭加，想把這座城市改造成他們想要的模樣。至今，芝蘭區還保留了玫瑰同盟統治時的基礎規劃，甚至延續部分建築設計。結實的二層建築上是用層層稻草搭建的屋頂，下雨時，雨水沿著茅草隙縫流入屋頂與天花板間的集水夾層，住戶就能自行生產用水。許多人會在門口上掛一些奇怪的符文標誌，據說是當年玫瑰同盟規劃的門牌，不過現在此地居民只會跟你說，那是掛來辟邪的。

在凱塔艾蘭建國後，凱塔格蘭加市府不知為何，決定保留此地的歷史痕跡，芝蘭區共有六十幾座綠園，還有兩座美術館與全城最古老的競技場。也因此，許多高級旅館與餐廳亦進駐此處。在博弈專法通過後，芝蘭區也特別規劃出一個區域，盡可能地將城內所有的賭場集中於此。

與僅在酒館內玩牌擲骰的狀況不同，凱塔格蘭加的賭場可說是集合各種娛樂於一身，在賭場內從美食到歌舞表演，甚至百貨精品與理容中心通通都有，每一間賭場都裝修得富麗堂皇，各自有獨家的博彩遊戲，讓人浸淫在緊張刺激的機率賽局中。

進到賭場區，原本光色單一的瑪那燈出現各種色彩，就連白天都發出光照，相信到了深夜，這個區域會更加斑爛絢麗。永不熄滅的瑪那燈也是賭場區的一大特色，為了吸引賭客進場揮霍，這些賭場在建築造型上都下了極大功夫，賭場區的建築個個氣勢磅礡、浮華撩亂。就連路邊的裝飾也都讓人印象極深，例如沿街的裸女雕像曲線分明，令觀賞者臉紅心跳，或是牆壁上的戰士浮雕，其陰影使面貌看起來嚴峻且猙獰。

馬車不斷前行，我們越過一棟又一棟的大型賭場，最後在一處傾斜的廣場上停下來，有一名衣著華美的精靈開門，我看到他腰帶上鑲滿寶石，這裡的工作人員看起來也比一般平民過得優渥。

下車時，我發覺亞曼尼拿出百蛇銀幣，對方立刻綻開笑容，並低頭行禮。「歡迎來到『金甲蟲』，有什麼事情需為您效勞的？」

「我跟你們老闆有約。」亞曼尼說：「麻煩你了。」

我看向四周，廣場地面全都嵌著瑪那燈，設計者像是想把星辰埋入地面，廣場另一端則是一座宏偉的弧形建築，仔細看就像一隻巨大甲蟲，並且貼滿金箔。我聽見苜蓿發出驚呼，而我相信接下來還會繼續聽見。

「豪斯・比瑟瑞恩。」阿律耶德喃喃說話。「這位願意協助我們的白蛇，是賭場大亨豪斯先生，人稱金甲大王豪斯。」

我忍住不發出笑聲，因為這稱號聽起來實在是很可笑。苜蓿則認真地詢問：「是因為他的賭場長得像甲蟲一樣嗎？」

阿律耶德刻意壓低聲音，在苜蓿耳邊輕聲說道：「還有一說，是說他長得很像甲蟲……」

苜蓿噗嗤一笑，還好前方的亞曼尼跟帶路的精靈都沒發現。我這時想起了貝恩德，既然白蛇能那麼有錢，為何那逝世的老矮人會只在海港區開廉價旅館呢？

也許就算是白蛇，每個人也都有著極大的差異吧。

金甲蟲賭場的大廳地板鋪著昂貴的毛皮

毯，高聳的圓柱是用整塊花崗岩打磨而成的，就算不知道大型花崗岩多難找，從上頭繁複的雕刻，仍可以知道它的造價高昂，挑高的天花板掛著從國外購入的錦織布幔。室內還有運河，上頭還有哥布林船夫負責撐篙，沿著運河兩旁還有穿著火鳥王朝傳統服飾的舞者，替遼闊的大廳添增異國風情。

帶路的精靈請我們去搭室內船，由船夫帶我們更深入建築裡。

哥布林船夫開始哼歌，據說那也是火鳥王朝的傳統文化，但我認為那是假的，過去我曾為執行任務潛入火鳥王朝，從沒看過任何一位哥布林會在路邊放聲高歌。

這時，苜蓿也跟著唱歌，我則把注意力轉向河岸兩旁的舞者，欣賞她們婀娜多姿的舞姿。

運河會經賭場所有區域，只要有所中意的，就能隨時要船夫停下船，然後步下運河前往遊玩目標，例如有牌桌型的賭局，那是由一名荷官主持賭桌，其他賭客可以挑選自己喜歡的牌桌下場跟注，要是不喜歡和一大群人一起玩，賭場也有單獨的機台任你自個兒玩得過癮。苜蓿原本還想下船玩個幾把，被我出面阻止。

「我們是要來找人，不是要來玩的。」

苜蓿鼓起腮幫子，露出耍賴的神情，我堅定立場，不讓這小鬼能夠稱心如意。「給我坐好，等以後再說。」

「你的意思是說，以後可以帶我來這裡玩囉？」

我轉頭朝歌瓦釋放求救訊號，後者裝作沒看見。「好……以後……」我嘆氣，苜蓿聽聞便發出歡呼聲。

除了博弈遊戲外，我還看見四處都有推著餐車的哥布林，餐車上的餐點飲料任人免費取用。吟遊詩人或雜技表演者會穿梭在賭客間，希冀透過表演來取悅贏錢的客人，從中賺取收入。

直到運河盡頭，我們來到一處室內造景河港，港口形狀是一隻展翅的金龜，清澈的河底下全是鑲嵌玻璃，日光從挑高且半鏤空圓頂直射下來，水面波光粼粼，幾乎扎傷眼睛。船夫搭板請我們下船，一名長得很漂亮的半精靈正等著我們，我靠近時，還聞到一股淡雅的清香。

「請問是豪斯先生的客人嗎？他人在辦公室。」

這名半精靈容貌清秀動人、長髮披肩、好似銀灰色的瀑布、耳朵上綴滿銀線與寶石。他的顴骨鮮明，嘴唇很紅潤，不過其穿著是剪裁俐落的褲裝，頸子下的滾邊蕾絲一片平坦，我順時瞥了苜蓿一眼，想說性別其實也沒那麼重要，能將我們帶到豪斯先生面前就好。

我們搭乘瑪那升降梯抵達賭場最高樓層，也就是豪斯先生的辦公處。比起樓下那種暴發戶式的華麗裝潢，豪斯先生辦公的地方顯得內斂許多，當然整體來說還是相當高級。棗紅色地毯搭配深色檀木牆壁，所有家具的顏色都呈暗色系，沒有像樓下那種閃亮亮的裝飾物，有趣的是，牆面上掛著大量昆蟲標本，看來這些都是豪斯先生的收藏。

一名穿著寬鬆長袍的年長精靈朝我們的方向走來，袍子是典雅的深色調，腰間俐落地繫著皮帶，從皮質的紋路就能看出其價格不斐，他的雙頰消瘦、下巴非常尖，他把深灰色的頭髮往後梳攏，額前有幾根垂落的捲髮，再搭配微駝的背，讓我聯想到天牛之類的昆蟲。

「久仰大名，沒想到豪斯先生竟願意出面協助，小的不勝惶恐。」亞曼尼走向這名消瘦的精靈，精靈瞇著眼，似乎在打量我們這行人。

確實就一般人眼中所見，我們這組合實在是太詭異：穿越者歌瓦、男性人類再加上一名孩子！

在豪斯先生尚未請警備把我們攆出去前，我趕緊遞出貝恩德給我的白蛇銀幣。豪斯將目光轉到我手上的銀幣，語氣沉著冷靜。「亞曼尼跟我說，你們想要知道關於鋼蛇法鐸的事情。」

「沒錯。」我回答。

亞曼尼補充說明：「他們正在追查前些日子的海港襲擊事件。」

「受誰的委託？」

「華莉絲・朗恩。」

「原來如此。」豪斯點頭。「看來聯合商會那邊是打算先釐清事情經過。」

「華莉絲女士認為不要立刻把事情鬧大，先弄清楚每個人的狀況，再看要如何應對。」阿律耶德說道。

「這的確像華莉絲女士的行事風格，不想得罪任何一邊，期望能夠多邊討好。」豪斯挖苦道。

我隨即詢問：「既然如此，你們百蛇幫又打算如何處置法鐸，好對煉金術士公會作出交代？」

「啊，我欣賞你的大膽。」尖臉精靈凝視我，緩緩開口說問：「你跟白蛇貝恩德是怎麼認識的？」

「我是他旅館的房客，而且從沒有欠過他住宿費。」天殺的敦德，這解釋可真爛，但我想不出其他的說法了。

不過，豪斯先生似乎接受了我的說法。「你住在浮筒之屋，對吧？那間旅館可是貝恩德的驕傲。」

「在整個凱塔格蘭加內，我找不出比那裡更棒的住宿地點了。」

豪斯嘆了口氣，似乎變得有些憂鬱。「貝恩德死後，整個百蛇幫都人心惶惶。」

「不只百蛇幫，」阿律耶德說：「前天帝國大使館的派駐人員忽然暴斃，還有昨晚愛爾芭・朗恩的宅邸遭襲擊，儘管還不太確定主使者是誰，可是我覺得有其關聯。」

「愛爾芭女士無恙吧？」

「她很好，不過她的庭院毀了。」

「請妳跟愛爾芭女士說，要是需要人手幫忙，我這邊可以支援。」

「你的好意，我會轉告給愛爾芭女士的。」

在表面寒暄結束後，豪斯眼神趨於冷硬。在一片靜默中，這名白蛇宛如雕像，我感受到他身上所散發出的威脅，明白他其實不信任我們，會願意與我們碰面，就只是因為貝恩德的銀幣，讓他不得不遵守幫會規則。

我傾身，用最真誠的語氣說道：「其實我也不知道自己為何會被捲入此事，但在我人生最落魄的時候，貝恩德讓我有個棲身的地方。他死前選擇將銀幣交給我，是希望我能完成他最後的心願，而我也願意替他完成。」

「那麼，你覺得白蛇貝恩德希望你替他做些什麼？」豪斯挑起一邊眉毛，不帶一絲笑意地問。

不，我只是想找到虹影，但這件事我絕不能說。因此，我選擇了一個連我自己都不會相信的回應。

「凱塔艾蘭的勢力平衡與安寧。」

雖然說出來極度羞恥，但豪斯聽聞後，臉部肌肉隨之放鬆，當他再度開口時，語氣稍加和緩。「百蛇幫內部都稱法鐸為『雙頭蛇』。因為他除了是鋼蛇現任的首領外，也曾在黑蛇會待過一段時間。」

阿律耶德聽聞，不禁開口說道：「黑蛇不都是窮凶惡極的罪犯，或是最能打架的傢伙嗎？」

「據我所知，法鐸是從雄獅帝國來的逃兵，他用了一些方法將自己送上船，偷渡到凱塔格蘭加。」

跟你一樣。我心底那聲音發出了笑聲。

「法鐸的武技很好，很快就被招攬進黑蛇會。他的性子相當激烈，做起事來殘忍且不擇手段，立了不少功績。在前任鋼蛇首領身亡後，原本應該是從鋼蛇會內選出下一屆首領的，不知道為什麼，他得知這項消息後，竟表明有意角逐鋼蛇首領的位置。」

「真是個積極的傢伙。」阿律耶德聽聞後便開口讚許。

「雖然鋼蛇跟黑蛇之間長期不睦，但法鐸的能力跟膽識是有目共睹的，所以白蛇們決定開先例，讓他參與角逐，最後他也如願成為鋼蛇的新首領。在交接儀式上，我將前任鋼蛇首領遺留下來的燧發手槍傳給他，包括他之前擔任黑蛇打手時所持的燧發手槍，他是幫內少數持有兩把槍的成員。因此我對於他這次的攻擊行為，感到十分惋惜。」豪斯搖頭，發出嘆息聲。

阿律耶德不以為然地跟豪斯說：「法鐸的腦袋到底在想些什麼？」

「他在想什麼不是重點。」豪斯聳肩。「重點是，他辦到了。煉金術士公會現在也非常擔憂，尤其這場搶案還驚動了市府。我相信，煉金術士公會那邊現在正在煩惱要怎麼跟市府解釋。」

阿律耶德發出咋舌聲，並說道：「雖然我跟煉金術士公會那邊交情還不賴，但我必須說各人造業各人擔。誰叫那些煉金術士們一開始行事就遮遮掩掩的，現在婁子捅大了，他們當然得好好跟市府那邊解釋。」

「老實講，我根本不在乎那群玩瑪那的江湖術士。我比較擔憂的是法鐸身旁那名黑蛇成員，以及不知從哪忽然冒出來的投影使。」

豪斯往旁邊走了幾步，他的腳步沉重，像是背負著諸多枷鎖。「我知道，法鐸這傢伙相當危險，而他身邊的幾個投影使，一定也是非常恐怖的傢伙。」

我壓抑著心底的情緒，持續在旁不停點頭附和。接著，豪斯話鋒一轉，將銳利的眼神與話題投向在旁的歌瓦商人。

「據我所知，煉金術士公會已經私下請託其他市府的特殊單位追捕法鐸，並急切地想找出東西的下落。另外我們知道，跟隨在他身邊的那名黑蛇成員叫虹影，據說她還有家人，待在這座城市裡。」

苜蓿表情很鎮定，就像是聽著一個與他無關的事情，臉上的酒窩依舊維持，阿律耶故意裝作十分震驚的樣子，她瞪大眼睛回應道：「虹影居然有家人！看來可以從這方面好好著手了。」

我順勢問道：「關於虹影，你還知道些什麼嗎？」

「她是名雜種，加入百蛇幫不到一年的時間。」多數精靈在稱呼混血時總是用「雜種」一詞，即使我覺得不妥，但自己並無意在此事上抗辯，因此就稍微點頭，聽著豪斯繼續說下去。

「那女孩是在法鐸推薦下加入百蛇幫的，必須承認，我當初還極力反對這件事，因為覺得她年紀還太小了。」精靈搖搖頭。「只是那女孩很堅持，甚至還潛入其中一個白蛇家並以刀要脅，要求對方替他背書。」

「總之，」豪斯的聲音變得冷冰冰的，宛若無法融化的寒霜。「虹影的行為導致幫會不得不採取行動，否則百蛇多年所建立的威信將蕩然無存。」

言盡於此，這名賭場大亨似乎不想再多說什麼了。亞曼尼這時識趣地替我們所有人打圓場，說：「感謝豪斯先生願意提供相關情報。」

那名俊美的半精靈走了過來，帶著我們回到升降機前。

「這是豪斯先生要給你的小禮物。」銀髮半精靈在我步入升降梯前，拿了一個紙包給我。

我沒有多想，順手將它塞進衣服口袋中。而半精靈在將我們送進升降機後，在門前深深地鞠躬，恭敬地送我們離去。

門關上，我立刻拿出根菸，將菸含入口中。

阿律耶德開口阻止我說：「嘿，你是打算把大家都給熏死喔，這裡可是密閉空間耶！」接著，她伸手企圖奪走我嘴邊的菸。

我移動腳步，想閃避掉歌瓦的掠取，結果不小心踩到亞曼尼的腳，後者發出哀號，被他的慘叫那麼一嚇，我不自覺地鬆口，菸捲落地。望著全新菸捲掉到地上，我無奈地轉頭瞪視歌瓦，她則嘻皮笑臉地應說：「幹嘛生氣，撿起來就好了嘛！」

我低身，口袋裡的紙包剛好掉出來。我把它跟著菸捲撿起，發現這紙包沒有黏得很牢，裡頭只有一顆帶殼的核桃。

在離開賭場後，我高舉核桃，藉由陽光將它瞧個仔細，發覺果殼接縫處有層薄膠。

我用指甲扣住，一面施力一面撥開果殼，果殼隨即裂成兩半，裡面並無任何果肉，而是一張對折的紙片，我翻開紙片，紙片淌著幾滴血，上頭僅寫著寥寥幾字。

「芝蘭區競技場。」

他們知道了，他們來找你了。腦中的聲音這麼跟我說道。

□

班諾的情緒之所以那麼緊繃不是沒道理的。

他收到消息，他父親在課堂上遭帝國警

備員帶走，並以「叛亂罪」起訴。

投影使的情緒管理很重要，雖然多數的時間，我們這些人的情緒都不太穩定。因此，帝國高層會定期配給菸酒，要是問題太嚴重，帝國方面就會祭出「特別」控管。有些投影使會透過藥物來加以控制，吉古拉就是個範例。不過自從我把他餵胖後，他失控的比例開始下降，甚至有幾次發現忘記服藥一段時間，也沒發生什麼大事。

要是投影使因個人原因失控，並導致投影獸在軍營內爆走傷人的話，上頭會給予懲戒，輕則關禁閉幾天，重則會被送上軍事法庭進行審判。不過因為投影使的遴選與訓練都不易，所以幾乎不會有投影使遭判刑，如果只是在外頭傷到一般平民百姓，高層通常就會睜一隻眼閉一隻眼。

我聽到班諾現在正把自己關在某處碉堡廢墟中，據說已經整天了。他的投影獸盤旋於碉堡上方，只要靠近的人就會被攻擊。

得知消息後，我連忙從家裡一路衝回營區。除了擔心他會因情緒問題使投影獸嚴重爆走，更擔心他會逃跑，要是他真的逃跑，他父親大概就完蛋了。

多數帝國投影使的家人會與國家保持某種奇特的關係，他們拿著帝國給的錢，裝作什麼事情都不知道地續生活下去。在我小時候，村莊裡也曾有一戶人家的兒子進軍營後就再也沒回到村裡來。他的父母對外宣稱，自己的兒子至遠方工作，但卻又從不談論他在做些什麼。甚至到最後，他們彷彿如失憶般地，徹底遺忘那名兒子。

遺忘，是使他們的日常能持續下去，也

是帝國百姓與國家之間無言的默契。

然而班諾的父親拒絕遺忘，更拒絕放棄任何希望。

班諾的父親在很早以前就曾到各地四處遊說，希望能廢除帝國的成年儀式，而在班諾成為投影使後，這名父親更加積極地推動改革，此舉想當然爾激怒了帝國高層。因此高層指示要我特別「關照」這名學者的兒子，像是可以隨時檢查或扣押他信件之類的。

不過我除了要求班諾不能講任務內容外，其實就沒多做限制了。我認為，讓班諾父親知道自己兒子安好是件很重要的事情。況且，要是知道班諾在營區內很安全的話，也許這名愛子心切的學者就不會做出太嚴重的事情了。

儘管如此，帝國高層仍覺得他的父親逾矩了。

在帝國，「叛亂罪」是非常嚴重的罪名，除了國家會下令緝捕犯罪者外，他的家人也會連帶受懲，要是此時班諾又出什麼紕漏的話，帝國絕對不會讓他好過。

回到碉堡區，我第一件事是闖進拉米雷的房間。

房裡的氣味極度混濁，感覺是將我輩子所有聞過的氣味都匯集於此，我捏著鼻子開始在滿是雜物的房間翻找，當我翻到床鋪旁邊時，看到一條小麥色的小腿肚從床側上裸露出來。我皺眉，嗅到床鋪上散發著刺鼻的罌粟花香味，看來這傢伙又嗑多了。

「拉米雷！」我朝著床鋪大吼道：「你這邊還有沒有多的罌粟，別跟我說你全吸光了！」

棉被掀開，拉米雷神情呆滯地與我對望。

要不是我現在有求於他，否則絕對會當場走人。他現在整個人一絲不掛地倒在床上，渾身大汗淋漓。他抱著一名陌生少年，這名少年與他一同樣赤身裸露。兩人感覺都服用了大量罌粟，聞起來就像是整座罌粟田，還夾雜了鹹膩的汗水味，以及極度歡愉後所產生的氣味。

「該死，不是跟你說不能隨便帶外人進營嗎？」我厲聲罵道。

少年似乎很害怕的樣子，他緊抱著拉米雷，可能是擔心我當場把他拖下床，然後拋出房門外。

拉米雷則是尚未清醒過來，他昏茫茫地看著我，問道：「你怎麼提早回來了……」

「提早你個大頭啦！班諾現在把自己關在碉堡內，放任召喚出的投影獸在軍營上空飛來飛去。我需要你那些嗑剩的罌粟，最好再給我一瓶酒，我要去應付他了。」

「讓小孩子獨自在角落哭一哭就會好了……」面對拉米雷毫無同情心的回答，我氣噗噗地反問道：「我當初有放你在角落獨自哭泣嗎？」

拉米雷雙眼睜大、表情瞬間僵硬、雙頰泛紅，整個人清醒大半，看來他還記得上次那件事，在床上的他撇過頭，想要裝作沒聽見。

「抽屜。」他咕噥道：「衣櫃抽屜還有好幾包，酒的話，我想衣櫃裡也有……」

我迅速轉身，趕緊從衣櫃裡搜刮出幾包罌粟，還有一瓶全新的紅酒。接著，我大步走向門口，在關門前還不忘告誡他：「換班時間是深夜三點，到時候自己想辦法把人給弄出去。」

離開拉米雷的房間後，我看見佛克緊張兮兮地走過來，而一旁的吉古拉則盯著我懷裡的紅酒跟罌粟，我連忙揮手說：「不不不，這不是給你吃的。」

「班諾的狀況不太妙。」佛克說：「投影獸攻擊範圍擴大，且更加兇暴，要是再這樣下去，上頭可能會下令攻擊。」

「其他士兵呢？他們應該還沒採取行動吧？」

「我跟他們說，我們自己的隊員自己處理。」

「我們必須在傷害擴大前，把班諾的情緒平定下來。」

佛克帶我前往班諾躲藏的舊碉堡。遠遠地，我就看到一隻巨大的投影獸在碉堡附近四周滑行。必須承認，我從沒看過如此巨大的飛行型投影獸，牠的大小宛如一艘中型空艇，而這隻投影獸的頭部像螞蟻，下顎朝兩旁岔開，頂部觸鬚不斷地轉動，沿著頭部向後延伸，粗壯的身軀以極度詭異的方式拱起，兩側翅膀薄如薄翼，尾端的鳥羽片片分明，這隻投影獸的身軀被硬質甲殼所覆蓋，裂甲交接處散發螢綠光芒。

我更仔細地觀察，這隻投影獸從腹部延伸出來的附肢就像是人類雙臂，但又稍微短胖些，雙翼與附肢交接處有孔隙，孔隙間噴灑出一種具腐蝕性的氣體，被沾染到的物體都發出陣陣白煙，而碉堡四周的草地及岩石都能看見被液體侵蝕的痕跡。

「之前從沒看過這隻投影獸，是剛締結

契約的嗎？」我有點不可置信地問。

佛克回應我的問題，說：「他企圖自殺，結果卻忽然冒出這隻投影獸，之後他一路逃進碉堡，在裡頭待了好久。」

「從來沒發生過這種事情……」

「凡事都有第一次。」

我嘆氣，覺得這種的第一次也未免太慘了。

「你們幫忙引開那隻在天上飛的投影獸。」我下令道：「我想辦法衝進碉堡內。」

佛克從腰間的木匣內拿出血罐，他將血液灑向地面，召喚科咯達，在佛克的命令下，科咯達朝班諾的投影獸奔馳。翱翔於天際的投影獸察覺後開始劇烈振翅，從孔隙間大量噴發出腐蝕液，科咯達背部遭到灼傷，光滑的外皮開始剝落，但牠仍持續在班諾所喚出的投影獸下方繞行打轉，並發出低沉的吼聲，試圖挑釁對方。

投影獸似乎受到刺激，牠急速振翅，朝科咯達的位置滑行。

翱翔於天的牠伸出雙臂朝地面攻擊。科咯達迅速閃過牠的攻擊，持續發出低鳴。牠再度俯擊，噴灑氣體。就在牠二次攻擊的時候，吉古拉的投影獸從地底竄出來，粗壯柔軟的觸腕夾帶著泥濘與雜草，黏液從尖端流下，牠朝上揮舞著肢臂，試圖纏繞住天上的投影獸。科咯達利用觸腕作為跳台，以驚人的速度彈跳，直到奔至末端時，牠後腿用力一蹬，以飛躍姿態朝飛行投影獸撲咬過去。

班諾的投影獸在科咯達的攻擊下，軀體稍稍傾斜。吉古拉召喚的投影獸伸長觸腕，用力圈住那隻飛行投影獸，緊接著，其他的觸腕立刻蜂擁聚集，三隻投影獸相互纏鬥，景象十分駭人。

「你快去吧！」佛克說。

我拔開血罐，先是召喚出大量的瑞斯，然後開始拔腿狂奔。瑞斯圍繞在我四周，形成防護網，隨著我的步伐不斷前進，牠們相互交疊，保護著我不被噴出的腐蝕液給灼傷。要是防護變得過於單薄，我就再拿出新的血罐，繼續召喚瑞斯。

儘管只有短短幾公尺，但這條路似乎變得無比漫長。外層的瑞斯因被腐蝕過度而掉了下來，沿途墜下的瑞斯屍體都坑坑疤疤的，殘破不堪，死亡的瑞斯蔓延成一條長道，記下了我一路奔跑的路線。

好不容易抵達碉堡前，我大口喘氣，感受到自己的心臟正劇烈跳動，瑞斯似乎感受到體內的情緒，牠們振奮地圍繞在碉堡周圍，像一塊漆黑色的圓環。在喘息稍歇後，我邁步走進碉堡，並同時命令瑞斯們將四周所有的空洞給堵起來，以阻絕任何從外或從內產生的危險。

碉堡裡面很暗，空氣中充滿陰濕氣息，令人不自覺打寒顫，實在很難想像，他能獨自在此待那麼久。我點燃火柴，在幾乎伸手不見五指的暗室中找尋班諾的下落。

最後，我在一處圮毀的石牆邊，找到坐在地上的班諾。

他屈膝抱胸，把頭靠在彎起的膝蓋上，秀髮凌亂，破爛的袖子上沾滿血跡，像岩石般凝結在黑暗中。

「班諾。」我輕喚道，他抬起頭，眼淚流下臉龐。

「我以為你無法在室內控制投影獸。」我盡可能地表現出輕鬆的態度。

「我沒控制牠。」

「喔，那這樣看來你的投影獸脫離你控制了。班諾，你必須安撫牠，讓牠不要在外面到處亂飛。」我坐到他身邊，把從拉米雷房內挖出來的罌粟花湊到他面前。「我平常不太喜歡隊員們使用這種東西，但我想你現在會需要。」

「這玩意不是禁藥嗎？」班諾講話有鼻音，聽起來十分哽噎。我盡可能展露溫暖笑容，用輕快的語調說：「這是投影使的特權，很棒吧？」

班諾推開罌粟，把身子縮得更小。我將罌粟換成紅酒。「要是你覺得沒辦法接受，就換這個吧。」

「你們為什麼可以忍受這一切！就因為這該死的投影魔法，那該死的投影獸，那該死的帝國規矩。我被關在這處該死的軍營，活像個奴隸似的，沒有了自由，沒辦法繼續念書，高層要我去哪殺人我就得去。我根本不想做這些事情，這該死的天賦！」

「我沒有忍受。」我拔開酒瓶，酒香撲鼻，看來我拿到這瓶挺不錯的。「我只是找不到更好的方法活下去。」

我把酒瓶遞過去，他這次沒有推開它。

「我感受到你的思緒很混亂，來，先灌個幾口，這招對我很有效。我想對你也是。」

在班諾喝了幾口後，我像對待小動物般地拍拍他的背：「好多了嗎？請你試著解除與外頭那隻投影獸的聯繫，要是放任牠繼續肆虐，到時候外頭等你的就不會只有佛克跟吉古拉了。」

班諾閉上眼深呼吸，一股腦將紅酒灌入口中。

「嘿，也別喝那麼快啦！」

接著，我們彼此靜靜地坐著。

「我父親被帶走了。」班諾這時開口說。

「我知道，所以我才趕回來。」

「一切都是因為我的緣故。我父親在牢裡被拷問、被毒打，但我卻救不了他。我好恨這樣的自己！我好無能！為何我當時不能就好好地死掉，這樣一切都不會發生！」

我感覺到有兩股情緒在班諾的心中衝撞：恨意與痛楚。這兩種強烈的力量開啟了甬道，與鮮血一般，呼喚著飢渴的獸。我趕緊伸手摟住班諾的肩膀，企圖讓這名充滿痛苦的男孩不要再憎恨自己。

過了許久，他終於停止哭泣。

第六章

繁盛終將凋零

夜半時分，我悄悄離開華莉絲的宅邸，孤身一人走入凱塔格蘭加街頭，朝芝蘭區的方向前進。

瑪那燈將凱塔格蘭加點綴得宛如白晝，彷彿整個世界就算隨著星辰隱沒、陽光燃燒殆盡，這座城市仍不會屈服於黑夜，宛如不滅之焰，不斷地燃燒自身，全力創造出永恆不逝的光輝，照耀所有存活在此的每一個生命，直到那些生命闔上眼，精神連同肉體消逝於現世。

我想起帝國有句俗諺叫「光輝照耀之下必有陰影」，我覺得自己就像是穿梭在瑪那光下的一道陰影，就算我身穿普通束裝，打扮像是一般的市井小民，仍感到身後拖曳著層層黑暗。

前些時候，在豪斯先生的浮誇馬車將我們載回原處後，阿律耶德就另外招了哥布林黃包車，帶著我與苜蓿前往他處。

一路上我都沉默坐著，苜蓿則是非常享受搭車的感覺，他不斷把頭伸出車外，還會隨時用力地拍我手臂，大喊著「快看——這邊——」，接著整個身體橫過我的大腿，然後又喊出「快看——那邊——」像隻蠕蟲動個不停。而我就僅發出「嗯，啊。」之類無意義的詞彙，但對於我敷衍應答，他絲毫不在意，雀躍之情溢於言表。

我們來到了鄰近中央區的新三釘港區，此處是一些有錢人喜好的居住區域，因為這裡相當靠近第三空港，卻又遠離其他鬧區，可說是位於城市核心又不失靜謐。這裡有許多獨棟別墅，看起來都門禁森嚴，街頭偶爾還會瞥見便衣保鑣佇立在大門口。

黃包車駛入死巷，巷底有座獨棟小屋，簡樸的外觀帶著歲月之美。車子停下後，歌瓦示意我們下車。在苜蓿第一千零一萬個驚呼聲中，我詢問道：「妳家？」

「當然不是，我才沒住那麼好呢！」阿律耶德笑得開懷。「這是華莉絲女士的祕密基地。」

華莉絲？我腦海裡浮現那名矮小黑膚，有著紫羅蘭色眼睛的朗恩情婦。

「我要跟她報備偵查進度。」

「我們有什麼進度可言？根本什麼都沒查到。」

「喔，有超多資訊的，你竟然都沒發現？」歌瓦回頭挖苦我，她用力拍門，開門的竟是之前跟她一同拷問我的男子。

「人都帶來了，溫羅埃。」她朝男子吹了聲口哨，感覺就像把貨品送達家門口般。

溫羅埃臉上的疤痕使人戰慄，尤其是近乎消失的鼻翼，讓我想到從前在折磨敵人時，我會把對方裝在滿是「瑞斯」的橡木桶內，任由牠們啃咬人體的任何器官，臉部及鼻子是最先被咬掉的地方。我仔細看了一下，發現他的鼻子是被利刃所切除，而非遭啃食。他眼睛呈現琥珀色，就跟苜蓿的湖水綠一樣，在凱塔艾蘭都算是挺少見的瞳色。

「進來。」

我們一行人即悉聽尊便。

「翠絲人呢？」阿律耶德問，這名歌瓦用比較親暱的方式稱呼華莉絲，感覺她們並非完全是委託人與受雇者的關係。

「翠絲今晚得出席商會酒會。」

「那另一個傢伙呢？」

「在店內工作室，不是死了就是還活著。」溫羅埃冷冷地回應。

「很好，那我們就待在屋內等翠絲回來吧。那麼，管家先生，我們該在哪裡等候呢？」阿律耶德故作俏皮地詢問，不過男子仍維持一貫表情，完全不作聲，過了半晌，歌瓦只好識趣地自問自答：「我們在客廳等。」

到了客廳，我望著客廳中央的矮桌上放滿了各式精緻茶點，讓人隨時可以拿幾塊來墊肚，壁爐上滾著一大壺熱茶，沙發旁甚至擺著枕頭棉被，所有迎賓的東西竟都打點好了。

溫羅埃板著臉站在我身後，用沙啞的嗓音叨叨絮絮著：「翠絲要到深夜才會返家，你們就都給我待在這裡，不要離開屋子，尤其是你這個投影使。」我轉頭，那滿是燙痕的手正指著我的鼻子。

「溫羅埃，這些東西都是你準備的嗎？」阿律耶德掃視四周，用戲謔的表情看著他。「我都想花錢雇你當我的祕書了。」

後者立刻瞪了阿律耶德一眼。

待溫羅埃離開後，苜蓿就開始掃蕩矮桌上的美味。我則是坐在沙發上，凝視滾茶許久，抬頭，看見阿律耶德正盯著我瞧，我皺眉。

「幹嘛？我又不會忽然揍你。」

「那你幹嘛不把視線放在其他地方？」我指向桌上的甜點。

「因為我想徵詢一下你這個『專業偵探』的意見嘛。」

「別那邊拐彎抹角了，有什麼話就直接

問。」

「那麼，關於法鐸這個人，你有什麼看法。」

「看法？」

「帝國逃兵、黑蛇優秀幹部、鋼蛇首領，他帶領著多位投影使，還加上……」她瞥了苜蓿一眼，補充說：「黑蛇會內最有潛力的殺手。依照你偵探般的直覺，覺得法鐸那傢伙到底會是什麼來頭呢？」

「他可能發瘋了。」

「那麼，看來咱們可遇到瘋王之王了。」

「所有的帝國逃兵都是瘋子。」

一聽到我這麼說，歌瓦立刻露出興致盎然的表情。

哈，你不小心說出來了。聲音嘲笑我。

「以前我住在帝國。」我望向苜蓿，後者正在替我們分配茶點中。「在那個國家，逃兵是非常嚴重的罪刑，除了會遭國家追殺，家人或有關聯者還得連帶受罰。除非你孑然一身，沒有任何牽掛，或是不在乎他人死活，否則別想逃跑。」

「但總是有人逃跑，對吧？」

「這是帝國居民的常識。」

「那麼，依照前帝國居民的常識，你認為，法鐸到底是想要做什麼？」

「誰知道啊！」我氣憤回答：「我又不是他肚子裡的蟲。」

我把視線持續放在苜蓿身上，此時他正在把爐上的茶壺拿下來，準備替大家倒茶。

「我不知道。」我重複說道，並將手肘靠在沙發扶手上，思忖著究竟是什麼原因，使我答應苜蓿幫他找尋失蹤的姊姊，收下白蛇貝恩德生命最後的請託，接受華莉絲女士的提案尋找襲擊真相，我還向愛爾芭允諾——殺死背叛者。

為什麼我會淌入這場渾水呢？

華莉絲・朗恩夙夜未歸，苜蓿不敵睡意，整個人將沙發給霸佔去，阿律耶德也隨意在地板上打通鋪，很快就陷入深眠開始打呼，就連我不斷來回的踱步聲都吵不醒這兩個好眠的傢伙。

我先替自己抽幾管血，將木匣裡的空管都注滿自己的鮮血，然後小睡片刻。

當我睜開眼時，只見爐火已熄滅，所有的杯盤都清理乾淨，有人在神不知鬼不覺的狀態下進來客廳打掃。我感到身體輕盈、五感全開，所有的聲音氣味都變得清晰，就像過去擔任帝國使時的狀態。

我悄然步出客廳，往大門走去。

「你要去哪？」在門外的第一盞瑪那路燈下，溫羅埃穿著低調的暗紅斗篷，帽兜遮住他的臉，看不見臉上表情，但這名男子渾身散發出危險氣息。我驟然駐足，以免他衝上前將我撕成碎片。

「不是說不能隨便離開屋子嗎？」

我揚起眉毛，語氣不屑地回道：「你監視我多久了？」

「一直。」他說：「阿律耶德負責白天，我則負責夜間。」

「所以，那天我帶著苜蓿溜出酒館找地方休息，也都在你的監視下？」

帽兜底下的男人點頭。

天殺的敦德，你太掉以輕心了。我心底的聲音說道。

「天殺的敦德，我太掉以輕心了。」我也跟著開口說道。

「翠絲要我們謹慎觀察你。」

「所以，你們打從一開始就不相信我。」

「隨便相信一個人是愚蠢的，尤其是使用魔法的人。」

聽到他這麼說，我不禁笑出來。這名男子看了我一眼，對於我輕蔑的笑聲，絲毫不以為意。

「你跟法鐸一樣，都是帝國逃兵，對吧？」溫羅埃沙啞的語調宛如刮刀劃過牆壁。

「那又如何？」

「而且你還是名投影使。」

「是呀，我是會召喚投影獸的怪物，你還要隨時注意我會忽然發狂亂咬人。」我尖酸地說道：「你還是先注意你們那些煉金術士吧。帝國那邊還有謠傳，凱塔艾蘭的煉金術士都在用瑪那製造會飛的巨大海怪，準備去攻擊其他國家呢！」

意外地，溫羅埃坦率承認，「的確，煉金術士就是怪物餵食者。我能做的，就是不讓這份罪孽成為最可怖的怪物，吞噬掉所有人。」

「就像是投影使所召喚出的投影獸。」不知怎麼的，我不自覺地出言附和。

「我努力地不能讓這頭巨獸甦醒過來，雖然我們正在餵養它。」溫羅埃低語，不過我仍聽得到他說的話。「老實說，當我得知這批貨遭到劫持時，還為此高興了一下。」

「高興？」

溫羅埃點了點頭。

「你不是煉金術士嗎？怎麼把你所屬的

團體講得像壞人似的。」我不解地表示：「難怪愛爾芭懷疑你可能有涉入這次的襲擊。」

「可惜沒有。」他說：「要是有機會的話，我會願意嘗試。」

「所以，你到底是為了什麼？」

溫羅埃低頭沉思，像是在琢磨要對我袒露多少自我。接著，他宛如呢喃般地對我說：「在成為煉金術士前，我其實是名熵術學徒。」

「熵術？」

我曾聽過熵術士的傳聞，據說他們是一群不怕高溫和嚴寒，並能操作火焰與寒冰的法師。

溫羅埃無視我驚駭的反應，繼續說道：「然而，我因為對熵術士的作為感到不滿，因此與熵術士們為敵。在經過一番波折後，我加入了煉金術士。不過我老實告訴你，我並不是因為認同煉金術士的理念才加入，而是知道唯有如此，我才能保護那些我在乎的人。」

「聽起來是挺偉大的情操不是嗎？」面對我的嘲諷，溫羅埃沒有暴露任何情緒反應，他僵冷地站在原地，我察覺到斗篷底下的手正在移動。

「那你知道，我為什麼會成為帝國逃兵嗎？」

溫羅埃停下備戰動作，他狐疑地望著我，等待我接下來的話語。

「他們當時按在我身上的是『叛亂罪』，並且要求盡快處死。」

「你做了什麼？」

每次想到那些過往，就像在經歷夢境，

即使明知道那是真實，可是總是覺得很虛無飄渺。「我殺了一個貴族和一些軍人。」

「為什麼？」他問。

「因為我幫貴族拷問一位學者，那個學者在死前要我放過他的兒子。」我說：「我答應了那位學者的請求。」

「你後悔嗎？」

「後悔死了！」我不禁發出笑聲，因為每次回想起來都覺得很蠢很好笑。「我超後悔還在那時候過來，那時候因為著急過來，沒注意到凱塔艾蘭剛好是雨季。所以在我抵達凱塔格蘭加的第一個晚上，正下著傾盆大雨，而我那時候身上沒半毛錢，只能濕淋淋地睡在路邊，幸好沒感冒。」

「凱塔格蘭加有負責照顧遊民的團體，提供免費地方睡覺，還有固定供餐。」

「我那時才剛到耶！怎麼可能知道這些事情。」

「你可以去警備隊那邊求助。」

「拜託，我可沒那麼有膽，我拿的是假身分，萬一被警備隊發現不就慘了。」

「但最起碼不用淋雨。」

「算了算了，這都已經過去了，我現在好端端地站在你面前，沒有病死也沒有遭遣返，還能自由自在地在城裡到處亂走，要去哪就去哪，雖然這幾天被你偷偷跟蹤著。」

「那麼，你現在要去哪？」溫羅埃將話題轉回當下，語氣又冷又硬。

明知道這麼說，溫羅埃可能會立刻攻擊我，不過我還是決定坦白說出。「這只是我的推測。」

我拿出紙條，走向溫羅埃，在他面前揮了揮。「法鐸知道了我的存在，還派人聯繫我，我現在打算去赴約。」

還好這名男子沒有我想像的衝動，他拉緊帽兜、深深吸氣，謹慎地講出每一字句：

「那你打算怎麼辦？」

「老實說，我對你們煉金術士在搞什麼，以及那堆煩死人的糾紛，一點興趣都沒有。我只想完成苜蓿對我的請託——讓他姊姊能夠回到他身邊。」

溫羅埃身上的警戒淡去後，他低聲說道：「單獨赴約很危險。」

「對，但要是讓你偷偷跟在後面的話，我的處境會更加艱難。」

「如果我拒絕呢？」

「那我們就只好在瑪那燈的照耀下，好好地打一架了。」

溫羅埃稍微移動身軀，我知道他正在考慮是否要跟我一決勝負。幾經思量後，這名嚴肅到不行的男子對我說道：「我不信任你。」

「我沒要你信任我。」

「不過我相信你，」他放鬆緊繃的肩頭，看來決定放行：「就這麼一次。」

「等等！」在溫羅埃準備離開時，我想起自己身上沒有帶錢，因此我趕快厚起臉皮地叫住他並問：「你可以借我搭車錢嗎？我不想走路過去，這樣太花時間了。」

溫羅埃瞪了我一眼，隨即一語不發地將錢囊交至我手中。

在他轉身離去後，我便招了一台黃包車，前往競技場所在的芝蘭區，為了避免再次被跟蹤，我提早在前一個街區下車，而在走到目的地前，隨時注意周圍動靜。

芝蘭區位於凱塔格蘭加東南處，與全城

最繁華的空港區僅一線之隔，此處是凱塔格蘭加最重要的金融圈，許多銀行與小型商會都選擇在此區設址。不過，比起空港區高聳建築林立，芝蘭區的房屋低矮許多，這是因為此處是空艇行駛進第三空港區的主要路線，市府對於建築高度有嚴格管控。

鄰近的錫口區還有全世界第一座的空港，也被稱為「第一空港」，港如其名，是各種所謂的第一。根據記載，在紀元七二一年時，凱塔格蘭加在發明出第一艘空飛艇後不久，便飛快地打造出第一支空飛艇艦隊。

這支強大的空中飛行部隊無人能及，它們驅逐了強霸凱塔艾蘭土地的外國勢力，讓其他原本自以為能夠分羹的國家怯步。之後凱塔艾蘭在此建造出軍事空港，並將第一批製造出來的空艇安置於此。

雖然在那之後，凱塔艾蘭並沒有往軍事方向發展，就連這座具有特殊歷史的軍事空港，也在時代的變遷中，逐步開放給民間使用。然而，根據帝國的情報顯示，這座空港仍保有相當程度的軍事設施。當然，關於這項機密，凱塔艾蘭的高層是絕不會承認的。

不過，我沒有要靠近錫口區，我要前往芝蘭區的競技場。

在下了黃包車後，我沿途行走，抬頭眺望不遠處的圓形建築，頂端掛著大片的白帆布。慢慢走近，可望見帆布向下延伸，覆蓋著用竹木圍成的穹頂。這個穹頂採半開放式的弧形，遮棚位置是在觀眾席頂上，而中央比賽場的部分則沒有任何遮蔽，只要在觀眾席上抬頭，即能從場內看見整片天空。

我想起，帝國建築師曾針對各地競技場

做出評比，其中這座競技場被形容成「一顆巨大的破鵝蛋被放在裝羹湯的器皿中」，現在就我看來，說它是破鵝蛋還算是種讚美。

就算這座半開放的建築被零星的瑪那燈所圍繞，光線通通直射在石圮上，該競技場仍讓人感到冷冰冰的，就像是墓園裡長苔的碑石，只要仔細看那大片的白帆布，就能發現上頭泛著黃漬與黴斑，竹木亦是透著腐朽。加上這附近四周杳無人煙，因此建築整體看起來格外淒清，簡直像是個墓穴。

我沿著建築外圍不斷繞圈，感覺自己就像在夜深失眠時，出門散步的普通居民。在不知道繞到第幾圈的時候，我發現在一處拱門柱上，拓著幾張鮮血手印，看起來是不久前才弄上去的。

輕觸門板，深淵裂口即在我面前無情敞開。

此時，我覺得像是正等待場賽事開打的觀眾，準備進場一睹死亡降臨。

你從未對任何的血腥殘暴感興趣。我腦中的聲音說道。

是的沒錯，我害怕在叫囂聲中消逝的氣息，我害怕那些只為求生卻浴血而亡的人，我害怕那些在恐懼中失去光彩的眼睛。

我非常非常地害怕。

只是在這場夢魘中，我得不斷地掄起武器、獻出自己的鮮血，對每個被國家視為敵人的傢伙，祭出致命的一擊……，直到我也成為國家的敵人為止。

穿過競技場拱門，我逕自在空蕩的競技場裡徘徊。競技場內比我所想的還破舊，觀眾席區滿地垃圾，座椅上隨時能發現粗製濫造的活動紀念品。我聞到上頭白帆布所散發出的黴味，固定建築用的木材因長年淋雨而出現了腐爛味，座位上有各種食物殘存的氣味。我先是慢慢地從底部向上走，直到觀眾席高處，俯瞰底下的中央舞台。

我發現早已有人先行來到，而且不只一位。

底下有兩個影子。我趕緊沿著凹凸不平的階梯走下去，沿途還踢到奇怪的東西，撿起來稍微看一下，似乎是模仿帝國角鬥士造型所製作的面罩，其做工粗糙、品質低劣，無怪乎被當作垃圾給丟棄在地。

我繼續往下走，舞台低處等待的倆人察覺到我後，即開始往我的方向移動。他們的步伐迅速果決，可以感受到經過嚴苛的訓練，那走種路方式跟聲音都令人熟悉，也令我畏懼。我加快下樓速度，並將手置放在腰間木匣，準備隨時應對任何意外。

最後，那兩道黑影停下腳步。我立刻就認出其中一位——班諾。

我凝視著他，瞬間不知該如何回應。

多年不見，這名男孩身上的羞澀氣質已全然褪去，取而代之的是冰冷與嚴酷，他把兩邊鬢角修得乾淨俐落，僅留頂上的頭髮，就像是戴著棕色的針刺。現在他所穿的，不是我熟悉的輕便布製束裝，而是戰士專門的裝扮，他穿著整套輕便的皮甲，皮甲底下則是軍服。

此刻，這匹牝馬已成為馳騁於荒野的驪駒，展其驥足、風馳電掣。

班諾沒有說話，他僅靜靜地盯著我，站在他身旁的，則是那位在豪斯先生辦公室裡那位銀髮秀氣的半精靈。他見我停下腳步，隨即開口自我介紹道：「您好，我是百蛇幫的法鐸。當然法鐸不是我的本名，但你只要知道這個名字就好了。」

「我現在叫睿槵提・奈爾。」

用假名相互介紹彼此，感覺真奇怪。我瞧著眼前這名半精靈，他穿著素色緊身的上衣與窄褲，身材十分纖細，那張臉俊美得很不自然，藏青色的眼睛像是顆藍寶石，銀色的秀髮使他看起來清新脫俗，然而，驚人的美貌仍掩飾不了那雙抑鬱的眼神，其中夾雜著些許癲狂。

「久仰大名了，睿槵提先生。」法鐸再度優雅行禮，就一個士兵來說，他的禮數實在太多了。「在帝國軍內有個傳說，您與您的投影獸行經之處必定荒蕪一片。」

「牽頭山羊也能有同樣的效果。」我從身上掏出菸來抽，熒熒火光將起伏的情緒燃燒殆盡，裊裊薄煙在我們三人之間緩慢擴散。

法鐸發出輕笑聲，視線在我身上不斷游移，彷彿在打量某種重要的商品。反倒是班諾沒出聲，他近乎冷酷地看著我，我心底感到一陣糾痛。

「所以，豪斯先生背叛了百蛇幫囉？」我問。

「吞下拉米雷的投影獸，必定得對投影使言聽計從。」法鐸回答：「而且那傢伙吞的，還是會爆炸的那種。」

我思忖良久，想像當時他開口的每分每秒都箭在弦上，要是一個差錯，就會跟貝恩德一樣，肚子破個大洞，而且不只他個人，我們所有人都會遭殃。

「真有趣……」雖然我對於我們當時其實身處險境這件事情感到焦慮，但我還是盡可能保持毫無畏懼的態度，說：「我們當時問了那麼多問題，你卻沒有偷偷下令拉米雷引爆投影獸。」

「一開始我的確有這麼想過。不過在還沒搞清楚你這死人的立場前，直接動手有一定的風險。況且，那個金髮的投影使提醒我，這樣的話，在現場的我勢必受到波及。」

「那麼，咱們回到正題上。」我抬頭，把煙深深吸進肺裡，問：「找我這個死人有什麼事嗎？」

「你願意再次成為帝國劍刃嗎，睿椤提先生？」我在法鐸臉龐看見優越與自信，他似乎很滿意看到我站在他面前。「要是你願意的話，我能讓你拿回所有原本失去的東西。」

「你不是逃兵……」我瞪著法鐸，試圖從他風暴般的藍眼中尋找真相。

「效忠帝國的間諜、流放在外的皇室子，甚至是投影使，你要怎麼稱呼我都行。」法鐸從容自在地介紹自己。「我父親——也就是某個坐不上統治王座的傢伙，他把自己看得最不順眼、帶有投影天賦的兒子，訓練成一名間諜，然後再把他丟上船。」

我抿著下唇，想起苜蓿在剛碰到我時所付予的幻想人設，竟然全應驗在法鐸身上，而且他還不是私生子，而是擁有繼承權的皇世子。

相較起來，我就只是個普通到不行的倒楣鬼。

想到竟有如此荒謬差異，忍不住笑出來。

「有什麼好笑嗎？」

「王子殿下，恕我失禮。我沒想到在遠鄉，竟能親眼見到帝國皇室成員。」

法鐸面露微笑，可惜下一秒，我就打壞他能夠在海外寬恕流亡忠臣的幻想了。

「但老實說，帝國那邊已經再也沒有任何我想要的東西了。」我發覺嘴上的香菸只剩下一小截了。「我現在過得挺好的，找不出任何理由回到過去。況且，我實在不想捲入你們跟煉金術士們的紛爭，我現在只想帶虹影回去而已。」

「虹影？」法鐸愣了一下，這名俊美的半精靈綻出燦爛笑容，並伸出食指，敏捷地比了一個手勢。「她一直在你身後，沒發覺嗎？」

這時，我才察覺到，競技場裡不只他們倆。

黑暗中，一抹火紅往我的方向衝過來，亮眼扎人但又無聲無息。

我立刻反擊，然這名襲擊者卻像風一樣，我的拳頭僅颼颼劃過空氣。接著，那陣旋風對我的腹部使出重拳、又準又狠。火光忽明忽暗、菸灰墜落，殘存的灰燼觸碰到我的肌膚，即使溫度不高，卻令人渾身灼傷。

「虹影！」我忍不住喊了出來。

一聽到我喊她的名字，昂矛少女停下攻擊。

「我不認識你！」

在下一瞬間，我感到有一個堅硬冰冷的物體碰到了我的脖子，同時嗅到燧石和火藥的氣味。

「等等等……是苜蓿要我來找妳的。」

此時，班諾厲聲大吼：「把槍放下！」

頸上的壓迫感消失，虹影將燧發手槍收回腰間。

這名襲擊我的馬尾少女身型修長、雙頰有雀斑、鼻子細挺、嘴唇線條俏麗動人，她那珊瑚色的頭髮垂落於眼前，我努力盯著她眼瞳，確定它的顏色是葡萄酒紅。

「看來妳小弟過得挺好的。」法鐸聲音高昂，像是發現什麼驚喜似的。「他沒有被百蛇幫那些爛人們抓來拷打虐待，也沒有被人口販子當商品賣掉。老實說，我當初還以為他活不過一個星期。」

「喔，法鐸你這混帳雜種。」虹影幾乎是用噴氣的方式在說話。「我之前說過，再提到我小弟，我就要割爛你那對尖耳！」

「妳可以試看看呀，小虹雜種，但妳很清楚我的實力在哪。」他一臉無所謂地表示：「況且，我就只是實話實說罷了。」

「我說過，苜蓿絕對沒問題的。」虹影回答：「在之前我都教會他了！」

「是嗎？」法鐸揚起眉毛，一副不可置信地說道：「我印象他就是個在酒館門口討錢的小乞丐吧，我瞄過他幾次，實在是……有夠沒用的。」

「住口！」

「好好好，我知道了，只要提到妳小弟，妳就像是變了個人似的。」法鐸歪頭微笑，然後朝我點了一下，說：「你要不要跟小虹報告一下她小弟的個人近況？」

「苜蓿委託我，」我努力深吸氣，讓自己的呼吸恢復順暢。「想辦法把他心愛的姊姊帶離危險、保護她並把她帶回家。」

「你這種講法，搞得我像誘拐犯似的。」法鐸眉頭微蹙，神情相當不以為然，「我從來沒強迫小虹做任何事情，這次的襲擊行動，她是自願參與的。」

我瞠目結舌地望向這名馬尾少女，後者正怒瞪著我，但沒有否認。

「妳為什麼要替帝國做事呢？」面對我的問題，虹影僅發出輕蔑哼聲作為回應。

法鐸用帶著勝利的表情望向我，說：「小虹跟我達成了某個約定，要是她能協助我完成任務，我保證給她想要的東西。」

「我也跟苜蓿做了約定。我跟他保證，讓他跟姊姊團聚。」

「真是的，怎麼把場面弄得像在搶女人似的。」法鐸發出無奈嘆息，「被我說中了吧，妳小弟絕對會一直巴著妳不放。」

虹影辯駁道：「我跟苜蓿已經毫無瓜葛，我完全拋下他了。」

「可是妳的表情並不是這麼回事。」法鐸笑瞇瞇地看著她說：「而且你小弟看起來不想放棄的樣子。」

虹影眼神在我及法鐸間不斷游移，那是人在害怕或內疚時會做出的動作。

「苜蓿他很想妳。」我沿著她情緒的裂口敲擊，希冀能突破心房，讓她願意跟我走。「無論妳之前幹了什麼事情都無所謂。對苜蓿來說，只要妳能回來就足夠了。」我用食指朝法鐸與班諾的方向比劃。「況且，妳又不是帝國軍人，帝國那些任務根本就不關妳的事。就算法鐸跟妳有約定，妳替他幹了那麼多事情，相信也算是仁至義盡了。等到他拍拍屁股，帶著搶來的貨物離開凱塔艾蘭後，妳也只會落得被百蛇跟煉金術士通緝的下場，又能得到什麼好處呢？」

「不……」虹影雙肩微微下垂。

「你比我想像的還要令人氣惱，睿楒提先生。」法鐸拉下臉，眼神銳利地望向我，「我想邀請你幫忙，你卻想要從我這裡把人帶走。」

「真是抱歉呀，王子殿下。」我毫不愧疚地道歉。「因為這是我的任務。」

「這恐怕不行，睿楒提先生。小虹跟隨我好一段時間了，她是個非常有潛力的女孩，我盡可能地訓練她，讓她嶄露應有的光芒，就像那些帝國鬥士般，強大美麗、所向披靡。」他語氣帶著些許惱怒，我相信我讓他很不開心。「所以我不能再讓她有所牽掛，更不會讓她輕易離開。」

「那麼，看來我只能跟你搶人了。」

「你的意思是要跟我打一場嗎？」法鐸抿起嘴，儘管維持一貫的優雅，可是我仍感受得到，他非常地不開心。

「老實講，我也不覺得你會輕易就放我走。」

「是呀，因為你實在太多管閒事了。在帝國，逃兵可是要殺掉的。」

「很好，反正我已經不是第一次死了，再多幾次也沒差。」

我笑了，是真心覺得好笑，而我心底的聲音也跟著笑出聲。

因為，一想到會被王子給殺死，就覺得命運這玩意實在是天殺的太幽默了！

□

我闔上眼，想讓意志在黑暗中消散而逝。那聲音在腦中低吟，我則緊揪著那片宛如枯葉般的話語，在荒蕪之地裡尋找綠蔭。但也許某方面，我希望自己能夠成為荒原的一部份，任由腐土掩埋，讓綠芽由自身萌芽。這樣的話，我就能擁有遮蔽處，毋須如此痛苦尋覓。

不行。它跟我說道。

是的，不行。

我得先帶她逃走。我回答。

我睜開眼，身體抵著石柱，班諾所召喚的「渦寧」從柱體後方掠過，在競技場上空不斷盤旋。他的投影獸在這種開闊的空間裡，具有絕對優勢。

「渦寧」是身形像鯨豚，頭部則有著鴞一般尖利的鉤喙，外型似魚似鳥的投影生物，然使牠能高空飛行的，則是如昆蟲鞘翅般的兩對雙翼。牠藉由扁平的魚尾左右擺動，使之能調整飛行方向，牠下半部的附肢是兩個倒勾，邊緣看起來如刀鋒般，讓牠能在俯衝的瞬間，將目標瞬間切開。

渦寧是與班諾第一隻締結契約的投影獸，就如同班諾所召喚出的其他投影獸一樣，渦寧身體上有著繁複的雕花紋路，並同時散發迷人的金屬光澤，牠那對鮮紅的複眼令人無法忽視，半透明的鞘翅閃爍著斑斕色彩，看起來既美麗又致命。

渦寧的複眼能有效計算出牠與其他物體的距離與方位，只要發現目標，就可以精準地俯衝並攻擊對手。我召喚出體型嬌小的瑞斯，讓牠們在競技場四處亂竄，並交互堆疊。

渦寧的利刃劃過一團瑞斯時，牠們就會像分洪似地散開，讓利刃刮過其他硬物。

「我們得逃走。」我緊扣虹影的手腕，酒紅色的雙眼凝視我，表情充滿困惑。想當然爾，忽然有名陌生男子說要帶她逃走，怎麼想都非常怪異。

不過，還好她不是接在法鐸之後，朝我頭上補槍。

就在法鐸掏槍向我射擊的瞬間，陀伊卡循著我先前在衣袖故意沾染的血液來到現世，但因為血液的量不多，子彈擊中尚未成形的陀伊卡，卡在牠的頭顱。陀伊卡發出震耳欲聾的慘叫，使在場所有人低頭掩耳，我同時拔開血罐，召喚出源源不絕的瑞斯，一般投影使在召喚投影獸時，會有特殊的光線產生，但我召喚投影獸時，四周反而會加黑暗，因此更難讓人鎖定我們。

我指使瑞斯群撲向法鐸與班諾，就在他們試圖抵擋牠們攻擊時，我抓住虹影的手，拉著她往出口方向逃跑。

「你瘋了嗎？」虹影邊跑邊問。

「差不多。」我回答。

的確，從各方面來說，我做了最瘋狂的決定。

虹影的動作非常輕盈，我感覺她就像是絹絲，流暢地迎風而行，反倒是我不時踢到黑暗中的障礙物，或是差點被凹凸不平的地給絆倒，有幾次她還提醒我避開地板破損處，讓我不會因此踩空。

渦寧此時不再用俯衝的方式攻擊瑞斯，牠急速擺動鞘翅，攪動一股強大的氣流，一口氣將地面上的瑞斯們往空中捲起，像灑葉片般地向上拋去後重摔在地，部分瑞斯瞬間摔成一灘黑泥。

「你是誰？」

虹影就跟我想像中的十六歲女生一樣，在稚嫩與清澈中帶著一絲成熟，但又還不至於滄桑世故。然而，在這一連串的尋人過程中使我已經知道，這名少女的纖細身軀，早已背負太多沉重的事物了。

雖然自我介紹毫無任何意義，但我想不出任何適當的台詞。所以，我只能這麼回她：「我叫睿槵提‧奈爾，苜蓿委託我找妳。」

「我知道，這些你剛剛已經說過了。」虹影白了我一眼，說：「你知道你的處境很危險嗎？」

「我知道。」

「法鐸他……」虹影把目光朝下，低聲地說道：「說到做到。」

「那麼，為什麼要幫他？」我問：「妳明知道這根本是找死。」

「天殺的敦德，我想做什麼干你屁事？」聽到我這麼說，她眼神一閃，用非常兇悍的語氣朝我用力噴氣。

雖然虹影的動機確實不關我的事，可是我還是試圖保持和善的態度。「妳明知道這麼做很危險，卻仍跟著法鐸去搶奪煉金術士們的東西，我不相信妳會單純到沒有好處就答應幫助他。」

虹影執拗地看著我，讓我想起苜蓿要我幫忙找人時的神情。

「他是帝國王子。」

「帝國有很多王子，而且還會隨時蹦出新的。」

「他跟我講，要是把從煉金術士那兒搶來的東西送回帝國，他就能擠身進入皇室核心。」

「所以，那些東西到底是什麼？」我問：「讓帝國高層不惜鋌而走險，利用間諜干涉凱塔格蘭加的地區勢力，甚至最後派出投影使，冒著可能被他國發現的風險。」

「法鐸跟我說，那些東西是讓凱塔艾蘭強大的寶物，只要能夠把它們帶回帝國，帝國就能獲得和凱塔艾蘭一樣的力量。」

「那麼，妳又能從中獲得什麼呢？」

「法鐸答應我，只要回到帝國後，就讓我變得更強。」她說：「像是讓我成為帝國投影使之類的。」

「妳想成為投影使？」這女孩竟然想成為帝國投影使。聽到虹影的言論，我不禁眉頭微蹙，苦澀地笑問：「所以，王子跟妳下跪求婚時承諾的是這些？」

她瞪我，眼神惡狠到簡直可以殺人，我忽然覺得自己也許說得太過火了，還好她沒有立刻舉槍扣板機。

我趕緊說道：「帝國的人終其一生都得任人擺布，就連王子也是。既然他會長期潛伏在百蛇幫裡，替帝國蒐集情報，這意味著他在皇室裡的地位極低，是隨時都能棄置的棋子。就算他回到中央，也不代表他能獲得權力。」

虹影臉上頓時露出受傷的神情，只不過她依然拱起肩膀，兇巴巴地對我說道：「要是他欺騙我，我就會在他胸口射一槍。」

「那妳必須一槍就讓對方斃命，流血的投影使不好對付。」我說道：「用勒的比較保險。」

「也許我會考慮用來對付你。」虹影平淡地說，我則乾笑了幾聲。她稍微探頭出去，看向天上的投影獸，問說：「苜蓿是怎麼跟你認識的？」

我憶起那位塔克酒館前的小乞丐、跟蹤我並試圖行竊的小扒手、稱呼我為父親且把我身上錢都花光的小騙子、在我沒錢快餓死時要我為他工作的煩人小鬼，以及替我蓋被跟準備早餐的體貼小孩。

「反正他就這樣貼上來，跟黏膠一樣，甩也甩不掉。」

她噗嗤一笑，似乎很能理解我的意思。

「哎，他就是這樣讓人又氣又放不下。」

「他很擔心妳，妳不告而別這件事使他非常難過。」

「我沒辦法看著他說再見。」虹影眼神一凜，毫無畏懼地迎向我的目光。「我必須離開他，才不會讓他陷入危險中。」

「把他一個人丟在凱塔格蘭加難道不危險嗎？那些天殺的人口販子最愛這種年紀的小孩了，只要拐錯個彎，苜蓿很有可能就會被抓走，賣到不知名的國家。」

「我十歲就開始打架了，他絕對也可以。」虹影又瞪了我一眼，但語氣似乎不怎麼篤定。「我留了很多錢給他，並且要他躲起來。」

「妳知道他把錢花在哪嗎？他請我大吃大喝，然後還跑到夜間市集玩整個晚上。況且，他連我的錢包都扒不到。妳應該明白，苜蓿那小鬼根本無法獨自生存！」

虹影抿起嘴，一副欲言又止的神情。我

相信她內心其實很明白，這麼做就等於是拋棄苜蓿，任由他在城裡自生自滅。

「他把妳留下來的錢全拿來雇我這個酒鬼，就連我會不會找人都沒問。」

虹影聽聞後眉頭緊蹙，嘴唇抿成一條線，我感覺到她試圖壓抑自己的情緒。「這聽起來，還真是苜蓿會做的事情。」

「是的，這就是妳弟正在做的事情。」

虹影用酒紅色的雙瞳凝視著我，輕聲問道：「你打算怎麼做呢，酒鬼大叔？」

「既然都答應了，那就要完成委託。」

渦寧持續緊盯，但牠的戰術變得更加謹慎，不再一股腦地俯衝攻擊，牠開始判斷哪些黑影是瑞斯故意營造的假象。當牠察覺出我們躲藏的位置時，就立刻俯衝。利刃切開了石柱，擊碎飛起的石塊，我跟虹影趕緊衝出來。倆人就像是被飛禽追逐的鼠輩，在觀眾席間不斷亂竄。我利用瑞斯當作防護，抵擋渦寧下肢的刀刃，然而要是牠試圖以拍翅的方式攻擊，瑞斯就無法做出有效的抵禦。

但反過來說，在瑞斯被捲起的那瞬間，渦寧的視野會進入混亂，這使得我們剛好能趁機躲藏，而當我們跑到了下一個掩體時，我又會再度補充瑞斯的數量。

因此，我們彼此就這樣在逃跑與躲藏中僵持不下。

我打開腰間的木匣，發現裡頭血罐的數量剩不到一半，再這樣下去，自身的戰力會先被耗盡。我想這就是班諾的目的，無法呼喚投影獸的投影使，就跟普通人差不了多少。他打算用消耗戰，使我最後彈盡援絕，乖乖地束手就擒。

看來我必須一口氣翻轉戰局。

機會只有一次，我轉頭看向虹影，瞥向她腰間的燧發槍。

「妳的槍法準嗎？」

虹影回答：「還可以，不過這武器只能射幾發子彈，我不覺得能造成多少傷害。」

「不是牠，是我。」我說：「到時候盡可能朝四肢射擊，大腿最好，別射到骨頭了。」

「你瘋了。」虹影重複說。

沒等待虹影答覆，我就鬆開她手腕，拔腿衝出石柱陰影。

如我所料，渦寧立刻朝我的方向飛來。我先拔開手中的血罐，召喚出一群瑞斯，命牠們組織起來形成防護盾，渦寧的利刃從上劃過，黑影隨著嘶啞的慘叫聲裂開後闔上。

渦寧在嘗試俯衝數次後，牠開始壓低飛行高度，以振翅的方式進行攻擊。狂風捲起，碎石橫掃四周。瑞斯們緊咬彼此，盡可能不讓防禦潰散。而在抵禦的同時，我也不斷地添增瑞斯，以免防禦牆支撐不了強風勁吹。

為增強風勢力道，渦寧不斷地往我的位置靠近，牠用力振翅，欲瓦解我創造出來的瑞斯牆。我努力維持著防禦，等待渦寧逐漸靠近。直到牠快接近地面的時候，原本堅固的瑞斯牆立刻像散沙般崩解，我縱身一躍，並同時用另一批瑞斯創造出長鏈，長鏈剛好捲住了渦寧的下肢，渦寧發出喀搭喀搭的聲音，並想要趕快回返空中，我一面死命攀爬，一面持續召喚瑞斯，利用牠們的重量牽絆住渦寧，不讓牠順利飛回空中。

我繃緊全身肌肉，像是在馴服一頭狂暴

的野牛，我不是騎在牠身上，而是像吊單槓似地掛在牠的下半部，利刃把我的手割傷，血滴從掌心滲出，振翅而產生的風勢使我的臉宛如針刺。我知道此刻絕不能放開，因為只要稍微鬆手，就會被用力拋飛並重摔在地，跌成慘淡無比的肉泥。

我整個人懸空晃蕩，不斷增量的瑞斯鏈向下延展，最後觸碰到地面，底下的另一批瑞斯立刻衝上前銜住長鏈，就像腳鐐般地扣住渦寧，讓牠只能維持在固定高度，我的身體也不再懸在半空高高低低。

「就是現在！」

我的左大腿隨即迸出劇烈疼痛，並同時嗅到鮮血與火藥交雜的氣味。

傷口令我的腿部的肌肉不自主地抽搐，身體不斷發出哀號，**很好，真的很好。**我滿意地舔舔嘴唇、咧嘴而笑。虹影的槍法夠準，足以讓人能跟痛苦好好來場探戈。

投影使一生能與無數種投影獸締結契約，其數量與強度能力，都端看投影使本身的人生際遇。不過整體來說，歷經越多生死交關的投影使，其投影獸的種類與強度會越多，就像刀刃般，越磨越鋒利。每種投影獸跟召喚者的關係都是獨一無二的，有時候不僅只需要血液，還必須附帶其他條件才行，像是召喚者必須處於某些情緒或身體狀態。我甚至聽說過，有的投影獸得在召喚者發高燒時，才能將其召喚出來。

「瑞斯」在最初始狀態時並不強大，且數量也有其限制。假使召喚者感受到疼痛，瑞斯原本的型態會產生劇烈變化，例如體型會開始膨脹，產生更多尖刺，性格變得更兇殘嗜血，而隨著痛楚增加，瑞斯的數量可以無限增長，最後像黑浪般淹沒所有一切。

就在虹影用燧發槍射穿我大腿的瞬間，競技場周圍的空氣扭曲，四周的瑪那燈開始逐一熄滅，天空上方出現黑色空洞，身處異界的瑞斯們透過我所開啟的甬道，以螺旋的方式朝地面奔馳而下。與此同時，原本已在現世的瑞斯則開始膨脹變形。

我緊抓著渦寧，讓從天降的瑞斯爬到牠身上，以殘虐支解班諾的飛行投影獸。牠們口腔內佈滿細小的利刺，尾巴則長出一顆像花苞似的圓球，可如花瓣張開，再從中伸出佈滿刺針的觸鬚。這些變形過後的瑞斯將渦寧包覆起來，並像鋼刷般，不斷地剝除表皮，然後再刨除其內部的結構。

我鬆手，從半空直直墜落，有群尚未完全變形的瑞斯，立刻集結出一個凹陷處，將我整個人溫柔捧起，我朝天空比了一個猥瑣的手勢，期待法鐸能夠看見。

我相信班諾不會再召喚新的投影獸，變形後的瑞斯可以媲美一整個軍隊，牠們會以近乎自毀的方式，不斷地朝目標攻擊，只要甬道還存在，其數量就不會減少，牠們是我得意的投影獸、最喪心病狂的攻擊武器。我相信，就算是技高膽大的鋼蛇法鐸，也會知道是該撤退的時候了。

直到整座競技場充滿瑞斯時，我解除了投影魔法。慢慢地，天空那道恐怖的深淵甬道消失，而我背部的觸感不再是扎人的針刺，而是粗糙的砂礫。

半响後，虹影靈巧地越過所有斷垣殘壁，往我倒臥的方向走來。

「你是我天殺看過最瘋狂的傢伙了。」

她傾身，酒紅色的眼睛正對著我，細柔髮絲夾著刺鼻煙硝氣味。

「對喔，苜蓿要我跟妳說……」我模糊低語，流血令身體感到疲憊，痛楚已轉為麻木。我用力呼吸，讓自己能夠順暢說話。

「生日快樂……」

虹影整個人僵直，表情滑稽地望著我。

「喔，睿棍提・奈爾，你到底是誰？到底想幹嘛？」她頰上的雀斑泛起尷尬的紅暈。

「我其實也不知道，」我吃力地回答：「只是我剛剛忽然想起，苜蓿要妳回去的理由，是想幫妳辦生日派對……」

「謝謝你，睿棍提。」虹影對我露出十六歲少女專屬的笑容，接著掄起燧發手槍，將槍口抵至我胸前。

「替我跟苜蓿說，我愛他。」

火光從槍口噴發，我聽見金屬摩擦燧石的聲響，胸口隨即感到劇烈衝擊，強大的衝擊力道使人不自覺渾身一震，某股暈眩感從腦中湧現，肺部開始用力抽氣，眼前白光恣肆擴散，就像黑暗中忽然打亮瑪那燈般，我不得不闔眼，以免被飛濺出來的火光給螫傷。

□

星辰墜落，天空漸泛白肚，我獨自倒在競技場舞台中央，沮喪地仰望著天空。

雖然，虹影在離去時替我腿上的槍傷做了簡單的止血包紮，然而我現在卻依然只能癱在地面，仰天朝上。虹影對著我的胸口打了一發空包彈，縱使不會致人於死，但也夠令人難受了。

此時，碎石的摩擦聲不斷在我耳邊迴響，聽起來像某種生物在輾壓與攪起東西時所發出的聲音。我直瞪天，腦中則一片空白，決定將自己的生死交給命運。

「……你還好嗎？睿。」佛克醜陋的五官與凸眼遮住天空，印入眼簾。

「好不容易見到面，卻讓你看到我這副模樣。」我咕噥道：「真糗……」

「我又不是沒看過你出糗的模樣。」佛克將我扶起來，在他旁邊的科咯達發出陣陣低鳴，科咯達將光滑的面孔靠近我，眼睛及嘴巴發出陣陣藍光，那是牠們非戰鬥時的色彩。

佛克將我攙扶起來，科咯達前肢蹲低並躬起背，好讓我可以順利趴在牠身上。我把頭靠在科咯達背部隆起處，臉頰倚著斜下的曲線，牠後背下凹，像是吊床般，使我的身體能呈現舒適的姿勢。牠的體溫比一般生物高，且帶著股淡淡甜香，我輕輕嘆氣並磨蹭著牠，之後把臉埋得更深，想試圖多吸取一點我無法形容的氣味。

看見我的反應，佛克似乎安心不少，他講話時力道放鬆，蘊含著笑意。「不要趁機玩我的投影獸好嗎？」

「是法鐸叫你來的嗎？」

「我是自己私下過來的。」他回答我說：「法鐸的計畫是要把你留給早上的清潔大隊。不過這樣看來，清潔大隊應該不會帶走你。」

「真抱歉，讓你特地過來替我收屍。」

科咯達安穩地在礫石上行走，我感覺自己好像在搭一艘於湖面滑行的小舟，輕微的搖晃讓人感覺身體放鬆。而佛克低沉的嗓音也令我的情緒變得十分安穩，就算他現在要把我帶入死亡之境，我也不會感到抗拒。

「帝國是什麼時候注意到我的？」

「吉古拉在執行某項襲擊任務後就開始不太吃東西，心情看來很差，之後又有情報顯示，有投影使在凱塔格蘭加活動。法鐸要班諾負責調查。結果拉米雷那個大嘴巴，在班諾集結我們發派調查任務時，他就跟班諾說那個投影使就是你，要班諾不用再調查了。之後，班諾就把這消息告訴法鐸。」

「班諾恨我嗎？」我問：「他父親的死，是我造成的。」

「不，我認為班諾很清楚，他父親註定會死在國家手裡。」他說：「你當時已經做出你所能做的最好決定。」

我發出苦笑，說道：「我最好的決定就是摧毀一切，例如殺人。」

「這就是帝國投影使的命運。」

「所以，班諾遵從法鐸的命令，殺死我這個叛徒。」我認為，這名少年有理由對我懷著最深沉的恨意，但佛特立刻發出嘖嘖聲響，否定了我的想法。

「再怎麼樣，班諾跟我這種無牽無掛的人不同，在他父親死後，這孩子依然得努力證明自己對帝國的忠誠，否則他的家人會有危險。現在他必須扮演好小隊隊長這個角色，他遵照法鐸的要求下令，而我們則聽從他的指示。」

「你們來這裡協助法鐸搶奪煉金術士的東西，把那些東西運回帝國。」

「煉金術士公會跟聯合商會已經控制住所有港口，空港部分的檢查也變得非常嚴格。

就算法鐸把那些貨物藏得很好，仍無法在完全不驚擾到煉金術士的狀況下，把東西順利運出去。」佛克的聲音變得更加低沉，我嘗到了箇中複雜的情緒波動。「也因此，法鐸認為必須反其道而行，把事情鬧大，給所有人來個措手不及。」

「所以，你們才在城裡四處破壞，對吧？」

「是的，這是任務的一部份。」

就在佛克坦率承認的那刻，我想起了法鐸那對深藍眼瞳，他帶走虹影，指使吉古拉攻擊她所在乎的人與物，還要拉米雷暗殺帝國大使與士兵，加上一堆無辜橫死的倒楣傢伙。

「還活著嗎？」

「還沒死。」

「我很想你。」

「我也是。」我說：「我很想念你們。」

經半晌後，我又開口表示：「要是法鐸要滅我口，你可以趁現在趕快做一做。老實說，我希望有人在我墳上種花，最好是能吸引蜜蜂和蝴蝶。」

「不要。」佛克哼一聲，毫不猶豫地拒絕我。「你不要搶走我的願望。」

「那麼你喜歡什麼花？」

「玫瑰，尤其是粉紅色的。」

「真浪漫。」

「又不是只有你可以耍浪漫而已，大情聖。我很清楚你把男爵殺死的原因，除了班諾外，還有一部份是為了玫黎莎，不是嗎？」

一聽見這個名字，我的眼眶頓時濕潤，心臟的節奏如鼓擊般增強，舊日回憶宛如刺在胸口上的針，要是試圖剔除，針刺的地方就會不斷地湧出鮮血。我試圖壓下這份苦澀，只留著那股飄散在記憶裡的蜜香。

「這樣她就能自由了，想做什麼就做什麼，不再是她父親政治上的工具。」我說：「這是我唯一能為她做的事情了。」

「你知道她再婚了嗎？並且在帝國郊區經營酒莊。」

我嗯了一聲，佛克繼續說下去：「她家的蜂蜜酒品牌名稱叫『睿』。老實講，用前夫的名字來命名，實在令人羨慕，不知道現任的那位會不會吃醋。」

腿上的傷口抽痛一下，大概是因為肌肉瞬間緊繃的關係，但我仍試圖讓自己的聲音聽起來無所謂的樣子。「可是我比較喜歡威士忌……」

「別要求太多了，你能活到現在就已經算很不錯了。」

「那麼，你現在要帶我去哪呢？」

「清潔大隊容易看到的地方。」科咯達停下腳步，我鬆垮垮地趴著，四肢癱軟無力，牠身上的香氣讓人昏沉，躺在上面很舒服，我很羨慕佛克能跟如此誘人的投影獸締結契約。

佛克把我從科咯達的身上拉下來，讓我斜靠在某處小巷口旁的牆壁，我瞥見警備隊就在不遠處。

「我就送你到這裡。」他輕拍我的肩膀。「之後，盡可能離我們遠一點，好嗎？」

我抬頭，看見他對著我微笑，忽然想起一件非常重要的事。

「一個問題。」我認真地問：「睿楒提．

奈爾這個名字是誰決定的？」

聽到問題，佛克無法對焦的雙眼抽動幾下，他猶豫了一會兒，然後說：「我跟拉米雷擲骰決定由誰負責取你的假名，最後是拉米雷贏了。」

「替我轉告他一聲，這名字害我被城裡的哥布林嘲笑個半天。」

「我會轉告他的。」佛克似乎在憋笑。

「他應該會感到十分驕傲。」

「驕傲地吃屎吧！」

「別要求太多了，要是是我贏，絕對不會把你叫得那麼好聽。跟你說，我這邊的版本是叫『史拉德．特塊』。」

「你跟拉米雷都給我去吃屎吧！願你們倆混帳下輩子當敦德牧師。」

佛克離去後，街上依然冷冷清清的，有幾名推著回收車的哥布林經過我身邊，他們將我當作醉倒在路邊的尋常酒鬼，完全忽視我的存在，連個正眼都沒瞧。我用僅剩的力氣稍微觀察四周，推測此處應是某個住宅區域。此時，日頭逐漸爬升，涼意散去，我感覺體溫開始上升，整個人昏沉沉的，好似在幾經奔波後泡入溫水中，痛苦減輕、倦意襲來。

□

為了讓玫黎莎的花園能夠充滿植物馨香，在我回宅邸的路上，會特別繞路到一間園藝店挑選植物盆栽。當時佛克經常陪著我走這段路，他表示，自己是因為我的關係才能暫時離營，因此他想趁機多逛些地方，我也很高興有人能夠在我進到花店，被一堆完全叫不出名字的植物圍繞時，替我拿些主意。

這間園藝店是由一個瞎眼婆與她女兒共同經營，我們會選擇來這裡的原因，除了此地位置偏僻，附近較無閒雜人等經過外，更重要的是，瞎眼婆與她女兒完全不在乎我們的身分。

在帝國，國家即使賦予投影使一定程度的地位，但對一般百姓來說，我們就像是怪物般的存在。他們會盡可能地遠離，彷彿是在擔心會被忽然冒出的投影獸給咬一口。

雖然說拿下投影使軍隊的臂徽，就能裝做自己是一般的軍人，但這也僅限於我這種外貌與常人無異的投影使。對於佛克來說，他的身形就像解不開的臂章，多數人會直覺地與他保持距離。在崇尚健美強壯的帝國，這些不符合「正常」外貌的人本身就會被視為下等人。佛克認為，既然都會被歧視，那麼乾脆選擇一個較讓人害怕的身分，所以他從不拿下臂章，也因此在他身邊時，我也不好意思假裝自己是個普通人。

可能是沒什麼客人吧，只要我們上門光顧，這名女孩就會把注意力都放在我們身上。她是個皮膚蒼白、頭髮雜亂，看起來十分瘦弱的年輕女性。一般這個年紀的女性都會想進城工作。但我想是因為身體不好的關係吧，她總是陪伴著瞎眼婆，待在這間破破小小的花店，幫忙澆水修枝。

每當佛克痀僂彎腰，用那對無法對焦的眼睛，欣賞著店內的美麗盆栽時，瞎眼婆的女兒就會開始跟我們講解植物的栽種方式。

她對於佛克的外表不存芥蒂，我想這是因為，佛克對於植栽很有一套，這使他們倆有著聊不完的話題，他們會聊著要如何翻土才不會傷到植物根部、要施予哪種肥料才能讓花苞數量增加，以及關於除蟲除雜草等各式各樣技巧。

在一連串的種植技巧交流後，佛克會買下店裡幾株看起來最垂頭喪氣的盆栽，他總是跟那女子說，自己在營區內擁有一座溫室，能給予這些花草最好的照料。但就我所知，他僅有的空間是塊在宿舍旁的土丘，而且他從未打理過。

「你幹嘛騙人家呀？」在我們大包小包地將盆栽搬進玫黎莎的庭院時，我望著那幾盆光禿禿的玫瑰，相信就連玫黎莎都會覺得，那幾盆大概撐不到幾天就會枯萎了。

「我想培養新興趣，不行喔！」他悶哼回應，像是個獲得新寵物的小孩，一副不許旁人批評他不會照顧的模樣。

就這樣，佛克每次到店內就會買下沒人要的植物。他會把那些盆栽帶回營區的土丘旁，像排隊般地將它們整齊擺好，一有空就會去照料。我有去看幾次，其中有幾株植物竟然存活下來了，並在乾枯的枝幹上長出鮮綠嫩芽。

直到有天，當我們抵達園藝店門口時，竟發現大門深鎖、屋內空無一物，那些美麗的花草全都消失了，就連植栽器具與肥料都不見蹤影。地板上殘留下來的乾泥巴，是唯一能證明花店存在過的痕跡。

我跟佛克四處詢問，最後在相隔好一段距離的雜貨店裡得知：瞎眼婆過世了，而她於城中工作的兒子決定把老家的東西全賣掉，將體弱多病的妹妹接到城內就近照顧。

佛克聽聞後，隨即點頭讚許道：「挺好的，中央區那邊有很多不錯的醫生，而且城內的生活環境比較好，絕對能好好休養身體。」

就此之後，佛克依然陪我散步走路，但他不再談論與栽種有關的話題，也不再靠近土丘旁的那些盆栽，原本好不容易萌起的綠葉，在強風與烈日下，因長期缺乏營養和水分，最終凋謝死去。

第七章

昨日再現

10 REDUCED INEQUALITIES

11 SUSTAINABLE CITIES AND COMMUNITIES

17 PARTNERSHIPS FOR THE GOALS

就在路人開始在我身旁聚集，並討論是否要通知警備隊時，街上忽然冒出一群奇怪的矮人。他們穿著相同制服、戴著相同帽子，就連鬍子造型都一樣，就像是不小心從某個女矮人肚裡蹦出來的多胞胎兄弟。

「讓開讓開，這個人類將由『一路好走』公司負責處理！。」這群怪矮人在彬彬有禮地請圍觀民眾讓出通道後，我即感覺身子平穩騰空，他們動作一致地將我高高舉起，平放於擔架上，節奏俐落順暢，整個過程不到幾秒，經驗十足的樣子。

唯一讓人不滿的地方，就是在我躺在擔架上時，其中一名矮人竟在我臉上蓋白布。

「你白癡喔，他還沒死啦！」我聽見另一名矮人出聲斥責，不過他沒有取下白布。我安靜地躺著，聽他們一路吵嘴。

雖然這群矮人吵吵鬧鬧的，但他們抬擔架的方式相當熟稔，步伐穩健且都維持固定高度，幾乎讓人感覺不到震動，連轉彎時都不會傾斜，比搭馬車還舒適。

儘管視線遭遮蔽，可是我仍知道自己是在城裡打轉，透過白布，我仍不時看見陰影掠過，那是穿梭在凱塔格蘭加藍天裡的空艇。

我想起佛克跟我說的話，他說，現在整個空艇進出都受到嚴格控管，法鐸雖能夠把貨物藏匿在煉金術士們找不到的地方，卻無法順利將其運送出去，代表著貨物已固定擺放在某處，不會隨便移動，而且是煉金術士們絕對不會注意到的區域。

煉金術士們不會注意到的地方是哪呢？那些貨物的數量應該不少，海港倉庫絕對不是法鐸屬意的地點，而城內各處的堆貨空間，只要有作登記的，都會受到聯合商會的監督，不可能有辦法安全藏匿貨物。

正當我思考的同時，感覺到自己被抬進了瑪那升降梯裡，矮人們繼續在密閉空間中爭執，他們抱怨市府對海港紅燈區加強管制所造成的麻煩，而後又聊到聯合商會近期的新業務。內容大致上是，掌握凱塔格蘭加情色產業的綠月幫透過了聯合商會，向煉金術士公會購買一批瑪那映畫保存器，打算製作一系列情色映畫。

「什麼人會想要看那些平面的瑪那映畫？只能對著牆壁上的大乳妹子擼管有什麼好的！」這名矮人的嗓門極大，我相信絕對能把死人從灰燼中喚醒。

「倒不如去晴空塔那邊找個能抱得暖呼呼的比較實在！」

「可是晴空塔那邊收費實在有夠高的，而且還不二價咧！」

「天殺的敦德！買春還計較價錢，是不是男人呀！」大嗓門矮人的聲音又更大了，不過我很同意他的說法。

「而且晴空塔是綠月幫的金雞母呢！為了能好好賺錢，他們可是從上到下把城裡的斑鳩隊打點得服服貼貼的，不會讓你爽在半途時被叫出去簽名蓋章呢！」

「啊不就是在那群斑鳩靠近時，把空艇開出去繞個圈，哪有什麼難的……」

「說到綠月幫啊……」又有另一個矮人開口說話：「他們最近可說是越來越囂張了，明明就只是管小姐的黑幫，竟然聲稱要打造公關形象，打算舉辦什麼遊街活動的，說什麼要顯示城市進步開放……」

「綠月幫不只有管小姐好嗎？」又一個矮人插話：「也有男的……」

「呸呸呸，不要把你的嗜好加諸在別人身上好嗎？俺可沒那麼好胃口。」

「你這樣是在歧視其他人。」

「你歧視！你歧視！你天殺全家矮人才歧視！」

擔架開始移動，不過我發現在離開升降梯後，這群矮人立刻鴉雀無聲。在經過短暫靜謐後，我被放在一張柔軟的床上，面上的白布隨即被掀開。隸屬朗恩情婦之一的紅髮女矮人與我正對眼，我嗅到她身上有煙燻桃木的味道，那是昂貴煙草特有的氣味，這氣味讓我很想抽菸，只可惜現在這副半死不活的模樣，如果再開口跟人要菸抽，實在是很丟臉。因此我深呼吸，努力將癮頭壓制下來。

女矮人先是撇了撇薄寬的唇，拄了幾下蒜頭般的圓鼻，一臉又氣又好笑地對我說道：「瞧你這副模樣，我還以為得來準備找個箱子裝。」

「大姊！是他給那人類蓋布的！」我聽見有矮人大聲發難，看來替我蓋布的兇手很快就被供出來了。剛才在升降梯內大開葷段的矮人們，現在在這名紅髮女矮人面前，如同一群害怕挨罵的乖孩子。

「隨便啦，反正只要咱們朱鸝葉妹妹在，腐偶都能醫成活人。」矮人整齊劃一朝紅髮女矮人鞠躬，然後用詭異的踢正步方式離去。

我意識到自己又回到朗恩俱樂部裡面，心底油然生出不祥的預感，而下一秒，猜測隨之應驗。

「過獎了，珀妮姊。」穿著薄紗迷你裙

的朱鸝葉靠近我，她上身套著一件深領蕾絲背心，胸前掛著一條項鍊，墜子是一塊形狀特殊的橡木碎片，她故意靠近我，這次她身上的香氣是香葵味，還夾雜一些白芷的芬芳，氣味讓人頓時放鬆下來。

朱鸝葉眼睛瞇成一條，笑得開懷。「珀妮姊，我發現他剛剛對著妳吞口水耶，超可愛的，我猜是被妳煞到了。」

珀妮用極度鄙視的眼神瞪著我。「男人就是這副模樣，身體還沒好就想找死。」

「我菸癮犯了！我聞到妳身上有菸草味。」

聽到我這麼說，朱鸝葉似乎感到非常雀躍，她用細長的手指捻一束自己的秀髮，故意搔撓我鼻孔。「哎呀，這男的鼻子真靈敏，跟小狗一樣。」

「我幹嘛分給你？」珀妮不屑地回絕我。朱鸝葉則邊搔我鼻孔邊用一種甜滋滋的聲調說：「我這邊也有來自美麗蠻荒的高級菸草喔，想要的話，跟我可以陪你一起抽……」

謝天謝地，在我覺得神志即將崩潰的時候，阿律耶德急急忙忙地衝過來，她朝我左看右看，像是確認我是否還活著，然後她瞥見我大腿上的傷勢，隨即用同剛才男矮人們一樣惱人的聲量吼道：「你居然又給我溜走！」

「反正那個煉金術士隨時都在監視我。」

阿律耶德聽聞，立刻面露尷尬。

「以一個傷患來說，還挺有活力的。」珀妮雙手交疊在胸前，不以為然地評論道。

「就像某人一樣，就算只剩半條命，還是堅持做任性事。」我聽見華莉絲的聲音，

接著宛如瓷娃般細緻黝黑的面容也進到我的視野中，而那對紫羅蘭色的眼瞳彷彿穿透我的身體，看見昨晚所發生的衝突

「好啦，我們來好好地『拆禮物』吧……」朱鸝葉舔舔豔紅的嘴唇，我無奈地望著天花板，任由她解開我的衣服和褲子，好確認傷勢。

老實說，被一群女性圍著看實在是件恐怖的事情，我比較希望能與那群男矮人共處一室，最起碼全身光溜溜的時候，不用像貨品般被盯著瞧。

「害羞什麼勁，我們又不是沒看過。」珀妮應該是發現我的反應，她口氣凶巴巴的，彷彿我才是盯著她們裸體的混蛋。然就在她注意到我身上滿是舊傷時，仍倒抽一口涼氣，她的目光最後停在我的手臂上。「天殺的敦德，你手臂上的痕跡是地圖嗎？」

「我以前是名投影使，帝國的。」我已經累到不想再撒謊了。「而我得透過疼痛來增強投影魔法能力。」

珀妮搖頭，語帶同情地說：「還好我沒住在帝國，更不是投影使。」

一見到我身上的傷，朱鸝葉迅速斂起輕浮調笑，用非常專業的態度評估我的新傷勢。

「腹部跟胸口有重擊造成的瘀青、四肢有割傷，但程度都還好。最嚴重的是左大腿槍傷，應該是遠距射擊造成的。子彈從大腿貫穿過去，沒有傷及鼠蹊部，且受傷的地方已做簡單加壓止血了……」

她轉身，我聽見翻攪金屬器具的聲音，當她回身時，雙手已戴上乳膠手套，並拿著縫針與細線。「會很痛，但我更擔心你會對

我調製的麻藥過敏。」

「我習慣了，直接處理沒關係。」

「我最喜歡不怕痛的男人了。」朱鸝葉說完，在旁的珀妮隨即用一塊沾滿食鹽水的紗布清潔我的傷口，在消毒完畢後，朱鸝葉開始進行傷口縫合，技術精準且迅速。縫合後，朱鸝葉就繼續治療那些較無礙的傷勢，她勾起我的手，仔細地包紮，直到所有傷口處理完，她立刻接過珀妮遞過來的冰袋，在瘀青處冰敷。

「你看起來比我還慘。」阿律耶德心滿意足地盯著我，彷彿是她打贏我似的。

「苜蓿呢？」

「溫羅埃正帶著那小鬼到處玩呢！」阿律耶德說這句話時似乎在憋笑。華莉絲也跟著笑了幾聲，接著她望向我，語氣嚴肅地問：

「所以，法鐸跟你說了些什麼？」

「他問我要不要跟他一起共事。」我凝視著天花板上的精緻浮雕，忽略歌瓦正發出令人討厭的咋舌聲。「答案就是妳現在所看到的這樣。」

「這傢伙一定是想凹免費的。」阿律耶德出言調侃。

「他不打算放虹影走。」

「他看起來也不打算放你走，原來他不只瘋子，還是個奧客。」歌瓦指著我腿部的槍傷說：「要是再多開幾槍，你現在躺的地方就不會是這裡了。」

「這是我請虹影開的槍。」我解釋道：「因為法鐸要班諾殺我，我必須打倒他召喚出來的投影獸。」

「班諾？」

「他是帝國投影使，我們認識彼此。」

「所以這樣聽起來，法鐸是要你的朋友殺你。」珀妮聽聞忍不住哼了一聲。「這樣看來，你那朋友挺聽話的。」

「殺死逃兵是帝國軍人的本分。」

「然後你就把自己傷成半死不活。」阿律耶德以玩笑的語氣接話道：「你昨晚應該找我或溫羅埃一起去的，最起碼還有人可以揹你回來，不會讓你在大街上曬一個上午的太陽。」

「要是你們出現的話，事情會更複雜。」

「多複雜？大腿上再多一槍嗎？」

「也許那一槍就會在妳的腿上，臭蜥蜴！」

「哎呀，你這人真不知好歹。要不是溫羅埃一再告誡我別跟過去，我早就偷偷溜在你後頭了。不過老實說，你居然說服得了他，簡直是敦德牧師長出頭髮來。」

「那麼，現在妳們打算怎麼處置我？」

「我們現在就是在『處置』你啊，睿槵提先生。」華莉絲這時笑了幾聲。

也許是身體降溫的關係，我打了個寒顫。朱鸍葉馬上替我的下身蓋上毯子，不過冰袋依然壓在我受傷的位置。華莉絲繼續說下去：「看來這場搶案是帝國那邊安排的。」

「所以，『浮石』到底是什麼東西？」

我問道：「一般而言，帝國投影使是負責執行那些軍人不想承擔的髒事。帝國這次竟願意派出投影使協助法鐸，這代表著他們非要拿到浮石不可，到底是什麼樣東西，會讓帝國高層做出如此駭人的決定。」

阿律耶德發出惱人的咋舌聲。「要是你

知道浮石是什麼玩意兒的話，就沒辦法裝作什麼事都不知道地離開這裡了。」

「所以妳覺得，我現在就能下床離開嗎？」我不禁抱怨道：「我的房東死了、我的老闆也死了，我身無分文流落街頭，還平白無故慘遭拷問，最後受傷躺在這裡，全都是因為某個被妳們稱作為『浮石』東西的緣故，總該讓我知道，是什麼東西把我害成這樣子吧？」

華莉絲隨即露出悲傷的笑容，我認得那種表情，那是玫黎莎凝視我時所出現的神情。她像個小女孩般雙手交錯、低頭玩指甲，經過短暫沉默後，便開口說：「就某方面來說，凱塔艾蘭不是個正常的國家，而凱塔格蘭加也不算是個正常的城市。這個國家的軍力能如此強大、威壓他國，都不是正常的狀況。」

我沉默傾聽，華莉絲則繼續說下去。

「就像瑪那魔法並不屬自然產物，而是人為製造出來的魔法。」她思索一會兒，然後說道：「煉金術士在凱塔艾蘭深處的遺跡裡，發現了能量強大的遠古雕像。那些雕像身上所蘊含的技術層面相當複雜，且運用範圍非常廣泛，其中一項即是瑪那魔法的原理，另一個則是……」接著她伸手往窗外一指，從俱樂部內部往外看去，翱翔於藍天的空艇看起來完美無瑕，就像悠遊於汪洋般的船隻，在陽光下潔淨閃耀。

「空艇之所以能誕生於世，也是來自於那些遠古的力量。」華莉絲低頭垂眸說：「煉金術士之所以能讓這些龐然大物順利在天上飛，主要是因為他們發現浮石在灌入了瑪那能量後，就可以產生出驚人的浮力。然而，浮石的數量相當有限，因此煉金術士們在世界各地尋找遠古遺跡，希望能挖掘到更多浮石。」

「可是現在世界上到處都是空艇呀？而且數量還不少呢！」

「那些都只是劣等仿製品。」華莉絲說道：「那些空艇的飛行度，大概只有使用原始浮石空艇的一半不到，且耗損度還是原本的好幾倍。用來載客運貨勉強還過得去，但要是得做更實際運用的話……」

華莉絲語帶保留，我明白她的意思。

我可以想像，與其靠能力與性格都不穩定的投影使，倒不如開發新技術增強軍力。

「反過來說，那些煉金術士們也是在想一樣的事情。」華莉絲把頭偏向一側，語帶苦悶地講：「表面看似強大，不過卻是有限的力量，要是恣意濫用，很快就會將其消耗殆盡。所以，煉金術士公會也在努力累積資源，直到哪天時機成熟，也許他們就會一舉進攻所有勢力，不單是針對國家裡面的商會、黑幫與市府，還有可能是其他國家。」

這時，阿律耶德插嘴道：「但是呀，知道跟有辦法實行是兩回事。那些煉金術士光連個瑪那都快搞不定了，我還比較擔心公會內部先出事。要是他們鬧個分裂什麼的，其他人也都不會好過到哪。在這點上，我倒是跟妳不同調。」

「這還真是兩難不是嗎？」華莉絲苦笑。

阿律耶德輕快地回答：「沒啥兩難，選錢多那邊。」

「妳還真是心口不一呀，歌瓦商人。」

「妳這邊有好酒，先贏一半！」

現在我知道法鐸為什麼要費盡心思，甚至不惜調度投影使們來搶浮石了。因為只要他能將這批稀世珍寶運送回帝國，絕對會成為帝國高層的紅人，返回帝國的政治核心，而且他擁有皇室血統呢！要是之後有機會，他還能跟其他嫡子爭奪王座。

就在這時，朱鸝葉拍拍手，用半哄半命令的方式跟大家說道：「該讓傷患休息了各位，再問下去他可能真的就會沒命囉……」

歌瓦聳肩，敷衍地做出結論：「好吧，既然我的搭檔暫時不能動了，那我就只好獨自調查了。」

「誰是妳搭檔?臭蜥蜴。」我揚起眉毛，不以為然地表示。

在華莉絲與阿律耶德決定到房外繼續商討調查計畫後，其他人也都陸續離開，但朱鸝葉似乎沒打算走。這名嫵媚的女獸人跟我獨留房內，她笑瞇瞇地盯著我，看得我渾身不自在。

「睿槵提先生，你需要按摩嗎？」她嬌滴滴地問我：「這樣會比較好睡，傷也比較快好。」

「不了。」我馬上回絕，然而朱鸝葉根本無視於我的回應，她靠近我，並逕自將手放在我身上，開始替我按摩。

她那雙纖長手指先是輕柔按壓我僵硬的肌肉，撫過我的額頭確認體溫，這一連串的動作都非常細膩溫柔，讓人覺得簡直像塊奶油，在溫火中化成液。

我憂心地看往別處，祈求她別再戲弄我，就算沒有刻意釋放費洛蒙，這名調律獸人依然美艷得令人無法忽視，她的體態只有誘人二字能形容，而且她的衣著使那完美線條若隱若現，我瞄見她胸前深領暴露出大半肌膚，那比沒穿還要撩人心扉，只要稍微一瞥就能使人意志潰散。

「幹嘛一副沒看過女人的模樣。」朱鸝葉發覺到我的反應，發出咯咯笑聲。「別告訴我你是處男，我可是會嚇到的喔！」

「我結過婚啦！」這回應根本蠢到不行，我很慶幸朱鸝葉沒有對此提出質疑，她反而露出寬慰的笑容，跟我說道：「可真是個幸運的女人。」

「那是她最不幸的日子。玫黎莎的父親是名男爵，專門管理國家和平民之間的安全事務。她會嫁給我的原因，是因為男爵需要一個可以隨時使喚的投影使，他利用他女兒來傳遞訊息給我，讓我替他做一些上不了檯面的事情。直到我死了，她才獲得自由。」

「就算你死了，她仍不會擁有自由。」朱鸝葉聽聞後不以為然地回答。「根據我對這類事情的理解，她的父親會把她再嫁給另一個投影使。」

「我殺了玫黎莎的父親，這也是我會在這裡的原因。」

情感似乎麻木了，說出這個故事的時候，我已不再感到痛苦萬分。

「在任何一個國家，殺死貴族應該都是非常嚴重的事情。」

「所以，我最後依照上層指示服毒自盡。」我好累，但不知怎麼地，我開始滔滔不絕地講述，彷彿想要把最後一絲力氣從體內掏出。「其實那時候的我就該死掉了，但有位投影使給我某種特殊的投影獸，它就像是一個蟲繭，能夠吸掉宿主胃裡所有的營養並引發疾病。可能自己還是有點怕死吧，在最後一刻，我把它給跟著毒藥一起吞下去，也因此活了下來。」

「聽起來是一個驚心動魄的故事，不是嗎？」朱鸝葉聽聞後靜靜地評論道，我則發出苦笑聲說：「現在的我只想待在凱塔格蘭加，安安靜靜地過日子。」

「但他們還是找到你了，還讓你變成這副德行。」

「不，是我自己找上他們的。」

「那你為什麼會回去找他們呢？」

「我已經答應苜蓿，要把虹影給帶回來。」

「是呀，華莉絲有跟我說道，你這偵探先生要替小弟弟找姊姊。」

「虹影想成為帝國投影使。她相信，只要能幫法鐸把浮石運回帝國，就可以接受投影使相關訓練。必須承認，那名鋼蛇是個很有魅力的領袖，他是帝國皇室子，想要進入中央。只是我認為，虹影對他來說，僅是讓他回到中央與其他嫡子爭位的工具罷了。」我閉眼，努力擺脫之前說服失敗時所產生的挫折感。「我希望能拯救虹影，不讓她捲入法鐸的狂熱理想中。」

「虹影的確有點不切實際，但我不覺得，這名女孩會需要被你拯救。我反而認為，她很實際地追逐想要的目標，假使之後發覺理想跟她的想像不符，她只要換個目標就行了。」

「她根本什麼就都不知道，要成為帝國投影使的話，得拋棄些什麼，要成為什麼樣的工具。」

「不，我相信我們都很明白，睿槵提先生。」

我睜眼，瞥見陰影從她嫵媚的臉龐掠過，僅短短數秒，但她隨即露出狡詐的微笑，也許是我這席話激怒了該名朗恩情婦，眼前的朱鸝葉變得有些冰冷，彷若一個不認識的陌生人。接著她低下頭，把臉貼近我的臉，在我耳邊輕聲細語道：。「我們這些女孩都很明白，自己在別人眼中只是工具，但我們依然會傾盡所有力氣，將自身優勢發揮到淋漓盡致，來完成想追求的目標。」

我坦然面對朱鸝葉潛藏的怒火，並用其燃燒出自己不願回想的記憶。我看向她，在彼此凝望半晌後，我開口說道：「你知道帝國是怎麼挑選投影使的嗎？」

在朱鸝葉尚未開口之際，我就將這個祕密給說出來。

「帝國男性人類在十五歲時會接受國家徵召，在軍中的訓練營待上一年。在這一年內，這些男孩會接受各種不人道的訓練。在訓練結束後，他們就會獲得帝國的男性公民權，也就是帝國認可的成年男性。當然，於這過程中不免有死傷，但依照帝國的觀念，唯有經得起折磨的才有資格成為男人。當然，大多數都能活下來，不過仍有少部分……」

「他們會在遭受折磨的過程中『綻放』出投影天賦，那些人不是男孩也不是男人，他們被挑選出來成為帝國的武器，替國家執行一些比較隱匿的任務，有點像是間諜，但又不完全是……」

「那種『綻放』是很突然的，而且往往

都以很糟糕的方式收場，通常是會死掉幾個無辜的男孩。也因此，這些投影使大多背負著殺人犯的罪名，他們會在毫無準備的情況下，交出他們往後的人生，終生為國服務。」

「這是每個帝國男性最恐懼的事情之一，被殺——或是殺人，一輩子就只能殺人，永遠……」我大口喘氣，身體緊繃的繩弦斷裂、發出嘎啞的喊叫，而腿部的縫線相互牽，感覺像是被火燒一樣。我已經搞不清楚是因為受傷導致身體疲憊的關係，還是她有偷偷地在施放費洛蒙。

我閉上眼，向她及自己的情緒扶首稱臣。

體內的痛苦不斷滋長，壓過了身體的疼痛，我竭盡所能地將心底最深層的恐懼幻化成語言，用力把它從體內壓出來，變成歇斯底里的狂笑。我聽見自己的笑聲，那聲音真可怕。

我很明白，在那一晚之後，我的人生就再也無法擁有任何選擇。我為了活下去，把自己變成了怪物，也將人生交給了怪物。

暢飲自己體內的血液、啃食他人身上的肉。腦中的聲音這麼說道。**笑吧，你這個怪物。**

我笑完後，看見朱鸝葉臉上的表情既是鄙視也是同情，接著我忽然覺得好睏、好想睡，所有的情緒都抵不過渴望睡眠的慾望。

「是的，我正在使用自己的能力。因為我覺得再這樣下去，會妨礙到你的恢復狀況。」朱鸝葉坦承正在散發出費洛蒙。「根據我的經驗，情緒跟身體是有相關的，心情太差的話，傷就會好得慢。」

她傾身，輕輕在我臉頰上啄一下。

「先好好睡個覺吧，睿槵提。」她輕柔說道：「你是我的第一個傷患，可別讓我出糗。」

「妳縫傷口的技術比那些帝國軍醫厲害很多。」雖然身體力氣感覺被抽乾，不過我仍有餘力感謝朱鸝葉替我療傷。「妳是個非常專業的醫生。」

「謝謝你，這是我這輩子聽過最棒的讚美。」朱鸝葉朝我展露燦爛無比的笑靨，就像朵豔陽下的玫瑰，我不摘取或聞嗅，用最崇敬的心遠遠欣賞著，感激此生能被賜予如此美麗的風景。

□

歸功於朱鸝葉專業的醫療技術，我的傷勢恢復得很快，不出幾天就能下床走動了，而在此之後，我總是一跛跛地在俱樂部裡四處閒晃。御伽拒絕提供給我任何菸酒，她表示朱鸝葉有鄭重交代，不能讓我接觸任何成癮物質。

「她說這樣傷口好得比較快。」

雖無菸酒慰藉，但我每天都能享用美食。御伽的廚藝非常好，總是弄一些我沒看過的異國料理，像是她會將豬骨、牛骨跟蔬菜放入鍋中，用大火熬煮成濃稠湯液，把麵團切成條狀後另外燙熟，然後將燙好的麵條加進濃湯中，擺上燒烤好的豬肉跟蔥花，要是她心血來潮，還會添加其他的佐料。她說，這是曦月國的傳統料理。「這道菜要用兩根木枝捲起來吃。」她遞給我叉子，說：「但這邊沒有木枝，你就用這個吧。」

還有一道料理是醋米飯上放生海鮮，但

老實說我吃不慣，覺得很像食物放到餿掉的味道，因此御伽會貼心地將生海鮮稍微烤熟，讓我比較好下嚥。

「有人負責吃東西還挺不錯的。」御伽對料理的熱衷程度令我大開眼界，而她也很喜歡有人把她做的食物都吃光。「朗恩主人跟他那群朋友就只喜歡喝酒說話，」她邊燙麵時邊跟我說：「或是一直盯著我瞧。」

我忽然想起，根據《林投果日報》的報導，聯合商會會長史特雷・朗恩是被百蛇幫給殺死的。報導內容是說，史特雷・朗恩是於深夜時被拖到廣場上，在眾目睽睽下頭部中彈身亡，這起凶殺案還登上報紙頭版。而警備隊還為此開了場記者會，誓言要肅清城裡的黑幫勢力，當然最後就是不了了之。

「我記得，朗恩是被百蛇底下的黑蛇給殺害的，不知道跟法鐸是否有關……」

「喔，朗恩主人生前的仇人可多著呢！」御伽目光朝下，我看著那對金黃色睫毛輕輕垂落著，如鳥羽般濃密。「他死在誰手上都不太意外。」

「但一般來說，會長身邊都有保鑣，能如此光明正大地把他拖去宰，不是件容易的事情。」

「趁他身邊沒有保鑣的時候就好啦，例如約會的時候。」

「講得好像是妳就是兇手似的……」

「喔，睿梩提先生，朗恩主人生前的仇人可多著呢！」御伽重複著剛才的話，同時將熱騰騰的異國料理端到我面前，這次上頭多了顆半熟蛋。「他死在誰手上真的都不太意外。」

吃飽後我坐在吧檯前，這時御伽倒了一杯溫開水給我，且遞上一盤雕花柳丁，我吃著柳丁配溫開水，聆聽波麗露姊妹的鋼琴合奏。

現在我已經知道，這對精靈雙胞胎哪位是姊姊哪位是妹妹了，名字叫長笛姊姊是長髮；名字叫豎琴妹妹則是短髮，不過她們有時會故意戴上假髮，要我猜誰是姊姊誰是妹妹，就跟朱鸝葉一樣，把戲弄我當作娛樂之一。

「不好聽嗎？睿櫻提。」正當我覺得柳丁太酸、溫開水味道太淡而皺眉時，波麗露姊妹同時停下彈奏，用相同的困惑表情望向我，我搖頭回答：「沒事，就只是忽然很想喝酒而已。」

「你可以跟她們點歌，就像酒館那樣。」御伽正在把蘋果雕成兔子造型，她拿著水果刀在半空比劃。「樂音精靈在成年前必須精通數十種樂器，背誦上千首樂譜，幾乎沒有什麼可以難倒她們。」

長笛朝我報以微笑，表示歡迎我開口點歌，豎琴則俏皮地表示：「想聽什麼都可以喔！」

「我不懂音樂，所以我想，妳們覺得我適合聽什麼歌就唱什麼吧！」

我話說完後，豎琴走到沙發附近，拿起一把倚靠在旁的四弦琴，她從容地坐上沙發，打直脊椎，調整弦鈕，熟練撥弦，彈出一段優美合弦，在確認音準後，豎琴朝長笛點了點頭，對我微笑說道：「我們想到，有一首歌很適合你唷！」

「這是一首很棒的情歌。」長笛補充解

釋：「歌謠在講一名投影使，他必須承受孤單才能使用魔法，成為偉大的法師，他選擇遠離所愛之人，終生為思念所苦……」

「煩請彈奏那首歌曲吧。」我禮貌地請她們為我奏曲。

豎琴輕撥琴弦，然後開口唱起來。

樂曲開頭是一段單純的旋律，在幾個簡單的幾個小節內，豎琴訴說著投影使與少女是如何在繁花盛開的春曉中相遇，如何在熾熱的夏日裡相戀。他們的愛既純潔又堅韌、既專情又深切，宛如寶石般璀璨動人。

長笛開始彈奏，配合著豎琴的旋律，曲調變得憂傷，彷彿秋暮瑟瑟，歌詞唱到投影使發覺自己必須藉由寂寞來獲得更強大的力量，但也注定此生無法與情人重逢。

豎琴與長笛悠揚的歌聲同時傾洩而出，她們悲傷地合唱。歌曲內容唱著冬夜降臨，深愛少女的投影使成為所向披靡的法師，他殘酷無情、冷冽如冰，他把對少女的思念幻化成令人畏懼的投影獸，帶著牠們四處征戰，沒有任何軍隊能打敗他。

直到有天，當法師帶著投影獸進攻某個城鎮時，竟與他這輩子最深的思念重逢。

此時的少女已成為人婦，她向他下跪祈求，請他放過她的孩子。就在那瞬間，那群征戰無數、殺人如麻的投影獸，在晨光下消逝蹤影。

豎琴與長笛的合聲悠揚淒美，在綺麗巧妙的編曲之下，這首歌就像是在荒涼之境裡熱烈燃燒的火焰。她們繼續高唱著，這名令世人畏懼的投影使在與過往愛人相遇的那刻，即失去了所有力量。在此同時，憤怒的鎮民將草叉刺入投影使的胸膛，一舉消滅他。

然而，投影使在死前，臉上卻帶著滿足的笑容——因為他終究得以回到所愛之人身邊。

曲終闋盡，歌曲在一段寧靜旋律中逐漸降低音量，最終幽靜無聲。寒冰溶解，化成滴滴淚珠，令人心碎卻又感到淒美無比。

我靜靜地坐著，感覺此時發出任何的聲音，都是對這首歌的褻瀆。

片刻，她們兩人同時抬頭朝我微笑，齊聲詢問：「還喜歡嗎？」

它在哭泣。我感受到。那聲音正顫抖著，無法止住自己的淚水。它知道，身為投影使的它，在刻薄與嘲諷的表面底下，它渴望尋找某種寧靜，一種連它都不知為何物的寧靜。雖然就只是一首歌曲，但歌中投影使卻找到了，它為他感到喜悅，為他感到幸福。

我別過頭，輕拭眼眶泛出的液體，精靈姊妹則露出相同的笑容。我相信，就算我無法用言語表達，她們也已經從我的表情解讀出來了。

□

阿律耶德坐在吧檯前喝著啤酒，對我這個剛復原的傷患大吐苦水。

「這幾天我去調查各家倉庫，完全沒有任何收穫。現在呀，空港跟海港都實施全面性盤查，所有要出去的人跟貨都得經過嚴格審查，城市出入口也得通過警備隊的範圍。就連其他黑幫也出手了，那些偷渡商可都叫苦連天。然而，法鐸跟他身邊的投影使，全都像是隱形起來似地。老實說，那堆浮石好說歹說也有一艘中型空艇的量，不可能連點風聲都沒。」

我望向阿律耶德，發現她又買了一頂新帽子，她每次出現都戴著不同造型的帽子，我猜她的住所絕對有個空間，專門用來收藏她的帽子。

看著歌瓦悶頭暢飲酒精，而我卻依然只能喝溫水，好在我已經開始習慣了沒有菸酒的日子，且我在俱樂部裡吃飽睡好，要不是活動範圍被限制在俱樂部內，說實在話，這裡的生活沒什麼好埋怨的。

聽著歌瓦商人自顧自地抱怨追查時遇到的瓶頸，我啜飲著無味的水，覺得自己似乎快跟御伽一樣，成為這間俱樂部的裝飾背景之一。

「帝國大使館那邊呢？」在聽她抱怨了差不多時，我開口問道：「大使暴斃後，帝國沒有任何反應嗎？」

「還說呢！」阿律耶德一口乾掉啤酒，御伽則立刻替她添酒。「大使館有派一名武官回去通報，近期大概會派一名新大使過來。不過，有幾個剛從帝國回來的商人跟我透露，雄獅帝國的皇帝身體似乎出了狀況，我猜現在帝國那邊根本沒空理海外的事情。」

我頓時覺得喉嚨乾癢難耐，因此大口吞嚥掉杯中的透明液體，說：「這樣聽起來，法鐸最近應該會有所行動。」

「我希望他快點有些動作，要不然以這種嚴苛的監控方式，實在讓商人很難做事。」歌瓦舉杯說，發出無奈的笑聲：「貨出不去，人進不來！」

「有客人。」此時，御伽離開吧檯，優

雅地走向門邊，緊接著我聽見苜蓿連珠炮般的嘻笑聲。我抬頭，正好看見站在苜蓿身後的溫羅埃，這名男子披著厚重的斗篷，鼻樑以下圍著紅布。他回看我一眼，維持一派的沉默。反倒是阿律耶德臉上的表情十分開懷，她朝這名紅衣男子誇張地舉杯敬酒。而在同一時間，苜蓿正朝著我們這邊衝過來。

「睿楒提叔叔！睿楒提叔叔！你知道嗎？那個穿紅衣的哥哥帶我在城裡到處玩，還帶我去一間賣甜點的店，有各種口味的冰奶油唷，店老闆的右手是用金屬打造的，手臂上有奇特雕花，手掌部分還可以替換各種工具，他還讓我把店裡所有的口味都嚐過一遍……」

「我見到虹影了。」

聽到我這麼一說，苜蓿瞬間安靜下來，他用那對綠色眼睛凝視我，試圖解讀我臉上的表情。我不想對他撒謊，因此坦率回答：「虹影沒有打算回來。」

苜蓿抽了一下鼻子，平靜地接受這件殘酷的事情。「辛苦睿楒提叔叔了，謝謝你幫我找姊姊。」

「很抱歉，我沒有帶你姊姊回來。」

苜蓿瞇眼搖頭，語氣相當篤定：「不不，是姊姊不要回來的。」接著他輕聲細語地說：「她不想再見到我。」

「虹影在離開前跟我說，要我跟你說『她愛你』。」我趕緊補充道：「她跟我解釋，是因為不想讓你受傷，所以她才選擇離開，她希望你能好好地生活，不要再去想她。」

「姊姊大概覺得我是個拖油瓶吧……」

「我想她不是這個意思。」

「我一直都明白。沒有我，姊姊可以過得更好。」

苜蓿摸摸洋裝的口袋，拿出繡著艾司麗商標的絨布盒，裡頭即是裝著當初花光我全身家當的琥珀耳環。他將盒子遞到我面前，說：「這原本就是叔叔你花錢買的，現在你可以拿去回賣掉，我相信可以賣個好價錢。」

我揮揮手，表示不想收下。

「啊，是艾司麗姊姊設計的珠寶產品。」御伽忽然湊過來，她盯著苜蓿手中的絨布盒，顯現出興味盎然的表情。「這讓我想起，過去朗恩主人與艾司麗姊姊打得正火熱時，曾租賃一艘大型空艇，並在甲板上舉辦珠寶展。當時我負責擔任會場招待，她還特地設計了一套鑽石內衣給我穿。」接著她仰頭撥髮，金屬色的髮絲在瑪那燈的照耀下飄盪，看起來閃閃動人。「那天晚上，空艇在凱塔格蘭加的上空不斷繞行，可隨時眺望城市夜景，我在甲板上不斷來回走動，一直待到日出。」

在城市上空不斷繞行的空艇。

「阿律耶德。」我立刻將目光轉向歌瓦，認真地問她說：「妳有去檢查沒有飛出凱塔格蘭加的空艇嗎？」

「所有出境的空艇在起飛前都得經過申請，並由專人進行盤查。」溫羅埃回答：「貨艇部份由聯合商會負責，載客的空艇則由市府負責。就我所知，無論哪邊都還沒發現任何異樣。」

「那麼，沒有出境的呢？」我說：「我那天在被矮人們抬回來的路上，聽見他們說，有些空艇其實不是載貨載人，而是只在城裡兜圈子。」

「你是指那種用來租給有錢人在天上開派對，或是被買下改裝成店面的空艇嗎？」阿律耶德的語氣顯得困惑，她似乎覺得我這想法實在荒謬至極。

「為了保險起見，應該去檢查那些沒飛出去的空挺。」

溫羅埃問：「為什麼你會覺得是空艇？」

「要是要能隨時把浮石送出去的話，我會直接把它們藏放在海船或者是空艇這類交通工具上。雖然海船比較好藏東西，但海港水手人數眾多，來來去去，要是放著或一直都沒有處理，一定會起人疑竇，而且空艇機動性高，能夠避開檢查。況且……現在沒要飛出去的空艇，不代表之後不會飛出去。」

「我會跟上頭稟報的。」溫羅埃點頭回答。

我瞧了歌瓦一眼，說：「由我們來檢查。」

「啊哈。」阿律耶德瞬間將啤酒噴了滿桌。

「我想再試一次。」我又說：「我想再跟虹影談一次。」

「你哪來的自信？」歌瓦哼了幾聲。

「我也想去。」苜蓿紅著眼眶，他很努力地讓自己看起來沒有在哭的樣子。

「太危險了，不行！」

「我不會妨礙叔叔的！」苜蓿哽咽的說著，我知道這次他不是演出來的，他是真的想再次見到姊姊，就算是一眼也好。

「虹影身邊有非常多危險的人，我不知道到時候會發生什麼狀況。」我努力安撫他說：「我絕對會把虹影帶回來，你就在這裡乖乖等著我們，好嗎？」

「可是……我在這裡幫不上叔叔你任何忙……」

溫羅埃這時出言替我解危：「御伽這邊需要有人幫忙。」

御伽聽聞隨即優雅地朝苜蓿問候：「您好，苜蓿。我叫御伽，請多指教。」

就算剛哭完，苜蓿依然能夠馬上表現出驚人的討好能力。他望著御伽，用稚嫩的語氣誇讚道：「姊姊妳好漂亮喔，就像皇宮裡的金色雕像。」

要是這句話由其他人來講，絕對噁心巴拉到不行，但他是苜蓿，從他口中說的任何諂媚詞彙，都會是最真誠的讚美。

「你願意待在這裡陪我嗎，苜蓿？」御伽微笑說：「我可以教你烤餅乾，這樣你姊姊過來這裡時，你就可以親手烤一份給她吃。」

苜蓿用力點頭表示願意。

□

深夜，我站在落地窗前，俯瞰腳下的城市。

苜蓿又再度霸佔我的床，因為溫羅埃決定把他留在俱樂部裡過夜，好去處理其他事務。此時，御伽已早早就寢，而醉醺到令人忌妒的阿律耶德則倒在沙發上，還不時發出陣陣打呼聲。

原本我想趁機到吧檯偷點酒、獨自小酌，然走到吧檯前時，卻發現桌上擺著一盤點心，那是用糯米捏成的團子，裡頭包著她親手製作的堅果醬。盤子旁留有御伽寫的便條，上頭寫說，要是半夜肚子餓的話可以拿來吃。

我嘆了口氣，決定繼續喝水。

我走到窗邊，從三十三層高的樓層看下去，瑪那燈的光芒宛如星辰散落，那些大小不一的光源點綴著城市各處，讓所有的東西都顯得微不足道。

「你在擔心之後的衝突，對吧？」

我轉頭，看見歌瓦正盯著我瞧。

「我以為妳睡著了。」

「拜託，走路聲音那麼大，再怎麼會睡都被你給吵醒。」阿律耶德伸了個懶腰，然後她坐了起來，抓抓手臂，我聽見利爪在粗糙表皮上摩擦的聲音。

「既然你是帝國逃兵，我想，認識這些從帝國來搗亂的傢伙也就不太意外了。天殺的大魷魚，我那時可沒想到能在辦事處抽到大獎，我當天真應該去賭一把的。」她打了一個呵欠，說道：「第一次見識過你那不要命的個性後，我就想說你不太可能是個普通傢伙。溫羅埃也認為，緊盯你一定會發現些什麼。」

「那你們發現了什麼？」

「帝國投影使跟傳言中差有夠多的。」阿律耶德刻意清清喉嚨，把某本教課書上的文字內容背誦出來：「投影使的大腦與一般人有所差異，可以輕易感應到諸多非原本世界的物質生命。他們比常人更缺乏同理心、無法抑制衝動，行為上也極具毀滅性。」

「真是感謝妳的專業分析喔。」我悶哼一聲。

阿律耶德故意朝我吐舌做鬼臉。「帝國就利用投影使的能力與人格特質，挑選並訓練出一批投影使為國家所用。他們是一群被帝國洗腦並訓練的施法者，毫無人性可言。當然，這些都是我從書上看到的資料。」

「那妳看到我時有什麼想法嗎？」

「除了不要命的個性外，其他方面都意外普通。」

「要不然妳以為是什麼，是殺人不眨眼的瘋子嗎？」

「是呀，你害我原本的期待落空。」她朝我露出惡劣的笑容。

「很抱歉讓妳失望喔。」

「不過沒想到，你居然跟那些帝國投影使有所牽連，這點算是出乎我的意料之外。」

「那麼，妳既然都知道我的身分了，為什麼還讓我跟妳一起行動呢？不擔心我在背後捅刀嗎？」

「撒謊跟背叛可是我的專長之一呀！就我的經驗來看，你這傢伙簡直單純得可以，就我觀察，你可比溫羅埃那傢伙還老實，腦袋想什麼全都寫在臉上。啊對了，說到撒謊背叛。我想到有件事要跟你做確認，」阿律耶德朝我眨眨下眼瞼，然後問：「那天在賭場裡替我們開門的半精靈就是法鐸本人吧？」

「是的。」

「依兩隻腳的標準來說，長得挺秀氣的，很難想像他就是黑蛇的殺手。」

「妳是什麼時候推測出來的？」

「當你躺在床上動彈不得時，我收到消息是說金甲大王豪斯先生死了。他像顆炸彈似的，整個身體忽然膨脹後爆炸，還將頂樓辦公室給燒掉了。根據負責的警備隊表示，現場只有豪斯的屍體，而他的貼身男秘書則行蹤不明。」她停頓了一下，繼續說：「現在黑蛇跟虹蛇兩邊已經另外組織起來，誓言不逮到兇手絕不罷休；愛爾芭那邊也召集了她的私人部隊，準備要追捕攻擊她宅邸的傢伙；再加上煉金術士公會也在私下招募傭兵。照這個情況下去，我可以想見，情況勢必會非常慘烈。」

阿律耶德話眼神銳利地盯著我，我盡可能避開她的視線。

「法鐸打算引起混亂。」我咕噥道。

「法鐸那傢伙居然完全不怕被整個城市當成目標耶！」阿律耶德先發出一聲驚嘆，然後問我：「我是聽說，強大的投影使能夠召喚出像龍一樣強大的生物，或是整個軍團，希望那只是傳說而已。」

「那些經過特殊訓練的投影使，都有非常強大的力量。」我腦海裡浮現那些慘遭瑞斯啃食的村莊或敵方軍隊，在滿目瘡痍的世界裡，連屍體都無法存留。我、佛克、拉米雷和吉古拉總在一片荒蕪中，確認沒有任何生還者，之後還多了能召喚飛行投影獸的班諾。

那時候，帝國要是需要一口氣殲滅敵人，或是不想留下任何資訊的話，我們五人是最好的選擇。

「大到能摧毀城市嗎？」

可以。它說

我望向底下的城市風景，簡單比劃一下，說：「毀掉一塊區域應該沒什麼問題。」

聽聞我的結論，歌瓦商人只能聳肩說：

「但你可別忘了，這裡可是凱塔格蘭加呢，有煉金術士跟瑪那武器，要搞破壞還沒那麼容易！」

「但就我所知，法鐸的目的是要破壞這座城市的防護網，好讓他能夠把東西運出去。所以，只要有一小點的破口就足夠了。而且我保證，他身邊的投影使絕對能做到這點。」

聽到我這麼說，阿律耶德打了一個呵欠，她再度躺下來，把一隻腿翹在另一隻腿上，慵懶地回答我：「我也敢保證，我們這邊的投影使會想辦法阻止這件事情發生。」

是的。它又說。

我點頭，歌瓦再度朝我咧嘴一笑。

□

翌日大早，溫羅埃替我跟阿律耶德弄了一張煉金術士公會的證明。而歌瓦商人在拿到這張通行無阻的證明後，馬上對著蓋著鋼印的羊皮紙吹了口氣，用欽佩的語氣讚美他說：「真想知道，還有什麼是你做不到的。」

「喝酒。」此刻的溫羅埃面無表情，我認為那是他表達幽默的方式。

在我們倆準備離開俱樂部時，剛睡醒的苜蓿一臉靦腆地靠近我，要我把手給伸出來。我困惑地照做，他隨即將瑪那匕首遞了上來。

「姊姊說，出門在外一定得帶武器防身。」苜蓿對我展露笑靨，可愛到令人難以回絕。

「謝了。」我將瑪那匕首塞入大衣內側的暗袋。這幾天，阿律耶德終於替我弄到合身的衣物與新鞋，所有的治裝費全都由華莉絲負擔。

在給我匕首後，苜蓿繼續看著我，一副欲言又止的模樣。

「還有什麼事情要交代的嗎？」我狐疑地看著他。

苜蓿一個箭步上前，緊緊地抱住我。

「姊姊出門前都會讓我這樣抱著她。」他把頭緊挨著我，並將臉埋進大衣裡。「回家後她會再抱我一次。她說，這樣她就有力量去完成許多事情。」

我低頭，嗅到苜蓿身上帶著青草氣味，就如同他的名字一般，清新單純，在春曉晨曦中含著露水，瀅瀅透光。

離開第三空港後，我們依照溫羅埃列出的地點，逐一進行調查，但不到一個早上就證明了一件事情——我根本是個蠢蛋。

凱塔格蘭加內沒在飛的空艇，其數量就達上百艘，更何況整座城市有多個停泊處，還有多家空艇修理廠。

「我開始覺得你的計畫很蠢。」阿律耶德一口吞掉澆淋著醬汁的乾麵條，那是御伽替我們準備的午餐，我則是照她的指示搭配白麵包吃，她還特地將雞胸肉切丁油炸，並淋上讓人口水直流的酸萊姆汁，歌瓦似乎對這道雞肉料理比較感興趣，毫不客氣地將我的份也給吃光。

我們倆在芝蘭區附近的草皮席地而坐，像個蠢蛋似地討論著我那愚蠢至極的想法。再這樣查下去，可能等到法鐸把整個凱塔格蘭加都給炸了，我們都還沒辦法找出浮石的藏匿處。

「也許我們該縮小範圍。」我舔舔手指，把沾在指頭上的甜鹹醬汁都清乾淨。「而且我仔細想想，原本沒有在停泊區的空艇忽然飛起來，也立刻會引起注意。」

「你是指介於飛與不飛之間的嗎？」阿律耶德把視線投往遠方的第三空港，喃喃碎念道：「哪有那種空艇……」

「就像史特雷・朗恩舉辦珠寶展時候用的空艇。」

「那也是特殊狀況啊，又不是每天都有富豪包下空艇在天上飄來飄去，況且要是有人幹出這種暴發戶的事情，一定會全城皆知。」

我邊思索邊收拾吃完的餐盒，阿律耶德則從大衣裡袋抽出《林投果日報》。

《林投果日報》是由某群凱塔艾蘭內有錢有閒的哥布林，共同集資創辦出來的印刷刊物，內容大多是沒什麼營養的垃圾八卦，像是名人腥羶色資訊、地區奇聞軼事，或是聳動的黑幫鬥爭內幕。越是天馬行空的想像，這份花邊小報越是愛刊登，他們有時還會替某些政商名流做宣傳，我相信那是才他們報刊真正的收入來源。

我認為，閱讀這份內容程度堪比廢物的報紙，簡直是在浪費時間，但看《林投果日報》這件事似乎是阿律耶德每日的習慣。她表示，她能從報導內容觀察出凱塔格蘭加各方勢力的風吹草動。即便我認為，她其實就只是喜歡看那些垃圾文章而已。

「嘿！你看，報導說，新任的帝國駐凱塔艾蘭大使，在今天會搭乘空艇來到凱塔格蘭加呢！」阿律耶德指著報紙上某小塊區域的報導說道：「也許這傢伙跟法鐸有什麼關連性也說不定。」

「就算有關連，他也不會承認的。那些貴族的任務就是要對外做樣子，讓其他人能暗地裡把真正的事情完成。」

「唉，你這傢伙真沒幽默感。」阿律耶德嘆一口氣，決定暫時不理我，繼續埋頭閱讀那如廢紙般的小報。

當我將餐盒投入垃圾桶，打算催促歌瓦起身做事時，瞥見報紙上的某塊版面所寫的花邊報導。

根據撰寫報導的記者表示，在原本負責管理晴空塔的綠月幫首領貝爾迪過世後，凱城市府以治安隱憂為由，要求晴空塔遷離中央區。然而，接手晴空塔管理的榭德侯爵出面駁斥。他表示，晴空塔內所有營業的空艇皆有專人管理，內容絕對合法安全。他甚至主張，風俗產業應該要多元並進，如此才能讓商業更加蓬勃。

報導還提到，榭德侯爵過去曾是地下競技場令人聞風喪膽的角鬥士，在地下競技場遭凱城政府勒令停業後，他被綠月幫招募，擔任風俗店的圍事一職，榭德侯爵從原本的殺戮戰場轉向紙醉金迷的溫柔鄉，並從中找到事業第二春。

他從風俗業中展現出他的生意頭腦，榭德不斷地擴展綠月幫的事業版圖，將恩客與小姐間的交易經營成大型產業。而現在的他致力於提升凱城風俗店的品質，他甚至想結合旅遊產業，開發所謂的「極樂空艇」，打造以風俗為主題的特殊旅遊行程。

我忽然想起，拉米雷似乎跟我提及過他曾在晴空塔那邊。

「嘿，晴空塔上的空艇群是哪個團體負責管理？」

「那邊是綠月幫的管轄範圍，城內的特

色風俗區，那些空艇是營業用的……」阿律耶德停頓片刻，說道：「可是那些空艇都是企業淘汰後的舊貨，基本上都無法飛遠，別說飛出凱塔艾蘭了，可能就連飛出凱塔格蘭加都有難度，充其量就是沿塔繞圈，躲避警備隊臨檢而已。」

躲避臨檢。光這件事就足夠了。

「走吧，去晴空塔。」我說。

吃飽喝足後，行走的速度似乎加快了。

阿律耶德和我回到中央區，晴空塔就聳立於凱塔格蘭加最核心的中央區內，與第三空港僅相隔幾個街區，它就像是錦織上的汙點、煲湯內的老鼠屎，是這座城市最引以為傲的門面區底下，最不喜見人的所在。不過反過來說，晴空塔亦代表這座城市蘊含迷人的瘋狂，因為從來沒有一個黑幫敢如此明目張膽，選在城市的核心區域建造空塔，且大喇喇地經營起風俗業，更令人驚訝的是，市府竟能睜隻眼閉隻眼。

晴空塔是一座約莫十五層樓高的空塔，一條螺旋樓梯以塔為核心，不斷地環繞並攀升，高塔周圍繫著眾多大小不等的空艇，每艘空艇都是由各家散戶所經營，並讓綠月幫保護與管理。從底下看上去，無論是晴空塔本身還是停泊於此的空艇，都給人一種凌亂感。

自從抵達凱塔格蘭加後，我都從未如此靠近觀看這座詭異的高塔，除了看起來雜亂外，它還扭曲歪斜，但其中又帶些許著神秘與魅惑的氛圍。晴空塔和其它總將瑪那燈點得耀眼奪目的空塔不同，這座充滿風塵味的高塔只在埠岸處安裝瑪那燈，僅是為了確保躲避臨檢的空艇，在回程時不會撞到塔樓。

塔底的入口附近有許多巨魔，他們偽裝成一般在附近溜達的觀光客，但明眼人立刻就能知道，這些是經過特殊訓練的巨魔保鑣。

我和阿律耶德彼此對看一眼，也許我們心底所擔憂的事情是相同的。

「進得去，但出不來。」她講出了我剛才腦海閃過的念頭。

「除非我們想跟法鐸一樣，把事情鬧大。」我問：「阿律耶德，惹怒綠月幫的話會發生什麼事嗎？」

「大概就會有一堆很麻煩的傢伙照三餐跟在你屁股後面，喊著要殺死你。」

「這樣就不能好好吃飯了。」我伸手掂掂腰間的木匣，慶幸自己在休養期間仍有定期抽血的習慣，現在木匣裡裝滿健康血液，就算我不傷害自己，依然能召喚出大量且強健的投影獸。

正當我盤算到底要先召喚瑞斯還是陀伊卡時，阿律耶德朝我眨眼，然後邁步往距離樓梯站得最近的巨魔走過去。

「先生您好，請問榭德侯爵在嗎？」阿律耶德立刻換上奸商面孔，背部微低、嘴角誇張地上揚、語氣諂媚黏膩，就只差沒有在原地搓手而已。

「我是聯合商會派來的代表，之前榭德侯爵跟咱們購買的瑪那映畫保存器似乎出了點小問題。因此商會派我過來檢查。」她假惺惺地遞出一張名片，途中還「不小心」把那張蓋著煉金術士公會鋼印的文件給掉落在地。「哎呀，真不好意思，這是商會今早跟煉金術士們談的案子，因為我太急著趕過來，沒時間收好。」她露出一副莫可奈何的樣子。

巨魔瞪著她，彷彿就像看到蒼蠅停在水果上似的。歌瓦繼續鞠躬哈腰，一副死纏爛打的模樣。「榭德侯爵很重視這次的案子，因此他派人通知商會。當然，損失的部分會由我們這邊承擔……」

巨魔好不容易才吐出一句：「侯爵很忙。」

「我絕對沒有任何想打擾他的意思唷。」歌瓦面露無辜，朝巨魔眨眨下眼瞼。「只要讓咱們去『檢查』一下那些嬌貴精細的瑪那映畫保存器，確保它們都沒事就好了。別看我是個穿越者，我可是煉金術士公會的特約技術員，任何瑪那器材交到我手上，絕對都能把它給安撫好。」阿律耶德浮誇地跟對方握手致意，我瞥見她的手裡有捆鈔票，在雙方握手結束後，鈔票竟消失得無影無蹤。

「這邊。」巨魔答應歌瓦的請求，我趕緊跟上來，阿律耶德則馬上向巨魔保鑣解釋道：「這傢伙是我的人類助手。」

巨魔連個正眼都不瞧一下，立刻轉身上樓。

「我以為是要偽裝成尋芳客。」跟在巨魔身後的我悄聲說道，阿律耶德隨即白了我一眼。「要的話自己付錢。」

踏著階梯不斷向上走，往上的路彷彿永無止境似的，巨魔維持驚人的速度上梯，讓我一度懷疑這座空塔沒有升降梯。不過，當我看見有人輕快地從中央塔樓走出來，並沿著突出的埠岸走進空艇時。我認為，這名該死的巨魔保鑣根本是在故意整我們的！

這裡每艘空艇看起來都不一樣，除了空

艇大小外，每艘的外型也都令人眼花撩亂。有的裝飾富麗堂皇，像是怕沒人看到似的；有的極具巧思地營造出某種異國風情，讓人彷彿在外地旅行；也有的維持陳舊低調風格，並帶著某種神祕感。

在埠岸間游移的風俗從業人員更是千百態，有女的、男的與各式種族和體型，就連那些衣不蔽體的服裝跟俗豔飾品，都盡可能地區分出各家空艇與應召者的各自的風格。我仔細觀察周遭一切，鼻腔裡灌滿了各種不同的氣味：香水、酒精、香菸、體味，還有隱含在空氣裡的奇怪藥味。

我們穿過熙攘的尋樂人潮，以及那些穿著性感的應召女郎、男郎。各式關於慾念的交易，就像令人疲乏的戲劇不斷在我眼前上演。

製造短暫幻影。我心想。只要付出足夠的基加，他們就能用虛偽的美好替你填補空洞，讓你以為自己是美好且被喜愛的，直到你下樓，回返傷痕累累的現世。這股想法，使得一開始覺得興奮的我感到冷靜，一股沉痛的傷悲從心底油然而生，原本還在體內恣肆亂竄的熱流，也頓時凝結下來。

一名渾身僅擦著亮粉的女子拉住我的衣袖，把豐滿的胸部往我身上擠壓，含情脈脈地看我。我立刻抽開衣袖，迅速跳上階梯，充滿警戒地盯著對方瞧。過了片刻，女郎抿起嘴，朝我深深皺眉，轉身去拉其他經過的男人。

「你剛才的眼神像是要殺死她似的，確定是來放鬆的嗎？」阿律耶德開口揶揄，我馬上朝這名可惡的臭蜥蜴比中指。

不知道走到幾層樓，巨魔保鑣帶著我們走向一艘看起來毫不起眼的小型空艇，上頭沒有任何招牌與裝飾，甚至沒有任何燈光，要是它是風俗店的話，我會認為它尚未掛牌營業。

「瑪那映畫保存器在裡面，」巨魔指著小空艇，說：「你們自己去檢查。」

「真是太感謝巨魔大哥您照顧了！」歌瓦噁心巴拉地道謝，還故意拍我的頭說：「還不道謝！」

該死的，我只能照做。

巨魔離去後，阿律耶德瞬間恢復原本討人厭的模樣，不屑地發出嘖嘖聲，「天殺的大魷魚，不知道這可不可以報帳。」接著，她攤手說道：「這邊除了風俗店外，還有一些空艇是拿來當倉庫用的。但如果浮石真被藏匿在此，就代表有問題的不只是鋼蛇法鐸了。」

「或許也跟豪斯一樣，吞下了拉米雷的投影獸……」就在我說話的同時，有個細小硬物打中了我的額頭，那顆小硬物在擊中我後直接落地，在地面彈幾下後，就從一旁的欄杆縫隙滾下去。

「是誰？」我跟阿律耶德同時抬頭，望見穿著便服的吉古拉坐在更上一層的螺旋梯間，在一大群帶著騷亂色彩，極力尋歡作樂的人群中，穿著簡樸的白衣白褲，且面無表情啃食著堅果的他，與這裡所有的一切都格格不入。

吉古拉總是這樣，看起來像是被困在錯誤地方的錯誤生命，他會順從每一項指令，雖然他從不質疑反駁，但卻總在一些地方做出令人費解的行為。他甚至會放任自身的投影獸胡亂失控，這行為使一向講求紀律的帝國軍感到苦惱，據說他在被調進小隊前，曾差點遭到上層「處理」掉，當年我也是花了許多時間跟他相處，才讓他穩定下來的。

現在，我才是那名被「處理」掉的人，他繼續待在小隊裡，順從地完成上頭所給予的任務。

他再度朝我投擲堅果。

「天殺的大魷魚，那傢伙在幹什麼？」我相信在歌瓦眼中，吉古拉看起來就只是個行為莫名其妙的怪傢伙。可是我很明白，要是他真的召喚投影獸，這座塔上的所有人都將非死即傷。

他看起來沒有要出手攻擊的意思，只有不斷地丟堅果來引起我們注意。吉古拉一向很珍惜任何到手的食物，他會這麼做，絕對是有非常重要的事情想傳達。

「跟著他。」我說。阿律耶德不可置信地看著我。

我逕自步上階梯，他看見我移動，便開始往上走。

老實說，我有好多問題想詢問，可是自我認識吉古拉以來，他從未說過話。我曾以為他是天生的啞巴，直到我擔負小隊管理責任後，拿到他過往紀錄時才知道，他是在「綻放」後才喪失言語能力的。

他帶著我走向一處埠岸口，末端有一艘小型空艇，就造型看來是尋常的風俗店，小艇後方是中央區的低矮建築。我稍微低頭，目光穿過層層交錯的空艇，直達地面，推估莫約有十層樓高。

吉古拉走到埠岸口，然後轉頭回望我，似乎是要我在原地等待，接著他忽然加快腳步，一溜煙地爬上連結埠岸的舷梯，踏上甲板，進到風俗店中。

阿律耶德跟上來後立刻詢問我說：「那個奇怪的白衣胖子去哪了？」

我指著小艇說道：「他要我們在外面等他。」

歌瓦雙臂交疊，尾巴左右晃動，一副不可置信地說：「要是待會兒他叫人攻擊我們怎麼辦？」

「吉古拉不會做這種事。」我說：「他要想攻擊的話，早就出手了。」

此時，小艇內走出熟悉的身影，穿著鬆垮睡袍的拉米雷邊走邊拉起不斷垂落的衣肩，且不斷地低頭碎嘴，看起來十分不開心。我聞嗅到濃烈罌粟味從他的方向飄來，很明顯地，他正在與其他人翻覆雲雨。吉古拉則硬闖入並打斷他，把他給從充滿情慾的房間內給趕出來。

拉米雷抬頭，視線正巧與我對上，表情瞬間充滿驚愕。

就在我準備開口前，他的視線轉向我身旁的阿律耶德。阿律耶德隨即對著拉米雷露出笑容，說出了她的推論。

「想必你就是帝國那邊的投影使了。能不能告訴我，你們把浮石藏去哪了，害我找得可辛苦咧！」

拉米雷的表情從驚愕瞬間轉為憤怒。

「你是怎麼找到這裡的？」他不理會歌瓦，逕自地針對我提出問題，語氣相當激憤。

「這說來話長……」我回答。

「是呀，長到你居然還會跟班諾打了一架。」他憤慨地說道。

看來，拉米雷知道競技場的事情，他瞪著我，失望之情溢於言表。在看我沒回半句話後，他繼續生氣地問我：「佛克說他看到你被一群矮人救走，是說你現在在替誰做事？」

「等等，拉米雷，我沒替任何人做事。」我趕緊開口否認。「我只是想搞清楚是怎麼回事。」

拉米雷聽聞，忿忿地撥了一下被狂風吹亂的頭髮，語氣顫抖。我可以感受到，藥物症影響著他現在的情緒，他激動難耐，感覺隨時會失控。

「那我也想知道，你這是他媽的到底怎麼回事？睿！」

□

我曾從某個酒醉的軍人口中，聽見他對帝國投影使做出這番批評：

「那些帝國投影使他媽的全是瘋子，他們每個都殘忍無比，對於生命毫無任何憐憫之心，只要上頭一聲令下，他們連小孩都殺。去他的敦德，這些傢伙就是帝國的忠狗！帝國的工具！工具是沒有想法的！」

當我聽見這番批評時，並沒有任何生氣或難過的感覺，因為他說的沒錯，我們就如同工具般，徹底完成上頭交付的任務。所以當時偽裝成一般軍人的我，就僅是沉默地喝酒，任由對方放聲批評，直到醉倒在地。

在聽到那名軍人提到「工具」二字時，我忽然憶起父親曾跟我講過某個關於雕刻時需注意的細節。

他說，在製作木雕時，必須依照每塊木頭的紋理進行雕刻，要是硬逆著紋路鑿痕，木頭可能就會在不對的地方裂開，變成無用的碎木片。而原本銳利順手的工具，也會因此變形磨損，甚至出現看不見的裂縫。

直到某天，它就會在使用時突然斷裂，傷及木頭與正在雕刻的師傅。

第八章

熾焰黃昏

「那我也想知道，你這是他媽的到底怎麼回事？睿！」

——我他媽也想知道是怎麼回事……

——你他媽的告訴我呀！

可惜，此刻的我僅能微弱地吐出一句。

「虹影在哪？」

「天殺的敦德！為什麼是那ㄚ頭？」拉米雷緊咬下唇，憤恨地說道：「我們當年做了那多的努力，不是讓你回頭過來對付我們。」

接著，拉米雷走下小艇，逐步靠近我們，我發覺他赤著腳，金髮在強風中狂亂四散，淡色的睡袍讓原本小麥色肌膚顯得更蠟黃。

「拜託讓我跟虹影談談，我相信她並不清楚事情的嚴重性。」

「你才是不知道事情嚴重性的人吧，睿！」拉米雷表情氣憤難耐，他厲聲質問：「法鐸不是說要讓你恢復軍職嗎？為什麼要拒絕他呢？明明有這麼難得機會……」

「我沒有任何回去的理由。」

「我不算嗎？」

我再度陷入沉默。

「睿，你是要來妨礙我們的嗎？」他咬牙，一字一句問得既痛苦又真切。「而且你旁邊那位還是煉金術士公會的人吧……」

就在我還沒回答前，阿律耶德氣呼呼回嘴道：「你不要搞錯了，我不是煉金術士的成員。但我很不爽你們這些傢伙就是了，搶了我好不容易從深坑發現的浮石，有種就給我自己去挖！」

「講得好像是妳把東西帶回來似的……」

拉米雷冷冷地看了歌瓦一眼。

「沒錯，某方面這些浮石是我從深坑帶回的，我還為此跟一群混帳周旋半天。所以，我現在是在做售後服務！」

拉米雷面無表情地指向埠岸下方的空艇，空艇的甲板上有群男女正表演脫衣秀，他們曼妙地扭動、拱起身子，把自己當作某種展示物，而這些人對於拉米雷來說，他們確實是物品，而且是非常具有殺傷力的武器。要是一口氣引爆的話，威力就有可能使埠岸斷裂。

阿律耶德蹲低、亮出利爪，做出備戰姿勢，我出手阻止她。「他的投影獸會從人體內爆炸。」

「天殺的大魷魚……」歌瓦收起蹲步，決定靜觀其變。

當拉米雷接近到一個距離時，我發覺鼻腔裡的罌粟氣味又更加濃烈了。

「又用藥了，是吧？而且還嗑不少。」

「我要用多少都不關你的事！」他瞪著我說：「我當時還真的以為你死了。」

「虹影對著我胸口打了一個空包彈，很痛，但還死不了。」

「是呀，我知道你不可能那麼容易死的，因為你是全帝國最難殺死的投影使。」他吞了一下口水，沉重地說：「當班諾說你被虹影殺死的時候，我非常生氣，非常非常地……我那時就想說，那我天殺的當年那麼辛苦是為了什麼，難道就只是讓你再死一次嗎？而且還是被某個昂矛丫頭可憐兮兮地斃掉，早知到當年就把我那些會爆炸的投影獸放進你體內，最起碼我能決定你的死法。」他深呼吸，減緩語氣裡原有的急促感。「那時候的我能夠決定讓你存活，也可以決定讓你去死。」

「我真的很感激你沒選擇殺我。」我盡可能讓自己的語氣顯得沒那麼虛偽，但此時此刻，任何示好態度，都讓人感覺像是在嘲弄。「這次我也沒有想阻擾你們的意思，就只是覺得，虹影不該被牽扯進來。」

「所以你拒絕協助，也是因為不想被牽扯進來？」我的回應似乎更加激怒拉米雷，他緊握拳頭惡狠狠瞪我，我趕緊看向底下空艇，擔心有人會在此時忽然爆炸。

「拉米雷。」聽到我叫他的名字，他稍微停下腳步，我繼續說下去：「法鐸騙了虹影，他答應會讓她成為投影使。但我們都知道，投影魔法不是說有就有的，法鐸沒有讓她知道這件事情。我必須讓虹影知道這件事情。」

拉米雷瞇眼望向遠方，我感覺到他身上散發出濃濃的哀愁，也許是想起了他第一次的綻放，對投影使來說，第一次綻放絕對都是極痛苦的回憶。

「她是自願的。」

「最起碼，我得讓她知道這件事。」

他停頓了半晌，說：「知道後呢？你就要像個英雄般接走她，放任你的老朋友被煉金術士跟黑幫圍剿嗎？像個競技場觀眾般，看著我們為活下去而奮力掙扎。我們當年自始自終都沒放棄你，而你卻選擇放棄我們。因為我們這群人，是你鄙視的投影使！帝國的工具！喔，說卑鄙還不足以形容你。」

「不，不是這樣的。」

「睿，我拜託你離開這裡，立刻。」他

又再朝向前了幾步。「然後天殺的什麼事情都別再管！」

「我想再跟虹影談談。」

拉米雷發出怒吼聲，我當下還以為他會馬上引爆底下的脫衣舞者，不過他卻是向前撲上來，試圖掐住我喉嚨。阿律耶德也立刻發動攻擊，然與此同時，一根觸腕從天而降，剛好擋在兩人面前。

緊接著，我聽見地板碎裂的聲音，更多帶尖刺的觸腕像落雨般直墜而下。

此時，許多看起來像是保鑣的人，分別從其他小艇裡衝出來。可是在看到眼前的景象時，所有人一致退縮。是的，只要有點理智的人，都不會想跟吉古拉的投影獸交手。他召喚出擁有大量觸腕的投影獸，而且尖端都是利刺，萬一被擊中，必定血肉模糊。

阿律耶德飛快越過拉米雷，矯健地在碎石間跳躍，往小艇的方向移動。吉古拉的投影獸則一路緊追在後，像打木樁似地沿著埠岸一格格釘錘。

歌瓦迅速跳上小艇，吉古拉則踩在觸腕上、縱身一躍，跳到埠岸的碎石上，穩穩著地。

「天殺大魷魚，這胖子居然這麼靈活！」阿律耶德轉身咆哮，觸腕從高處劈砍下來，她翻滾閃躲，從小艇上跳回凌亂的埠岸，試圖在狂亂的攻擊下再次靠近對手。以移動速度來說，阿律耶德比吉古拉來得優秀，她敏捷地閃躲了觸腕攻擊，因此吉古拉邊控制觸腕邊往後方的階梯方向移動。

阿律耶德在碎石間持續跳躍，在經過我的時候順勢將我扛起，她扛著我跑離埠岸，在確認安全後，立刻把我放下來。「你這白癡！不要在原地一動也不動。」她低頭瞧了我一眼，然後繼續追擊吉古拉。

吉古拉步上階梯，阿律耶德用鼻子哼聲，她從大衣內裏抽出瑪那儲存瓶，將儲存瓶卡入護腕上的某凹槽。一股螢光色能量從她的手腕處迸發，瑪那瞬間灌入她全身，如藤蔓般恣肆攀爬。歌瓦身體開始變色，從原本的翠綠轉成像御伽一樣的金黃，鬃冠像松針般高豎，利爪閃爍出刺眼的光芒，嘴裡呵出的氣體亦夾帶著強大的能量。

她箭步上樓，打算對付階梯上的吉古拉。

我看見吉古拉的投影獸伸長觸腕，朝歌瓦的方向一陣猛攻，渾身充滿瑪那能量的歌瓦揮舞利爪，沿途不斷劈砍，彷彿屠夫切肉般，俐落地割開每一根迎面而來的觸腕。濕滑軟黏的斷肢從階梯滾落，令人想到泡在水裡多天的火腿。

幾根觸腕從她背後襲擊，歌瓦立刻用強而有力的尾巴用力地向旁甩尾，剛好把攻擊格檔下來，接著她一記迴旋揮爪，將它們通通斬斷。

歌瓦用驚人的速度往上衝刺，要是有任何觸腕企圖勾住她的腿部，便立刻做出防禦，並利用靴上的鉤刺，一鼓作氣地將觸腕給割斷。

當阿律耶德抵達吉古拉面前時，她渾身充滿黏液與肉沫，瑪那魔法仍在她身上發出陣陣螢光，像帶刺的荊棘，金色而粗糙的表皮亦散發些微白煙。吉古拉驚恐地退步，試圖轉身逃跑。但阿律耶德的動作比他快上許多，她瞬間擰住吉古拉的白衣上領，將他高懸在階梯之外。

「把投影獸收起來！否則我就把你從這裡丟下去。」

不知道是因為恐懼，還是瑪那往他身上流竄之故，吉古拉開始尖叫。

一切都是出於本能反應，我想都沒想就抽出血罐，召喚出強壯有力的陀伊卡。陀伊卡發出一聲難聽的低吼，隨即沿階梯跨步奔馳，朝歌瓦猛力衝撞。阿律耶德似乎沒料到我會出手攻擊——而且還是攻擊她。

阿律耶德與吉古拉直直落下，我召喚瑞斯，命令牠們迅速疊高，以階梯邊緣做支點，咬住彼此的身軀，集結成網狀之物，剛好將同時墜落的兩人接住。

在漆黑的瑞斯群中是一塊白色與一塊正在褪去的金色，歌瓦四腳朝天，在黑網中載浮載沉，吉古拉則曲蜷身軀，宛若嬰兒般一動也不動。我試圖將他們倆隔開，免得他們立刻打起來。然而，我的擔憂是多餘的，阿律耶德撐起身子，她瞪著我，眼底冒起熊熊怒火。

「天殺的睿榥提！」

在放聲臭罵我後，歌瓦隨即用蓄滿能量的爪刀朝瑞斯群上一劃，瑞斯網在利刃下裂出一條縫，她隨後傾身向下，將自己擠出縫隙外。

此時，我又嗅到罌粟的氣味，回頭看見拉米雷站在我身後，凌亂的頭髮與佈滿血絲的雙眼，看起來滿臉倦容。要是以前我應該會伸出手來拍拍他肩膀，要他趕緊找個地方休息，只是現在的我卻僅能尷尬地看著他。

「吞下去。」他掌心朝上，我看見一顆

蘚，它像顆珍珠似渾圓白淨，就連上頭的粉塵都彷彿透著柔光。

「哪一種的？」

「會肚破腸流的那種。」

我深呼吸，拿起他手裡的白蘚，一口吞下去。

「很好。」

「還想掐死我嗎？」我問。

「改天吧！」他板起臉說道：「等到空艇靠港，我就帶你去找虹影。」

□

不久，有一群著裝完備的哥布林抵達此處，開始清理慘遭投影獸破壞的埠岸。而原本在底下表演脫衣秀的空艇已繞到其他地方了。

我和拉米雷站在尾端，靜靜地看哥布林們打掃，吉古拉則坐在距離我們不遠處的階梯上，繼續低頭啃堅果，彷彿剛才的破壞與戰鬥都從未發生過。

宛若一切回到從前，它說。**不是殺人就是防止自己被殺。**

「虹影跟法鐸在榭德侯爵那裡。」拉米雷開口，他指向一艘正沿著晴空塔頂繞圈的中型空艇，就算是遠眺都能看得出來，那艘空艇的型號比這裡所有的都還要新穎，造型也極度鋪張，使人不禁質疑持有者的品味。

一般來說，就算是在天上翱翔的空艇，為避免雨水滲入船體，還是會用各種材料包覆船身。然這艘中型空艇的船殼中央呈現半鏤空狀態，能從船底直接欣賞到凱塔格蘭加的城市景緻，船身前段則採用雕花玻璃，空艇側帆宛如孔雀開屏，斑斕璀璨的帆布在太陽照射下耀眼明亮，只要盯久一點就會開始感到頭疼。除了主要桅杆上的大帆及船側的調整帆外，船腹後段亦裝著各色的小帆，讓人想起求偶期的公鳥尾巴，以行駛功能來說相當多餘，但以吸引注意來說，它完美地達成目的。

「你他媽的睿，剛才你到底是在搞什麼啊？」拉米雷忽然開口碎念：「你要是不想被帝國發現的話，應該躲好好的。」

「我說過，我正在幫忙找人，而我要找的人在你們這裡。」

「是啦是啦，那個叫虹影的丫頭。」拉米雷不耐煩地揮揮手，此時他的手不再顫抖，罌粟在他身上所造成的癲狂已逐漸退去，現在的他看起來像是長期失眠的患者，臉上掛著明顯的黑眼圈，不斷地噙鼻水。

「你真的用太多了。」

「你又不是我爸，管那麼多做啥？」他話說完後頓時愣住，然後發出一陣乾笑聲。「天殺的敦德，我老爸才不會管我呢！」

我們倆沉默半响，之後拉米雷憋不住，他開口將話題拉回到法鐸身上。「法鐸那傢伙是個大忙人，只是他平時作風低調，我是被派到這裡之後，才知道有這號人物。不過法鐸知道我們這個小隊，說我們其實在上頭非常有名。」

我漫不經心地應答：「應該是糟糕的有名吧。」

「我相信絕對是前隊長的關係。」拉米雷很明顯地是在故意針對我，但看我沒什麼反應後，他繼續說下去：「法鐸的職責是長期潛伏在凱塔格蘭加，負責蒐集這座城市任何情報，那丫頭算是他在這裡吸收的人，也是他得意的左右手。他在凱塔格蘭加有許許多多的人脈，尤其是黑幫這裡的，像是綠月幫首領之一的榭德侯爵，他們倆似乎交情匪淺。」

根據拉米雷的說法，榭德侯爵主要工作是負責打點卡塔格蘭加的警備隊高層，當然也會派人「調解」各風俗店裡糾紛，以及「協助」塔內各項大小事，晴空塔就等於是他的王國。

「法鐸會用貴族稱號叫他。」拉米雷不可置信地說：「老實說，這裡的黑幫居然能自稱侯爵，感覺實在是有夠夢幻的。」

「我之前也曾騙這裡的小孩子，說自己是帝國王子呢！」

「該死的凱塔艾蘭，那我可不可以說自己是公主啊！」

我噗嗤一聲，忍不住笑出來。拉米雷聽到我的笑聲，用一種「你居然得笑出來」的表情看我。

「等榭德侯爵的空艇靠港，我就會把你押送過去，到時候你自己看著辦。」他撇過頭，凝視前方，像是在對空氣說話。「我們這幾個人就屬你最愛找死。」

「謝啦！」我回應他對我的誇讚。

「等等？我可不是要幫你。我還擔心你亂來，先行作了預防。」拉米雷隨即表示，要是我膽敢作出任何攻擊舉動，牠就會絞爛我的五臟六腑，然後再穿破腹部，讓我在極度疼痛下緩緩死去。

當然不用他多加解釋，我早就見識過拉

米雷的埃爾洛有何種能耐。雖然埃爾洛無法直接攻擊，但只要讓目標吃下去，埃爾洛就能在體內成長轉化，成為最可怕的存在。

「而且誰叫你賴著不走，我有什麼辦法呀！啊對了……我從班諾那邊聽到，你跟法鐸第一次碰面時，彼此有些嗯……不愉快？」他刻意將「不愉快」那三個字輕描淡寫。「我覺得你們應該再互相了解一下，也許會有所改觀。」

我搖頭，表示對此事毫無期待。

「嘿，到現在都還看到你沒抽菸耶。」拉米雷似乎想轉移話題，「別跟我說你戒菸了。」

我聳肩回答：「忘記帶在身上了。」

「這簡直是敦德神從土裡長出來。」他不可置信地盯著我瞧。「必須承認，那天當我看到你身邊帶著一個小鬼時，我眼珠子簡直要掉出來了。我想說：『天呀，我們這個就算結婚多年就還像處男的前隊長，居然敢大喇喇地帶著可愛的孩子到處跑。』要不是有任務在身，我一定會架著你，逼你把這六年來的每日生活都給說出來。」

「我這六年無聊得很。」我說道：「我在帝國邊境晃了幾個月，就用假身分登上空艇來到凱塔格蘭加，然後找份工作，下班後就去喝酒。」

「是怎麼樣工作？像是保鑣之類的嗎？」

「我是負責顧海港倉庫的。」

拉米雷瞪大雙眼，接著他噗吭笑出聲，說道：「前帝國令人聞之喪膽的投影使，現在居然在倉庫裡抓老鼠。」

「我日前剛失業，因為我負責的那間倉

庫遭到投影使攻擊。」

「噢。」拉米雷尷尬地笑了一下，隱諱地解釋道：「那天戰況有點失控，有人打算趁亂逃出去通報。佛克就派他的科咯達追過去……」

「然後我住的地方被警備查封，因為我的房東是百蛇幫的白蛇。我身無分文地流落街頭，剛好遇上虹影的弟弟苜蓿，他花錢請我找他姊姊。」

「喔，居然那麼巧。」拉米雷臉上的表情似乎更尷尬了，不過這次他不想再多作辯解。他淡淡地問：「苜蓿就是那個栗色頭髮、穿著裙子的小孩，對吧？」

我點頭，拉米雷吁了一聲，用某種惡趣的語調問：「你跟他睡過了嗎？」

「拉米雷。」我明白他是故意的。面對他突如其來的挑釁，我只能盡可能保持平靜回答他說：「你很清楚，我不是這樣的人。」

「但我感覺到你對這件事情異常執著。」他酸溜溜地說道：「簡直到找死的地步。」

「因為我答應苜蓿要幫他找姊姊，我覺得，既然答應了就要做到。況且，我死過一次了，知道死亡就是那麼回事。」

「喔睿，你這混帳到底是怎麼活下來的呀？」

「大概是老天爺很討厭我吧。」我聳肩。腦中忽然想到某件事情，即使此時此地講出來有些奇怪，但仍我問他說：「對了，不知道佛克有沒有跟你說，睿楒提・奈爾這名字取得有夠爛的，害我被這城市裡的哥布林嘲笑。」

「啊哈，可是我覺得自己挑得有夠好

的。」拉米雷疲倦的臉龐浮現一抹愉快的微笑。「當時我就在想，絕對要找個讓你能隨時埋怨我的名字。」

「這簡直是想要我把你記一輩子吧！」我半是生氣半是好笑地回答。

面對我的挖苦，這名總愛滔滔不絕的老友竟沉默下來。過了一會兒，他轉頭望天，用微弱至近乎不可聞的氣音輕聲呢喃，看來不打算反駁些什麼。

□

拉米雷帶我往塔頂走，周遭人冰冷地看著我們，一如當年任務完成後歸來的景象。我仔細觀察，看見除了風俗業者外，還有許多看起來像是雇傭保鑣般的傢伙。

我踏著冷硬的階梯，一步步朝向晴空。直到穹頂，我發覺上頭跟樓下並無分別，天空沒有比較藍，原本飄盪的雲朵亦維持相同大小，大概就只有風勢增強，我的頭髮被強風刮得散亂，額前的髮絲一直不聽話地刺進眼角，扎得讓人眼眶泛淚。

底下的凱塔格蘭加依然廣闊無邊。

「在這邊等吧！」拉米雷站在我旁邊，任由滿頭金髮隨風飄揚。他單手環在胸前，並且緊糾著另一邊手臂，那是人處於警戒狀態時容易出現的動作。吉古拉則與我保持著一小段的距離，他大概感到無聊了，因此將堅果放在掌內把玩。

「吉古拉，你還好嗎？」面對我遲來的問候，吉古拉僅是繼續低頭玩堅果，完全沒有要理我的樣子，也許是在賭氣吧。我嘆了一口氣，可惜身上沒有任何點心可以拿給他，只能隨他去了。

這時候，榭德侯爵的空艇緩緩駛近塔頂埠岸，在我遠遠看見這艘空艇時，就認為它的造型相當複雜，然現在的我卻認為，那不單只是造型複雜而已，整艘空艇簡直就是用來炫耀的浮誇產物。

榭德侯爵把所有想得到的裝飾物掛在他的空艇上，七彩船帆隨風不斷擺動，於藍天白雲間招搖過市，船身垂了一堆緞帶蕾絲，就像是把貴婦們的禮服掛起來似的。船桅間的繩索綴滿瑪那垂燈，在強風下，它們像風鈴般不斷碰撞，發出清脆聲響。空艇前端還刻意模仿遠洋船，採乘風破浪式的飛剪造型，並在最前方刻鑿一尊船首像，我對於船主選擇裸女當作船首像這件事情，絲毫不感意外。

當空艇駛到一個距離時，負責搭裝舷梯的哥布林從旁出來，匆忙地將舷梯搭建好。我發覺那只舷梯也是經過客製化，用來搭配這艘作風高調的空艇。舷梯扶手呈波浪形，兩側欄杆上鑲滿水晶，階梯上鋪著紅絲絨毯，仔細瞧還會發現，地毯上交織著金線與銀線。

我蹙眉，覺得自己的審美品味遭到某種低劣挑戰。

待空艇完全停泊後，他們倆人把我像犯人似地前後包夾，我不屑地用鞋尖戳戳紅絲絨毯，後悔剛才沒有趁機把鞋底弄得骯髒些。

「等等那些哥布林就會來洗地毯，你就別費勁了。」站在階梯上的拉米雷說道，我為此感到失落。但吉古拉同時也在模仿我戳地毯。看見此景，拉米雷露出無奈神情。

甲板上，又有一群裸女。

這些女孩的身材都極性感且誘人，她們

全都戴著漆皮面具，頭髮染成各式奇怪顏色，肌膚無論是雪白還是黝黑，全都光滑如絲，沒有任何的刺青或傷疤，身上的重點部位點綴著鳥羽或寶石，比直接裸露出來還能更引人遐想。我想，這些女孩應該都是榭德侯爵特別挑選上艇的。

不過，可能是因為御伽的關係，讓我對裸女在眼前走來走去這件事習以為常，而且這些女郎都有種說不出來的病態感，看著她們近乎求生似地展現魅惑力，心底的擔憂遠大於興奮感。

她們在塗滿油彩的甲板上黏膩跳舞，身上散發出各種奇怪的藥草味，這些女孩似乎全都神情恍惚，比拉米雷嗑藥時的狀況還嚴重。甚至有幾個女孩會忽然跨在對方身上，然後開始接吻，在一陣熱吻後，兩人同時望向我這邊，濕潤的嘴唇微微張開，像是發出邀請信號。我禮貌地揮手拒絕，吉古拉則繼續專注於他的堅果，拉米雷就更不用說了。

我跟著他們兩人穿過裸女群，瞧見倚靠在艙門前的虹影。

虹影是整個甲板上唯一有穿衣服的女孩，甚至可說是全副武裝，她套著合身的衣褲，胸前是一整塊的牛皮革，鉚釘沿著甲冑邊緣圍繞，四肢包覆著特殊製成的厚布，還纏幾圈作為格檔用的細鐵線。她把一頭珊瑚色的馬尾高豎起來，些許鬢角緊貼太陽穴，這使得她的臉形看起來十分修長，我盯著她，觀察她面頰兩側厚實的耳垂。我想，那對由苜蓿挑選的艾司麗楓葉耳環，絕對能襯托她那秀麗的紅髮。

她驚駭地瞪我，就像看到腐偶從地上爬

起。

「這傢伙沒死。」拉米雷平淡表示。

「怎麼可能！我是直接對他胸口開槍的耶！」虹影以為拉米雷是在責怪她，刻意用非常誇張的語氣試圖編謊，不過看起來反而更像是騙人的樣子。

「我說過，用掐的可能比較有效。」我朝她微笑眨眼，她用極度厭惡的表情注視著我。

「給你幾分鐘的時間，你趕緊把想說的話跟她說。」拉米雷不開心地說道：「等等我就要帶你去見法鐸了。」

「嘿，你沒有說只有幾分鐘而已。」

「幾分鐘就夠了吧！」他冷硬看著我，語氣不容妥協。

「呃……」糟糕，根本無法在這麼短的時間內說出適當的台詞。我憤恨地想，為何不在剛才的空檔時間想好要說的內容呢？此時，我的視線在她臉上不斷游移，就像是要跟異性表達情意的窘困男孩，想說些什麼，卻舌頭打結，只能像個呆子盯著對方瞧。

拉米雷突然往我身上踹一腳，催促我趕緊開口。

「我原本想帶苜蓿過來給妳看看的。」天殺的敦德，根本不是這麼回事。可是我卻這麼說：「他把妳的話都聽進去了，現在成天穿洋裝戴髮夾，跟原本的模樣差十萬八千里。而且他還一直死黏著我，照三餐叫我爸爸，再這樣下去，我都快以為自己有個女兒了。」

「妳知道嗎？我小時候最大的願望是跟我老爸一樣當個木匠，然後跟一個溫柔體貼的黑髮女生結婚，生幾個可愛女兒。為了達成目標，我在進營前寫了一堆情書，送給我家附近所有的黑髮女生。」

你這個白癡，為什麼要講這些無關緊要的小事。我腦袋不斷地發出斥責，可是我卻持續說道：「當然，我不知道到底有多少女孩回我信，因為進營後不久，我就綻放了。那晚我殺死了許多人，包含跟我一起從小長大的鄰居，之後我就接受投影使訓練。」我憶起兒時跟著兄弟姊妹在父親的工作檯旁拾木片，還有跟著鄰居跑去對心儀女生吹口哨的景象，感覺像場清晨幻夢，只要眨個眼即會消逝。

「基本上，帝國一般百姓非常畏懼投影使。我想，要是我現在衝回家去，應該是會被擋在門外吧，只可惜這永遠不會知道答案了……」

虹影抿著嘴，眼神從原本的嫌惡轉變成等待。

「我知道妳有想要達成的目標，而我也沒理由攔住妳。但在離開前，也許該好好跟苜蓿說聲再見。讓他知道妳離開的真正理由，好嗎？」

她緊握雙拳，回答：「我無法離開。」

「為什麼？」

「你不會懂的。」

「這到底對妳有什麼好處？」我不解地問：「況且，這些小艇根本沒辦法長時間飛行，頂多在凱塔格蘭加上繞幾圈而已，根本沒辦法運貨。」

「你不會懂的。」虹影重複著剛才的話，看來她完全不想解釋。

我轉頭看向拉米雷，後者搖頭，表示不願意多說什麼。

「我們是帝國的劍刃。」拉米雷還是老話一句，我緊盯著他不放，他只好低聲咕噥補充道：「你自己去問法鐸吧……」

我嘆了一口氣，也許是受到苜蓿的影響，我眼中的虹影，就只是個普通的十六歲少女。但我很明白，在最陽光燦爛的時刻，這名少女卻早已歷盡滄桑，她選擇獨自走向戰場，爭取自己想要的人生。

為此，她願意讓自己成為武器。

「時間到。」拉米雷出聲催促我，他粗暴地拉開雕花門板，用力地把我推進去。

「我簡直快哭出來了。」閉門後，拉米雷立刻提高音調對著我說道，我搞不清楚這句話是在誇獎還是嘲諷，不過他繼續說：「你竟然從來沒跟我說過，你居然曾幹過那麼白癡的事情！」

「拜託，我當年才十五歲耶！」

「抱歉喔，我十歲時就是投影使了，可沒時間寫情書，而且你還一口氣寄給村裡所有女生。」

「只有黑髮的好嗎？」

「聽起來更過分。」他用食指捲曲起自己的金髮問我：「為什麼其他髮色不行？」

我轉頭向吉古拉求援，後者根本沒在看我。

空艇內部長廊的瑪那燈使用各色玻璃罩，讓封閉的空間宛如萬花筒，映照絢麗的色彩，加上悶熱的室內空間，使得草藥味更加濃郁，才走不到幾步，就讓人感到頭暈目眩，吉古拉提起袖子掩鼻，表明不喜歡這股氣味，拉米雷倒是走路姿勢變得輕快，甚至偷偷地哼出一小段旋律。

地上滿是垃圾，牆壁掛著各式春色畫，每幅畫內所描繪的場景與姿態，都讓看畫的人臉紅心跳。

這艘空艇有許多令人費解的設計，像是它的動線不是直通到底，而是像迷宮似地四處蜿蜒，我們穿過數個裝潢俗艷的房間，裡頭空間已不算寬敞，竟還塞滿東西，像是泡澡桶或超長沙發，讓人更加舉步艱辛。房間內亦有許多戴著面具，全身赤裸的年輕女孩。她們對於忽然冒出來的訪客絲毫不感訝異，多數女孩渾身無力地癱在地上，像一條條發皺的毯子，我們只好從上頭跨過去。

我繼續隨著拉米雷走，在穿過一個滿是怪椅子的房間後，我們從某座扶手鑲金的鑄鐵旋梯下樓，來到空艇底部。

此處是剛才埠岸所望見的鏤空處，從內向外看去，空港區街景風貌可說是一覽無疑。而不遠處，即是這座城市的最高樓，也是這個國家最引以為傲的門面——第三空港。

一想到自己之前曾在那兒住好幾天，就有種不真實感。

相較於剛才胭粉與藥味厚重的船艙各處，鏤空大廳內反而無任何的裸體女孩，亦沒刺鼻的藥草味。這裡就像是有錢商人專屬的交誼廳，有著桃花木地板與造型華麗的古董家具，我看見像是從亞曼尼藝品店販售出來的寶石樹，以及在池水上不斷滾動的圓石。吉古拉對著地上的一塊大石頭猛力瞧，他蹲下來伸手觸摸，石頭動了一下，我這才發現，那不是石頭，而是隻大烏龜。

法鐸側坐在一張古董雙人沙發上，深色皮革使他那頭銀灰的秀髮更加雪白，他穿著絲絨製的高級浴袍，慵懶地翹腳，像隻血統高貴的長毛貓。我瞄到沙發夾縫間插著兩把燧發手槍，讓他能夠隨時抽槍攻擊。

除了法鐸外，還有另一個男人，他大喇喇地躺在一整塊刨得如鏡般的大理石塊上，位置剛好在法鐸的正對面。大理石前鋪著一塊白皮毯，毯子上佈滿美麗的黑色斑點，看起來是從年幼白化豹身上所扒下來製成的。

這名男子的體格相當壯碩，在那套緊繃的浴袍底下，他的肌膚呈現亮棕色，就像是在太陽底下曬很久的模樣。男子雙臂的肌肉看起來健壯發達，浮出的青筋傳遞出他接受過非常嚴酷的戰士訓練。這名男性臉部輪廓方正而粗獷，線條十分鮮明，陽剛卻又不會給人鄙俗感。他還擁有雙老鷹的眼睛，就算半瞇著眼，仍帶著一股威脅，嘴唇部分寬厚適中，剛好配上他那令人難忘的方形下巴，嘴角邊醒目的獠牙，則顯示這名男子體內帶著獸人血液。

「剛才晴空塔的動亂是你搞的嗎？」法鐸一臉無所謂地抽著菸斗，對於我出現在此，似乎不感到驚訝。

「那是吉古拉幹的啦，他太激動了。」拉米雷解釋：「有個穿越者找上門，是煉金術士公會派來的，我們把那傢伙趕跑了。」他用手肘推著我的手臂，說：「睿楒提用投影獸把穿越者從晴空塔推下去。」

「我還真想看看那副景象。」法鐸用一副似笑非笑的表情看著我，我則持續板著臉。

「我沒有想幫你們，我只是不想造成太

多傷害。」

法鐸露出訝異的神情，他揚起眉毛，將說話的音量提高說，「『不想造成太多傷害』這句話竟出自於帝國投影使口中，還真是稀奇。」

「我已經不是投影使了，現在我只是個普通人。」

「普通人會在要其他人開槍打自己嗎？」

我沒有回答。

「看樣子身體復原得差不多了吧？虹影跟我說，她可是直接對準你胸口開了一槍。」

「才開一槍而已。」我刻意尖酸地回話：「想要殺死我得可費點心力。」

「不愧是帝國傳說中的投影使，就像帝國生活在水溝裡的那些鼠輩一樣，滅都滅不掉。」

「要消滅鼠群，可很徹底清理才行。」我做出割喉的手勢，再次強調。「徹徹底底。」

「我一向做得很徹底。」他微笑。

「徹底地破壞跟殺人，把這座城市搞得亂七八糟。」我毫不客氣地說，而他僅繼續保持那討人厭的笑容。

「你太抬舉我了，睿楒提。這僅是計畫的一部份罷了。」

「包含欺騙虹影在內嗎？」

法鐸輕輕撥著瀏海，自信滿滿地看著我。我不想再繼續假裝，直接點破他的謊言。「帝國只有男性的投影使，沒有女性。」

「女性也可以是投影使。」

他挑眉，一副不可置信地問道：「難道她沒跟你說過，她曾經『綻放』過的事情嗎？」

我臉上的表情顯露出自己的無知。

「那是她第一次跟我碰面的時候，當時她試圖強奪我的錢包。想當然，我立刻反殺她，就在我舉刀要了結她的那刻，她竟然綻放了。」法鐸瞇著眼，像是浸淫在過往美好的回憶中。「因此我決定把她給救回來，小虹她就像未經雕琢的寶石般，粗糙但蘊含無限的力量。」

此時，那名長得像獸人的男子粗魯地插話：「我就知道你喜歡這一味，難怪你對我底下的女人都沒興趣。」法鐸瞧了男子一眼，神情帶著某種奇特的興致。「強大的力量總是如此誘人。」

「只可惜自那次綻放之後，她就再也沒喚出任何投影獸。」

「而我，也決定回應她的期待。」法鐸驕傲地看著我。「剛開始，我試圖用『一般方式』開啟她的投影能力，可惜自從那次之後，她就再無任何綻放跡象。但就算沒有投影魔法，她仍是個非常厲害的打手、稱手的工具。」

「去你的，法鐸。」

「你這反應簡直像是我在跟小虹批評她小弟時一樣。」法鐸故意露出驚訝的表情。「說到那小鬼，他可真是個麻煩。」

「苜蓿再怎麼麻煩，也沒有你這傢伙讓人無法忍受。」

大概是我拿苜蓿跟他比較的緣故，法鐸臉上浮現出些許不悅。

「讓人無法忍受的是你吧。要知道，就因為當年你的所作所為，導致帝國投影使的形象徹底在貴族間徹底崩壞。」

儘管法鐸的斥責令我感到愧疚。的確，依照我當時的行為，絕對會牽連到其他的投影使。但此刻的我絕不想在這名王子面前示弱，因此我挺直身子，讓自己顯得理直氣壯。

「所以，我乖乖喝下毒藥了，以死謝罪。」

「可是你還活著。」

「我也沒料到會活著。」我並不想跟他解釋自己吃下投影獸這件事情。「我喝下毒藥之後陷入昏迷，接著就在海邊醒過來。」

「不過我在這裡待了那麼多年，從來都沒聽過你。」

「我又沒跟你一樣混黑道。」我翻了個白眼，毫不遲疑地反唇相譏：「我可是優良的凱塔格蘭加市民，工作就是個管倉庫的早班，下班後就去酒館喝幾杯，生活可單純咧！」

「那可真是浪費。」法鐸滿臉惋惜地看著我說：「那天在競技場時，有幸見識到你的能力，那種戰法令我十分激賞。要是早點遇見你，我應該會想辦法拉你進百蛇幫吧。」

「謝謝喔，可惜我喜歡平靜點的生活。」

「但既然你願意與我待在同一艘空艇上，這代表著，你做出了某些妥協。」

「我說過，我對你跟這座城市的團體紛爭一點興趣也沒有，我是因為答應要替苜蓿把虹影給帶回去。」

他乾笑幾聲說道：「哎呀，那個小鬼可真是個大麻煩！你帝國投影使簡直是被他牽著鼻子走。」

「我也沒有被他牽著走，我只是按照自己的想法罷了。」

「看來，你不受控制的傳言是真的了。」他笑了，看起來十分喜悅的樣子。「你當時殺了男爵一事，害得帝國高層懷疑投影遭被境外勢力滲透了。」

「抱歉喔，我造成了集體恐慌。」

「我一開始還以為你是投靠了凱塔艾蘭呢！」他優雅地彈彈指頭，說：「在小虹回來後，我從她口中得知，你受雇於她那沒用的小弟。」

「是呀，包吃包住，還有喝不完的酒。」我補上一句：「只要把虹影從你這混帳傢伙手中給搶回來。」

「我說過，小虹是自願加入的。」

「是呀，自願幫你殺人，就跟我說是自願成為帝國投影使一樣。」

「看來你真的很討厭帝國。」他揚起眉毛，冷冷地說道。

「我討厭所有讓我覺得自己像個白癡的東西。」我回答：「就像我在城裡繞了半天，卻沒發現，你們這些人竟然就在隔壁而已。」

法鐸驕傲地朝對面的男子炫耀道：「最危險就是最安全的地方。」

「我可是浪費了大把的瑪那放映機，偷偷把那些石頭玩意兒塞進晴空塔裡呢！」法鐸座位對面的男子大聲開口，聲音宏亮如鐘。

「阿律耶德已經知道你們把浮石藏在這裡了。」我說：「不久，商會或者是煉金術士那邊就會派人過來對付你們。」

這時，法鐸稍微挪動身子，原本我擔心他會立刻開槍打我，但法鐸僅是鬆開口中的煙管，並將它放在旁邊的茶几上，嘲諷地說：「對呀，怎麼沒半個人想到呢？咱們就在凱塔格蘭加的心臟地帶，每天悠閒地盯著空艇從第三空港進出，想著要如何把那些浮石帶回帝國。」

法鐸抽起燧發手槍，起身走向窗邊，將槍口瞄準第三空港的方向，說道：「班諾那邊不知道進行得如何？」

我隨著槍口遙指的方向看去，發現一列像是禽鳥的生物於空中集結飛行，牠們有多著對鞘翅，看起來既非自然飛禽更非人造空艇，在陽光的照耀下，流線型的金屬身軀折射出刺眼光澤，就像不斷轉彎的銀色子彈，朝向目標殘酷地飛馳。雖然因距離與速度的關係，我無法看清楚其身上的全部特徵，不過依然能很快判斷出來，那是班諾所召喚出來的渦寧。

成群渦寧肆無忌憚地在城市上頭飛翔，穿過藍天越過流雲，閃避過所有正在行駛的空艇群，往第三空港俯衝而去。

我感覺自己渾身燃燒，我聽見自己身體由內而外瞬間發出怒吼。我整個人衝上前，拼了命想揍扁那名手槍混帳。在我觸碰到他的前一刻，第三空港傳出了轟然巨響，高處的玻璃滿天四散、凌空翻騰，墜落時利如刀刃，隨著重力降下了一場致命的玻璃雨，穿刺著地面上的無辜生命，濃煙從三十三層樓的位置傾瀉而出，宛如黑色的瀑布，覆蓋了住下方的樓層。高處風勢助長燃燒，火舌從中竄出，直聳入雲。

我把法鐸撂倒在地，單膝壓住他的下身，用匕首抵住他的胸口，而法鐸的手槍則正指向我的頭部，彼此就這麼僵持著。

「別動！」拉米雷這時開口說：「否則

我就喚醒你體內的『埃爾洛』，你明白會發生什麼事情吧！」

「你可以試看看！『瑞斯』絕對能在我斷氣前，把你們所有人都殺死。」

「包含虹影嗎？你剛才不是答應她要待到最後。」

「小虹體內也有跟你一樣的東西。」法鐸對我眨眼，嘴角輕勾出勝利的微笑。「她在你身上打了空包彈後，我請拉米雷給她吃了一顆繭，以免造成困擾。」

我挪開膝蓋，往後方頹喪坐下。

法鐸優雅地從地上爬起來，順了順剛才被我壓皺的浴袍，轉身欣賞圍繞在第三空港四周的烈焰與黑煙。

□

我聞到燃燒的氣味。

那不是我燃菸捲時飄散的草焦味、不是御伽用大火烤里肌時溢出油香味，也不是虹影開槍時燧石摩擦產生的火藥味。那是木頭、玻璃、岩石及鋼鐵等各式各樣建材遭烈焰吞噬後嘔出的味道，充滿了破壞與死亡。

火花與灰燼宛如大雨，在藍天下不停灑落，並於底下街角四處灼燒。全凱塔格蘭加的警備隊和消防隊紛紛趕到第三空港下方，我看見城市警備隊在火雨間奮力穿梭，欲儘快淨空附近區域。巨魔群於空港前的廣場集結成隊，他們將大水桶整排擺好，讓所有消防隊員能有源源不絕的水。負責外圍滅火的哥布林們則不斷用水朝建築內潑灑，企圖降溫。我看到有一批獸人提起大桶水，毫無退縮地衝進火場，打算熄滅裡頭的烈焰，一批著裝完備的人類隨後進入，以拯救受困在其中的民眾。

大火持續攀高、烈焰沖天，持續爆出震天巨響。原本停泊在上頭的空艇全用最快速度駛離埠岸，遠離第三空港周圍的漫天熱浪，天上的交通因此隨之大亂。

我看著第三空港的三十三層樓逐漸遭烈火吞沒，感覺自己的世界也跟著被吞沒了。

「好了，等他們幾個回來，咱們就準備出發。」法鐸伸了個懶腰，一副像是準備出門郊遊似地。他走回沙發旁，氣定神閒地抽起另一把燧發手槍，隨意把玩。「接下來，就待侯爵您的指揮了。」

「那些哥布林早就準備就緒了。」那名被稱為侯爵的男子說道：「不愧是帝國王子，這陣仗可真不是蓋的，真希望能在從下往上來欣賞這副風景。」

「你不是一向比較喜歡上頭嗎，榭德？」法鐸陰狠微笑，榭德侯爵馬上發出如雷貫耳的狂笑。

「是啊！我以前在鬥技場時，最喜歡把對手壓在地上，然後盯著對手恐懼臉表情。那些原本站著時都的氣焰萬丈的傢伙，當下的表情各個都跟娘們似的，可愛極了！」

「侯爵你這癖好真是獨特。」

「你這小白臉講話還真不留情面，真是不討人喜歡。要是我在鬥技場遇到你，一定把你壓得哇哇叫。」

「我會反身從背後捅你。」

「哈哈，我就知道你這傢伙的皮相好看到比女人還美，但骨子裡比誰都還兇很，你們精靈都這個樣子嗎？」

「那就要看你有沒有試過了。」

「哈哈，我對尖耳的一點興趣的都沒，這反倒要問你自己有沒有試過。」

面對榭德侯爵的褻語，法鐸冷淡聳聳肩，不打算直接回答。不過榭德侯爵並沒有因此感覺到不快，他開始發出宏亮的笑聲。

待榭德侯爵大笑完後，法鐸把話題拉回後續的計畫：「戴文希爾上校與新任大使會搭乘帝國空艇前來，等到帝國空艇進到凱塔格蘭加後，就依照原本的指示依序靠近。他們那邊會派人來收取貨，等把全部的浮石交過去後，就立刻回程。」

「利用火災使空艇行道陷入混亂這點可真有你的。」榭德侯爵誇讚道。

「第三空港無法停泊，原本想進港的大型空艇沒地方待，當然就只能回程。」他朝我瞄了一眼，似乎有些得意。

「你知道苜蓿就在第三空港裡嗎？」我強迫自己望著他，即使無法抑止心中那股宛如針刺的痛感，但我仍希望自己在他眼中看起來沉著冷靜。

「你可以跟她報告一下她小弟的個人近況，我相信，她會感到很高興的。」

此時，榭德侯爵宏亮的聲音從不遠處傳出來。「你要拿這帝國叛徒怎麼辦，把他從甲板上丟下去嗎？」

「不，你也知道，那個人有交代，不能隨隨便便就弄死他。」法鐸銳利地看著我。接著走向鏤空大廳的另一端，逐步靠近某扇精緻的浮雕門，上頭雕刻的是一條獅頭蛇——或者說是蛇身獅。

「我得去稍微整理一下儀容了，你知道

的，來接應的是帝國高層的大人物，可要看起來體面點才行。」話說完後，他隨即轉身開門離去。

在法鐸離開後，榭德侯爵繼續躺在他的大理石床上，完全不把我當作一回事。

我獨自蜷曲在空艇窗邊，雙膝抱胸，把頭稍微往窗外偏斜，感受著強風帶來的焚燒感，並祈求火焰可以延燒至此，將一切全都消滅殆盡。

「睿……」拉米雷靠了過來，他蹲在我身旁，試圖對我表示關心。我抬頭，惡狠狠地怒瞪他。

「你明知道卻完全不說！」

「這是法鐸的命令……他要我不能說出來。」

「為什麼你不直接引爆投影獸，直接讓我去死。」我憤怒地質問他。吉古拉這時也靠過來，他發出難以辨識的喉音，將堅果遞到我面前，而我用眼神回絕了他。

「你就什麼都別管，跟著我們離開就好。」拉米雷低聲安撫我。

「離開？」我頓時感到茫然，覺得自己就像當年被海浪捲到砂礫上，在夜空下躺了一個晚上的那位帝國叛徒、棄子、垃圾，過往已完全崩壞，未來卻又是無底深淵。

「那我之後要去哪裡？」

「就……回帝國呀！」

「像你一樣繼續當別人的工具嗎？然後沒日沒夜地嗑藥，持續跟人上床，直到哪天被某個男孩所召喚出的投影獸給炸死。」

拉米雷的表情像是被我賞了一個巴掌，就連一旁的吉古拉都倒抽一口氣。

「你話一定要說得那麼明嗎？」他瞪著我，眼底都是火焰。「你他媽的睿！你都不知道我他媽的為了你，做了多少事情。」

他憤然站起，用最快的速度走出交誼廳，吉古拉先是望著拉米雷的背影，接著看了我一眼，最後將幾顆堅果放在我腳邊，隨即快步跟出去。

「睿・卡本特。」

我抬頭，望見從頭到尾都在場的榭德侯爵正富饒興味地看著我，那模樣讓我想起玫黎莎的父親，那個為了帝國連女兒都能利用，且同時賦予我幻夢與噩夢的人，這使我在直覺上就對他產生厭惡感。

我冷冷地凝視他。

「據我所知，你這投影使是帝國那邊的頭痛人物。當年你忽然失控，殺死了一整隊士兵加貴族，最後遭逮捕並處死。」

「我是自己投案的。」

「既然有那麼強大的力量，幹嘛還要乖乖認罪。」

「你都已經有整座晴空塔了，幹嘛還要協助法鐸？」

「我有說自己是在協助他嗎？」榭德侯爵笑得狡猾，「咱們就是剛好目標一致，想透過那些小石頭達成目標。」

「你的目標是什麼？」我問：「你背叛自己的國家，將這些強大的力量送給帝國，使自己的國家陷入危險。」

他對我投以輕蔑的眼神，看來他似乎也不喜歡我。「你也是個背叛國家的人，像鼠輩般活下來。」

「我只是隻不小心鑽進陰溝裡的老鼠，

一路鑽到凱塔艾蘭。」

「然後，張嘴咬破布袋，讓原本好好的計劃露了餡。」榭德侯爵不屑地說道：「我跟法鐸都認為應該要殺死你。只是負責指揮的人認為，要稍微觀察你一下。」

「你是要我感激某人留我活口嗎？」我挖苦道：「我連名字都不知道，要怎麼登門拜訪。」

「你不需要知道。」榭德侯爵回答。

「很好，我本來就對你們這些人要幹什麼一點興趣都沒有。」我惡狠狠地盯著這名高大壯碩的男子。「我只知道，你們殺死了虹影的弟弟。」

榭德侯爵一臉興味地說道：「喔，我有聽說過那個小鬼，據說長得挺可愛的，我曾要虹影帶來給我看看。老實說，晴空塔挺缺這一味，可惜來不及了。」

也許是我臉上的憤怒表情讓榭德侯爵感到滿意，他發出自以為是的笑聲，繼續說道：「喔，別誤會，我跟剛才衝出去的那個投影使不一樣，我對小男孩可沒興趣。」

「拉米雷就是依照法鐸的指示做事而已。」我討厭他提到苜蓿，也討厭他提到拉米雷，因此我開口說道：「投影使僅是聽令行事而已。」

「是嗎？我看他還挺喜歡這裡的，除了執行任務外，每天待在小艇裡都沒出來。而且你剛才不也是這樣說他的嗎？」

「你了解我們投影使多少？」我瞪著他，恨不得一刀捅死他，而我相信，榭德侯爵也正有此意。

「爹地爹地，你在哪裡？」空氣裡忽然

散發出濃烈香氣，那是佛手柑與廣藿香交雜出來的馥郁芬芳，並隱含著誘人麝香和令人心神安定的雪松幽香。

「啊，我的小親親，」榭德侯爵頓時換上一副慈愛面孔。「怎麼提早到了？」

「人家想你嘛……」朱鸝葉嗲聲嗲氣地應和，她推開門，先是露出被豔紅緞帶與高跟鞋所綑綁的裸足，然後是完美無暇的小腿肚，再來是飽富彈性的大腿，最後是短到不行的開岔窄裙。

朱鸝葉的緊身洋裝將她變成了一個隨時任人拆卸的禮物，她婀娜多姿地搖晃臀部、撩起裙襬，一步步地靠近榭德侯爵。

我聽見吞口水的聲音。

「爹地想看我跳舞嗎？」嬌滴滴的聲音使人渾身酥麻。「喜歡嗎？我能為你跳一整晚的舞喔！」

「當然囉，小親親，」榭德侯爵一把抱起朱鸝葉，將她高舉並旋轉。

「我要妳為我跳整晚的舞！」

「爹地，我們要一起跳舞，跳整晚。」

朱鸝葉用腿磨蹭著公爵的下身，我看到它逐漸鼓脹起來。她傾身熱吻榭德侯爵，彷彿就像是陷入狂戀中的女孩，把渾身的所有都交付出去。

我倒在地上，瞠目結舌地看著這一幕。

榭德侯爵緊貼著她，我看到他把大掌伸進朱鸝葉的下襬，朱鸝葉呼吸變得急促，臉部浮現醉人的紅暈。她開始替公爵寬衣解帶，並同時在他耳邊吹氣，公爵也不斷地撫摸她，硬挺的身軀靠向她的臀部，完全不顧有他人在場。

雖然我內心充滿了無盡的憤恨和困惑，但面對眼前這番景象，腦袋就只剩下一片空白。

在激烈的喘息與呻吟中，我連忙起身，像逃難似地火速離開現場。

□

清晨時刻，我站在一處丘陵地上，丘陵底下不遠處的村莊是我的故鄉，自十五歲那晚後就再無回返的所在。

我將手伸進上衣口袋中，取出一根菸。

當我靜靜地將菸抽到一半時，剛好聽到了送葬隊伍的奏樂聲。

村裡的送葬隊正好就從下方道路經過。對於這座靜謐單純的村子來說，村民生死皆為大事，所以只要有一戶人家有人過世，全村都會傾力幫忙籌辦葬禮，一般來說，葬禮會持續整晚，村民會不斷地湧入死者家中，陪伴在世的家屬，他們會談論死者生前的種種事蹟，彼此分享與這名死者相處的記憶，為此歡笑與哭泣。之後，由親朋友所組成的送葬隊會在日出時啟程，在中午前抵達埋葬處。

前頭會有一個負責引路的人，通常是村裡德高望重且身體健朗的耆老；接著是死者的家屬，由長子拿著象徵死者的木牌，其他人則拿著死者生所使用的器物，從生活用品到工作器具，甚至一些個人的嗜好品；再來是朋友與左右鄰居，他們通常會演奏樂器或高歌吟唱，多數時候就像一群鬧哄哄的噪音；負責抬棺的則會是死者最親密的好友。我小時候曾疑惑，為什麼是好友要負責抬棺，村內的某個老者跟我說，是因為他們要背負死者的記憶，直到生命盡頭。

送葬隊浩浩蕩蕩地前行，我則在高處抽菸觀看，所謂的近鄉情怯，我想就是這個意思吧。

從送葬隊的規模來看，村裡有很多人都放下日常工作，積極參與這次的葬禮儀式。隊伍最前頭是村長，年過八十歲的他，身體仍看起來十分硬朗，村長舉高引導死者路途的幡旗，我想起當年，我跟兄弟們總是得把劈好的木柴送到他家門口，而他總是會用那大嗓門呼喚我，要我把他剛摘採收的蔬菜帶回家。

那是段美好的童年，當時的我尚未體會世界的醜陋，更未理解到自己的不堪。我跟我眾多的兄弟姊妹打鬧著，想像自己會跟村裡的任何一個女孩共度人生，在這個小小的村莊當個雕刻師傅，跟父親一樣兒女成群，每天刨木、修理村民的家具，直到壽終正寢。

我從未想過自己會成為投影使、成為帝國的影子，執行著一個又一個見不得人的任務，傷害著那些對生命抱持希望的人。每殺死一個人，我都感到自己死去了一點，就像被瑞斯啃咬的軀體，一步步地瓦解，最後支離破碎。

我抽著菸，發現村長身後的那名拿木牌者，竟是我的大姊。

她挺身走在最前頭，神情哀戚地走在隊伍的第二順位，旁邊還有一位我不認識的小男孩，我想應該是我兄弟姊妹其中一人的小孩，他手上沒有拿任何東西，就只是安靜地跟在我姊身邊。奇怪的是，我的兄弟姐妹並無全部在場，我只看到小我幾歲的小弟，以及一個在我進營時還在流鼻涕的小妹。說也奇怪，我那過去總是熱鬧非凡的家庭，如今看起來卻像是零落的葉片。

隊伍裡的人不斷發出惱人聲音，簡直是要把附近的野生動物全都趕回洞穴裡。我皺眉、點燃第二根菸，打算靠菸草來轉移對雜音的不適感。然後，我發覺抬棺隊伍的某部分看起有些異樣，以一般的送葬隊來說，那段看起來特別擁擠。因為當中不只有一個，而是有好幾個大小不一的棺材。

當我點起第三根菸時看見了莓果，莓果是我叔叔們當年共同收養的半精靈女孩，與我毫無血緣親戚，她是我與村裡好幾個男孩們最初的單戀。我看見她挺著大肚子，面容憔悴地跟著隊伍。此時的她手緊握著一名男子的手，步伐蹣跚、臉上帶著淚痕，沉浸在喪慟之中，

我繼續抽菸，望著隊伍不斷往前，直到這條又長又吵的隊伍消失在視野內，刺耳的噪音逐漸遠離，周遭再度恢復寂靜。

我把菸蒂彈到地上，隨即轉身離開。

□

腦中的聲音離我遠去，我整個人感到麻木，只聽到外在空艇引擎所發出的低頻。

我恍然地沿著之前進來的路回到甲板上，而此時，那些裸女就像被擠壓出來的膿瘡般，在短短的時間內，消失在空艇裡。就連原本揮之不去的藥草味，也都被刺鼻的燒焦味所取代，強風把第三空港燃燒時產生的焦味帶進晴空塔，縈繞在周圍的氣味不斷地提醒我

剛才發生的悲劇。

到了甲板，我看見虹影孤單地倚在空艇欄杆邊，身後是漫舞紛飛的煙灰。她的兩臂橫在杆上、雙腳踮著、艷紅馬尾隨風飄揚，像半空燃燒的熾熱火燄。

「我有事情想跟妳說……」

虹影面無表情地盯向我，眼神寒到令人戰慄。

「苜蓿他……」

「我知道。」虹影的表情就跟她的聲調一樣冷硬，宛如戴了張沒有情緒的面具。但我可以感受到，在面具底下的人正在哭泣。

「金髮的出來時跟我說了。」

沉默良久後，最後我開口說道：「我很抱歉……」

「你為什麼要道歉？」她厲聲問我：「第三空港又不是你攻擊的。」

我支支吾吾地像個白癡站在原地，她看我窘困半天，嘆了一口氣，說：「我沒有要責怪你。」

「我知道，但我覺得應該跟妳道歉。」

「不要隨便道歉。」虹影說出令人熟悉的話語。我苦笑著，不禁想到愛爾芭要求我，假如確定虹影背叛組織的話，就要立刻解決她。

然而，現在對我而言，就算她與世界為敵，我都無法痛下殺手，因為她是苜蓿心愛的姊姊，所有的開端都來自於她。她的存在，使我與苜蓿相遇，也讓總是與人群疏離的我，願意走入這座城市，讓我覺得自己碎裂的部分被修補起來，存活不再那麼令人難以忍受。

可是就在剛才，我心中那曾被修補過的

地方，又隨著熊熊大火焚燒殆盡。

我明白，此時虹影的心情也跟我一樣。持續在鮮血中打滾的她，讓自己成為了最優秀的獵人，在這過程中，她近乎瘋狂地把自己化為怪物。苜蓿是她平靜的避風港，亦是她和尋常日子僅剩的連結，要是連這點都失去了、消失了，虹影就會成為凱塔格蘭加地下世界的一抹影子，依照上頭命令而殺戮的怪物。

我們彼此一樣的破碎、一樣的孤單。

我盡可能以最輕鬆的方式向她敘述：「苜蓿在那邊跟著我的一個朋友學烤餅乾，他說要親自烤給妳吃。啊、對了！他還特別挑了一副艾司麗的耳環，要當作妳的生日禮物。」

虹影甩了甩頭，紅髮如火花四散，她對我露出微笑，顴骨上的雀斑呈現出好看的弧度，說道：「苜蓿就是這個樣子，就算遇到再糟糕的事情，他依然能保持最純真善良的一面，從不知道邪惡為何物。」

「不過他偷了妳的匕首，還差點把它拿去賣掉，最後竟然送給我這個半路認識的陌生人。而且，我剛剛還差點一刀刺進王子大人的心窩。」

就在我說出這番話的瞬間，虹影頓時簌簌淚下，淚水像洪水潰堤般，不斷地從眼眶中湧出。

我走上前去，給她一個溫柔的擁抱

「苜蓿跟我說，這樣能讓妳充滿力量。」我猶豫地表示：「雖然我不知道他有沒有騙我就是了。」

「我小弟總是喜歡我出門前抱抱他，然後跟他說晚上見……」虹影喃喃地說道。我繼續擁住她，任由她在我懷中哭泣。

我明白，所有傷慟都是無法撫平的，但人無法永遠沉浸在疼痛之中，只能將它埋藏起來，並於夜靜人深之時，祈求回憶能夠善待自己。

此時，我聽見身後傳來腳步聲。我鬆手，轉身看見佛克跟班諾。

佛克披著一件鐵灰色的披風，剛好罩住他那畸形的背，滾著皮毛的帽兜遮住突出的額頭。他一隻眼睛非常用力地直視我、另一隻則左右晃動。一旁的班諾看起來英俊挺拔，他全身上下都打理得一絲不苟，稜角分明的臉龐加上嚴酷的表情，就像是從課本扉頁上活脫出來的帝國軍人。在他們兩人身後，有群哥布林正急忙收拾舷梯。感覺天色異常昏暗，除了煙霧瀰漫的關係外，我還觀察到，晴空塔上的所有空艇竟全部關起燈火，似乎在等待什麼。

我將目光放回眼前，朝兩人平靜地點頭。

第九章

你的罪，我的孽

「你有想過，那些投影獸是打哪來的嗎？」班諾咬了一口麵包，這是玫黎莎親手烘培的蜂蜜小麥麵包，味道甜滋，蓬鬆口感中夾帶著小麥香。吉古拉原本打算獨佔全部，我趕緊搶下幾顆，以防止他吃撐。今天佛克與拉米雷都因任務的關係不在營區裡，因此我就將搶下的麵包全部給班諾。

自從班諾「失控」召喚出新的投影獸後，他換隊伍的希望更渺茫。即使他因此證明自己的投影潛力十分強大，卻同時顯示出他的變數極大且難以掌握，這是帝國軍方最頭痛的狀態，因此他就跟吉古拉一樣，被列進了所謂「觀察名單」中，而我理所當然地得負責監督他們。

「當然是所謂的『異界』啊！要不怎會長得那麼奇怪，怎麼看都不像這個世界的生物。」

「所謂的『異界』是哪裡呢？」他邊咀嚼邊問，就像一個跟老師提問的普通少年。他現在終於又開始跟我談話，自從上次我開導他之後，他可能是覺得，就算我的作戰方式極其殘忍，但平時還是能好好相處，抑或是他察覺到自己換隊無望，決定好好地跟我這個殘忍的投影使相處。

管他的，反正他願意吃掉玫黎莎烤的麵包就好。

「我曾想過，這些投影獸到底是從哪裡來？在原本的世界中，牠們又怎樣過生活？還有為什麼這些投影獸願意聽我們的話，暫時過來這裡被控制使喚？而且，每個投影使召喚的投影獸感覺都不一樣，這是否有其原因呢？」

「老實說，我在剛成為投影使時，也曾想過類似的問題。」我抽著菸，凝視遠方藍天。「當時我弄了一些闡述投影魔法的書籍，只可惜看了老半天，就只讀到一堆充滿偏見且刻薄的論述，像是投影使精神都有毛病之類的。」

聽到我所說的話，班諾眼底瞬間透出某種光彩，隨即問道：「那些書可不可以借我看？」

「我全拿去燒了，那東西只會讓人渾身不舒服。」

「抱歉。」他眼神變得黯淡。

氣氛頓時有些尷尬，我忽然有點後悔當初因衝動而幹出燒書蠢事。不過，班諾在沉默半晌後，他開口說道：「據說，凱塔艾蘭那邊有在研究投影魔法，甚有至專門的藏書，裡頭記載了投影獸的種類。」

「你怎麼會知道？」

「我父親曾在凱塔艾蘭大學擔任客座教授，跟各式各樣的研究者交流。他跟我講過，凱塔艾蘭大學裡有各種知識研究，就算國家沒有投影使，還是會對於投影魔法進行研究。因為國家相信，知識就是力量。他們那邊研究者無論做什麼研究，都備受崇敬。」

「聽起來你很想去那邊看看。」

班諾愣了一下，從他的反應看來，似乎在擔憂把心底話說出來的後果。

我笑了笑，決定轉移話題：「我父親是村裡的木匠，所以我原本的志向也是當個木匠。既然你父親是名政治學者，所以你原本也是打算當學者嗎？」

對於我的推論，班諾點頭回答：「不過

我比較想作魔法研究，不是研究如何使用魔法，而是魔法是怎麼形成，會產生怎麼樣後果的那種。我想要研究魔法對這世界造成的影響。」這時，他苦笑了一下，用力咬了一口麵包，說：「只是看起來，它真的對我的人生造成極大影響。」

「聽起來很不錯，有實際經驗，不單只有理論而已。」我說道：「你在台上教書的樣子看起來應該很有說服力。」

「可惜已經不可能了。」

該死，我又讓氣氛變得不舒適了。

「很多事情難說。」我趕緊指著麵包說道：「帝國投影使通常都得待在營地裡，並且跟一般人保持距離。但我結了婚，還可以定期離開營區。所以也許未來，帝國學院會需要投影使出來教書，他們可得派馬車來載你去學院了。你呀，就先好好讀書研究，到時候嚇死那些在台下的學生。」

班諾似乎被我逗笑了，這名表情總是鬱鬱的男孩嘴角微微彎起，看起來是真心感到開心，但經半晌後，他又隨之皺眉，臉上出現愁容。他低頭並沮喪地表示：「可是我沒有書可以看呀，營區裡很多東西都受到管制，要上哪找書？」

「放心，有管制不代表弄不到，你看拉米雷連人都弄得進來，幾本書算什麼。」我笑著說：「喔，而且你可別忘了，我現在可是有特權的！」

□

直到夕陽西斜，餘霞散綺，第三空港仍持續燃燒。

就算全凱塔格蘭加的救火隊都出動，火焰依然不斷向上竄升，彷彿要將整座塔都給吞噬殆盡。高塔朝天空湧現新的煙灰，這些煙灰隨風飄散至晴空塔頂上，把本來就看起來髒污不堪的晴空塔覆蓋上更多煙塵，要是不小心呼吸太用力，就會讓人不停咳嗽。

附近所有空艇都在想辦法撤離，原本要駛進凱塔格蘭加的外國空艇，也因為忽然沒有合適的停泊處，只好在天上不停徘徊。

晴空塔上的空艇群開始駛離埠岸，一艘艘五顏六色的中小型空艇從中央向外四散，宛如慢速度噴發的禮炮。在這些負責運載男女慾望的奇麗小艇中，部分暗藏著從煉金術士那搶奪來的浮石，至於是哪幾艘，就只有法鐸一人知道。

一般來說，為避免空中交通凌亂，凱塔格蘭加內的中小型空艇，其飛行高度會比大型空艇還要低。只是經大火這麼一燒，所有空艇早已顧不得公定的飛行高度，全部在天上隨意亂飛。大小不一的空艇群在城市上頭相互交錯，許多空艇都在最短的距離內彼此擦身，險象環生，令人不禁神經緊繃。但還好，這些操舵者的技術似乎都非常熟練，總能在最驚險的瞬間安全錯開。

我從榭德侯爵的空艇上，鳥瞰整個凱塔格蘭加的市區街景，道路阡陌縱橫，圍繞著高矮不一的建築，低頭從小地方看的話，會以為這座城市是張編織綿密的蜘蛛網。要是稍微抬頭，把視線放更遠，就會意識到，這裡是個巨大漩渦，把所有人都捲入其中。

空艇不斷向上飛升，漩渦開始翻滾，在眼底湧起驚濤波瀾，成為吞沒眾人的深淵，最終無人倖免。

少數讓人感到平靜的，是那遠方揚起的山脈，它們像城池般環繞著整個城市，夕陽將山頭照成整塊紅色，這跟燃燒著空港的火焰顏色不同，而是讓人感到舒適的楓紅。

佛克開口跟我說道：「我覺得自己應該問，你為什麼會在這裡？不過，不怎麼意外就是了。」

「空港那個是你跟班諾做的吧？」雖然答案如此明顯，可是我仍故意這麼問他。

佛克點頭，回答：「我很慶幸你沒在那裡。」

「但我有認識的人在那裡。」

「我很遺憾。」

「要是我剛好在那邊的話，你跟班諾會攻擊嗎？」

「睿，你知道的。」佛克沮喪表示：「我們是帝國的劍刃。」

「那在競技場時，你為什麼來找我？」

「因為當時我以為你已經死了。」他說道：「上頭沒有不准我替你收屍。」

「很好，看來我們這幫投影使非得靠死亡才能做出選擇。」

面對我這番結論，佛克似乎無話可說，他只有輕輕地拍了我一下手臂，把話題轉向其他地方：「我想，班諾也很高興你還活著。也許趁這個機會，你們可以敘敘舊，就像我們現在這樣。」

我瞥向站在甲板另一端的班諾，嘆了一口氣，說：「我先幫自己抽些血，他要來聊什麼就隨他吧。」

在佛克離去後，我隨即盤腿坐下、打開

腰間的木匣、拿出抽血工具、捲起袖子、替上臂綁上伸縮帶，開始替自己抽血。這時候，班諾走過來，他不發一語地望著我，我隨即低下頭，緊盯著從針頭溢進玻璃管內的血液。

「好久不見了，睿。」班諾開口，比起競技場的交集，這才是我們在久違後真正地對著彼此說話。「我就知道你沒有問題的。」

「你是指，在你那兇殘的投影獸攻擊下還活著嗎？」

「我知道一定可以的。」

「你也太看得起我了吧！」

「你一直都很強，我很明白。」

「你也很強，只要認真起來，絕對能把我這個背叛者給剷除掉。」

班諾搖頭，他望著我，表情欲言又止。

在我冷笑幾聲後，班諾瞬間像是跟我報告似地說：「我一直想跟你說，自從你離開帝國後，發生了許多事情。軍方對投影使們做了一番清查，除了你之外，上頭還處死了好幾個人。」

我閉上眼，這一切都是我造成的。

「帝國之後有好長一段時間都沒有出現新的投影使，而且也因為沒什麼機會使用，因此帝國就把我們都送到更偏遠的地方。」

「我很抱歉。」

「不，也因為如此，讓我有更多的時間，提升自己的投影能力。」

「看起來有不錯的成果，那隻渦寧重傷我，可讓我倒在床上好多天。」

「但仍沒辦法像你那樣，一口氣把男爵與他的侍從們全數消滅。」

我仰起頭，班諾望著我，眼神淡然，表

情平靜。

「之前我一直沒機會問你。」他問：「我父親是你殺的嗎？」

我沉默地點頭。

「我知道了。」他的情緒毫無起伏，這比痛揍我一頓還來得痛苦。

「我以為你的反應會再更大些。」

「我父親是間諜是叛徒，所以受到了懲罰。他們跟我講，當時我父親正與反帝國的組織共同策畫恐怖行動。」

「你應該比我更清楚你父親。」我熟練地更換著儲滿血液的玻璃管，僅用單手就替管口塞上蓋子，所有的動作都無需經思考，全靠本能反應。

「報告資料顯示，你殺了我父親後，又殺了負責調查反叛份子的熙博爾德男爵。他們說你也遭到王國吸收，負責消滅行蹤走漏的王國間諜。」

「我不覺得王國那邊會想找個酒鬼當間諜。」

「所以，你不是間諜囉？」

「不是！」我篤定回答：「自始至終，我都是自己決定這麼做的。」

班諾點頭，接下來他問道：「那麼，我父親真的是間諜嗎？」

「我只知道，你父親很愛你。」

班諾的神情鬆動，宛如冰融成了水。

這時，我跟他說：「佛克跟我講，是你跟法鐸通報我還活著的。」

那瞬間，我瞧見班諾眼底閃過一絲不安，他板起面孔，認真地跟我解釋道：「法鐸在派吉古拉攻擊商會高層時，發現有其他的投影獸出現，而吉古拉之後情緒就一直很低落。後來，有人跟法鐸通報，有一名前帝國投影使在凱城活動，所以法鐸就派我去調查。」

「吉古拉情緒不好？他的投影獸有失控嗎？」

他的語氣稍微下沉，隱含著某種憂心，說道：「他最近吃得很少，雖然不算完全沒吃，但比原本少很多。」

「別讓他挨餓就好，那傢伙也是有他的個性。」我無所謂地表示：「你不能逼他。」

「就像法鐸不能逼你一樣嗎？」

我發出苦笑聲。

班諾認真地說：「要是你願意好好地配合我們，之後回帝國，我可以保證你的安全，不會讓那些人有機會再次把你給殺掉。」

「感謝好意。」我毫不猶豫地回答他。

「但我必須坦白跟你講，比起回到帝國，我情願乖乖喝下毒藥，然後把帝國沿海的魚全都毒死。」

我們彼此沉默，經過半晌，我聽見班諾跟我回問：「記得以前曾跟你說，我從以前就很想來這裡看看。」

「那麼，你覺得這座城市如何？」

「在看到你之前，我覺得這座城市看起來很普通。」

此時，榭德侯爵的空艇正穩定地向前移動，就跟其他的空艇一樣，它會假裝像是無頭蒼蠅似地，在凱塔格蘭加的上空四處亂飛，直到帝國大型空艇進入城市天際，它們會趁機利用空中傳遞的方式，依序將浮石交付於帝國手上。「那些綠月幫的哥布林真好收買。」我聽見虹影不以為然地評論著那群負責駕駛的哥布林，可是我想，在刀子跟金子前面，心智正常的傢伙都會選擇金子。

「是說，看到我就覺得不普通？這是什麼奇怪的結論。」

「因為你還活著。」

「我總是想死都死不了。」我仰頭嘆氣。「不知道這樣是否是件好事。」

此時，虹影已經離開甲板區，她表示無法忍受與班諾待在同個空間裡，覺得自己會一槍把班諾的頭給射爆。

我仰頭，與他四目對望。「但我在乎的人都會死。」

我以為班諾會像個帝國軍人似地斥責我、數落我、鄙視我這個毫無理想可言的傢伙，然而他卻僅對我表示：「我很抱歉。」

我鬆開上臂的伸縮帶。「就某方面來說，咱們算是扯平了，不是嗎？你現在只要專注做好眼前的事情就好，像是得好好想，假如凱塔艾蘭派出空艇攻擊時該怎麼處理。」

「渦寧會負責保護空艇。」

「那麼，要是對方的武力太強呢？也許你的渦寧可以打小空艇，但是大型的戰鬥型空艇就無用了」

「歐偲朋。」他說出了那隻當年在碉堡平原前噴出腐蝕液投影獸的名字。我愣了一下，問：「你現在有辦法立刻召喚牠嗎？」

「你知道的，我需要的是恨。就像當年得知我父親被逮捕時一樣的恨，恨你、恨整個帝國、恨自己。」

「那現在，你覺得有辦法嗎？」

他搖頭。

「你可以恨我。」

「我做不到。」

我乾笑幾聲，看來這小子依然坦率得很讓人心疼。

「那你只好祈禱凱塔艾蘭不會派出軍用空艇。」

「你感覺不太擔心被凱塔艾蘭攻擊。」

「對我來說，橫豎都是死，就只看是被哪邊殺掉罷了。」

我把抽血的東西收拾好後，便起身問道：「榭德侯爵的小空艇裡應該會有威士忌吧？知道自己隨時小命不保時，就會想來喝個幾杯。」

「我不知道空艇酒吧在哪……」

我拍拍他肩膀，把他當作是過去那名害羞聰穎的少年，說：「別擔心，我自己去找就行了，反正這艘空艇也才這麼一丁點大，就不信找不到。」

□

熙博爾德要我負責「處理」一名學者，那個人就是班諾的父親。

我進門，瞥見班諾的父親坐在鐵椅上、雙手被綁於兩側扶手、指甲全被拔掉了，一旁桌上的鉗子則都是血漬。他的腳踝腫脹瘀青，腳邊水桶裡的水則透著令人不適的紅色。男爵表示，這名學者不願意透露反叛組織的其他成員，更不願意簽下任何認罪協議，而高層表示，要是在公開審判前沒弄到任何證據的話，可能會有更多麻煩。

「沒想到學者還可以這麼頑強。」熙博爾德男爵在推開拷問室門的時候說道：「以前抓過幾個少爺兵，只要搧耳幾下光，就什麼話都吐出來了，再踹個幾下，什麼字都簽得下去。但這個念書的不論怎麼問，都沒有任何反應，想要他簽個名還真麻煩。」他用力吸了口菸斗，從嘴裡吐出數個大小不一的煙圈。「上頭說，要是不認罪的話，就不能公開審判。今晚是他最後一次機會，萬一待會他出了什麼『意外』的話，就要麻煩你了。」

我點頭、雙臂環抱身體，看著拷問官把燒紅的烙鐵壓在他的腳板上。

他沒有發出任何聲音。

「死了嗎？」

「報告長官，他還有呼吸。」拷問官扯起了他濕淋淋的頭髮，我看著他睜著眼睛、表情平板、神情空洞。然而，我卻在與他眼睛對上的瞬間被震懾住，因為他眼睛跟班諾簡直一模一樣，彷彿在那邊被嚴刑拷打的人就是班諾本人。

他的視線穿透過我，看向我身後的虛空。

凌虐持續進行，拷問官不斷用烙鐵在他身上製造出新燒痕，但他卻沒有發出哀號聲，從頭到尾近乎寂靜，整個拷問室只聽得見肌膚燒焦時發出的吱吱聲。就算烙鐵燒爛了他胸前的皮膚，他都沒任何掙扎動作，甚至連個氣也不喘一下。

就我所知，班諾的父親從被逮捕至今已一個多月。我想，在這段期間，他早就歷經無數次的殘酷對待，且他也意識到，任何哭喊都只是浪費力氣。在終將一死的前夕，他選擇用沉默來守護僅剩的尊嚴。

「真是有夠麻煩的……」男爵氣餒地揮舞著手中的名單，說：「只要簽個名就好了呀，你為什麼不乖乖配合呢？」

「長官，要不要換別的方法呀？」拷問官朝桌面上的短刀點點頭，問：「也許這個比較有效。」

「班諾‧卡利戈。」此時，我開口講出班諾的全名，它就像一道擁有強大力量的咒語般，讓生命回到那副殘破的皮囊內，他遽然抬頭望向我，眼底出現恐懼。

「只要在上頭簽名，承認名單上的這些人，我就放過你兒子。」我在他耳邊虛假低語。「我知道你兒子背地裡跟王國勾結。現在，只有你可以救他。」

我看到他開始吞口水，可能是因為疼痛的關係，他顫抖了一下，唾沫從嘴角湧出，然後流了下來，他又垂下頭、發出細微的啜泣聲。一旁的男爵笑瞇瞇地看著我，我則板著面孔，繼續問他：「你希望我放過他嗎？」

他點頭。

拷問官趕緊解開他右手的枷鎖，男爵將名單跟墨水筆遞到他的面前。我看他用那隻血淋淋的右手，用盡全身力氣吃力抓筆，慢慢地簽下自己的全名，親自承認了自己與他人的罪刑，無論那個罪刑是否為真。

鮮血混合著墨水，在羊皮紙上留下斑斑痕跡。

「很好。」男爵滿意地抽走沾滿血漬的名單，讚賞道：「說不定你很適合做這方面的工作。」

我沒有回話，看著班諾的父親身體不斷顫抖。

在這一刻，我想，他才終於感覺到真正的疼痛。

我冷冷地拿出菸盒，甩出一根菸，旁邊

的拷問官趕緊靠近我並幫忙點菸。菸霧進到我的肺裡，逐漸覆蓋拷問室內原本的燒焦味與血腥氣味。我靜默著，直到鼻腔裡只剩下菸草味時，才開口問道：「接下來要做什麼？」

「剩下的就等公開審判了，這人得承認這是他親手簽下的文件。」男爵輕鬆地伸腰，像閒談般地跟我說：「之後咱們就能名正言順地逮捕剩下的人了，天殺的敦德，這真的是有夠麻煩的差事。」

就在這時候，班諾父親發出了瘋似地尖叫。他抬起右手，握緊手中的那支墨水筆，用筆尖往自己的頸部猛力戳刺，一下、兩下、三下，直到第四下的時候，我察覺到他的瞳孔瞬間放大、身體開始不自然地抽搐，大量墨水沿著他的脖子滑落，將肩頭染成一大片黑。他渾身一攤，右手隨之鬆開，墨水筆掉落至堅硬的石板地上，發出清脆聲響。

狀況來得太突然，在所有人都尚未反應過來前，班諾父親就用最激烈的方式結束了自己的性命。我盯著地板上扭曲變形的墨水筆，感到喉部緊縮，彷彿剛才筆尖是刺在我脖子上。

「真糟糕，這下子沒辦法讓他親口指認了。」男爵低頭垂肩，語氣帶著些許遺憾，接著他轉向我，問道：「就剛才他的反應，這人跟他兒子似乎關係不錯，我相信，那孩子可以認得自己父親的字跡。雖然有點小麻煩，但我想當天就直接傳喚他出庭吧！」

我沒有出聲，然而臉上的表情明顯透露出了某些情緒，男爵皺眉，語氣變得嚴厲：

「你這是在拒絕我嗎？」

「班諾是投影使，不是隨隨便便就能給你叫出來的。」

男爵堆出笑容，宛如我正在講一件可笑的事情。

「你可忘了我是誰吧？」

「我答應放過他兒子。」

「幹嘛在意這個！根本沒人在乎這種小事情，更何況他都已經死了。那孩子叫班諾，對吧？這樣好了，我明天就另外請人把他找過來。之後的事情你就暫時不用管，等到需要你的時候，我女兒會通知你。」

我轉頭凝視著班諾的父親，這位飽受折磨卻不願意出賣自己同伴的學者，如今成一具屍體。我利用班諾逼他出賣尊嚴，使他最終卻選擇自我了斷。

此時，艾羚寧在我耳邊喃喃低語。

那些屍體、那些面孔、那些尖叫、那些因我而止的生命，他們每日每夜不斷累積，持續咬噬著我。

回憶是巨大的痛楚，過往的聲音則是折磨，使我的人生最終只剩坑疤。

這時，男爵指著屍體跟我說道：「徹底一點，別留下任何痕跡。」

我吸完最後一口菸，把剩餘的菸蒂彈在地上，用腳踩熄微弱火光。在黑暗中，慢慢地走向放滿拷問刑具的桌子，拿起原本拷問用的短刀，往自己手腕內側奮力劃下一刀。

我做得很徹底，沒有留下任何的痕跡。

□

對一個酒鬼來說，在空艇內找酒喝堪比老鼠找尋塞滿穀物的儲存箱，就算榭德侯爵用整堵牆把酒吧給圍起來，我相信自己依然能將牆壁鑿開，鑽進裡頭暢飲一番。

榭德侯爵就算把空艇裝潢得再怎麼誇張，它就仍是一艘不大不小的中型空艇。我在空艇內不斷地繞，就像是急著找地方小解的乘客，推開每扇所能看見的門扉。

很快地，我就找到榭德侯爵特別打造出來痛飲的空間。

與朗恩俱樂部內華麗的獸牙吧檯相比，榭德侯爵的專屬酒吧在造型上也是不惶多讓。整個空間裝潢呈現出另一種嚇人的鋪張風。中央吧檯是用完整的透明石英切割製成，內側鑲嵌著七彩絢爛的瑪那燈，吧檯後方的酒櫃也是整片透明，只要坐在檯前，就能將所有好酒看得一清二楚。酒吧座凳是用白銀鑄成的，造型是一隻正在開屏求偶的公孔雀，椅子靠背插滿真實的孔雀羽毛，牆壁則滿是鏡子。

正當我仔細檢查酒標，想從中挖出最貴的威士忌時，聽見清脆的開門聲，我抬頭，望見鏡內出現朱鸝葉婀娜的體態。現在她穿著一件近乎透明的銀色高衩禮服，全身肌膚在透光的雪紡下若隱若現。我瞥見她脖子上掛著之前看過的碎木項鍊，那是她渾身上下唯一的飾品。朱鸝葉披散著些微潮濕的黑髮，並用修長的手指在瑪那燈下不斷梳攏，我看見她的瀏海服貼額頭，身上傳出肥皂的氣味，宛如誘惑化身。

「你在做什麼呢，睿楒提？」

我藉由鏡子的反射看她，她坐在吧檯高腳椅上，手拖著下巴，兩腿交疊，雙眼鎖定我。

「這很明顯吧！我要把妳親愛的爹地收藏的威士忌給喝掉。」

「那麼，讓我來陪你喝一杯吧。」她說道：「最左下角，藏在空酒瓶後頭。」

我依照朱鸝葉的指示挪開空酒瓶，拿出標寫著「雄獅帝國七五八年」的威士忌，接著順手從櫃裡抓了兩只空玻璃杯，當玻璃觸碰到吧檯時，整個空間迴盪著清脆的碰撞聲，我拔開瓶塞，先替她倒了一杯。

「女士優先。」

朱鸝葉舉杯，朝我露出嫵媚笑容，我則把瓶口湊近嘴邊，大口飲酒。

「這樣喝對身體很不好。」朱鸝葉露出醫生的那面，抿起嘴唇，嚴肅告誡。我冷冷地瞧了她一眼，直接下結論：「妳利用了大家。」

她撇過頭，那張屬於朗恩女孩的面具回到她臉上，說道：「我說過，我會將自身發揮到淋漓盡致，直到完成目標。」

「妳把船班資訊交給榭德，讓他跟法鐸能夠安排計畫。」

朱鸝葉對我露出淘氣微笑，她身上的肥皂香開始變得甜膩誘人，我立刻板起面孔。「我知道妳在搞什麼把戲，別期待我會立刻閉嘴，然後像榭德那樣直接撲倒妳，在妳身上到處亂舔。」

「你是我這輩子見過最無趣的男人了，睿槵提。」朱鸝葉的上唇上揚，小巧的下齒些微裸露。她盯著我，發出失落的嘖嘖聲。

「很抱歉不符合妳的期待。」我語氣諷刺地道歉，用力搖晃威士忌瓶。「我甚至懷疑，法鐸會知道那些浮石能夠幹些什麼，也是妳去告訴他的。」

「真可愛，你是怎麼推斷出來的呢？」

「因為除了煉金術士們外，大概就只有身為朗恩情婦的妳們，知道浮石真正的功能。」

「還有呢？」朱鸝葉用手托著腮幫子，彷彿希望我繼續推敲她在這場恐怖攻擊中佔了多少份量。我抿起嘴，將所有推論導向最糟糕的方向。「那群白蛇會噤聲，也是受到妳的影響。」

「男人嘛，總是這樣子。」朱鸝葉飲啜一口威士忌。「只要稍微把玩一下就很好操控了，我只要在這艘空艇上辦個派對，找一些甜美動人的小可愛。當然，我也得感謝那名金髮投影使的協助，只要事後在其中幾個白蛇肚子上開洞，剩下的就會對我言聽計從。」

「所以，貝恩德他……」

「是呀，難道你以為矮人只就會喝酒嗎？每個人都有許多不同的面相，你應該很明白這件事才對。不過老實說，在我認識的白蛇中，他為人算挺正直的，會挑上他的原因，就是因為他太正直了，沒辦法把真相藏在心底太久，就跟你一樣，對真相過敏呀！」她睜大雙眼，發出愉悅的輕笑。「還有還有，像是愛爾芭家的那場襲擊，以及剛剛的空港大火，都我負責規畫的。」

她自信地撥弄了一下頭髮，像是期待我會讚美她似的，接著她說道：「樹德那傢伙就是個貪婪又樂觀的白癡，而剛好他手邊有許多資源可以運用，法鐸則是個每天想家的小男孩，他很有能力，也有驚人的行動力，只是對凱塔格蘭的熟稔度沒有我高，他會提出許多好點子，我則負責幫他打點好，當然這對我來說不算什麼難事……」朱鸝葉再度對我微笑。「適當的時間安排適當的活動，是所有朗恩情婦的基本能力。」

「妳他媽的夠了……」

「彼此彼此。」她輕巧地對著我眨眼。

「妳到底想要什麼？」

「我要你。」

我頓時愣住。

朱鸝葉瞇起眼，仔細地欣賞我臉上的表情，我的反應似乎令她感到滿意。接著，她發出了輕快的笑聲。

「也難怪你會不記得了，畢竟對你們這殺人如麻的帝國投影使來說，我們這些獸人大概就跟路邊的石子沒什麼兩樣吧？」

她用指頭勾起胸前的碎木項鍊，眼神帶著一絲陰鬱，但更多的是從她聲音傳遞出來的強烈恨意：「對我來說，那是永遠無法忘懷的一切。在你帶走我父親的那一刻，我就發誓，我一定要找到他，然後再找到你……」

「薩妮……」我感覺自己不停顫抖，絕不是因為酒精的緣故。「這是不可能的……照理來說，妳不可能還活著啊！」

「是呀，我不可能還活著。」朱鸝葉，或是應該稱呼為薩妮的獸人少女，她抬頭看我，用手撥開額間的髮絲。「我也不知道自己是怎麼活到現在的。也許，在你把我的故鄉屠殺殆盡的那一刻，我早已死去。」

她的眼眸低垂，目光聚焦在金澄澄的威士忌上，不自覺地把玩著墜飾。

「在村莊被摧毀後，我獨自在荒野中徘

徊多天，最後坐上某台正巧經過的人口販子馬車。」她戲劇化地深呼吸，宛如說書人講述著遙遠而悲傷的故事。「為了一口飯及一口水，我在各式男人間不停流連，學習並使用各種能夠討人歡心的把戲。是的，你能想到的任何把戲——」

我忽想起剛才她與榭德侯爵在我面前親熱的景象，酒精在我體內燒成了一團火球，沿著胃部、喉部向上延燒，最後燒到我的臉，我感到雙頰發燙，趕緊用力甩頭，驅走那股令人臉紅心跳的熱氣。

「我在進入青春期的時候，身體開始產生變化。」她站起，在我面前轉了一圈，姣好的曲線一覽而盡，風光盡收眼底。

「就跟你們投影使一樣，我在受盡折磨的過程中——天賦綻放。那些人在發現我的能力後，就把我賣到帝國，提供給對於非人種族有特殊癖好的人類男性。我在那群男人堆中展現出超高的交際手腕，一路從低階妓院進到了帝國軍方，專門服務那些下流的軍人。之後，有個將軍發覺我在床上以外的用處，因此決定訓練我替國家做事。經過一段時間的訓練後，帝國高層就把我送到凱塔艾蘭，要我接近聯合商會的史特雷．朗恩。」

「接下來的故事，我相信你大概猜得到。」她甜甜地笑著，眼睛閃爍著最毒辣的光芒。「那名人類老頭立刻被我迷得神魂顛倒，在幾次的『約會』後，他就把我買回家，像個洋娃娃似地帶在身邊把玩。他還花錢請人除去我身上的奴隸刺青呢！」她輕笑幾聲，轉身向我展示她光滑細緻的背部。「在成為他的情婦後，我開始努力建立起各式人脈。

直到法鐸找上門……」

朱鸝葉繞過吧檯，慢慢地靠近我，在一個伸手就能觸碰到她的距離，停下腳步。「法鐸小王子是帝國安插在凱城黑幫裡面，專門負責掌握地下情報的人。而我則是負責商會情報網。就這樣，我們倆一拍即合，不是床第之間的合，這種關係還挺令我意外的。」

「為能讓我更進一步掌握商會資源，帝國還派人解決掉了史特雷．朗恩。當然，那事情有點出乎我意料外就是了。」危險從她體內散發出來，我知道，那不是她刻意產生的氣息。

「哎呀，不小心把話題扯遠了。」她嫣然一笑，拉起我沒拿酒瓶的手，將掌心輕覆臉頰、慢慢滑下，最後停在她的胸口。

「你知道嗎？我不斷地忍耐，吞下無數的痛苦跟羞辱，為的就是要找到那位每晚出現在我噩夢裡、帶走我父親、毀滅我故鄉、殺死我親朋好友的邪惡男人。我耗盡自己的所有不停尋找……」

我的鼻腔再度嗅到誘人甜香。然而，此刻的我卻只感受到苦痛，現在的她只要一個眼神，就能將我徹底毀滅。

她哼了一聲，眼神充滿蔑視。「結果到頭來，不過是個可悲的傢伙而已。」她甩開我的手，朗恩情婦專屬的面具脫落，面具底下是囚籠，囚禁薩妮所有的人生。

「妳要我……做什麼？」

「兩個選擇。」她舉起纖細的食指與中指，指甲上塗著豔紅的油彩。「你可以繼續把當年該做的事情給做完，除掉村莊裡的最後一個調律獸人，也就是我。或者是……」

朱鸝葉靠向我，近到我只看得到她的那雙眼睛，我這才意識到，她眼睛是藍灰色的，宛如海上風暴。

「我要你靜靜地看著，並在危急的時候保護我。」

「妳不打算復仇嗎？」我覺得自己該要恨她，恨她奪去了我第二次的人生機會，在好不容易被修補過的地方鑿出更深的窟窿。又或者是，我該跪下來，用最卑微的方式乞求她，讓她用自己最期待的方式摧毀我，無須寬恕、無須原諒、別施捨任何憐憫。

「我要對付的男人可不只你而已。」朱鸝葉話說完，她就將她的唇覆在我的唇上，她將舌尖送入我口中，像替情人搔癢般地在裡頭持續翻攪，獸人專屬的小尖牙輕勾著我下唇，帶著某種挑逗的刺痛感。這一吻是她熟練的把戲，我沒有抗拒，任由她深吻我，但除此之外，就無其他反應了。

「你真的很讓我失望耶，睿槵提。」深吻結束，她抿了抿唇瓣，眼神充滿鄙視。

「我一向讓人感到失望。」我隨即仰頭痛飲，用濃烈酒精將自己給麻痺起來。吞嚥時，喉部像是利刃劃過，熱辣辣地使人透不過氣。威士忌造成的醺然感從胃部逐漸擴散，最後直衝腦門。

「等會負責的傢伙，就是把我送進朗恩老頭兩腿間的混帳。」她眨眨眼，輕快地說：「他是戴文希爾上校，表面上是駐凱城大使館的武官，但實質是負責管理我們這些海外間諜，這次的投影使也是由他安排過來的。」

「為什麼會動用到投影使呢？」我問：「一般來說，投影使都是在做暗殺或殲滅任務，盡可能不讓他們接觸社會，尤其像凱塔艾蘭是屬於中立國，檯面上與帝國無任何敵對，一般不會動用到投影使。」

「一開始，他想對付的是自己人。」朱鸝葉舔舔嬌紅的嘴唇，傲慢地笑了笑，眼睛彎成美麗的弧線：「戴文希爾上校早就想『更換』這名舊的駐凱大使了，所以他向高層請求派遣一名投影使過來。負責臥底在黑幫內的小王子剛好要幫商會護送這批遠古浮石。當然，我就把這些遠古浮石的各種好處告訴了戴文希爾。那老頭想要趁機建功，所以他指示小王子要去『偷』那些遠古浮石。來自上司的命令，咱們可愛的小王子當然義不容辭。那名想家想瘋的可憐男孩認為，這些珍貴且強大的遠古浮石，是他回家的鋪路石。」

「你們的計畫成功了。」

「不，那是『他們』的計畫到目前為止都很成功。」朱鸝葉刻意加強「他們」，臉上露出意味深長的笑容。

「那妳能放過虹影嗎？因為在這件事情上，她是無辜的。」

「你當初有放過我嗎？」她怨懟地望向我，表情既冷又傲，接著她嘆一口氣，聲調放緩，並帶著些許疲憊。「睿棞提。她就跟我一樣的倔強，無論是剛才的那場大火，還是待會即將發生的事情，我相信她絕對都能熬過來的。」

接著，朱鸝葉或是該被稱為薩妮的女孩又親吻了我一下，這次位置是落在臉頰側面。

「告訴你兩個小祕密喔！」朱鸝葉瞇起眼，嗲聲嗲氣地在我耳邊輕聲說道：「第一個小祕密是，我當初給阿律耶德的其實是毒藥沒有錯，我原本是打算直接殺了你，只是在看你全身腫脹時，突然覺得在你什麼都不知道的情況下殺了你，簡直一點復仇的快感都沒有。」

然後她又說：「另外一個小祕密，你的青蛙玩具我一直帶在身邊喔，可惜它已經不會叫了。」

她退後幾步，提起掛在脖子上的碎木墜飾，對我調皮一笑。隨即她踮起腳尖，用最輕盈的姿態離我而去，就像當年的那名獸人女孩，爛漫而天真，卻又總令人傷透腦筋。

□

在殺死男爵並逃亡數天後，我決定回到那棟被我搗毀的警備局，面對我最後的命運。之後，軍方將我關起來，與外界完全隔離。在被監禁的期間內，這些氣憤難耐的軍人沒有做出傷害我的舉動。我想，這是因為讓投影使流血本就是不智之舉外，痛覺會使我的投影獸變得更加強大。

毋須任何審判，在帝國，殺死貴族唯一死刑。

現在，我坐在陰暗小房內，桌上的油燈是黑暗中的唯一微光，但它也同時飄散著黏膩的豬臭味。我將手肘倚靠著桌角，靜靜凝視擺放在油燈旁的玻璃小杯，我覺得眼前的景象相當熟悉，通常在任務結束後，我就會安安靜靜地找個地方躲起來，在黑暗中把自己泡在酒精多天。這種尺寸堪比拇指大小的飲酒杯，裡頭平時裝的應是高濃度烈酒，只要抿個一小口，就能讓渾身感官麻木，釋放盤旋在腦中的痛苦感受，讓我遺忘世界及自己。

一想到烈酒杯裡裝的不是威士忌而是毒藥，且這還是我人生最後能嚐到的東西，心底就有種難以言喻的憤恨感。

不過，投影使終究沒什麼選擇的。

上頭要我在日出前把毒藥喝下，好讓他們在早晨時派人來收屍。

我只能期待這杯毒藥裡滲有酒精，能讓我在飲毒時，想像自己是在喝酒。

也不是沒想過要逃走，應該說，我確實曾逃走過。

在殺死熙博爾德男爵跟他的軍方部屬，並把警備局大半變成廢墟後，我費時多天徒步回鄉，那是一座位在帝國邊陲的小村落。當時我想回去求助，也許我的父母、兄弟姊妹、某位鄰居，或是任何一個曾認識我的人，他們會願意收留我，把我藏匿在村裡的某角落，讓我可以遠離傷害，以及我所造成的傷害。

然而，在我快抵達村口前，遠遠地即望見我家族的葬禮。

我想擺脫傷害，卻依然造成更多的傷害。

此時，我望著漆黑的毒液在玻璃中靜止，那就像是深淵甬道，將空間裡殘存的光芒全部吸納進去，也將我所剩無幾的時間一同吞噬掉。而在黑暗房間的另一個角落，吉古拉正坐在地板上，沉默地盯著我瞧。

在我被帝國軍人監禁起來不久後，吉古拉也被帶過來。

根據把他帶來的軍人表示，吉古拉在我沒回營後，就開始拒絕吃東西。

因此，他們就把他送來這裡。

「這杯毒藥就是專門用來處理投影使的。」我對著他指向那杯漆黑液體說道：「只要我喝下去後，你就要乖乖回去營區吃早餐了。」

我感覺到吉古拉視線飄向我手指的地方，接著又轉頭回來。

「當年你也差一點被要求得喝下這玩意兒。因為你心情不好時總是胡鬧，所以上頭原本要找個理由把你給處理掉。」

就在我觸碰到玻璃杯的瞬間，吉古拉從喉部發出像是野獸般的悲鳴，雖然他之前偶爾也會故意用聲音表達想法，但是那尖銳的聲音可刺得我耳膜發疼。

我可不想在死前耳邊充滿吉古拉的尖叫聲，因此我停下動作，把手收回桌邊，吉古拉在確認我沒有要拿取毒藥後，隨即停止亂叫。

「難道你要等那些收屍的進來時，看到我們倆繼續坐在這裡大眼瞪小眼嗎？拜託，我可不想在眾目睽睽下飲毒，讓我一個人靜靜地離開。看在咱們認識多年的份上，就拜託你安靜轉身面壁，等天亮的時候再轉過來吧！」

吉古拉站起來，躡手躡腳地走向我，將某個小東西塞進我的掌心。溫潤圓滑的觸感輕抵著我的指腹，那是拉米雷所召喚的，尚未進到人體內孵化成獸的白繭。

我狐疑地盯著吉古拉，後者解下原本繫在自己腰間的木匣，將其放在桌上。他稍微退後，在有光線的地方張嘴並用手指了指，做出吞嚥動作。

「拉米雷要你過來的？」

吉古拉點頭，不過他伸出了兩個指頭。

「還有佛克？」

吉古拉睜著小狗般的眼睛，輕輕地點頭，又重複做了一次吞嚥動作。

我思索之前拉米雷使用投影獸的狀況，盡都是一些讓人肚破腸流的景象。儘管投影使所締結契約的獸可以有很多種，甚至聽說可以達到數十種，而且有些投影使會刻意隱藏自己的投影獸，等待必要時再給敵人來個措手不及。只是我不清楚拉米雷是否有藏一手，還是他是要等我吞下去後，立刻喚出瞬間殺死我的投影獸。

我故意把白繭放到桌上，吉古拉又開始發出咿咿呀呀的聲音，當我手靠近毒藥時，他的聲音開始變得高亢。假使要是在平常，我可能會這樣跟他玩個老半天，只可惜我們彼此都沒那麼多時間。

「拉米雷有跟你說吃下去會怎麼樣嗎？」

吉古拉聳肩。

我嘆了口氣，一把拿起白繭，原本躁動的吉古拉頓時安靜下來。我希望自己悲慘的人生能夠好好終結，最起碼得讓自己耳根子清靜，因此我必須照著他的意思，把白繭給吞下去。

「總之，你給我安靜點。」

話說完後，我一鼓作氣地將白繭給吞了下去，將自己的生命交給未知。

□

朱鸝葉離去後，我抓著威士忌，醉醺醺地回到甲板上，想說最起碼在一切結束前，能欣賞一下星空。

夜幕逐漸低垂，太陽餘暉靜靜地消失在外圍的山巒之間。照理來說，城內所有的瑪那燈會緊接著白晝，繼續照耀著凱塔格蘭加。只是在今晚，空港區的瑪那燈全都暗下來，從上往下看，整個城市就像是破了個洞似的，感覺要是不小心跌進去，就會掉入無底深淵。

榭德侯爵的空艇不斷往西邊前進，瑪那燈火越來越小，空艇群離開了凱達格蘭加的範圍，往西邊海口的方向移動。其他從晴空塔出來的小空艇鬆散跟隨，要是不仔細觀察，是不會發現它們正朝同一方向前進。我搖搖晃晃地趴在一個板條箱旁，雙臂撐著箱頂，雙腿癱軟地跪坐下來，仰頭望天，感覺天空星點正在不斷旋轉。

「嘿，酒鬼。」

我茫茫然地瞥向一旁，虹影雙手叉腰，鄙視地瞪著我。

「你該不會從剛才喝到現在吧！」

「我已經很久沒喝了。」我一面咕噥，一面將瓶口湊近嘴邊，虹影迅速奪走我手裡的威士忌瓶，直接朝外甲板外頭丟。

「那瓶威士忌年份很好的說……」我看著裝滿酒液的玻璃瓶越縮越小，最後消失在視野中，只好憂傷地轉頭問她：「妳有菸嗎？」

虹影毫不遲疑地往我身上猛踩腳。

法鐸剛好從艙門內走出，冷不防地撞見這一幕，表情有些僵硬。他穿著一套氣派到不行的寶藍色軍服，布料顏色與他的瞳色相當，銀色雙排扣配上高聳的領子，褲子服貼著他纖細的身形，腰間插著兩把手槍，還有一把軍刀覆在剪裁合身的皮褲上，長靴上扣著數隻短匕首，讓他能夠隨時進行突擊。他還將頭髮紮成一條短辮，就像是從畫裡走出來的王子殿下。

我想像他領著眾兵打仗的模樣，那簡直可以繪製成傳世名畫，掛在藝術廳裡供人瞻仰。但因為天賦綻放的緣故，這位不幸的王子只能被發配到海外，在凱塔格蘭加的黑幫裡打滾。

他走向我，或者是說走向虹影，然後用一種命令式的口吻詢問道：「準備的如何？」

「沒什麼好準備的，反正現在我只要負責注意船上的狀況就好了。等帝國大使空艇過來，我會擔任你的隨從，隨時注意任何可能的突襲。要是誰敢出手，我就殺掉誰。」

虹影連看都沒看他，邊踩我邊背誦著工作內容，接著她補充道：「這傢伙他媽的正在酗酒。」

「別管他了。」

「去你的！」我朝法鐸比了個中指，然後再把食指中指與無名指同時彎下來，翹起拇指和小指，那是人類專門用來罵精靈用的手勢。

「天殺的敦德，你真的喝醉了。」虹影搖頭。

法鐸則是無視我，轉身離去。

空艇再次增加飛行高度，風勁隨之變強，可能是因為飲酒的關係，我感覺四周氣溫開始下降。我隨即抓緊領口，卻依然打了個噴嚏。法鐸瞄了我一眼，神情如看見蚊蠅。

就在這個時候，天邊出現一塊令人難以忽視的陰影。

我倚著欄杆，望著陰影緩慢地朝我們這

裡移動。隨著距離逐漸放大，視野內浮現出一艘宛如巨獸般笨重的大型空艇。其他的晴空小艇群則同時提升飛行高度，它們以榭德侯爵的空艇作為基準點，看似紛亂卻其實排列嚴謹，在天上劃成一道完美的弧形。

放眼望去，這些晴空小艇都還保留著原本營業時的招牌，七彩斑斕的掛牌上印著「晴空閣樓」、「風道戀人」、「艷陽尊爵」或者是「瑪那寶貝」等風俗店名，整體給人一種奇妙的滑稽感。比起那堆有趣的小艇，前方的大型空艇顯得十分嚴峻，深色的船身與色彩單一的船帆，空艇前端窄而尖，船首像是頭雄獅，就跟它旗幟上的一模一樣。

榭德侯爵的空艇先行靠近，在挪移過程中，它不斷地調整高度，直到兩艘空艇的甲板水平平行。我看見對面甲板上有許多穿帝國制服的人，他們整齊排列，制服上的臂徽清楚標示出所屬階級，從兩端最低階的往中央逐漸提高，而最中間的是一名年約六十多歲的壯年男子，我想那位就是朱鸝葉口中的戴文希爾上校。

戴文希爾的制服上滿是獎章，顯示出他的位高權重，在那名渾身獎章的傢伙旁，有位穿著華服的年輕男性，氣質與那堆穿制服的截然不同，他給人的感覺比較接近像法鐸那種——即將被丟往海外的倒楣鬼。

我推斷，那位就是新任的帝國駐凱塔艾蘭大使。

在空艇高度對齊後，其中幾個低階軍人站出來，開始架設舷梯。與此同時，朱鸝葉翩然從艙門走出，依然是那件讓人目光不知該放哪的透明禮服，不過此時她的肩上多一條七彩披肩，並將頭髮複雜地盤起，用數不清的水晶簪子固定，整體造型更加柔媚動人。

她朝法鐸露出媚笑，並用嬌滴滴的聲音說：「公爵剛才玩太累了，我怎麼叫都叫不醒。」朱鸝葉身上散發著好幾種植物萃取出來的香氣，我閉上眼，聞嗅到雪松與麝香的味道，她連看都沒看我一眼，優雅地靠近法鐸、對他伸手，法鐸牽起她的手，在手背上輕輕一吻。

投影使們也陸續來到甲板，班諾、佛克、吉古拉，最後是狀況看起來不太好的拉米雷，當他經過我身邊時，我聞到極度複雜的藥草味。

他跟朱鸝葉一樣都不理我，自顧自地走到佛克旁邊，我瞧見佛克試圖跟他說個幾句時，他仍低著頭不發一語。

幾名穿著背心的哥布林從艙底竄到甲板上，看起來是負責維持空艇運作的人員之一。他們靜靜地跟在隊伍的最後端，幾乎感覺不到任何氣息。我想，他們待會兒應該是要來負責處理某些雜務的。

在架設完畢後，舷梯緩緩地伸過來，當舷梯碰到甲板後，法鐸就立刻踏步上前，迅速走向帝國空艇。

就在我正遲疑是否要跟過去時，吉古拉又再次對我投擲堅果，一顆、兩顆、三顆、四顆，到了第五顆的時候，我決定起身加入行列。

帝國空艇的甲板區是我見過最寬闊安全的平面，相信在這邊喝醉的話，也絕對不會被絆倒。粗如巨樹的船桅聳立穿天，彷彿欲將天空刺破，深色的船帆在風中陣陣擺動，發出低沉的呼嘯聲。

法鐸抵達甲板後，隨即對穿著華服的男子低身行禮。

「恭候多時，卡利維子爵。」他恭謙有禮地稱呼對方的姓氏，反倒是對方顯得有些不知所措。他窩囊縮身，接著意識到自己應該趕緊回禮。法鐸則忽略了對方的禮儀失誤，直接進入正題。

「空艇會依序接上舷梯，負責搬貨的哥布林們會把浮石搬過來。」法鐸氣定神閒地講述，一旁穿著軍服，身上滿是徽章戴文希爾不耐地哼出聲，毫不掩飾對法鐸的輕蔑。

戴文希爾上校看起來高傲自負，一如那些討厭的貴族軍人，他看不起在場所有人，唯有在看朱鸝葉的時候，我才在他眼中看見強烈的慾火，我察覺他的視線正在她身上毫無顧忌地掃動，尤其在屁股跟大腿部份停駐得特別久，朱鸝葉知道自己正被那老色胚盯著瞧，她還故意稍微挺直腰桿，翹起臀部，讓半透明薄紗長裙看起來更加緊繃。

「久違不見，戴文希爾上校，近來可好。」朱鸝葉用正式禮儀向他行禮，看起來既豔麗又高貴。

「親愛的朱鸝葉・朗恩女士，只要一看到妳，相信就算病入膏肓的人，也都能馬上痊癒吧！」戴文希爾那個色老頭仍緊揪著她的長腿，且在朱鸝葉尚未伸出手前，他就粗魯地拉起她的手，用那張鹹濕的嘴在上頭用力塗抹。我聽見虹影發出悶哼聲。也許，她正想像把匕首在插那老色胚的頭上。

朱鸝葉咯咯輕笑，嘴唇彎起，她甜膩地說道：「你的嘴巴還是一樣甜。」

「再甜也沒有妳甜。」戴文希爾將手放

到朱鸝葉的背上、然後往下滑。「真想不到妳會親臨現場，早知道就在艇上準備幾瓶好酒。」他浮誇地嘆氣，說道：「老實說，搬貨過程很無趣，就怕妳等到發悶了。」

「只要陪在將軍身邊，怎麼樣都不會煩悶。」朱鸝葉刻意將身體倚靠在對方身上，嗲聲嗲氣地說道：「咱們可以邊欣賞凱塔格蘭加夜景邊談心，我相信，時間絕對咻一下就過了。」

我瞥見虹影正在翻白眼。

就在他們倆人在眾人面前調情時，年輕的卡利維子爵認真地跟法鐸說道：「把東西送上來吧！」他就連「浮石」二字都說不出來，我對這位搞不清楚狀況的年輕大使寄予無限同情。

法鐸再度行禮，指示哥布林過去喚醒迄今尚未現身的榭德侯爵，請他負責做該做的事情。他企圖將大空艇當成空港，將舷梯作為臨時埠岸，榭德侯爵的空艇則負責作引導，讓小空艇能夠於半空停泊。

我相信法鐸跟榭德侯爵兩人應該已演練多次，然規劃是一回事、實際操作又是另一回事，要在凱塔格蘭加市府發覺不對勁，並派出空艇過來調查前，把所有浮石搬出來藏好並返航，感覺更是難上加難。我真不知道這種大膽找死的計畫是誰想出來的，想必是個過於自信樂觀的傢伙吧！

不過，我心底明白，這個運送計畫能否完成，將不會是最重要的事情。

在哥布林們踏碎步返回榭德侯爵的空艇時，我的眼角餘光瞄到正對著將軍笑得花枝亂顫的朱鸝葉，她的眼光閃爍，並不時偷偷地撥弄一下黑髮。

「榭德侯爵會負責接下來的工作。」此時，法鐸仍帶著從容的自信，他環視甲板外的天空，確認著這裡除了晴空塔小艇群外，是否有其他的空艇靠近，虹影則把重心放在甲板上，她緊盯著帝國士兵，並小心翼翼地觀察周圍，防止任何暗藏角落的敵人。班諾與其他人也都保持警戒，深怕任何忽然發生的意外。

殊不知，在甲板上與將軍調笑的朗恩情婦，才是真正的危險。

榭德侯爵空艇脫離舷梯，空艇持續飛到帝國空艇的最前端，晴空塔小艇群再次散開，從原本的弧形陣型變成了橢圓形狀，將帝國空艇包圍起來。

所有人都在甲板上，等待著第一艘載著浮石的小艇靠近舷梯。

過了半晌，這些晴空塔小艇宛如凝固般，全部浮在半空中靜止不動。

「這是怎麼回事？」戴文希爾從朱鸝葉的魅惑下回神，快步走向法鐸，滿臉怒容地罵道：「給我動作快一點！不要在那邊拖拖拉拉的。」

法鐸立刻欠身行禮。我相信，此時他一定也感到十分困惑。

「怎麼了嗎？」朱鸝葉表情無辜，語調充滿虛偽。我望向她，她正將頭上的髮簪一根根拔下來，強風吹著她得烏黑秀髮，就像是洶湧而起的黑色浪花，將漂泊的船隻無情地捲入海底。接著，她解開披肩，七彩的綢布迎風飛揚，不斷地向上盤旋，企圖接近天空。就在它距離空艇主船桅不到一寸距離時，天空發出嘶吼，有如暴風中的雷鳴，劇烈的震盪飽富熱氣，高溫鎮壓住甲板上所有人，粗壯如巨木的空艇船桅於爆破聲中瞬間斷裂，船桅上所披掛的雄獅旗幟，就在眾人的面前轟然倒下。

甲板上的帝國軍人們紛紛抽出腰間武器，將朱鸝葉團團圍住。

與此同時，晴空塔小艇群裡的哥布林們全都站了出來，他們各個手持不同的遠距武器，甚至有些是根本沒看過的，這些武器都發散出螢光，代表全都附著了瑪那魔法。

比起眾人劇烈的反應，朱鸝葉顯得氣定神閒，她手裡握著水晶髮簪，優雅地環顧甲板上所有人。我注視著髮簪尖端反射出來的油漬，知道簪上塗滿劇毒，只要稍微刮過皮膚，絕對必死無疑。

法鐸內心的憤怒溢於言表，就在他抽出手槍指向朱鸝葉時，虹影舉槍抵住了他的後腦勺。

「你們倆居然和榭德……」

「在胡亂臆測前，你還是先想辦法搞定你自己這邊吧，法鐸！」虹影說道。

「小虹，妳可別忘了，背叛我會有什麼下場吧！」法鐸所指的是拉米雷的投影獸，現在只要拉米雷一聲令下，我和虹影體內的投影獸就會甦醒，當場攪爛我們的五臟六腑。

不過，虹影仍將槍口壓在法鐸那留著銀色短辮的腦袋上。

「我已經幫小虹處理好了。就跟女孩子不小心吃太多甜點時的處理方式一樣。」她轉頭對法鐸露齒微笑，輕快地說：「對了，你這個小王子應該去好好上堂約會課，逼女孩子吃下難吃的食物是會被討厭的喔！」

聽到朱鸝葉這麼說，法鐸臉上的表情瞬間變得陰沉。

此時，某位士兵企圖攻擊朱鸝葉，只是士兵靠近時，便隨之鬆開緊握著劍的雙手，雙膝顫抖發軟跪在地。接下來，小空艇上的哥布林立刻從甲板上進行狙擊，一箭刺穿這名士兵的身體。原本蓄勢待發的士兵頓時變成一片死寂。

雖然朱鸝葉的身體設計是來誘惑男性，但她的能力絕對不只使人發情而已。相信依照調律工程師的設計概念，這名在母親體內就被精心調配出來的女獸人，是能夠隨心所欲散發出影響生物反應的氣息。

「要是膽敢這麼做，帝國絕對不會放過你們的！」戴文希爾臉色慘白，但他仍直挺站著，維持著自己身為軍人的尊嚴。

「我這輩子，從來沒人願意放過我。」朱鸝葉冷笑道：「明天的報紙除了會刊登第三空港的大火外，會再多加一條帝國大使空艇墜毀，上頭人員全數罹難之類的，也許之後我還得代表商會出席哀悼會呢！」

就算沒轉頭過去看，我都可以想像那名可憐的年輕子爵早就雙腿疲軟、渾身發抖不已，剛被丟出海外就得命喪異鄉，命運對他實在是無比殘酷。

就在這時，佛克的科咯達從陰影裡浮現，牠在甲板上繞圈，發出低沉的吼叫。投影獸不受調律獸人氣息影響，朱鸝葉無法應對科咯達的攻擊，而虹影就算放開法鐸，去跟科咯達單挑，也絕對會被迅速撕咬成片。

一般人是無法與投影使抗衡的。

但這一點，朱鸝葉早就計算好了。

我打開木匣，抽出其中狀況最好的那管血液，直接往地上砸。

陀伊卡從黑暗的甬道中鑽出，牠渾身鋼毛直豎，四顆眼睛恐怖地睜大，被鋼條罩住的嘴不斷呵出熱氣，尖利勾爪在接觸到甲板後，便立刻於其上頭留下深刻痕跡。牠毫不猶豫地衝向科咯達，用全身力氣進行撞擊。在體積、重力與速度的衝擊下，科咯達瞬間被頂高，在空中翻滾數圈後重摔在甲板，發出巨大聲響。

陀伊卡用力刨地、踏步、迴身，再度往科咯達直衝過去，打算連續對科咯達進行衝撞，直到目標支離破碎。

佛克僵硬地轉身，就算他無法直視我，但我仍可以知道，那雙不斷抖動的眼睛裡溢滿了無比悲痛。

「我答應艾狑寧，我得放過薩妮。」在他的注視下，我覺得自己是這世界上最無恥的人，就算將我綁起後永恆鞭笞，都不足以償還這些罪孽。只要還活著，就註定造成傷害。

朱鸝葉嫵媚一笑。

我想，這就是她對我的復仇。

「我求妳……」話語彷彿凝結空中，我無法再多說任何字句。

朱鸝葉搖頭回答：「剛才我有給你選擇，此刻是你給我的答覆。」

小艇上的哥布林同時舉起武器，瞄準帝國空艇甲板上的所有人。

班諾召喚出渦寧群，牠們振著鞘翅，同時朝小艇群進行攻擊，吉古拉隨後召喚出他的投影獸，觸腕從半空浮出，朝朱鸝葉猛攻。不過因為不能傷及結構，吉古拉無法讓觸腕發揮全力，只能漫天揮舞著黏軟的觸腕，盡可能避開掃到空艇本身。因此，瑞斯就能很快地從攻擊間縫中竄出，組織成保護朱鸝葉的防護網，啃食觸腕根部。

晴空小艇上的哥布林全都是狙擊好手，他們並非呆板地朝目標射擊，而是像捕魚般，有部份沿著渦寧的飛行軌跡進行攻擊，另一部份則熟練地瞄準鞘翅，完全不讓渦寧有機會靠近小艇。然班諾亦無法讓渦寧放肆攻擊，萬一將載著浮石的小艇給擊落的話，一切將會前功盡棄。

原本被虹影用槍脅持的法鐸忽然往前傾，接著他抽出靴上的小刀，轉身對虹影突擊，這名昂矛女子立刻往後跳，而就在她閃避的瞬間，法鐸另一手拔出槍，朝虹影開槍。

要不是空艇剛好震動，使準頭稍微偏斜，虹影就會倒臥在血泊之中了。子彈擦過她的耳朵，虹影不斷飆罵髒話、拔槍回擊。法鐸欠身閃躲，再次舉槍攻擊。

「你在搞什麼？睿！」

在我看著虹影跟法鐸相互廝殺的時候，拉米雷走到我身後，我看不見他臉上的表情，卻聽得出來他的聲音充滿憤怒。

「你居然去幫那個女獸人！就算她是黑髮，也太不挑了吧！」

「拉米雷。」我說：「薩妮她會變成這個樣子……是我害的……」

「薩妮？」

拉米雷頓時理解了，他緊繃地說道：「那麼久的事情了。而且，當時上頭就是下令要我們殲滅整村子的呀！」

「那些獸人是無辜的。那個村莊不是實驗場，他們就只是想平靜度日的獸人居民罷了，但我仍決定摧毀村莊。」

「睿，我們是帝國劍刃，我們必須遵從帝國的命令。」

「那你就遵守帝國的規矩，處決我這個叛徒吧！」我背對著他，視線望著前方的混亂，陀伊卡與科咯達正相互纏鬥、至死方休。「我活著，每日每夜面對自己到底殺死多少無辜的人。就算來到凱塔艾蘭，我閉上眼的時候，那些慘叫聲依然會進到我耳裡，我沒辦法說服自己為什麼他們都被我殺了，可是我卻還活得好好的，在這裡的每個晚上，我都質問自己，我憑什麼活著？」我嚥了一下口水，咬牙繼續說：「抱歉，拉米雷，這點我跟你不一樣。」

「睿！你給我解除投影獸，立刻！」

「你可以喚醒我體內的埃爾洛，要是動作夠快，就能讓我趕快斷氣，這樣瑞斯發威的時間就不會那麼久。」接著我乾笑幾聲，將語調提高。「之前你不是說想殺我嗎？這次可是機會難得喔。」

「你他媽的睿，為什麼你這傢伙總是這個樣子！」

拉米雷語氣中充滿怒意，彷彿隨時會將一切撕碎。然而，這名能決定我生死的投影使卻遲遲沒有動手。

「你就把我當作像豪斯，直接讓我的肚子漲得像氣球，然後『碰』一聲地，所有問題就可以解決了。現在，你可以選擇結束這一切，就像我選擇薩妮。」

「那麼想死的話，就直接從甲板跳下去啊！」拉米雷抓住我，強迫我轉身。我隨之看見他的眼底都是血絲。

就在我認為拉米雷即將喚醒我體內的埃爾洛時，下方傳來低沉的引擎聲，那聲音就像是某種怪物的低鳴，悶悶地吸氣吐氣，偶爾發出幾聲尖銳雜音，這頭怪物一格格地向上攀爬，迸出喀搭喀搭的金屬摩擦聲，鼓動所有人的耳膜。

不久，一艘比帝國空艇體積還大的艇艦，黑壓壓地浮升上來，完全遮蓋住所剩無幾的夕陽餘暉。聳立在甲板上的大型煙囪，如階梯般不斷向上延伸的船樓，繫在三根粗桅上的船帆迎風拍動，漆黑船身連著鮮紅的船底，而空艇船首像是一隻面部猙獰的灰藍海蛇，海蛇雕像扭身攀附在空艇的最前端，呲牙裂嘴，利齒向外展露，彷彿渴望吞盡前方所有一切。

雙方停止攻擊，所有人屏息凝視。

當下的我以為，這艘美到駭人的艇艦會是我人生所能見到的最後光景。然而下一刻，我瞥見有個拖著長尾巴的身影佇立於艇艦甲板上。

站在艦艇前端的阿律耶德雙手抱胸，單腳向前跨步，怒氣沖沖地對著所有人大聲咆哮。

「天殺的深海大魷魚！為什麼會有帝國空艇在這裡？還有，你們這群人到底在搞什麼東西呀？」

接著，她將目光轉向我，吼聲再次響徹天空。

「還有你，睿槵提！把我從晴空塔推下

去的這筆帳，咱們可要好好算清楚！」她瞪大雙眼，伸出一根利爪，惱火地指著我說道：

「這次，別想給我落跑！」

《凱城暗影》前篇 完

國家圖書館出版品預行編目資料

眾神水族箱：凱城暗影. 前篇 / 大獵蜥作. -- 初版. --
臺北市：海穹文化有限公司, 民 114.02
面； 公分
ISBN 978-626-7531-25-9(平裝)

863.57　　113019616

Unique 44

眾神水族箱
凱城暗影 前篇

海穹文化
FB 粉絲專頁

海穹文化官方網頁
www.scifasauru.com

作　　者　大獵蜥
書系企劃　伍薰（南瓜社長）
內頁設計　柏斯、季海燕
封面插畫　Agetha XU
封面設計　陳有禾
地圖繪製　阿七
角色設定　顏科權
標 準 字　陳有禾
彩頁邊框　Cleo Yang
插畫繪製　黃俊維
特殊文字　大獵蜥、bloodjake、伍薰（南瓜社長）
校　　對　陳羽鈞
法律顧問　蔡仁傑
品牌顧問　方世欽（POPO）
發 行 人　鄭惠真
出 版 者　海穹文化有限公司
地址：10489 臺北市中山區南京東路二段 160 號 6 樓
電話：0921672903
scifasaurus@gmail.com
印　　刷　鴻嘉彩藝
桃園市龜山區茶專路 147 號
總 經 銷　紅螞蟻圖書有限公司
地址：臺北市內湖區舊宗路二段 121 巷 19 號
電話：(02)2795-3656
傳真：(02)2795-4100
二〇二五（民一一四）二月初版一刷
ISBN 978-626-7531-25-9

FSC
www.fsc.org
MIX
Paper | Supporting responsible forestry
FSC® C120567